상처와 마주하라

고통은 삶의 연금술

상처와 마주하라

마크 마토우세크_이슬내 옮김

청아출판사

옮긴이 이솔내

숙명여자대학교 정보방송학과를 졸업했다. 14년간 외국투자 법인에서 근무하였으며 국제 세미나 및 문화 교류를 위한 통역 활동을 했다. 또한 독일 미술 소개를 위한 영어 자료 및 각종 기업 자료를 번역했으며, 옮긴 책으로는 《소울 시크릿》이 있다.

상처와 마주하라

마크 마토우세크 지음
이솔내 옮김

초판 1쇄 발행 2012년 1월 30일
초판 2쇄 발행 2012년 3월 5일

발행인 이상용 이성훈
발행처 청아출판사
출판등록 1979. 11. 13 제9-84호
주소 경기도 파주시 교하읍 문발리 파주출판정보산업단지 507-7번지
대표전화 031-955-6031
팩시밀리 031-955-6036
홈페이지 www.chungabook.co.kr
E-mail chunga@chungabook.co.kr

ISBN 978-89-368-1023-8 03840

* 값은 뒤표지에 있습니다.
* 잘못된 책은 구입한 서점에서 바꾸어 드립니다.
* 본 도서에 대한 문의사항은 홈페이지나 이메일을 통해 주십시오.

당신은 무엇을 삼키고 있는가?
물인가 파도인가?

존 파울즈

차 례

1

어두울 때 눈은 보기 시작한다

2

고통은 삶의 연금술

3

완전한 삶으로부터의 가르침

상처와 마주하라

5

덜 방어하고 더 사랑한다면

1

어두울 때 눈은 보기 시작한다

멋진 삶에 대한 환상은 우리의 눈을 가리고
삶이 지닌 본연의 아름다움을 느낄 수 없게 한다.
삶을 노래하라. 춤추라. 우리는 고통 받기 위해 태어나지 않았다.
고통에는 그 이상의 것이 숨어 있다.
그 보석을 캐내는 건 바로 우리의 몫이다.

어두울 때 눈은 보기 시작한다

〜

스무 살 무렵의 어느 날 오후, 누나 마르시아가 중요하게 물어볼 게 있다며 현관문 앞에 나타났다.

"무슨 일이야?"

나는 누나의 차림을 보고 놀라 물었다. 로스앤젤레스의 찌는 듯한 더위 속에서 누나는 커다란 멕시코풍의 스웨터를 허리에 졸라매고 서 있었다. 마치 실성한 사람처럼 보였다. 눈은 충혈되고, 머리는 마구 헝클어진 채 형편없는 모습으로 나타난 누나는 불과 몇 달 전까지만 해도 서른 살의 매력적인 은행원이었다.

나는 누나를 주방 의자에 앉히고 차를 한 잔 따라 주었다. 그런 다음 빗을 가져와 엉망이 된 머리를 빗겨 주었다. 어린 시절 나를 애틋하게 보살핀 누나는 내게 엄마나 다름없었다. 우리를 제대로 보살피지 못한 엄마를 대신해 누나는 잠들기 전 침대 맡에서 이솝우화를 읽어 주고, 도시락을 싸 주고, 새와 벌과 우리 곁을 떠난 아버지에 대한 수수께끼를 설명해 주었다. 그리고 내가 상처를 입고 집으로 돌아오면 따뜻하게 감싸 주었다. 이제는 내가 누나를 위로할 차례였다. 지난겨울 누나의 영혼은 급격하게 깊은 곳으로 가라앉았다. 나는 누나의 볼에 입을 맞추며 무슨 일이 있었는지 말해 달라고 부탁했다.

하지만 누나는 그저 세차게 고개를 저을 뿐이었다. 그러고는 누구도 닿을 수 없는 외딴 섬으로 홀로 아득히 멀어져 갔다.

남편에게 완전히 배신당하고 이혼을 한 누나는 심한 신경쇠약 증세로 병원에 입원하기까지 했다. 지금 누나는 외롭고 불안정한 상태였다. 그리고 늘 자신을 괴롭혀 온 세상에 잔뜩 겁을 집어먹고 있었다. 온통 문제투성이였던 우리 가족들 중 누나는 유일하게 심성이 고운 사람이었다. 부모님의 명령을 두말없이 따르고, 자신보다 다른 사람을 먼저 생각하는 착한 사람이었다. 슬픈 기사를 보면 몹시 가슴 아파했고, 잘 알지도 못하는 사람들을 위해 눈물을 흘릴 줄 알았다. 누나가 누군가에게 매정하게 구는 것은 상상조차 할 수 없었다.

지금 누나는 점점 더 빠른 속도로 침잠하고 있었다. 딛고 설 수 있는 단단한 땅이 없었다. 무슨 일인지 말해 달라고 계속 다그치자 누나가 내 눈을 들여다보며 말했다.

"너는 어떻게 살고 있는 거니?"

나는 혼란스러웠다.

"어떻게 살다니…… . 무슨 뜻이야?"

"어떻게 이 삶을 견뎌 내고 있는 거야?"

그 물음에 우리 둘 사이의 분위기가 순식간에 얼어붙었다. 삶에는 어떤 중요한 일이 일어나고 있음을 알리는 적색등이 켜지는 순간이 있다. 누나의 물음에 나는 정신이 번쩍 들었지만 무슨 대답을 해야 할지 알 수 없었다. 나는 삐걱거리는 의자와 같았다. 누나가 부러워하는 나의 허세는 스스로에 대한 쓰디쓴 회의를 감추는 가면에 불과했다. 우리 가족은 아버지도 없이 생활보조금에 의지해 살았다. 그런 집안의 네 자녀 중 외아들로 자라면서 나는 그 상황을 벗어날 유일한 방법은 현실 부정과 굳은 의지라고 믿었다. 내게 비관주의는 절대로 용납해서는 안 되는 악마의 주술이었고, 실패는 선택 사항조차도 아니었다. 그러나 사랑하는 나의 누나는 절망에 빠져 내가 지금까지 회피해 온 가슴 아픈 질문을 던지고 있었다.

나는 어찌 되었든 이겨 내야 한다고 말했다. 누나는 고개를 저었다.

"난 할 수 없어."

"하지만 다른 방법이 없어……."

누나는 무언가를 말하려다 이내 입을 닫았다. 우리 사이에 정적이 흘렀다. 누나는 의자 깊숙이 몸을 묻었다. 대화는 끝났다. 나는 누나의 어깨를 쓰다듬으며 화제를 돌리려 했지만 누나는 또다시 자신만의 섬으로 표류해 갔다.

누나는 곧 자리에서 일어나 길가에 급하게 주차시켜 둔 낡은 자동차로 향했다. 뒤따라가던 나는 안도와 동시에 죄책감을 느꼈다. 가방에서 열쇠를 찾아 차에 올라탄 누나는 운전대를 움켜쥔 채 꼼짝도하지 않았다. 운전할 수 있겠느냐고 묻자 누나는 아무 말 없이 나를 가만히 바라보았다.

나는 몸을 숙여 누나에게 작별 키스를 했다.

"너무 걱정 마. 괜찮아질 거야."

누나가 내 얼굴을 어루만졌다. 미소를 지으려고 애쓰는 누나의 모습이 내게 조금이나마 희망을 주었다. 누나는 시동을 걸고 손을 흔들고는 천천히 길 아래쪽으로 사라졌다.

"어떻게 이 삶을 견뎌 내고 있는 거야?"

그 후 여러 해 동안 나는 몇 차례의 크나큰 상실과 절망, 예기치 못한 불행에 휩싸일 때마다 마르시아 누나의 질문을 떠올렸다. 충격적인 사건들, 불확실한 세계, 갈등, 낯설고 어려운 표지들로 가득한 삶을 사람들은 대체 어떻게 살아 내고 있는 것일까?

추락하는 사람을 거꾸러뜨리지 않고 두 발로 안전하게 착지하게 하는 힘은 무엇일까? 큰 불행을 겪고도 다시 일어설 수 있게 하는, 한계를 넘어선 어려움을 이겨 내게 하는 힘은 무엇일까? 냉소, 절망, 체념, 공포와 같이 우리 앞을 가로막는 파괴적인 감정들, 이런 '마음 속 테러리스트'들을 극복할 수 있게 하는 힘은 무엇일까? 단순히 거대한 장애물을 넘어서게 할 뿐 아니라 위협적인 환경을 극복할 수 있게 하는 힘은 무엇일까?

이러한 고뇌는 어느 하루를 계기로 더욱 깊어졌다. 1994년의 어느 오후, 나는 대학 친구 존과 함께 자메이카 해변에 누워 있다가 친구의 발에서 전에는 없던 자줏빛 반점을 발견했다. 삶은 집과 같아서 중요한 주춧돌을 없애면 모든 것이 한꺼번에 무너져 내린다. 존의 다리에 생긴 반점을 본 순간, 내가 알고 있던 생의 집 한가운데에 금이 갔다.

존은 그로부터 석 달도 지나지 않아 세상을 떠났다. 그 후 10년 동안 나는 매일 아침 죽음에 대한 불안에 끊임없이 시달렸다. 숨을 쉴 수조차 없었다. 철학자 시몬 베유는 이런 극심한 두려움의 상태를 수필로 쓴 적이 있다. 그건 마치 곧 자신의 목을 내리칠 단두대를 몇 시간 동안 바라보고 있어야만 하는 사형수의 두려움과 같다. 구경꾼들에게 둘러싸인 채 두려움에 휩싸여 죽기를 기다리면서 사형수는 바지에 오줌을 지리지 않으려고 안간힘을 쓴다.

그러나 두려움 속에 영원히 빠져 있을 수만은 없다. 발아래 땅이 무너져 내리는 동안에도 우리는 해답을 찾을 때까지 두려움을 통과

하는 방법을 찾아야만 한다. 그 과정 속에서 우리는 서툴고, 휘청거리며, 불완전하다. 불행을 겪는 동안에는 제대로 생각할 수조차 없다. 엄청난 변화에 맞설 준비가 되어 있던 것도 아니다. 우리는 그만큼 강하지 못하다. 일어난 일에 대해 스스로를 합리화하기까지 한다. 우리는 매년 바닷속으로 들어가 묵은 껍질을 벗어던지고 새로운 껍질이 돋아날 때까지 다치지 않기만을 바라는 바닷가재 호마루스 아메리카누스처럼 산다.

나의 경우 이러한 도피는 정신적 탐구로 이어졌다. 존이 죽었을 당시 나는 앤디 워홀이 창간한 〈인터뷰〉지에서 일하고 있었다. 나는 판권에 내 이름 하나를 넣으려고 로스앤젤레스에서부터 뉴욕까지 기삿거리를 쫓아다니며 노예처럼 일했다. 성공을 위한 질주 속에서 나는 문득 깨달았다. 내가 지금껏 내면의 삶을 무시해 왔다는 것을. 나는 누구인가? 삶의 의미는 무엇인가? 신이나 영혼, 초월적인 자아는 과연 존재하는가? 그러자 이런 의문을 간직한 채로 결국 이 세상을 떠나게 될 것이라는 사실이 이루 말할 수 없는 불행으로 느껴졌다. 마치 몽유병 환자가 절벽에서 발을 헛디디는 것과 다를 바 없었다.

나는 직장을 그만두고 뉴욕을 떠났다. 그리고 삶의 진정성과 오랫동안 회피해 온 문제들에 정면으로 맞서는 쪽으로 삶의 방향을 바꾸었다. 세속적인 행운을 누리고 있었으면서 왜 나는 그토록 오랜 시간을 공허해했을까? 왜 나는 그때까지 그토록이나 행복을 느끼지도 못하며 살았던 것일까? 이에 대한 답은 매우 절실했다. 나는 세계 각지를 떠돌아다니며 치열하게 답을 찾기 시작했다.

10여 년간 전 세계의 영적 스승들을 찾아다니며 고뇌한 세월은 뇌리에 박혀 잊히지 않을 정도로 충격적이고도 놀라운 시간들이었다. "도망자들의 세상에서는 반대쪽을 향해 뛰는 사람이 언제나 달아나는 것처럼 보인다." 지갑에 넣고 다닌 이 격언은 나를 자유롭게 해주었다. 나는 덫에 걸린 채로 살아가는, 뼈와 가죽뿐인 인간 너머에 무엇이 존재하는지 스스로 알아내고 싶었다. 회의적 불가지론자로서 나는 이 세상에는 어떤 형이상학적인 진실이 존재하는지, 아니면 그렇게 믿고 자라 온 것처럼 인간은 그저 먹고 번식하고 죽기 위해 태어난 10억의 생명체 중 하나에 지나지 않는지 하는 의문에 깊이 빠져들었다.

이런 철학적인 의문은 내가 일곱 살 때 처음 생겨났다. 쓰레기통 속에서 쓰레기더미 위에 놓인 새의 시체, 그러니까 처음으로 죽어 있는 것을 발견했을 때의 일이었다. 고양이에게 물어뜯긴 새의 시체를 내려다보며 나는 그 새의 정체가 피투성이 깃털뭉치인지 아니면 이미 탈출해 버린 어떤 것인지 궁금해하며 오래도록 서 있었다. 지금 생각해 보면 그 죽은 새는 바로 나 자신이 아니었을까?

그 시절에 얻은 이러한 통찰은 종교와 아무 상관이 없었다. 그동안의 모든 독서, 명상, 수행을 통해 얻은 사상은 하나로 귀결되었다. 고통은 깨달음의 문이 될 수 있다는 것. 전통문화에서는 고통과 상처를 영혼을 담금질하고 깊게 하기 위한 통과의례로 해석한다. 그러나 우리는 너무 오래 그 신비한 지혜를 잊고 지냈다. 어떤 경우라도 내면의 고통이나 신체장애와 같은 내적, 외적 상실을 피해야 한다는 오늘날의 일반적인 관점은 잘못된 것일 뿐 아니라 오히려 정반대의 생각이다. 고통은 연료이다. 상처는 힘이다. 암흑은 구원의 씨앗을 가져다준다. 진정한 힘은 우리를 감싸고 있는 갑옷이 아니라 어떻게든 살아남고자 발버둥치는 바로 그 상처 안에서 찾을 수 있다. 누군가의 말처럼 "강함이란 무엇이든 딛고 일어서는 것이 아니라 다시 일어설 수 있을 때까지 포기하지 않고 버티는 것"이다. 변화는 우리 안에 내재되어 있다. 뒤돌아보는 것은 시간 낭비일 뿐이다. 앞으로 소개할 한 영웅은 이렇게 말했다.

"고통의 통로를 지나고 나면 우리는 금이 되어 있을 수 있다. 그러나 아무것도 되어 있지 않을 수도 있다."

이것은 극단적인 낙천주의자의 말이 아니다. 오늘날에 와서야 과학자들은 현자들이 오랫동안 주장해 온 이야기에 귀를 기울이기 시작했다. 최근 기능성자기공명영상(fMRI) 기술이 획기적으로 발전하면서 과학자들은 인간의 두뇌를 감정 활동과 연관지어 객관적으로 연구할 수 있게 되었다. 그 결과 확립된 신경가소성 이론은 개인의 변화에 대한 기존의 생각을 완전히 바꾸었다. 한때 두 귀 사이에 자리잡고 앉아 문제를 해결하는 회색덩어리의 집합으로 여겨졌던 뇌는 무수하게 얽혀 있는 상호 연결 고리에 가까운 것임이 밝혀졌다. 두뇌는 매 순간 보이지 않는 촉수를 사방으로 뻗어 우리가 인지하지 못하는 신호를 끊임없이 수집한다. 그리고 우리가 그 신호를 알아채기도 전에 (질병을 포함한) 여러 가지 반응을 일으킨다. 인간의 두뇌는 일정한 수의 세포를 가지고 태어나 시간이 흐를수록 점차 세포가 줄어든다는 것이 기존의 통설이었다. 그러나 실제 우리 몸은 죽을 때까지 매일 10만 개의 새로운 뇌세포를 생성한다. 두뇌는 정기적으로 스스로를 재편성하는 고도의 유연성을 지니고 있다. 때문에 고통을 본래의 용도인 진화를 위한 발판으로 사용하지 않는다면 이는 막대한 낭비일 수밖에 없다.

　시련은 분명 우리를 고통스럽고 비참하게 만든다. 또 이기적이며 방어적으로 만든다. 하지만 시련은 상호 연대의 끈이자 고통받는 사람들에게로 향하는 다리가 될 수 있다. 그리고 우리를 앞으로 나아가게 하는 강한 근육이 될 수 있다. 위기는 우리를 한계 끝까지 몰고 가서는 더 앞으로 나아가라고 밀어붙인다. 임종을 앞둔 이들이 시련은 축복이었다고 말할 수 있는 것은 이런 역설 때문이다. 전쟁터에서 삶의 의미를 깨달았다는 군인이나 출산의 고통으로 인해 큰 변화를 겪는 여성들의 경우 역시 마찬가지이다. 위험한 전쟁이나 시련에서 사람들은 전혀 다른 모습으로 살아서 돌아온다. 생의 마지막 순간을 포함해 극적인 순간들에는 생명력이 꿈틀거린다. 위기는 우리가 폭넓고 깊게 그리고 빠르게 생의 다음 단계로 도약할 수 있게 한다. 어머니의 근육이 본능적으로 위기에 처한 아이를 구해 내듯, 위기는 근본적으로 우리의 마음을 확장시키고 스스로도 몰랐던 자기 안의 용기를 불러일으킨다. 단지 이 경우 구해 내야 할 아이는 우리 자신이며, 구해 내는 것도 바로 자신의 삶이다. 우리 영혼의 삶.

　이러한 역설은 보통 쉽게 받아들여지지 않는다. 친구가 에이즈에 걸린 일이 실제로 내 삶을 구했다고 반농담조로 말하면, 사람들은 내 말뜻을 전혀 이해하지 못한다. 나는 괴로웠던 경험을 말함으로써 동정을 구하는 것도, 그 경험이 즐거웠다고 말하는 것도 아니다. 갑자기 닥친 누군가의 죽음 앞에서 애써 태연한 척하는 건 더더욱 아니다. 나는 단지 내 삶이 그렇게 극적으로 전개되지 않았다면 믿지 못했을 어떤 특별한 진실을 고백하는 것이다. 그러한 고통이 없었다면 내가 진정으로 원하는 사람이 되겠다는, 나만의 길을 찾겠다는 데 대한 확신을 갖지 못했을 것이다.

어떤 시련을 겪었는가와 상관없이 위기에서 살아남은 많은 사람들이 그 부활의 순간에 대해 '세상에 버림받았다고 생각했는데, 느닷없이 세상 속으로 다시 초대된 듯한' 기분을 느꼈다고 말한다. 아리스토텔레스는 전쟁터에서 화살이 바로 옆 사람을 맞힌 순간을 '행운'에 비유했다. 이 비유는 정확하다. 되돌아온 선물은 두 배로 값지다. 한순간도 허투루 낭비해서는 안 된다는 의무감이 생겨난다. 나는 고통의 시간들을 통과한 뒤 매일의 삶에 스며들어 있는 기적을 잊기 않기로 했다. 러시아의 소설가 표도르 도스토옙스키가 자신의 부활의 순간에 대해 쓴 것처럼 그 선물은 내게 '고통의 가치'를 증명하며 살아가라는 새로운 목표를 정해 주었다.

28세의 가난한 간질환자였던 도스토옙스키는 차르 니콜라이 1세에 대항해 혁명 운동을 한 혐의로 체포되어 독방에서 8개월을 보낸 다음 사형 선고를 받았다. 1849년 12월 22일 혹독하게 추운 겨울 아침, 도스토옙스키는 스물세 명의 다른 사형수들과 함께 상트 페테르부르크의 세메노프스키 광장으로 끌려갔다. 그는 교수대에 올라갈 차례를 기다리며 30분 동안 서 있었다.

"그들은 우리에게 사형수들이 입는 하얀 셔츠를 입히고 우리 머리 위로 칼을 휘둘렀다. 그리고 사형을 집행하기 위해 세 명씩 말뚝에 묶었다."

모든 게 끝날 순간, 그는 감형되었다는 소식을 들었다. 사실 이 모든 일은 공포를 조성하기 위해 교묘하게 계획된 것이었다. 도스토옙스키는 갑자기 자유인이 되었다. 가까운 친구 하나는 이 일을 겪은 후 미쳐 버렸지만 그의 광기는 정반대의 형태로 드러났다. 그는 자신을 스쳐 간 죽음을 통해 한층 더 밝고 활기 넘치는, 새로운 삶을 맞이했다. 도스토옙스키는 누군가는 처형되고 누군가는 형 집행이 취소되던 그 순간을 평생 잊지 못했다. 그리고 남은 생을 살아남은 예술가로서 자신의 재능을 '사형수들이 깨달은 것'에 바치겠다고 다짐했다.

"과거를 되돌아보며 내가 얼마나 많은 시간을 낭비했는지 생각한다. 삶은 선물이다. 매 순간이 영원한 행복의 순간일 수 있다. 낡은 이성은 어깨에서 떨어져 나갔다. 그러나 심장은 나와 함께 남았다. 사랑하고 고뇌하고 꿈꾸고 기억할 수 있는 살과 피가 남았다. 우리는 태양을 바라본다!"

나는 이런 삶의 극적 반전을 이해하기 위해 누나 마르시아의 물음을 다시 떠올렸다. 모든 것이 불확실한 이 세상에서 사람들은 어떻게 온 힘을 다하며 사는 것일까? 이미 한 번 추락한 곳에서 어떻게 살아남는 것일까? 일상의 문제들을 헤쳐 나가며 위기에 맞닥뜨리기 전에 '사형수들이 깨달은 것'을 배울 수 있을까? 가장 연민이 필요한 순간, 문제의 한가운데서 고통으로 몸부림칠 때 (달라이 라마식으로 표현하자면 '지옥의 한가운데서') 어떻게 하면 마음의 평정을 유지할 수 있을까?

생존이란 단지 죽음을 모면하는 것이라기보다는 가능한 멋지게 사는 것이다. 산소호흡기에 의지해 생명을 연장하는 사람들만이 온전한 삶을 살아 내지 못하는 건 아니다. 세상이 거꾸로 뒤집혀도 그 상황을 다르게 바라보고, 새롭게 거듭날 수 있다. 지금의 독을 훗날의 약으로 바꾸는 삶의 '기술'은 분명 존재한다. 공포의 소용돌이 속에 곤두박질친 최악의 순간에, 어디선가 밀려든 파도가 나를 소용돌이 밖으로 끌어올려 준 경험을 한 적이 있다. 또 생과의 치열한 사투 그 자체에서 만족감을 느끼고, 살아남고자 하는 집요한 갈망이 들끓어 오르고, 내가 여기 존재하고 있다는 사실 자체만으로도 희열을 느끼는 순간을 경험한 적도 있다.

우리에게 일어나는 모든 고통은 치유될 수 있다. 고통은 통찰력을 심어 주고, 생의 아름다움을 회복시키며, 우리를 재생시킬 가능성을 지니고 있다. 딱지가 벗겨져야 새살이 돋는다. 그곳에는 세상을 놀라게 할 신비하고 강렬하며 눈부신 힘이 가득하다. 절망을 이겨 낸 사람들은 우리가 늘 그 힘 속에서 살아가고 있다는 걸 누구보다 잘 알고 있다. 그리고 얼마나 능숙하고 빨리 그 힘에 적응하느냐에 따라 삶의 질이 결정된다는 사실도 알고 있다. 이렇게 삶의 비밀을 알고 있는 사람들은 아름다운 대상이 확연히 눈에 뜨이듯 그렇게 존재감을 표출한다. 생생한 색으로 그린 그림처럼 그들은 역동적이고 생기가 넘친다. 엄청난 고통을 이겨 내고 나서 열정적이고 창조적인 사람이 되는 건 우연이 아니다. 역경과 삶의 열정이 함께 길을 건너는 곳에는 창조적인 삶이, 그 삶의 가능성이 있다. 영적 스승이 아니더라도 이런 삶의 깨달음을 얻은 영혼, 그 산증인들에게서 우리는 자기 부활을 위한 특별한 재능을 배울 수 있다.

시인 스탠리 쿠니츠의 "재창조는 나의 철학이다."라는 말과 화가 르누아르의 "고통은 지나가고 아름다움은 남는다."라는 말은 무엇이 다른가? 50여 년 동안 신체장애를 지닌 이들과 함께해 온 의사 레이첼 레멘은 "치유를 위해 낙관주의가 반드시 필요한 것은 아니다."라고 단언한다. 그렇다. 비명을 질러야 할 때 웃음의 가면을 유지하느라 지쳐 가는 사람들이 얼마나 많은가?

삶의 특별한 미로를 통과한 사람들의 다양한 발자취를 따라가면서 나는 자신만의 황무지를 건너고 있는 사람들을 위해 작지만 필요한, 어둠 속을 통과하도록 이끌어 줄 지도를 만들고 싶어졌다. 시인 시어도어 로스케는 이렇게 말했다.

"어두울 때 비로소 눈은 보기 시작한다."

리어 왕이 폭풍우 치는 황야를 지나며 깨달음을 얻은 것처럼, 평범한 일상에서 비켜난 곳에서 안전에 대한 환상이 깨지면 비로소 새로운 가치, 직관, 기술, 시점이 싹튼다. 이는 온실 속의 화초처럼 자란 사람들에게는 이상하거나 뻐딱하게까지 들릴지 모른다.

내가 사람들에게 알려 주고 싶은 것은 바로 이것이다. 이성적 사고가 가진 한계와 우리의 뛰어난 적응력 그리고 충격이 생각만큼 오래 지속되지 않는다는 사실이다. 큰 상실을 겪고 난 후 우리는 세상을 더 감싸 안을 수 있게 되며, 절망 속에서 더 성장할 수 있고, 열정과 상상력으로 거듭날 수 있다는 걸 말하고 싶다. 이미 일어난 일에 대해 죄책감을 가질 필요가 없고, 영혼 없이 살아가는 건 무의미하다는 사실도 알려 주고 싶다. 우리 모두가 성공을 향해 내달리지만 이는 사실 삶의 단편에 지나지 않는다. 역설적이지만 위기 속에도 생의 근본적 환희가 담겨 있다는 사실을, 자기 앞에 닥친 시련에 개의치 않고 나아가는 용기를 배워야 한다.

인생에 대한 경이는 살아가면서 느끼는 단순한 행복보다 훨씬 방대하고 무한하다. 인생의 선과 악, 기쁨과 고통, 성공과 실패, 구원과 상실은 우리의 생각만큼 규정화되어 있지 않다. 행운과 불운 역시 마찬가지이다. 운이란 변덕스러워서 제멋대로 날뛰고, 뒤바뀌고, 순간 잠잠해지는가 싶다가도 다시 요동친다. 예술이 그러하듯 생존은 어느 정도의 광기, 다시 말해 '희망에 대한 희망'을 필요로 한다. 우리는 백지에서 마술처럼 미래를 만들어 낸다. 숨어 있는 자신을 찾아낸다. 비탄과 상실을 통해 더 큰 무언가를 지켜보고 익숙하지 않은 풍경과 맞설 수 있게 된다. 홀로코스트를 연구하는 한 학자는 "홀로코스트의 생존자들은 보통 사람들보다 삶에 더 빨리 뿌리내린다. 살고자 하는 그들의 의지는 튀어 오르는 용수철 같이 그 자체로 삶의 추진력이 된다. 또한 최악의 상황에 맞선다는 묘한 희열이 그들의 영혼을 채운다."라고 술회했다.

나는 단순한 파괴를 넘어서는, 파괴되는 데서 느끼는 묘한 희열을 알고 있다. 다소 기이하게 들릴 수도 있지만 나와 대화를 나눈 한 고지식한 무신론자 역시 이와 같은 깨달음을 얻었다고 말했다. 그는 상식적인 안전이 박탈된 상황에서 생존을 갈구하면서 존재의 성스러움, 심지어 초월을 느꼈다고 했다. 모든 재앙에는 목적이 있다. 의사 레이첼 레멘은 "몸이 칼에 베이면 우리의 육체적, 감정적, 영적 치유 시스템이 즉각적으로 동원되어 그 안에서 이전보다 더욱 활발히 살아난다."라고 말한다.

갈수록 더 무서워지는 세상 속에서 시련에서 살아남은 사람들은 삶의 위대한 스승이 된다.

알카에다의 공격 이후 미국인들은 자신들의 나라가 긴 잠에서 깨어나는 모습을 목도했다. 지나치게 남의 시선을 의식하던 거인은 하룻밤 사이 자신의 생존을 두고 투쟁하는, 히드라의 머리를 지닌 위대한 생존자로 변모했다. 토머스 제퍼슨은 일찍이 권력과 안락함의 위험을 경고하며, 민중을 각성시키기 위해서는 10년마다 혁명을 해야 한다고 주장했다. 지금 미국인들에게는 살아남은 자로서의 투쟁에 대해 스스로 곱씹어 볼 것이 촉구되고 있다. 영웅이 되기를 원하지 않더라도 영웅답게 생각할 것을 말이다. 이는 미국 개척정신의 표상인 존 웨인의 남자다움이 아니라 두려움의 굴레를 떨쳐 내는 용기를 말한다. 이 용기는 아이러니하게도 나약함을 통해 깊어진다. 그리고 자신이 누구였는지, 무엇을 할 수 있는지에 대해 생각하지 못하게 하는 '안락한 것들'을 포기하게 하고, 끊임없는 인사불성의 상태에서 우리를 깨운다.

우리는 다양한 대상에 중독되어 과거, 후회, 유희, 게으름, 육체적인 삶이라는 최면 상태에서 깨어나는 데 많은 시간을 소진한다. 발딛고 있는 기반이 무너지고 나서야 삶의 자욱한 안개가 걷힌다. 우리는 그 신기한 세상에 놀라고 두리번거리지만 결국 현재의 상태에 안주한다.

깨달음은 삶과 죽음이 만나는 곳에서 생겨난다. 우리가 삶을 보호하려고 세운 장벽들은 오히려 인생 본연의 찬란함과 아름다움을 감춘다. 자신을 보호하기 위한 최선의 의도가 오히려 스스로를 가두고, 삶의 아름다움을 느낄 수 없게 하는 재앙이 된다. 프랑스의 소설가 마르셀 프루스트는 이 변칙을 멋지게 묘사했다.

"죽음의 위협을 받게 되면 삶은 어느 날 갑자기 멋져 보인다. 인생이 얼마나 많은 계획, 여행, 사랑, 배워야 할 것들을 숨겨 놓고 있는지를 생각해 보라. 게으름으로 인해 보이지 않게 된, 미래의 어느 순간으로 끊임없이 미루고 있는 것들을. 이 모든 위협이 영원히 일어나지 않도록 하라. 얼마나 다시 아름다워지겠는가! 아, 그 불행이 지금 일어나지 않았다면! 루브르의 새로운 화랑을 관람하고, 아리따운 여인의 발끝에 온몸을 내던지고, 인도로 여행갈 기회를 놓치지 않으리라!

하지만 이런 엄청난 변화는 일어나지 않는다. 얼마 지나지 않아 게으름이 희망을 잠재우는 예전의 상태로 되돌아오기 때문이다. 그리고 우리는 결국 그 어떤 것도 하지 않게 된다. 오늘의 삶을 사랑하기 위해서는 커다란 변화가 필요하다. 그것은 우리가 인간이라는 것을 그리고 죽음이 오늘 밤에 찾아올지도 모른다는 것을 생각하는 일만으로도 충분하다."

인간의 유한함을 마주하는 것은 생의 신비에 다가서는 열쇠이다. 페루 출신의 문화인류학자로 뉴에이지 운동의 기수인 카를로스 카스타네다는 그 자신의 비전퀘스트(영적 세계와 교류하는 북미 인디언 부족 의식 – 옮긴이)를 겪은 뒤 문명의 삶으로 돌아오기 전에 야키 족의 스승 돈 후앙에게서 죽음을 어깨 위에 두라는 조언을 받았다. 죽음을 생명력을 일으키는 뮤즈로 바꿔라. 공포는 사라지지 않는다. 그렇다면 마음속 테러리스트에 맞서는 일은 어떻게 가능할까? 발 딛고 선 땅이 흔들리면 어떻게 살아가야 할까? 마르시아 누나가 알고 싶어 했던 것은 그것이었다.

오늘 나는 누나에게 그 역시 삶의 기교라고 말해 주고 싶다. 오랫동안 전해 내려온, 삶을 더 나은 것으로 만드는 지혜의 길, 삶을 살아가는 방법, 이정표, 비결, 지름길, 기술은 분명 존재한다. 플라톤은 이런 생명을 구하는 지혜를 '삶의 기술'이라고 표현했다. 나는 이 책에서 우화, 시, 실화, 나의 자전적인 경험들을 통해 삶의 기술을 전하고자 한다. 각각의 이야기들이 자유롭게 움직이는 큰 그림의 한 조각이자 동시에 자아 실현에 대한 각각의 독립된 교훈으로 보이기를 바란다.

세상이 점점 험악해지면서 이러한 가르침은 더욱 절실해졌다. 우리 중에는 이와 같이 변화의 힘을 증명하는 삶을 살아간 위대한 예술가들이 있다. 이 책을 읽어 나가면서 그들의 힘이 기꺼이 배우고자 하는 사람들에게 주어지는 소중한 부활의 원천임을 알게 되길 바란다.

우리는 살기 위해 자신에게 말을 건넨다

있을 수 없는 일이라 여겼던 일은 누구에게나 일어날 수 있다. 그것도 전혀 예상하지 못한 순간에 말이다. 그 순간에도 우리는 여전히 스스로가 알고 있다고 믿던 자신으로 존재하고, 그다음 순간 결코 일어나지 않을 거라고 믿었던 사건으로 인해 변화를 겪는다.

재앙을 겪은 사람들은 이전과는 다른 모습을 지니게 된다. 안전망은 사라졌다. 도망갈 곳은 어디에도 없고, 숨는다는 것은 소설에서나 가능하다. 위안을 얻으려고 거울 속에서 자신을 찾으려 노력하지만, 그 안에서 볼 수 있는 것은 상황을 받아들이거나 죽음만이 남아 있다는 끔찍한 현실이다. 어둠 속을 더듬어 가며 간신히 새 삶을 꿈꾸지만 새롭게 나타난 낯선 모습은 서서히 커지고, 결국 한 꺼풀 벗겨져 나간 눈으로 세상과 자신의 모습을 보게 된다.

한 쌍의 부부가 있다. 두 사람은 모두 작가이다. 뉴욕에서의 크리스마스가 일주일 지난 날 그들은 바쁜 하루를 마치고 칵테일을 마신다. 지난 42년 동안 이것은 그들의 일상이었다. 그들은 서로의 편집자로서, 가장 가까운 친구로서, 협력자로서 늘 함께 살고 함께 일했다.

눈보라가 치는 어느 날 저녁 몸무게가 43킬로그램밖에 안 되는 가

날픈 체구의 조앤이 주방에서 샐러드를 만드는 동안 존은 난롯가에서 책을 읽었다. 둘은 매우 지쳐 있었다. 하나뿐인 딸 퀸태나가 패혈성 쇼크로 근처 병원에 입원해 있기 때문이었다. 저녁을 먹고 조앤과 존은 다시 병원으로 돌아가야 했다. 지금은 잠깐 식사를 하고 쉴 수 있는 시간이었다.

조앤이 거실로 샐러드를 가져왔다. 존은 책을 덮고 조앤이 음식을 접시에 덜어 주기를 기다렸다. 조앤은 마치 정리정돈이 두려움을 잊게 하는 해결책이라도 되는 듯 정돈이 일상화된 여자였다. 그들의 일상 곳곳은 매일 그녀가 얼마나 세심하게 관리하는지 보여 주었다. 그녀는 표면적으로 드러난 상황을 애써 무시하고 그 뒤로 숨는 것이 혼돈으로부터 가족과 자신을 보호할 수 있으리라 믿는 듯했다. 조앤은 아칸소에서 시에라스에 이르는 황야를 지나 이주한 선조 아래에서 강하게 키워졌고, 실제로도 강했다. 하지만 그녀는 어린 시절부터 어딘가에 감추어져 있는 위험이 금방이라도 닥칠 것 같은 생각에 불안해하며 늘 시달렸다. 조앤은 이런 두려움을 글 쓰는 것으로 달랬다. 자신의 공포를 강하게 옥죄는 듯한 예리한 문체는 그녀가 무서운 세상 앞에서도 냉정을 잃지 않게 해 주었다.

"우리는 살기 위해 자기 자신에게 말을 건넨다."

오래전에 그녀가 쓴 글이다. 그리고 지금 조앤은 저녁식사를 위해 촛불을 켜면서 오랜 세월 함께해 온 남편 존에 대해 생각했다. 그가 그녀를 얼마나 이해하고 있는지, 그녀의 불안을 받아들이고 있는지, 그렇지는 않더라도 그녀를 사랑하고 있는지.

존은 고개를 돌려 자신을 바라보는 아내를 마주 보았다. 조앤이 그에게 마실 것을 따라 주었다. 음식을 먹으려고 포크를 들던 존이 갑자기 식탁 옆으로 쓰러졌다. 그러고는 아내 조앤이 보는 앞에서 죽었다. 중증 관상동맥 질환이었다.

너무나 갑작스런 일에 조앤은 분명 존이 장난을 치는 것이라 생각했다. 그녀는 남편이 눈뜨기만을 기다렸지만 존은 끝내 움직이지 않았다. 조앤은 남편을 붙잡고 비명을 지르다 곧 전화로 달려가 9·11에 신고를 하고 남편의 머리를 무릎 위로 끌어와 안았다. 얼마 후 구급대원들이 도착해 남편의 가슴을 두드리며 심폐소생술을 시도했다. 조앤은 간단하게 가방을 챙기고 그들과 함께 비상 엘리베이터를 타고 내려왔다. 구급차에 탄 조앤은 존의 차가운 손을 무릎 위에 올려놓고 창밖으로 지나가는 차들을 멍하니 바라보았다.

3주 후 열린 남편의 추도식에서 조앤은 추도사를 들으며 딸 퀸태나를 바라보았다. 20개월 후에 이 아이의 장례를 치르게 되리라는 걸 꿈에도 생각지 못한 채. 큰 선글라스를 끼고 앉은 조앤은 안절부절하다 안개 속을 더듬는 기분으로 의자에서 일어났다. 갑작스러운 사고, 거짓말처럼 눈앞에 놓여 있는 관이 그녀를 무척이나 혼란스럽게 했다. 삶이 둘로 쪼개진 듯했다. 그 후 몇 개월 동안 조앤은 아파트 복도를 매일 서성거렸다. 수프 이외에는 아무것도 먹지 못했고, 무언가에 사로잡혀 제대로 쉬지 못했으며, 강박적으로 그날 일어난 일을 분 단위로 종이에 적어 나갔다. 시간표를 자세하게 적는 것이 마법처럼 존을 그녀에게 데려다 주기라도 할 것처럼.

삶은 빠르게 변한다.
삶은 한순간에 변한다.
저녁식사를 하는 자리에서 그렇게 삶은 끝났다.

자기연민에 대한 의문.

암울했던 시기에 쓴 이 네 줄의 글은 조앤이 자신의 삶을 되짚어 가는 발자취가 되어 주었다. 일을 하고 온전한 정신을 유지하기 위해 조앤은 광적으로 세밀하게 자신과 집을 관리했고, 이는 그녀가 알고 있는 것들이 사실일 리 없다고 말해 주는 사악한 마법이 되었다. 조앤은 '그가 집에 오면 필요할지도 몰라서' 존의 신발을 현관에서 치울 수가 없었다.

"정말 이상한 일이었어요."

조앤 디디온은 그 사실을 이제야 깨닫는다는 듯이 말했다. 시련이 있은 지 3년이 지난 눈 내리는 12월의 어느 날, 맨해튼 어퍼 이스트 사이드에 있는 조앤의 아파트에서 나는 그녀를 만났다. 내가 대학생일 때부터 문학계의 영웅으로 불렸던 조앤은 천진난만한 소녀처럼 헐렁한 연보라색 스웨터에 꽃무늬 치마를 입고 검은 스타킹과 무릎까지 올라오는 부츠를 신고 있었다. 그녀는 느릿느릿하게 말하며 간간이 경쾌한 웃음을 터뜨렸다. 다정했지만 굳이 내 호감을 사려고 애쓰지는 않았다. 그녀의 너그러운 대답에서는 불필요한 말이라곤 단 한 마디도 찾을 수 없었다.

그녀가 잿빛 눈으로 나를 응시했다.

"한번은 정신질환을 앓는 사람들과 함께 지낸 적이 있어요. 겉보기에는 멀쩡한 사람들이 그렇게까지 미칠 수 있다는 것을 예전에는 전혀 상상하지 못했죠."

조앤이 치마를 정돈한다.

"전 지극히 평범한 중산층으로 살았어요. 잘 정돈된 생활이었죠.

그런데 연이은 불행들과 함께한 시간이 내 균형을 무너뜨렸어요."

조앤은 책에도 썼던 '죽음과 병, 결혼과 아이와 추억, 온전한 정신이 얼마나 쉽게 무너질 수 있는지와 삶 그 자체에 대해' 자신이 가졌던 확고한 신념들을 풀어놓았다. 남편이 세상을 떠난 이듬해부터 그녀는 어깨까지 차오른 슬픔을 헤치고 잘못된 생각의 고리를 풀면서 현실 세계로 갈 방법을 찾기 시작했다.

"우리가 실제로 문제를 극복하지 못한다는 사실을 알게 됐죠. 다만 끌어안을 뿐이에요. 문제는 내 일부가 돼요. 그렇다고 항상 울면서 돌아다녀야 한다는 뜻은 아니에요. 대신 변화하죠."

"당신은 어떻게 변화했는데요?"

조앤의 책을 읽었던 나는 그녀의 감정이 급격히 변화했음을 알아차렸다. 그녀가 다리를 꼬고 몸을 앞으로 숙였다.

"저는 어떤 면에서 인내심이 아주 부족해요. 전에도 그렇게 인내심이 강한 사람은 아니었지만요."

조앤이 어린아이 같은 웃음을 터뜨렸다.

"저는 사랑에 더 가치를 둬요."

그녀는 늘 사랑에 가치를 두는 사람이 아니었던가? 사랑은 조앤이 신뢰하는 몇 안 되는 것 중 하나로 보였다. 어찌 보면 사랑은 이 작가에게 전부인 듯 보이기도 했다. 〈롤링 스톤〉 지의 묘사처럼 그녀는 '전쟁 후 폭발한 시대정신과 사회에 충격을 불러일으키는 무질서의 표상'이었다. 차갑고 완벽한 문체에 녹아 있는 격렬한 감정들, 그것은 그녀의 유산이었다. 사랑은 언제나 그녀에게 신성한 것이었다. 그녀의 말은 내가 생각하는 것과 다른 의미일까?

"누군가를 잃은 다음에는 그동안 헛되이 보낸 순간들을 생각하게 돼요. 그리고 돌이킬 수 없는 순간은 특별히 더 소중해지죠."

자신의 절망에 대해 쓴 회고록《상실》에서 조앤은 어려웠지만 함께 지켜 나갔던 부부 관계에 대해 말했다. 남편과의 유대관계는 복잡 미묘한 감정을 수반했고, 소외, 언쟁, 엇나감 등 결혼 생활은 좋을 때도, 나쁠 때도 있었지만 결국 함께 지켜 나가야 한다는 걸 깨달았다. 한때 존과 조앤은 미국에서 가장 유명한 작가 부부였다. 조앤은 재미있고 매력이 넘쳤으며, 존은 헌신적이고 조용한 사람이었다. 그들은 함께 전설이 되었다. 그러나 지금 그녀는 혼자이다. 그리고 이제 겨우 정신을 차렸다.

"존이 죽고 나서 6개월 동안은 부부들이 사소한 일로 다투는 것을 보기만 해도 화가 났어요. 그 사람들에게 시간이 그렇게 많지 않다고 말해 주고 싶었지요."

그녀는 테이블보에 달린 리본을 바라보았다.

"존이 심장에 문제가 있다는 건 우리 둘 다 알고 있었어요. 하지만 그가 곧 죽을 것 같다고 제가 걱정만 하고 있었다면 어땠을까요? 다른 누군가가 혹은 자기 자신이 언제든 죽을 수 있다는 생각에 사로잡혀 있다면 제대로 살 수가 없죠. 그래서 좋을 게 뭐가 있겠어요?"

"그렇게는 살기 힘들죠."

"어쩔 수 없는 일이었는데도 내가 아무것도 하지 못했다며 스스로를 나무랐다는 걸 깨달았어요. 모든 상황을 내 뜻대로 할 수 있다고 생각하는 게 가장 나쁜 허세였음을 알았죠. 전 제 기대에 너무 집착했던 거예요."

"과거형으로 말씀하시네요?"

"지금은 한결 나아졌어요. 조금씩 받아들이고 있죠. 최악은 끔찍한 일을 예상하면서도 내게 그런 일이 일어날 리 없다고 기대하는 거예요."

조앤이 또다시 웃는다.

"그러다 기어코 끔찍한 일이 일어나면 그제야 기대를 버리게 되죠. 저는 그것이 무척 두려웠지만 이제 훨씬 나아졌지요."

"두렵지 않다는 말씀이세요?"

"아니요. 끔찍한 일이 일어났을 때 제가 그것을 다 받아들였다는 건 아니에요. 응급실에서 저는 존이 이미 죽었다는 것을 인정해야만 했지만 한편으로는 어떻게 남편을 집으로 데려갈 수 있을지만 생각했지요. 마치 제가 모든 상황을 바꿀 수 있는 것처럼 말이에요. 사실을 받아들이지 못했던 거죠."

"받아들이지 못하는 데는 이유가 있죠."

"사람들이 어떻게 모든 것을 받아들이고 제대로 살 수 있는지 모르겠어요. 물론 우리는 모든 것을 있는 그대로 봐야 해요. 하지만 그 순간에 모든 것을 다 받아들일 수 없다면 다른 길을 찾아야 해요."

조앤은 조금 초조한 듯한 말투로 말을 이었다.

"사람들이 강해져야 한다고 말할 때 저는 그게 무슨 뜻인지 전혀 알 수 없었어요. 하지만 저는 죽지 않았어요. 계속 살아야 했죠. 달리 어떤 선택이 있었겠어요? 제게는 아픈 아이까지 있었어요. 선택의 여지가 없었죠."

그러나 그녀는 그 시련을 올바르게 이용할지 그러지 않을지를 선택할 수 있었다. 조앤은 자기가 겪었던 혼돈의 시간을 자세하게 분석하고 그 이야기를 통해 다른 사람들을 도울 수 있을지도 모른다고 생각했다. 특히 머뭇거리며 앞으로 나아가는 사람들에게 말이다. 그녀는 그런 머뭇거림을 '미국식으로 슬퍼하는 법', 다시 말해 '용기처럼 보이지만 실상은 회피하는 태도'라고 말한다.

"그건 누구도 이야기하지 않는 거예요. 상실이 주는 육체적, 정신적 영향은 여러 가지지만 그런 일이 일어난다는 것은 아무도 인정하지 않지요. 하지만 누군가가 그때 '미칠 것 같은 기분일 거야. 그건 당연한 거야. 당황하지 마'라고 말해 준다면 훨씬 도움이 될 거예요."

충격적인 사건의 더욱 혼란스러운 부작용 중 하나는 '시간감각을 속인다'는 것이다. 정신적 외상을 겪은 사람들의 시간은 한순간 멈춘 듯했다 어느 순간 일제히 과거로 회귀하며 그들을 현실 세계의 흐름에서 밀어낸다. 이런 뒤틀림은 마법과 같은 생각을 하게 만든다.

"제가 배운 건 결혼 생활이 함께 보내는 시간을 의미하는 것만은 아니라는 거예요. 재미있게도 그건 시간에 대한 부정이기도 해요. 40여 년간 저는 존의 눈을 통해 제 자신을 바라봤지요. 그 속에서 저는 나이를 먹지 않고 있죠."

나는 그녀가 얼마나 아름다운지 말해 주었다. 진심이었다. 조앤은 그 칭찬을 마지못해 받아들였다.

"점점 나아지고는 있어요."

얼마 전에 조앤은 예전 사무실에 있는 존의 책장을 정리했다. 조앤이 한숨을 쉬었다.

"그게 첫 번째였죠."

딸 퀸태나의 죽음에 대해 어렵게 이야기를 꺼내자 조앤은 그것이 대답하기에는 너무 쓰라린 주제임을 굳은 표정으로 대신했다.

"자식을 잃는 것은 남편을 잃는 것과는 완전히 다른 문제예요. 더 근본적이고, 더 익숙해질 수 없는 일이죠."

그리고 그녀는 입을 다물었다.

거실이 어두워졌다. 조앤은 피곤해 보였다. 나는 아직 묻고 싶은 게 하나 남아 있었지만 다소 유치하게 여겨질까 걱정스러웠다. 조앤이 일어나 문으로 걸어갔다. 그녀는 내 턱에 간신히 닿을 만큼 자그마했다. 나는 기어코 그 질문을 던졌다.

"다시 사랑에 빠질 수 있을 것 같나요?"

조앤이 멈춰 서서 나를 똑바로 쳐다보았다. 그녀의 얼굴에 이내 재미있다는 듯한 표정이 떠올랐다. 그녀가 느릿느릿 대답했다.

"다시 결혼하지는 않을 것 같아요. 아마 그럴 거예요. 하지만 사랑에 빠질 수 있겠냐고요?"

그녀가 턱을 당기며 강한 어조로 말했다.

"물론이지요."

춤추는 걸 잊으면 안 된다

한 아름다운 수피교도에 관한 이야기가 있다. 숲 속의 호랑이 한 무리가 실수로 새끼 한 마리를 뒤에 남겨 둔 채 떠나 버렸다. 마침 지나가던 양이 새끼 호랑이를 데려다 키웠다. 양은 새끼 호랑이에게 양처럼 행동하는 법을 가르쳤다. 새끼 호랑이는 양처럼 걷고, 양처럼 울며, 목초를 뜯어먹었다.

몇 년 후 한 호랑이가 길을 지나다 반쯤 자란 호랑이가 양처럼 행동하는 터무니없는 광경을 보게 되었다. 어른 호랑이는 질겁하며 어린 호랑이를 숲 속 연못으로 데리고 가 연못에 비친 자신의 모습을 보게 했다. 어린 호랑이는 비로소 자신이 무엇인지 깨달았다.

어른 호랑이는 먼저 어린 호랑이에게 포효하는 법부터 가르쳤다. 처음에 어린 호랑이가 낼 수 있는 것은 양의 울음소리뿐이었다. 그러나 곧 어린 호랑이의 목에서 조금씩 포효가 울려 나오기 시작하더니 몇 주간 연습하자 자유롭고 멋진 포효가 튀어나왔다.

이것이 바로 고통에서 살아남은 이들이 겪는 일이다. 우리는 양에게 길들여진 호랑이처럼 자신이 안전하고 특별하다고 믿는다. 그러다 어느 날 숲 밖에 도사리고 있는 냉혹한 현실을 마주치게 된다. 하지만 긴 싸움을 치르고 나면 우리는 자신에게 야생의 본능이 내재되어 있음을 알게 된다. 단지 그동안 스스로 용기가 없다고 생각했을 뿐이다.

이것은 사람들이 깨어날 때 일어나는 신비한 일이다. 에너지는 증가하고 심장은 강해진다. 눈에는 마력이 서린다. 시련을 이겨 낸 사람들이 그토록 매력적인 이유는 이 때문이다.

1988년의 어느 무더운 오후 나는 피렌체의 기차역에서 3등석 객실에 혼자 앉아 출발을 기다리고 있었다. 그 순간 생전 처음 보는 희한한 모습을 한 사람이 문을 활짝 열어젖히며 객실로 들어왔다. 기름에 절인 감자처럼 미끈한 갈색 피부와 커다란 엉덩이를 가진 그는 운동화에서부터 멜빵바지, 허리띠, 가방, 낡은 모자에 이르기까지 온통 파란색으로 맞춰 입고 있었다. 강렬한 인상을 풍기는 그는 모양도 제각각인 볼품없는 가방들을 둘러매고는 많이 더웠는지 계집아이처럼 꽥 소리를 질렀다.

"돌아 버릴 것 같군!"

마침내 그가 내 맞은편 의자에 털썩 주저앉았다.

"안녕하세요!"

그는 숨을 헐떡이면서 한 손으로 연신 부채질을 했다. 다른 손에는 사과 파이가 들려 있었다. 미소 짓는 입술 사이로 누런 이가 드러났고 입가에는 빵 부스러기가 묻어 있었다.

"무슨 날씨가 이래? 정말 끝내주네!"

그는 마치 쇼핑중독에 걸린 뚱뚱한 소녀 같았다. 꼭 끼는 청바지에 모조 다이아몬드가 박힌 재킷을 입고, 눈썹의 마스카라는 온통 번져 있었으며 입술에 바른 립스틱은 얼룩덜룩했다. 번들거리는 이마에는 작은 여드름이 나 있었다.

내가 말을 건넸다.

"날씨가 많이 덥죠."

그가 손을 내밀며 기분 좋게 대답했다.

"마리오라고 해요."

삶에는 때로 기묘하다고밖에는 말할 수 없는 일들이 일어나곤 한다. 파리로 가는 그때의 심야기차 여행이 그랬다. 마리오는 행복에 겨워 자리에서 들썩거렸다. 알고 보니 그는 겉으로 보이는 것처럼 성전환 수술을 한 콜걸이나 여장남자가 아니라 선천적인 소프라니스트 중 하나였다. 소프라니스트는 여성의 성대를 가지고 태어난 남성으로, 과거에는 남자아이들을 거세해 소프라노를 만들기도 했다고 한다. 그들의 독특하고 아름다운 목소리는 사람들의 열광과 욕망을 이끌어 냈다.

"그들은 그곳을 잘라 냈지만 전 아니에요!"

마리오는 다음 날 파리 오페라 무대에서 데뷔를 한다고 말했다. 그는 단순히 흥분했다고 설명하기 힘들 정도로 감정이 최고조에 달해 있었다. 너무나 행복해서 어쩔 줄 몰라 했다. 그는 노래를 부를, 그야말로 자신의 모든 것을 발산할 준비가 되어 있다고 했다. 지난 수년간 여기저기에서 공연을 해 왔지만 내일은 정식 데뷔 무대에 서는 것이었다.

마리오에게 노래를 가르친 코웰 부인은 8년간 그를 완벽하게 준비시킨 끝에 세계 최고의 오페라 무대에 서게 해 주었다. 마리오는 지금껏 지방에서 별 볼 일 없는 역할만을 맡아 왔지만 내일은 생애 최고의 데뷔 무대가 될 것이라고 말했다. 그가 라자냐 통조림 뚜껑을 땄다.

"선생님은 절 아껴 두고 싶어 했죠."

그는 목에 두른 파란색 스카프를 잡아당겼다.

"열여섯 살 때부터 그분께 배웠어요."

마리오가 통조림 통에 숟가락을 깊숙이 넣었다.

"전 준비가 다 되어 있어요!"

나는 뭐라 딱히 할 말이 없었다.

"제 후원자가 절 찾아내고 선생님을 소개해 주었죠. 그래서 이탈리아에 오게 된 거예요."

"어디에서 당신을 찾았는데요?"

"아저씨가 절대 가고 싶지 않을 만한 곳이요."

비밀을 말하지 못해 안달이 난 사람들이 그렇듯 마리오는 조금씩 자기 얘기를 풀어냈다. 녹음기를 찾으려고 가방을 뒤지면서 나는 무슨 말에도 놀라지 않겠다고 약속했다. 토스카나 평원을 지나면서 마리오는 고칼로리 음식 하나를 또 후딱 먹어 치웠다. 그리고 자신은 스스로 슈퍼스타가 되는 대장정에 올랐다고 말했다.

마리오는 브라질 북서쪽에 위치한 살바도르 근처 밀림 지대에 있는 마을 출신이다. 그는 글을 모르는 농사꾼 부모님 사이에서 열 형제 중 하나로 태어났다.

"더럽게 가난했어요."

마리오가 천천히 음식을 씹으며 말했다. 학교도, 병원도, 전기도 없었다. 식구들은 한 달에 딱 한 번 고기를 먹었다. 그의 형제 중 다섯 명은 살아남지 못했다.

"열 명 중 반이 죽었다고요?"

"가난했으니까요."

아마도 질병이나 영양실조 때문인 듯했다.

"전 늘 남달랐어요. 어디를 가든 늘 노래를 부르고 또 불렀죠. 보다시피 전 여자애 같잖아요. 크고 살찐, 계집애 같은 남자애. 전 항상 뚱뚱했어요."

마리오가 뱃살을 잡아당기며 웃었다. 그러고는 라자냐를 큼지막이 한 숟가락 퍼냈다.

"하지만 제게 아름다움 외에 문제될 건 아무것도 없어요. 아름다움만 있으면 되는데 말이죠."

마리오가 매니큐어가 칠해진 손을 가슴에 얹었다.

"전 천국에서 자랐어요. 에덴동산이었죠."

열네 살 무렵의 어느 날 언제나처럼 그가 마음을 노래하며 여동생과 함께 우물물을 긷고 있을 때 백인 남녀 한 쌍이 지프차를 몰고 왔다. 물 한 잔 달라는 부탁에 마리오가 마리아 칼라스처럼 화답의 노래를 부르자 그들은 깜짝 놀라 했다. 마리오는 아직도 그 생각만 하면 마음이 들뜬다며 빙그레 웃었다.

"그들이 제게 '그냥' 말해 보라고 하더군요. 전 '그냥' 말하고 있는 거라고 했어요. 여동생이 제가 정말 보통 때처럼 말하고 있다고 설명해 주었죠. 그러자 그들은 우리 집에 와서 부모님과 이야기를 나누었어요. 남자가 절 도와줄 선생 하나를 알고 있다고 말하더군요. 엄마는 그들이 절 노예로 데려갈까 겁냈죠. 그 이탈리아 남자는 그런 게 아니라고, 정말 오페라 선생을 소개해 주겠다고 하면서 명함과 전화번호를 줬어요."

믿기지 않는 이야기였다.

"신이 증인이에요."

마리오가 십자가를 그으며 맹세하는 시늉을 했다. 그러고는 "정글 소년이 소리의 벽을 깨다"라는 등의 기사들을 보여 주었다. 조잡한 언론 홍보용 사진 속의 그는 턱시도 차림이지만 어지간한 여자들보다 훨씬 여성스러웠다. 나는 그의 말을 믿지 않은 것에 대해 사과했다.

"아무도 절 믿지 않았죠. 전화가 있는 친구에게 부탁해 그 번호로 전화를 걸었어요. 그는 그때 상파울로에 있었고, 제게 코웰 부인이 피렌체를 방문하면 그 앞에서 노래를 불러 달라고 했어요. 그러고는 상파울로에서 택시를 보내 줬어요. 차다운 차를 타 본 건 그때가 처음이었어요. 결국 전 부인을 만났고, 부인은 제게 '희귀한 새'라고, 보기 드문 사람이라고 찬사를 보냈어요. 저도 늘 그렇게 생각해 왔다고 대답했죠. 그리고 6개월 후에 선생님이 이탈리아의 한 유명한 선생과 함께 공부하라며 제게 비행기 표를 보내 줬어요!"

"정말 놀라운 일이군요, 마리오."

"신은 위대해요."

그가 십자가상에 입을 맞췄다.

"전 돈이 없었어요. 그래서 선생님이 한 늙은 백작 부인의 집에서 일할 수 있도록 해 줬죠. 부인은 한때 정말 대단한 사람이었지만 지금은 혼자 지내고 있어요. 그 집에서 많은 것을 배웠죠. 부인은 늘 슬퍼했고, 술을 많이 마셨고, 외로워했죠. 전 요리 외에 모든 일을 하면서 낮부터 밤까지 부인 곁에 있었어요."

그는 이야기를 계속했다.

"부인은 버림받았지요. 그녀는 돈이 많았지만 아이도 남편도 없이 늙었고, 친구들이 자기 돈만을 원한다고 생각했죠. 그리고 제가 유일한 친구라고 말했어요. 그렇게 많은 돈을 가지고도 불행할 수 있다는 걸 전 그때 알았어요. 언젠가 부인이 제게 비밀을 말해 줬어요. 듣기는 했지만⋯⋯."

마리오가 손가락으로 입을 잠그는 시늉을 했다.

"아무것도 아니에요. 전 아무것도 말하지 않을 테지만 아저씨에게는 딱 하나만 말할게요. 아저씨는 좋은 사람이니까."

그가 나를 향해 코를 찡긋거렸다.

"한번은 부인이 살고 있는 빌라에서 파티가 열렸죠. 부인의 빌라는 굉장히 멋져요. 코르소 다이 틴토리에서 가장 오래된 빌라죠. 피아자 산타 크로세 근처에 있어요. 파티에는 많은 사람들이 왔고, 부인은 상석에 앉아 있었죠. 아름다운 드레스, 값비싼 보석, 넘치는 음식들. 모든 사람들이 즐겁게 웃고 있었어요. 그런데 탁자 밑으로⋯⋯."

마리오가 자신의 입을 막았다.

"뭔데요?"

"탁자 밑으로 부인이 오줌을 누고 있는 거예요."

뭐라고?

마리오가 얼굴을 찌푸렸다.

"부인은 멋진 사람들과 함께 그곳에 앉아 있었지만 의자에서 오줌을 눴죠. 너무 취해서 화장실에 가려고 일어설 수조차 없었거든요. 하지만 아무도 눈치채지 못했어요. 사람들은 그저 먹고 마시고 있을 뿐이었죠. 부인은 혼자였어요. 전 음료수를 따르려고 구석에 서서 부인을 바라보았죠. 그녀는 그런 절 보며 속으로 울고 있었어요."

마리오가 잠시 말을 멈췄다.

"그 순간 전 이해했죠."

"무엇을요?"

"빈곤함. 부자의 빈곤함과 빈자의 빈곤함이 다르다는 걸 안 거죠."

알코올중독자인 귀족 부인의 외로움을 다섯 아이가 굶어 죽을 정도의 빈곤함에 비유하다니…… 지나친 과장처럼 느껴졌다. 마리오가 턱에 흘린 라자냐를 닦아 냈다.

"제 눈으로 직접 본 이야기를 하나 해 줄게요. 제가 자란 곳에서 아저씨가 살아남을 수 있다면 그건 기적이에요. 어렸을 때 근처에 네 살짜리 여자아이가 살았는데, 그 애는 밤마다 배고프다고 중얼거렸죠. 하루는 그 애가 우물에서 어떤 벌레를 건져 먹었는데 배가 부풀어 오르기 전까지 아무도 그 사실을 몰랐어요."

마리오가 산모처럼 자신의 배를 쓰다듬었다.

"의사들이 아이의 장을 세척하자 벌레들이 입 밖으로 기어 나오기 시작했어요. 전 그 모습을 지켜봤죠."

그가 손으로 그 모습을 흉내 냈다.

"결국 그 애는 질식사했어요. 하지만 그 아이가 백작 부인보다 더 비참하다고 할 수 있을까요? 죽는 데는 많은 방법이 있어요, 미국인 아저씨."

"그렇죠. 하지만 마리오……."

그가 내 말을 가로막았다.

"비참함에도 여러 모습이 있어요. 전 그걸 모두 봤지만, 그래도 삶은 여전히 아름다워요!"

마리오가 조금 힘겹게 자리에서 일어났다. 그는 몸을 흔들어 바지

춤을 추스르더니 엉덩이를 흔들면서 즉흥적으로 삼바를 추었다. 한 손은 배 위에 걸쳐 놓고 다른 손으로는 손가락을 튕겼다.

"전 춤추는 게 좋아요!"

주위를 돌며 활짝 웃는 그의 모습이 놀랍도록 우아했다.

"절대로 춤추는 걸 잊으면 안 돼요."

마리오가 흥에 겨워 머리를 뒤로 젖혔다. 웃으며 자리에 앉은 그가 숨을 헐떡였다.

"하지만 아저씨 같은 사람들은 사는 방법을 몰라요."

"무슨 뜻이에요? 나 같은 사람들이라니요?"

"미국 사람들이요. 언제나 너무 심각해요! 미국 사람들은 사는 방법을 몰라요. 늘 긴장해 있죠. 스트레스가 너무 많아요. 그리고 세상을 볼 때……."

그는 추운 날씨에 길을 걷는 사람처럼 팔짱을 꼭 꼈다. 내가 끼어들었다.

"그렇지 않아요."

마리오가 나를 놀린다.

"안이 차가워요. 얼음처럼 말이죠. 백작 부인도 마음이 얼음처럼 차가웠어요. 스스로도 자신에게는 감정이 없다고 말하기도 했죠. 자기가 울어도 그건 그저 물에 지나지 않는다고 했어요. 아무도 봐 주지 않으면 눈물은 단지 물에 지나지 않는다고 말이에요. 제 나라에서 벌어지는 일보다 더 슬픈 비극이죠."

나는 굳이 반박하려 들지 않았다. 마리오가 두 주먹을 불끈 쥐었다.

"우리에겐 삶이 있어요. 우리는 그 삶을 사랑해요."

내가 말했다.

"우리도 그래요. 하지만 때로는 그러기가 쉽지 않죠."

"그러나 삶에는 아름다운 순간도 많아요!"

마리오가 몸을 앞으로 숙여 내 무릎에 손을 얹었다.

"사랑 만세!"

나는 무슨 말을 해야 할지 알 수가 없었다.

"제가 백작 부인에게 해 준 말이에요. 제 삶이 힘들다 한들 누가 신경이나 써 주겠어요? 부인은 자기를 무시하는 아들보다 제가 더 낫다고 했어요. 제가 신선한 공기 같다고 말했죠. 저는 부인에게 더 나은 삶을 살기에 아직 늦지 않았다고 말해 줬어요. 우리는 고통만 받으려고 이 세상에 태어난 게 아니에요. 고통에는 그 이상의 것이 있죠. 가끔 전 부인의 행복을 위해 노래해요."

나는 그의 마음을 눈치챘다.

"내게 노래를 들려 주겠어요?"

"아저씨가 그런 부탁을 할 줄은 몰랐는데!"

마리오가 웃는다. 그러고는 어깨를 펴고 눈을 감고 목소리를 가다듬었다. 그가 입을 열어 〈나비 부인〉의 아리아 〈어느 멋진 날〉을 노래하기 시작했다. 높고 깨끗한 목소리였다. 목소리가 너무도 아름다워 어안이 벙벙해질 지경이었다. 우리가 오디오를 켰는 줄 알고 열차 승무원이 달려올 정도로 엄청난 성량이었다. 승무원도 객실 입구에 멈춰 서서 마리오의 열정적인 사랑 노래를 들었다. 마리오의 눈에 눈물이 차오르고, 목소리가 떨렸다. 손은 허리를 꼭 잡은 채였다. 노래를 마치고 나서 마리오는 목에 두른 스카프를 다시 조여 맸다. 그리고 손가락으로 입을 다무는 시늉을 하며 내게 공연이 끝났음을 알렸다. 이제 그의 소중한 악기는 쉬어야 했다. 칼라스가 전설이 되었던 바로 그 무대에 내일 올라야 하지 않는가. 그날 우물가에서 노래를 부르지 않았다면 도시의 불빛을 볼 수 없었을 이 시골 소년은 '그 깊은 어둠' 속에 자신의 목소리를 바치리라.

다음 날 아침 우리는 플랫폼에서 작별의 포옹을 했다. 마리오가 내 양 볼에 입을 맞췄다.

"행운을 빌어 줘요."

"당신은 행운이 필요 없을 거예요."

"행운은 누구에게나 필요해요, 미국인 아저씨."

그는 발길을 돌려 파리 북부역의 왁자지껄한 아침 햇살 속으로 한껏 으스대며 걸어갔다.

이 세상에 고통이 존재하는 이유

자기완성은 쉽지 않은 일이다. 거듭남에는 대가가 따른다. 우리는 그 험난한 과정에 지쳐 결국 달아나곤 한다. 변화를 간절히 바라야만 그 과정을 완수해 낼 수 있다. T. S. 엘리엇은 이런 '탈피'를 '무엇과도 바꿀 수 없는 완벽히 단순한 상태'라고 표현했다.

이는 영적인 과정으로, 여기에는 커다란 심리적 전환이 필요하다. 우리의 이성적이고 방어적인 마음으로는 선뜻 이해하기 힘들며, 심지어 좀 삐딱해 보이는 시도로 여겨질 수도 있다. 그러나 가장 파괴적인 힘이 건설적인 결과를 이끌어 낸다는 것을 우리는 선례를 통해 알고 있다. 정말 피하고 싶은 고통은 오히려 진실과 아름다움을 찾아내는 계기가 되기도 한다.

"웃음의 날(웃음의 날은 1998년 뭄바이에서 국제 웃음 요가 운동의 창시자 마단 카타리아에 의해 시작된 것으로, 부처가 깨달음을 얻은 날을 의미한다. – 옮긴이)에 있던 것은 지금도 있다."

내 스승이던 한 성자는 늘 이렇게 말하곤 했다. 그는 인도 남부의 한 산에서 50년을 살았다.

"웃음의 날에 있던 것은 지금도 있다."

선생은 면도한 머리 위로 까칠하게 자란 흰 머리카락을 손바닥으로 문지르며 가볍게 툭 내뱉었다.

선생이 말하고자 했던 것은 무엇이었을까? 그가 말한 '웃음'은 어떤 것인가? 이윽고 나는 그 뜻을 이해하기 시작했다. 선생은 부처의 웃음을 말했던 것이다. 자신이 진정 누구인지, 어떤 존재인지 깨달은 순간 마음에서 우러나오는 큰 웃음. 부처가 된 왕자 싯다르타는 마침내 자신의 본질을 발견하고 크게 웃었다고 한다.

깨달음을 얻은 싯다르타가 어느 날 시골길을 산책할 때였다. 한 사람이 길을 지나다가 그에게 무엇이 그토록 기뻐 그렇게 웃을 수 있는 거냐고 물었다. 싯다르타는 그런 것은 없다고 말했다.

행인이 물었다.

"당신은 마법사인가요?"

"아닙니다."

싯다르타의 대답에 행인이 다시 물었다.

"당신은 신인가요?"

"아닙니다."

행인이 다시 한 번 물었다.

"그렇다면 당신은 누구인가요?"

"나는 깨어 있는 자입니다."

플라톤은 이것을 끝없이 변화하는 삶의 장막 아래에 숨겨져 있는 것, 모든 것이 결국 소멸하는 현상계 너머에 있는 '최초의 기억'으로, 우리가 과연 누구이고 어떤 존재인지를 기억하게 한다고 말했다. 숨겨져 있는 자신의 본질, 핵심에 대해 불교에서는 '우리가 태어나기 전의 얼굴'이라고 설명하는데, 이는 시시때때로 변화하는 표면적인 상황을 초월한 보다 근원적인 것이다. 우리의 본래 모습은 보이는 그대로가 아니다. 이것은 일찍이 예언자와 주술사 들이 살았던 태곳적부터 내려온 가르침이다. 진실한 자신의 정체성을 경험한 순간, 뱃속 깊은 곳에서부터 웃음이 터져 나온다. 데릭 월컷은 이 순간을 시로 묘사했다.

그 시간이 올 것이다.
그때, 큰 기쁨으로
자신의 도착을 맞이하리라.
당신 자신의 문 앞에서, 자신의 거울 속에서,
다른 이들의 환영을 받으며 함께 웃음 짓게 되리라.

청하라. 이곳에 앉아 먹을 것을.
당신은 자신이었던 그 이방인을 다시 사랑하게 되리라.
그에게, 당신을 사랑했던 그 이방인에게
포도주를 주어라. 빵을 주어라. 심장을 돌려주어라.
당신의 모든 삶, 당신이 잊고 있던,
당신을 기억하고 있는 또 한 사람을 위해
책장에서 사랑의 편지를 꺼내 놓아라.

그 사진, 그 애절했던 쪽지,
거울 속 당신의 껍질을 벗겨 내라.
앉아라. 당신의 삶을 즐겨라.

인도를 처음 찾았을 때 나는 만신창이였다. 한때 무척이나 갈망했지만 이제는 두려워진 뉴욕 출판계에서 도망치듯 뛰쳐나온 뒤였다. 나는 앤디 워홀의 명성으로 창간된 잡지 〈인터뷰〉에서 일했다. 앤디는 아직까지 내가 아는 사람 중 가장 외로운 사람으로 기억된다. 그는 의심할 여지없는 천재였으나 이 행성에서는 외계에서 온 저명인사일 뿐이었다. 앤디는 거의 하루 종일 아무 말도 하지 않고 하루에도 몇 번씩 공허한 분위기를 뿜어내며 내 사무실 앞을 지나갔다. 몇 년 전 광적인 팬 발레리 솔라나스에게 총을 맞은 후 그는 자신의 감정적인 삶 또한 총에 맞았다고 고백했다. 앤디는 평범한 인간 세계를 마치 TV 화면을 보는 것처럼 응시했다. 그리고 막연한 죽음의 냉기를 사무실에 불어넣었다.

내가 〈인터뷰〉에서 보낸 마지막 크리스마스 날 앤디는 직원들에게 선물을 나누어 주었다. 앤디가 내게 준 선물은 검은 피라미드와 연꽃이 새겨진 흰색 실크 스카프였다. 한쪽에는 "밖으로 향하는 유일한 길은 안에 있다."라는 글귀가 새겨져 있었다. 14개월 후 앤디는 담낭 수술 후유증으로 세상을 떠났다. 그의 나이 59세였다.

나는 그때 괴짜 친구 앤드류 하비와 인도에 머물고 있었다. 앤드류는 왕들의 시대가 저물어갈 무렵 델리의 코넛 플레이스 근처에서 태어났다. 우리는 저녁식사를 마치고 그 근처에 앉아 있었다.

하늘에는 보름달이 낮게 걸리고 대기는 먼지로 가득했지만 달콤하고 따뜻했다. 시인이기도 한 앤드류는 우렁찬 목소리로 사라져 가는 세상의 신성함에 대해 장황하게 말을 늘어놓았다.

"이 신성한 세계가 황무지를 지나 고통 없는 자유의 낙원에 이를 때까지 사람들은 이해하지 못할 거야. 세상 모든 것들에는 하나하나, 어쩌면 가장 흉측해 보이는 것들에도 신성함이 내재되어 있다는 걸.

이 세상에 고통이 왜 존재하는지를 말이야."

앤드류는 우리를 둘러싸고 있는 소란스런 인파, 인력거, 소, 경적 소리를 모두 끌어안으려는 듯 팔을 뻗었다.

"뭐야, 마술이라도 부리려는 거야?"

그는 내 말을 가볍게 무시했다.

"우리는 작은 새장 안에서 쳇바퀴를 돌 듯 살고 있어. 새장 밖을 내다보거나 더 깊은 안쪽은 보지 않고 말이야. 만일 사람들이 더 깊이 사색한다면, 가면 안의 자기 모습을 보려는 용기를 낼 수 있다면, 삶을 영원히 바꿀 만한 걸 발견할 수 있을 거야."

"대체 무슨 말을 하는지 모르겠어."

"거울 속에 있는 자신의 진짜 얼굴을 발견할 수 있단 소리지."

진짜 얼굴이라니? 나는 그때까지 사람들에게 스스로 보지 못하는 비밀스러운 진짜 얼굴이 있을 거라고 생각해 본 적이 없었다. 하지만 앤드류의 말이 사실이라면 어떨까? 자욱한 연기와 달빛에 취해 나는 문득 그것이 궁금해졌다. 과장된 면이 아주 없지는 않지만 앤드류는 분명 영적인 주제에 대해 아는 게 많았다. 평범한 삶이라고 부르는 이것이 진짜 현실일까? 우리가 조금이라도 잘못 알고 있는 건 아닐까? 그의 말에는 내 마음을 흔들고 경종을 울리는 무언가가 있었다.

영적 스승들은 오랫동안 우리가 근본적으로 자기 자신을 알고 있지 않으며, 우리의 세속적인 얼굴은 표면에 지나지 않는다는 걸 설명해 왔다. 그 후 몇 년 동안 나는 위기를 겪으면서 육체의 눈을 통해 내 자신을 관찰했다. 자신의 가면을 마주보고 끊임없이 자문하면서 나는 놀랍게도 내 안의 다른 얼굴을 조금씩 발견하게 되었다. 우리는 자아와의 적극적인 투쟁을 통해 자기 자신에 대한 새로운 깨달음을 얻을 수 있다.

이것이 바로 부처가 웃은 이유일 것이다. 부처는 자신의 진정한 얼굴을 깨달았다. 그리고 욕심과 두려움에서 해방되었다. 자신을 놓음으로써 자유를 얻었고, 뒤돌아보지 않음으로써 많은 것을 얻었다. 물론 이 자유에는 상당한 대가가 필요하다. 그러나 자기이해와 그것에서 오는 진정한 기쁨, 흔들리지 않는 힘을 얻을 수 있다면 그 누가 대가를 거부하랴?

사랑은 고통보다 강하다

앤드류와 나는 델리에서 북서부의 중심 도시 스리나가르로 가 달 호수의 선상 가옥에서 하룻밤을 보냈다. 그리고 다음 날 라다크로 향하는 작은 버스에 올랐다. 라다크는 인도 최북단 지역으로 히말라야 산봉우리에 둘러싸인 해발 5,400미터에 위치한 고립된 땅으로, 달의 숨결을 빨아들일 듯 가깝게 느껴지는 곳이다. 그중에서도 먼지와 매연이 가득한 중심 도시 레는 이슬람교도인 카슈미르 인과 티베트 불교 신자들의 합류점이기도 하다.

각진 얼굴을 한 이곳의 여자들은 무릎까지 내려오는 머리를 허리까지 땋아 내리고 고동색의 거친 천을 둘렀다. 그리고 염주를 들고 다니며 가는 곳마다 '옴 마니 밧메 훔'이라고 외친다. 이 산스크리트의 주문은 벽과 돌, 심지어는 음식점 메뉴판에까지 낙서처럼 흔하게 쓰여 있다. 기독교 성향이 강한 미국 남서부 지역에서 "예수님은 살아 계시다."라는 소리를 일상적으로 들을 수 있듯이 말이다.

이 기도문은 어디에나 새겨져 있을 만큼 흔하지만 간단히 해석할 수 있는 말은 아니다. 간단히 해석하면 '자비는 우주의 주술을 만들어 낸다' 정도가 될 것이다. 어쨌든 이 고대 주문의 힘은 윤회를 믿는 성향이 강한 이 지방 구석구석에 배어 있는 듯하다.

앤드류와 나는 약 3주간 한 농가의 펜션에 머물렀다. 방에 난 창으로 해바라기와 채소밭을 바라보고 있노라면 선사 시대에서 온 듯한 할머니가 매일같이 염주알을 굴리며 느릿느릿 밭일을 하고 있는 모습이 보였다. 래브라도 리트리버보다도 작은 당나귀가 자수가 놓인 할머니의 슬리퍼 뒤꿈치를 물어뜯고, 대문 옆에는 커다란 소 한 마리가 앉아 있었다. 멀리 산봉우리가 넓게 펼쳐져 있고, 그 위 8킬로미터나 되는 오르막길에 걸쳐 작은 사원들이 점점이 흩어져 있었다.

우리는 그 오르막을 지나 헤미스 사원 위의 명상동굴에 도착했다. 절 문 앞에서 두 명의 수도승이 앤드류와 나를 반갑게 맞이하고, 우리에게 야크 버터 차를 대접했다. 우리가 그 맛에 괴로워 하자 수도승들은 서로 어깨를 치며 맑게 웃었다.

미국으로 돌아온 후 앤드류는 티베트의 승려 소걀 린포체와 함께 《삶과 죽음을 바라보는 티베트의 지혜》라는 책을 준비하기 시작했다. 이 책은 1939년 영문으로 처음 발간되어 큰 파장을 일으킨《티베트 사자의 서》의 해설판이다. 이는 당시 시대정신을 채찍질하는 책이었다. 서구인들이 십자군 전쟁, 르네상스, 산업혁명으로 분주할 때 티베트 수도승들은 고립된 산속에서 지내며 죽음과 환생에 대한 증거를 찾고 그것을 연구했다. 환생 관념에 대한 그들의 지혜는 대대로 전수되며 연마되고 보호된다. 이에 따라 티베트 인들은 자기 스승의 윤회를 좇는 관습을 가지고 있었다.

나는 환생이라는 주제에 있어서는 불가지론자라고 할 수 있다. 나는 그것이 설득력은 있지만 확신할 수는 없는 주제라고 생각한다. 그리고 두 번 태어나는 것은 한 번 태어나는 것보다 그다지 설득력이 없다는 볼테르의 말에도 동의한다.

소걀 린포체는 내게 책을 만드는 데 도움을 달라고 말했다. 소걀은 소년 같은 웃음과 고집스러운 구석이 있는, 작지만 에너지가 넘치는 사람이다. 그는 티베트 전통에 따라 고전적인 교육을 받았고, 중국의 침공에서 살아남아 히말라야를 넘어 인도로 몸을 피했다. 그 후 영국 캠브리지 트리니티 대학에서 철학을 공부했다. 오늘날 소걀은 불교계의 슈퍼스타가 되었고, 그의 일정은 틈 하나 없이 빽빽하다.

어느 날 오후 우리는 캘리포니아의 압토스 절벽이 내려다보이는 테라스에 앉아 회의를 하고 있었다. 소걀은 인도의 다람살라, 아르헨티나의 부에노스아이레스, 파리에서 걸려 오는 전화를 받느라 무척이나 바빴다. 그동안 우리는 최근 달라이 라마에게 일어난 다소 당황스러운 사건에 대한 이야기를 나누었다. 뉴욕에서 열린 한 집회에서 누군가 달라이 라마에게 자기혐오에 대해 질문했다. 달라이 라마가 잠시 설교를 멈추자 그는 미국에 만연해 있는 자기혐오 문제를 불교에서는 어떻게 다루느냐고 다시 물었다. 티베트 어에는 자기혐오라는 단어가 없다. 통역관이 쩔쩔맸고, 달라이 라마도 어리둥절해했다.

"우리나라에서는 들을 수 없는 단어예요."

소걀이 통화하는 사이에 내게 설명했다.

내가 물었다.

"자신이 가치 없다고 느끼는 최면 상태쯤으로 설명하면 될까요?"

이것은 스스로를 미워하는 미국인들의 아주 흔한 취미를 묘사한 것이다. 우리는 원죄의식이라는 파괴적인 습관을 비판하고 세계 최고의 특권층이라는 나르시시즘에 빠져 있지만 그럼에도 너무나 많은 시간을 스스로를 미워하며 보내고 있다.

소걀이 말했다.

"우리는 탄생의 소중함을 강조해요. 부처는 우리와 같은 인간이었죠. 우리에게 내재된 진정한 본성은 곧 깨어날 거예요. 당신은 당신 안에 있는 부처의 본성이 그 어떤 부처의 본성보다 선하다는 것을 기억해야 해요."

소걀은 그렇게 말하며 싱긋 미소를 지었다.

내가 물었다.

"하지만 악한 사람들도 있잖아요."

자신에게 내재된 부처의 본성을 모르는 파괴적인 사람들이 그 사실을 알게 된다면 어떨까? 소걀은 내 질문을 가볍게 받아쳤다.

"가르침은 말해 주죠. 세상이 악으로 가득 차고 나면 세상의 모든 불행한 일들이 이로운 것으로 바뀌리라는 걸요."

"그래요. 하지만 아주 힘든 시간들이 되겠네요."

그가 한 티베트 성자의 말을 인용해 내 말을 바로잡았다.

"나쁜 것은 시간이 아니에요, 사람이지."

나는 소걀에게 농담을 건넸다.

"사람들이 나쁠 수도 있다는 걸 당신은 믿지 않는다고 생각했는데요."

그가 웃었다.

"그건 때에 따라 달라요."

부처의 본성이라는 말에 흥미를 느낀 나는 나왕 상돌이라는 티베트 여승을 만나러 워싱턴으로 향했다. 스물여섯 살의 이 승려는 열세 살 때 중국 공안에게 체포되어 악명 높은 드랍치 교도소에서

11년을 보냈다. 그녀는 티베트에서 가장 긴 형량을 받은 여성 정치범이었다. 나는 빛이 잘 드는 회의실에서 나왕 상돌을 만났다. 캐시미어 재킷으로 멋을 낸, 몹시 방어적인 태도의 티베트 어 통역관이 옆에 함께 앉았다.

나왕은 나를 거의 쳐다보지 않았다. 그녀는 아직 흉터가 남아 있는 손을 탁자 위에 놓았다. 나왕은 실제 나이보다 스무 살은 더 나이가 들어 보였다. 닳아서 해진 자줏빛 스웨터 탓인지 검은 머리는 푸르스름해 보였다. 그녀의 손목에는 빨간색 보살 팔찌와 작은 상아색 염주 세 개가 자리하고 있었다. 내가 어색한 분위기를 없애려고 입을 떼자 말끔한 옷차림의 통역사가 내 주의를 다른 곳으로 이끌었다.

"나왕은 수줍음이 무척 많아요."

"그녀가 겪은 일을 이야기해 줄 수 있을까요?"

나왕이 통역 없이 고개를 끄덕였다. 그리고 30분 동안 자기가 겪어 온 시련을 자세히 말했다. 나왕이 말하는 동안 나는 그녀를 관찰했다. 눈은 흔들리는 법이 없었고, 목소리는 속삭이는 듯 조용했다. 그녀는 너무나 연약해서 바람에 날아갈 것만 같았다.

1990년 8월 21일 나왕은 라사에 사는 열세 살의 평범한 비구니였다.

"우리 가족은 신앙심이 깊었어요. 하지만 저는 절에 들어가고 싶었지요."

어느 날 오후 나왕과 비구니 한 무리가 달라이 라마의 여름 궁전이던 노블링카에서 열린 축제에 참가했다. 지도자에 대한 애정으로 용기를 얻은 여승들은 군중 가운데로 나아가 감시를 피해 다른 군중들과 함께 소리쳤다.

"티베트에 자유를! 달라이 라마여, 영원하기를!"

그러자 곧바로 제복을 입은 중국 공안이 그녀들의 머리채를 잡아채 트럭에 태우고는 라싸 외곽의 임시수용소로 보냈다. 그들은 참혹하게 구타를 당하고 함께 감방에 갇혀 9개월을 지냈다.

나왕은 잠시 말을 멈추고 물을 마셨다. 나는 그녀가 얼마나 큰 범죄를 저질렀기에 그런 처벌을 받은 것인지 이해할 수가 없었다. "여왕 만세!"나 다를 바 없는 구호를 외쳤다고 해서 열세 살짜리 소녀를 감금시키다니.

곧 고문이 시작되었다고 나왕은 말했다.

"그들은 우리를 분리주의자, 반혁명주의자라고 불렀죠. 그리고 쇠파이프로 때리고 전기 고문을 했어요."

나왕이 손으로 갈고리 모양을 만들어 보이며 빨갛고 뜨거운 고문 도구의 모양을 묘사했다.

"그들은 우리를 묶어 놓고 돌아가면서 때렸어요. 그리고 혀에 전깃줄을 붙이기도 했지요."

중국 공안들은 화가 날 때면 비행자세라고 부르는 고문을 했다. 죄수들의 손을 등 뒤로 묶어 천장에 매달아 놓는 것이었다. 믿을 수 없는 일이었다.

"하지만 어린아이인데……."

"그들에게는 우리가 몇 살인지, 남자인지 여자인지는 상관없었어요. 어린아이들에게도 어른과 똑같은 고문을 했죠."

한 번은 그들이 목에 전기충격기를 대는 바람에 나왕은 자기도 모르게 전기선을 갈기갈기 뜯어 바닥에 내동댕이쳤다.

"보초를 서던 사람이 제 머리에 총을 겨누고 말했어요. '이제 죽을 때가 됐군.' 그러고는 웃더군요."

이것은 시작에 불과했다. 나왕은 감옥에서 풀려나 집으로 돌아왔지만 아버지와 오빠가 체포되어 있는 사이 어머니가 세상을 떠났다는 이야기를 들었다. 애국적인 소녀 나왕은 중국에 협조하기를 거부하고 저항 운동을 계속해 나갔다. 나왕은 감방에서 나온 지 4개월 만에 군중 시위에서 구호를 외쳤다는 이유로 다시 체포되었다. 그리고 이번에는 드랍치 교도소로 보내져 11년을 지냈다.

"저는 독방에 갇혔어요."

우리 둘의 눈이 처음으로 마주쳤다.

"겨울이었어요. 티베트의 겨울은 몹시 추워요. 저는 스웨터도 없이 셔츠 한 장만 입은 채 갇혀 있었어요. 그들은 두 번이나 붙잡힌 저를 수감자들의 본보기로 삼으려고 눈 내리는 마당에 세워놓고 조금이라도 움직이면 매질을 했죠."

"어떻게 그걸 견뎠어요?"

나왕이 대답했다.

"자유를 위해 마음속으로 저항하면서요. 감옥은 매우 작았고 천장은 모든 보초들이 저를 지켜볼 수 있게 뚫려 있었어요. 새장에 갇힌 것이나 다름없었죠. 그들은 제가 잠을 자지 못하도록 밤새 불을 켜놓고 육체적, 정신적으로 저를 무너뜨리려고 했죠. 건강이 나빠지기 시작했어요. 감옥 안에는 거미가 돌아다녔고 가끔은 쥐에 물리기도 했죠."

나왕은 내 쪽으로 고개를 돌려 두 개의 잇자국을 보여 주었다. 내 표정에 차마 묻지 못한 질문이 어려 있었던지 나왕이 먼저 입을 열었다.

"우리의 지도자를 위해 제가 그런 거예요. 제 민족을 위해서, 제 나라를 위해서요."

그러나 그녀의 목소리에는 순교자의 의기양양함 같은 흔적은 전혀 없었다. 그녀에게는 자신의 고결한 행위와 스스로를 자랑스러워하는 허영심 같은 건 없었다. 이 여성은 정말 수수께끼 같다. 아가페는 사리사욕 없는 자비의 행위이다. 어떤 윤리적 잣대를 들이민다 해도 그녀가 가장 높은 수준까지 진화한, 살아 있는 성자임을 부인할 수 없을 듯하다.

"이 싸움을 절대 포기하지 않을 거예요. 선(善)에 관한 진실을 후대에 남겨 주어야 하니까요."

나왕이 손목에 차고 있는 염주를 만지작거리고는 팔을 내밀어 내게 보여 주었다.

"제 셔츠에서 나온 실로 짰어요."

염주에는 '옴 마니 밧메 훔'이라는 글귀가 쓰여 있었다.

"증오를 증오로 끝내서는 안 돼요."

이는 부처의 설법에 있는 구절이다. 나왕은 아무 말 없이 고개를 숙이며 "나마스테." 하고 인사를 건넸다. 통역관이 나왕의 부모님이 밖에서 기다리고 있다며 양해를 구했다. 얼마 전 나왕은 국제구호기관의 도움으로 사면되었다. 이제 나왕은 학교에 가서 영어를 공부하려 한다.

"죄송해요."

나왕이 사과를 하고 일어섰다.

"이제 자유로운가요? 중국 공안들이 없는 미국에서 말이에요."

나왕은 그저 그렇다는 뜻으로 고개를 앞뒤로 갸웃거렸다. 사실 나왕은 위험에도 불구하고 가능하면 빨리 티베트로 돌아가려 한다. 나로서는 도무지 이해할 수가 없었다.

나왕이 영어로 말했다.

"저와 같은 사람들이 아직 많이 있어요."

통역관이 말한다.

"나왕은 무척 겸손해요."

나는 처음으로 그 어린 여승의 수줍은 미소를 보았다.

나왕의 자유는 무엇도 증오하지 않는 그녀의 특별한 능력에서 나온 듯하다. 그녀의 가치는 그녀의 위치에서 나오는 것이 아니라 인간으로서 태어나 얻은 것 그 자체일 뿐이었다. 나왕은 실제로 용감했지만 그녀가 계속 싸울 수 있는 것은 단지 용감하기 때문만은 아닐 것이다. 여승으로서, 고통이 발견되는 곳 어디에서고 그것을 끝낼 수 있도록 노력하겠다는 보살의 맹세를 했기 때문일 것이다. 이 약속이 나왕을 자유롭게 해 주는 듯하다.

더 이상 잃을 것이 없는 나왕은 우리보다 더 풍요롭고 자유롭다. 옴 마니 밧메 훔. 자유를 향한 길은 인간에 대한 연민으로 불 밝혀 있다. 믿기지 않는 일이 일어난다 해도, 그 적이 나를 파괴할 수 없음을 깨닫고 열린 마음으로 그것을 맞이해야 한다. 사랑은 고통보다 강하다. 그 사실을 아는 것만으로도 생의 또 다른 문이 열린다.

두려움은 문 앞을 지키는 용

1970년 7월 여름 롱 아일랜드 사우샘프턴 해변에서 잭 윌리스와 약혼녀 메리 플레셋은 그날 오후의 마지막 파도를 탔다. 두 사람은 결혼을 두 달 앞둔 연인이었다. 서른여섯 살의 유망한 다큐멘터리 영화감독인 잭과 〈뉴스위크〉 지의 기자로 열두 살 어린 메리는 더할 나위 없이 잘 어울리는 한 쌍이었다.

수영에 자신 있었던 잭은 중간 정도의 파도에 몸을 던졌다. 그런데 1분이 지나도록 잭이 물 위로 모습을 드러내지 않았다. 갑자기 그의 머리가 파도 속에서 솟아오르더니 도와달라고 외치는 소리가 들려왔다.

"어려서부터 서프보드 없이 파도를 탔어요. 그래서 그런 파도를 타면 안 된다는 걸 알고는 있었지요."

잭이 말했다. 우리는 맨해튼 센트럴 파크 근처에 있는 그의 집 거실에 앉아 있었다. 이제 일흔세 살이 된 잭은 내 맞은편 안락의자에 앉아 있었고, 메리는 다른 방에서 골프 연습을 하고 있었다. 잭의 야윈 어깨가 한쪽으로 기울어져 있다는 것과 옆에 놓여 있는 보행보조기만 아니라면 그가 장애인임을 알아차리기는 어려웠다. 반짝이는 눈, 하얀 머리, 재기 발랄한 농담까지 잭은 아일랜드의 여느 술집에서 만날 수 있을 법한 재미난 이야기꾼 같았다. 잭이 눈을 반짝였다.

"불현듯 바닥을 내려다봤는데 모래 말고는 아무것도 보이지 않더군요. 빠져나오려고 발버둥을 치다가 어딘가에 뒤통수를 찧었는데 곧바로 목 아래가 마비되었어요. 떨어져 나간 붉은 살점들이 보였어요. 정신을 잃지 말아야 한다고 생각했죠. 그러지 않으면 죽을 테니까."

청바지에 검은 터틀넥 스웨터를 입은 적갈색 머리의 메리가 우리 앞에 물 잔을 내려놓고 반대편 소파에 앉았다. 잭이 말을 이었다.

"그다음으로 생각한 건 '죽어도 괜찮아'였어요. 평생 했던 그 어떤 생각보다 가장 분명했죠. 그러자 절대적인 평화로움이 느껴졌어요. 그러고 나서 어쨌든 이 상황에서 벗어나야겠다는 생각이 들었죠."

나는 메리에게 말을 걸었다.

"그때 상황이 어땠나요?"

"저이에게 달려가려고 했지만 다리가 움직이지 않는 무서운 꿈을 꾸는 것 같았죠. 정말 고맙게도 해변에 있던 사람들이 도와주었어요. 저 혼자였다면 잭을 구하지 못했을 거예요."

잭이 말을 받았다.

"사람들이 절 물 밖으로 꺼내 해변에 눕혔어요. 그런데 몸을 전혀 움직일 수가 없더군요. 다행히 구급대원들이 곧 도착했고, 제 목이 부러진 걸 알고는 함부로 옮기지 않았죠."

월리스 부부는 멋진 팀이다. 보기 드문 진정한 사랑의 동반자로, 웬만한 갈등쯤은 거뜬히 이겨 낸다. 그들은 서로를 무척 사랑한다. 서로에게 도전하고, 반박하며, 상대가 도망치고 싶어 하는 기억 속으로 가차 없이 밀어 넣기도 한다. 잭은 감정적으로나 육체적으로 살아남기 위해 언제나 메리가 필요했다고 말하는데, 이는 두 사람에게 전혀 놀라운 일이 아니다. 그들이 함께한 삶은 가슴 저미고 눈부시다.

잭이 자신이 이때 임사체험을 했다고 말했다.

"그 평화로운 순간은 어쩌면 머리의 충격 때문이었을지도 몰라요. 하지만 지금 저는 죽는 것이 정말 두렵지 않아요. 죽음이 무척 평화로우리라는 걸 알고 있으니까요."

메리가 얼굴을 찡그렸다.

"당신한테나 그렇겠지요."

잭이 말을 이었다.

"하얗고 커다란 빛은 없었어요. 그저 느낌뿐이었죠. 그다음으로 생각한 것은 '살아야 한다'였어요."

사고 다음 날 이상하게도 잭은 별로 두렵지 않았다. 진짜 두려움은 척추검사 결과가 나오기까지 21일 동안 서서히 생겨났다. 잭이 천천히 고개를 저었다.

"6주 동안 견인기를 달고 있었어요. 육체적 통증은 말로 다 할 수 없었고, 약기운에 잠이 들면 끔찍한 악몽에 시달렸어요. 스키를 타고 비탈을 내려가다가 나무에 부딪히는 꿈이었는데 목이 계속해서 부러지고 또 부러졌죠."

그렇다고 깨어 있는 동안의 현실이 더 나은 것도 아니었다.

"메리에게는 사지가 마비될까 두렵다고 차마 말할 수 없었어요."

이 말에 메리가 슬며시 자리를 비웠다. 잭이 낮은 목소리로 말했다.

"죽어 버려야 할까? 휠체어 신세를 지게 되면 어쩌지? 나는 영화감독인데 앞으로 어떻게 살아가지?"

의사의 생각 없는 한마디가 상황을 더 악화시켰다.

"한 의사가 말하더군요. '제게 이런 일이 일어났다면 어떻게 해야 할지 몰랐을 거예요. 전 의사잖아요. 손이 필요하거든요.' 전 꺼지라고 말했죠. '당신은 대체 날 뭘로 생각하는 거요? 한낱 고깃덩이로밖에 안 보이오?'라고 말이에요. 다행히 내 마음을 털어놓을 수 있도록 메리가 녹음기를 가져다줬어요. 덕분에 정신을 완전히 놓아 버리지 않을 수 있었죠. 반드시 말해야 하는 것들을 녹음기에 대고 말했어요. 제 또 다른 모습, 심지어 메리에게조차 드러낼 수 없었던 것을요."

이루 말로 표현할 수 없는 통증에 짓눌리며 잭은 시시각각 그 참혹함에 맞서 싸웠지만 곧 절망이 그를 덮쳐 오기 시작했다. 그가 할 수 있는 건 현실에 대한 부정뿐이었다.

"절망에 빠져 있을 때는 거짓말을 듣는 게 도움이 돼요."

나는 잭의 말에 동의했다.

"맞아요."

"무엇보다도 그때는 낫고자 하는 의욕을 빠르게 잃었어요."

그는 메리를 비롯해 가족, 친구 들과 결국 모든 것이 다 잘될 거라는 희망을 갖기로 약속했다. 그러나 이러한 희망이 언제나 도움이 된 것은 아니었다.

"상태가 나아질수록 기분은 더 나빠졌어요. 모순 같지만 사실이에요."

"그게 무슨 뜻이죠?"

잭이 설명했다.

"육체적 통증이 줄어들면 어딘가에 갇힌 느낌이 들고 더 우울해졌어요. 잠이 들려고 할 때는 어딘가에 갇힌 것 같은 공포에 놀라 깼죠. 걸리버가 수천 개의 작은 밧줄에 묶여 있는 그림을 본 적이 있으신가요? 팔은 옆으로 붙들려 묶여 있고 목은 잡아당겨져 있죠. 제가 느낀 게 정확히 그거예요."

미미하게 호전되는 증상은 미래에 대한 피해망상으로 이어졌다.

"조금씩 움직일 수 있게 되자 방광과 창자와 성욕이 걱정되기 시작했어요. 곧 결혼을 앞두고 있었는데, 하느님 제발!"

잭이 손바닥으로 의자의 팔걸이를 내리쳤다.

"죽어 버렸어야 하는 건지, 제가 얼마나 더 견딜 수 있을지 알 수가 없었어요. 그래서 척추검사 결과가 나오기까지는 아무것도 하지 않기로 결심했어요."

척추가 온전하다는 소식으로 잭 윌리스는 미래의 일부분을 돌려받았다. 다시는 걸을 수 없게 될 거라는 확진에도 불구하고 잭은 채 일 년이 되기 전에 자신의 발로 걸었다. 그는 메리와 결혼했고, 결혼 초기에는 두 사람 모두 재활에 잘 적응했다. 잭은 나약함을 버리고 멈췄던 삶을 다시 시작하기로 했다. 그리고 메리의 진실한 기도에 힘입어 상실에 대한 박탈감을 잊으려고 노력했다.

"그 당시 전 충분히 자기성찰을 하지 못했죠. 우두머리 수컷 원숭이보다 더 자존심이 셌죠. 불구자처럼 여겨지길 원치 않았어요. 저와 같은 상황에 놓인 사람들과 다르기를 바랐지요."

잭이 재활 치료를 거부한 것은 이 때문이었다. 그는 자신과 비슷한 사람들을 보는 것이 너무 힘들었다. 회사에서는 더 남자답게 행동하려 했다.

"제가 불리한 조건에 있다는 것을 사회생활을 하면서 알았어요."

그가 자신의 절제된 표현에 싱긋 웃었다.

"회의를 할 때면 보조기구들을 모두 떼어 냈죠. 발을 질질 끌며 걸어야 했지만 앉아 있는 순간에는 모두가 동등했어요."

잭은 남의 시선을 의식해 머뭇거리는 사람이 아니었다.

"메리와 저 둘 다 우리들 사이에 문제가 있다는 걸 인정하지 않았어요. 하지만 실제로는 엄청난 문제가 있었죠."

사라와 케이트가 태어난 후 그들 사이에 묻혀 있던 좌절감과 억압된 분노는 더욱 깊어졌다.

"딸들이 문제를 일으키기 시작했는데 메리와 전 그 이유를 알 수 없었어요. 문제를 제대로 다루질 못했죠."

잭이 잠깐 화장실에 가자 이번에는 메리가 나의 말동무가 되어 주었다. 나는 물었다.

"남편을 떠나겠다고 생각해 본 적은 없나요?"

메리는 잠시도 주저하지 않고 말했다.

"전혀요. 잭을 무척 사랑했어요. 그 사고가 일어났을 때 전 스물네 살밖에 안 됐었지만 평생 함께하고 싶은 사람을 찾았다는 걸 알고 있었어요. 그 문제들을 고민하고 있을 때도 선택은 분명했어요."

메리가 선택에 표시를 하듯 손가락을 움직여 보였다.

"내가 몸이 마비된 잭과 살 수 있을까? 그래, 쉽지는 않겠지만 우리는 해낼 거야. 그 없이 살 수 있을까? 그런 일은 물론 없겠지만 그가 다 낫는 걸 보고 나서 결혼은 다른 사람과 할까? 절대 그럴 수는 없어. 있을 수 없는 일이야. 선택은 생각만큼 어렵지 않았어요."

"그래서 결코 후회한 적이 없었다고요?"

메리가 웃었다.

"오, 제발! 아무도 제게 그의 곁에 있으라고는 하지 않았어요. 전 그저 남편을 사랑하기 때문에 여기 있는 거예요. 우리는 할 수 없는 것들이 많아요. 가장 견디기 힘든 건 함께 산책할 수 없다는 거죠. 하지만 우리는 정말 멋진 삶을 함께했어요."

게다가 윌리스 부부는 성생활도 한다.

"잭은 불구자처럼 산 적이 없어요."

어쨌든 이런 부정적인 태도는 멈춰야 했다. 1990년에 잭은 밑바닥까지 떨어졌다. 미네소타의 지역방송 트윈 시티의 책임자로 일할 때 그는 끝없는 우울함에 빠져들었다. 더 이상 억누를 수 없는 절망감에 사로잡혔다.

화장실에서 돌아온 잭이 내게 말했다.

"후천성 소아마비 증후군과 비슷해요. 수십 년 동안 서서히 근육을 위축시켜 나가다 결국 휠체어에서 인생을 마치게 하는."

내가 물었다.

"중년의 위기는 아니었을까요?"

"그건 아무도 모르죠. 하지만 제 자신이 너무 불쌍하게 느껴졌어요. 내 삶은 대체 뭔가, 내가 정말 사고에서 살아남긴 한 걸까, 다시 주저앉으려고 이렇게 멀리까지 온 걸까, 이런 생각을 하며 괴로워했죠."

메리가 말했다.

"여러 가지 면에서 그때의 상황은 처음의 위기보다 더 좋지 않았어요."

지팡이를 사용하지 않던 잭은 계속해서 넘어졌고 서서히 건강을 방치하기 시작했다. 메리는 그때도 그의 옆을 지켰다.

"메리는 무척 화가 나 있었어요. 우리는 끔찍하게 싸웠죠. 메리는 제게 보행보조기를 쓰라고 계속 말했지만 전 그게 모욕적으로 느껴졌어요. 술 취한 사람처럼 한쪽 다리를 절룩거리긴 했지만 혼자 걸을 수는 있었거든요. 전 보행보조기를 방구석에 처박아 두었죠."

메리가 말한다.

"고집쟁이였죠."

잭이 말을 이었다.

"자존심이 너무 강했어요. 메리가 항상 곁에 있었지만 언젠가는 그녀를 잃게 될 거라고 생각했죠. 결국 심리학자의 도움을 받아 그런 마음을 다룰 수 있게 되었어요."

그 즈음에 친구 하나가 잭에게 《완전히 새로운 삶》이라는 레이놀드 프라이스의 회고록을 선물했다. 척수암 때문에 몸이 마비된 소설가는 이 책에서 최면술이 만성적인 통증을 어떻게 없애 주었는지 묘사했다. 잭은 책이 전하는 지혜의 생명선에 올라타 마음과 몸의 연관성을 탐구하기 시작했다. 그리고 통증을 다루는 법을 가르쳐 주는 최면술사를 찾아가 좀 더 편안한 상태로 생활할 수 있는 방법을 배웠다. 잭은 자신이 어떻게 명상을 하게 되었으며 내면의 삶에 관심을 갖게 되었는지 말했다.

"정말 특별한 일이었어요. 전 명상 같은 걸 하는 사람이 아니었거든요. 하지만 그 일은 실제로 생명줄이 되어 주었죠."

하루에 두 번, 30분씩 조용히 앉아 있는 것으로 얻을 수 있는 효과는 매우 놀라웠다.

"세상을 대하는 태도가 전과 확실히 달라졌죠. 전 예전만큼 열심히 일하지만 매일의 스트레스를 같은 방식으로 받아들이지는 않아요. 그리고 제 문제들을 더 객관적으로 다룰 수 있게 되었죠. 예전처럼 주관적으로 받아들이지 않아요."

메리도 명상을 한다. 그녀가 맞장구쳤다.

"맞아요. 명상은 어떤 행동을 하든 절 차분하게 있을 수 있도록 해 줘요. 또 그렇게 행동하자 다른 사람들도 훨씬 좋은 반응을 제게 보여 줬죠. 그 후 전 제가 어떻게 보일지에 신경을 덜 쓰게 되었어요. 외모에 덜 집착하게 된 거죠. 하지만 지금 제 모습은 10년 전보다 더 나아요. 제 자신을 좀 더 보살피고 있어서 그런 것 같아요."

잭은 이제 마음속 테러리스트의 맹렬한 공격을 좀 더 기술적으로 떼어 낼 수 있게 되었다.

"정말 멋진 일이에요. 머리로 깨달을 수 없는 지혜가 있어요. 생각의 영향을 받지 않고 무엇인가를 하게 되는 충동 같은 거예요. 어느 날 갑자기 의도하지 않았던 근사한 말을 하게 되는 것과 같아요. 전 가끔 마음을 내려놓고, 생각이나 감정에서 의식을 떼어 놓죠. 항상은 아니지만 가끔은 가능해요. 지금 전 허리 통증을 그렇게 다뤄요. 그 과정을 계속하고 있죠."

잭은 은퇴를 생각하고 있다.

"다 끝냈어요."

이는 방송과 관련된 일을 말한다.

"또 다른 길이 있어요."

메리는 〈뉴욕 타임스〉 지의 프리랜서로 일하면서 두 번째 소설을 쓰고 있다. 두 사람은 여전히 열정적으로 결혼 생활을 하고 있다. 메리는 잭의 의자 팔걸이 위에 걸터앉은 듯하지만 거의 그의 무릎 위에 앉아 있었다. 딸들과의 관계도 꾸준히 좋아지고 있다. 최근 파리로 여행을 갔을 때 잭은 기꺼이 휠체어를 사용했다.

"주어진 순간에 우리는 할 수 있는 최선을 다하죠. 문제는 언제나 '올바른 다음 단계는 무엇인가?'예요."

메리가 사랑스럽게 웃었다. 잭이 말을 이었다.

"전 그래야 할 필요가 있기 전까지 걱정하지 않으려고 애써요. 뼈만 남은 다리로 살면서 전 사람들이 문제가 무엇인지 상관하지 않고 거기에서 빠져나갈 방법만 찾아 헤매는 모습을 많이 봤죠. 각자가 가고 싶은 곳에 도달하기 위해서요. 하지만 그들은 실제로 자신이 어디로 가고 있는지 알지 못하죠."

내가 물었다.

"겁이 날 때는 어떻게 하세요?"

"두려움은 문 앞을 지키고 있는 용과 같아요. 그저 뚫고 나갈 수밖에 없죠."

모든 여행에는 우리가 모르는
비밀의 목적지가 있다

"모든 여행에는 우리가 알지 못하는 비밀스러운 목적지가 있다."

독일의 철학자 마르틴 부버의 글이다. 미로로서의 삶의 이미지는 아주 오래된 것이다. 또한 진실이기도 하다. 우리가 따라가는 각각의 길은 본론에서 벗어나 있기도 하고, 빙빙 맴돌기도 하며, 가로막혀 있기도 하다. 또 예기치 못한 교차로나 막다른 곳으로 우리를 데리고 가기도 한다.

우유 한 병을 사려고 집을 나섰다가 냉동식품 진열대에서 진정한 사랑을 만난다. 어느 날 받은 피검사가 원치 않는 소식을 가져다준다. 침술 요법을 시도하고, 수많은 바늘을 견디고, 여러 가지 검사를 참아 낸다. 은행 일을 그만둔다. 흔들리던 마음을 정리하기 위해 페키니즈 한 마리를 기르기 시작하고, 머리 모양을 바꾼다. 차이나타운에서 새로운 삶을 시작한다.

우리의 목적지는 삶의 미로가 연결된 곳에 따라 바뀔 수 있다. 어제 문제가 됐던 일들이 오늘은 우스꽝스럽게 여겨지기도 한다. 오늘의 결심은 이미 지나가고 있다. 삶에 대한 우리의 통제력은 너무나 부족하며, 우리 역시 그것을 잘 알고 있다.

내 영적 스승 중 한 분은 이렇게 말했다.

"운전대에서 손을 떼세요. 그러면 진짜 운전하는 것이 무엇인지 알게 될 겁니다."

이 말은 옳다. 하지만 여기에는 우리를 이끄는 삶의 힘 아래에서는 갖기 어려운 믿음이 요구된다. 이 믿음은 당신이 가려는 곳에 도달하는 길을 발견하게 해 줄 비밀의 일부분이기도 하다.

짐 맥클라렌은 캘리포니아 샌디에이고 출신의 운동광으로, 키 198센티미터, 몸무게 136킬로그램에 파란 눈을 가진 팔방미인이다. 그는 라크로스와 풋볼 특기 장학생으로 예일 대학교를 다니다가 연기 활동을 시작하면서 뉴욕으로 갔다. 어느 늦은 밤 오토바이를 타고 리허설에 가던 그는 1.8톤의 시내버스에 치여 30미터 밖으로 튕겨져 나갔다. 그리고 병원에서 '도착 시 이미 사망' 선고를 받았다.

열여덟 시간이나 이어진 수술 끝에 짐의 상태는 겨우 안정되었다. 그러나 짐은 혼수상태에서 왼쪽 다리를 무릎까지 절단해야 했다. 회복 후 짐은 한쪽 발로 깡충거리다 곧 뛰어다녔고, 예전의 활기를 완전히 되찾았다. 학교로 돌아와 수영을 시작한 짐은 철인 3종 경기에 관심을 갖기 시작했다. 능력에 대한 의구심은 그의 경쟁심을 불러 일으켰고 다양한 상황에 도전하도록 했다. 짐은 채 3년도 되기 전에 맨해튼은 물론 하와이에서 비장애인들과 벌인 철인 3종 경기에서 기록을 세웠다.

그러나 1993년 6월 6일 진짜 내리막길이 시작되었다. 이미 다리 하나를 잃은 짐은 캘리포니아 미션 비에 호의 자기 집 근처에서 자전거를 타다가 교통경찰의 수신호 실수로 직진한 벤에 깔렸다. 그 사고로 짐은 목뼈가 부러져 목 아래로 전신이 마비되고 말았다. 절망한 짐은 호놀룰루에 틀어박혀 술과 코카인에 중독되어 몇 해를 보냈다. 그리고 멀리뛰기와 창던지기에 불어넣었던 열정을 술과 욕설에 쏟아부었다.

연이은 시련이 그를 지치게 만들었다. 그러던 어느 날 어두운 밤길을 헤매던 영혼은 충격적인 통찰을 얻었다. 코카인을 끊으면서 그는 지금의 끔찍한 고통이 사고 때문이 아니라 불구가 된 몸 너머에서 왔다는 것을 깨달았다. 술과 코카인은 육체를 위로해 주는 듯했지만 이는 기만에 다름 아니었다. 그는 자신을 위협하는 우울증과 중독을 극복하면서 진짜 적을 정면으로 마주할 수 있게 되었다.

알코올중독은 잘못된 기도문에 비유할 수 있다. 중독자들은 내면의 나침반을 잃어버린 사람들이다. 술과 코카인이 더 이상 효과를 발휘할 수 없게 되어서야 짐은 가면을 벗고 철저히 자신을 돌아볼 수 있었다.

짐은 작가인 엘리자베스 길버트에게 이렇게 말했다.

"가장 먼저 해야 할 일은 제가 지닌 절대적이고도 깊은 공포의 정체를 밝히는 거였어요."

사지마비 환자로 사는 데 있어 가장 두려운 건 무엇이었나? 그는 스스로에게 물었다. 죽음에 대한 공포였나? 그렇지 않다. 그는 하얀빛, 터널 등 임사체험을 두 번이나 겪었다. 역설적이게도 그것이 죽음에 대한 공포를 없애 주었다.

성생활을 하지 못하게 되는 것이 두려운가?

그것도 아니었다.

"맛보고, 냄새 맡고, 할 수 있는 한 육체적 쾌락을 느낄 수 있다는 걸 알고 있었어요."

무력함이 두려운가?

그렇지 않다.

"움직이는 데 오랜 시간이 걸렸지만 그건 거쳐야 할 과정이니까요."

고통이 두려운가? 그는 고통을 어떻게 다루는지 알고 있었다.

"그럼 내가 두려워하고 있는 게 뭐지?"

짐은 소리 내어 자문했다.

"대답은 명백했어요. 제가 저 자신과 단둘이 남겨지게 될 것이 두려웠던 거예요. 제 마음과 함께 말이에요. 그 속에 살고 있는 어두움, 의심, 외로움, 혼란, 그런 추상적인 고통이 두려웠던 거죠."

마음속을 들여다보면서 짐은 자신의 가장 큰 고통이 완전함에 대한 상실감에서 왔다는 것을 이해하게 되었다. 이는 내가 이야기를 나누었던 생존자들이 공통적으로 말하는 것이었다. 물리적 장애가 문제가 아니라 완전함과 온전한 감각에 대한 기대를 상실한 데서 오는 고통이었다. 그로 인해 우리는 상처를 입는다.

그러나 완전함이란 대체 무엇인가? 짐은 이제 자신에게 물어야 했다. 완전한 삶을 산다는 것은 어떤 의미인가? 실제 장애물은 무엇인가? 이러한 질문에 오랫동안 파고든 다음 그는 새로운 깨달음을 얻었다. 짐은 자신이 휠체어 없이 방을 걸어 다닐 수 있다 해도 가장 가고 싶어 했던 곳에는 도달하지 못하리라는 걸 깨달았다. 그는 장애를 입었을 때만큼이나 좌절했다. 그 방 건너편은 그의 궁극적인 목적지가 아니었다. 그가 도달해야 할 곳은 자기이해와 깨달음이었다. 그곳에 발로 걸어서 가야만 할까? 아니면 다른 길을 발견할 수 있을까?

짐은 더 이상 술에 취하지 않는다. 지금 그는 휠체어에 앉아 세계를 돌아다니며 열정적으로 강연을 한다. 여전히 크고 건장한 어깨와 푸른 눈을 가진 잘생긴 이 남성은 사람들이 깨달음에 이를 수 있도록, 자신만의 미로를 탐색할 수 있도록 돕는다. 그리고 그들이 스스로 길을 헤쳐 나갈 수 있게 되면 운전대에서 손을 뗀다. 이러한 일들은 결코 그가 계획했던 삶이 아니었다. 짐은 조금 돌아오기는 했지만 시련을 통해 자신이 있어야 할 곳에 정확히 도착했다고 말한다. 의구심이 든다 해도 그를 한 번 믿어 보면 좋을 것이다.

세상에 있는 동안
우리는 언제나 집에 있는가

시련과 씨름하며 살아온 짐 맥클라렌 같은 사람들은 우리에게 영웅적인 삶이 무엇인지 보여 준다. 좌절을 딛고 일어서는 인간의 의지는 언제나 우리를 매료시킨다. 그리스 인들은 이것을 '카타르시스'라고 표현했다. 공포와 연민, 겸허함의 거울을 통해 영웅적 행동을 보는 데서 오는 카타르시스는 우리의 영혼을 씻어 내고 영혼을 새롭게 일깨운다.

1889년 《보물섬》의 작가 로버트 루이스 스티븐슨은 몰로카이 섬에 있는 악명 높은 나환자 거주지, 상상할 수 없는 고통으로 가득한 칼라와오를 찾아갔다. 나병은 특별히 전염되는 병이 아니지만 나환자들은 아주 오래전부터 끔찍한 전염병자로 낙인 찍혀 격리되었다. 몰로카이의 거주자들은 전염이 된다는 근거도 없이 가족에게서 떨어져 집단수용소로 보내졌다. 그때까지 비교적 안락한 생활을 했던 로버트 스티븐슨은 그 일에 놀라 동생에게 편지를 보냈다.

"차마 두 번 다시 입에 담을 수 없는, 들어 본 적도 없는 광경을 보았다. 하지만 이상하게도 나는 그 애처로운 사람들에게 그다지 연민이 느껴지지도 않았고, 내 안정된 삶에 이전보다 더 큰 애정을 느끼게 되지도 않았다."

아름다움도 그것을 바라봐야만 아름답다고 느낄 수 있듯, 한 사람의 영웅적 행동 역시 그것을 목도하는 사람들에게만 변화를 일으킬 수 있다. 마틴 루터 킹 목사의 믿음처럼 의미 있는 삶을 살기 위해서는 죽음을 두려워하기보다 생을 사랑해야만 한다. 이런 추진력은 그곳에서 기다리는 과실을 맛볼 수 있게끔 우리를 종용한다.

평범한 일상이 파괴되고, 생활이 극단적으로 변화하고, 안전망이 날아가 바람 속에 홀로 남겨지게 되는 공포의 순간을 겪고 나서 그 순간을 잊은 사람은 본 적이 없다. 그 중대한 변화는 비통함과 뼈아픈 상실의 느낌을 안겨 주는데, 이런 감정적 상실은 우리를 생에 적응하게 만든다. 즉, 각자가 지닌 내면의 집으로 돌아갈 수 있도록 빨리 짐을 꾸리는 방법을 터득하게 하여, 누구도 빼앗을 수 없는 그곳에서 안정감을 느끼게 한다.

이런 '집을 잃은 기분'은 우리에게 깨달음을 안겨준다. 집은 네 벽과 하나의 천장으로 둘러싸인 공간, 그 이상의 의미를 지니고 있다. 집은 삶의 균형을 맞추게 하고 우리를 땅에 발붙이게 하는 중심점이다. 노숙자들을 연구하는 사회학자들은 이런 현상에 대해 다음과 같이 설명한다.

"우리가 노숙자를 '주택을 가지고 있지 않은 사람' 혹은 '주거지가 없는 사람'이라는 말 대신 '집 잃은 사람(homeless)'이라고 부르는 데는 단순히 살 집이 없는 사람이라는 단어 그 이상의 의미를 지니고 있기 때문이다."

어디선가 이와 유사한 다른 글을 본 적도 있다.

"집은 무엇보다도 지구상에 존재하는 우리의 실존적 불안함을 담고 있다."

내 소유의 집을 가지고 있는 것과는 별개로 나는 생의 많은 시간 동안 집이 없다는 느낌을 받았다. 그러면서 집과 치유 사이의 연관 관계에 관심을 갖게 되었고 길 위의 사람들은 어떻게 지내는지 궁금해졌다.

나는 뉴멕시코 산타페의 성 엘리자베스 보호소에 들러 제인이라는 늙은 수녀를 만났다. 그녀는 미국의 컨트리 가수 에밀루 해리스가 그려진 티셔츠를 입고, 진주알로 엮인 안경 줄이 달린 안경을 끼고 있었다.

"노숙자 친구들 중에는 예술적인 사람들이 아주 많아요. 작품을 보여 드릴게요."

나는 야단스럽고 커다란 그림들이 걸려 있는 복도를 따라 그녀를 따라갔다. '바스키아'라는 서명이 있는 그림들은 뉴욕 화랑가에서 상당한 돈이 될지도 모른다. 이 투박한 아르네프(소박한 미술이라는 의미로, 전문적인 미술교육을 받지 않은 예술가에 의해 창조되는 작품들을 일컫는다. ―옮긴이) 학교가 왜 생존자의 예술이라고 불리는지 이제는 알 것 같다. 그림을 다 본 후 제인 수녀가 현관문까지 나를 배웅했다.

"소위 평범한 삶을 사는 우리들보다 노숙자들은 보고 듣는 것들에 대해 더 잘 알고 있어요. 우리는 보고 들은 것을 곧 잊어버리지만 노숙자들은 그것을 다시 곱씹어 볼 시간을 가지고 있죠. 그게 그들이 가진 전부니까요."

키에르케고르는 이렇게 썼다.

"소음과 수많은 일들로 인해 우리는 영혼으로부터 분리되었다. 하지만 고요함 속에서, 세상에서 완전히 혼자일 때, 우리는 정의와 아름다움을 발견할 수 있다. 그리고 이는 우리의 목적적인 삶에 영향을 미친다."

교육자 조너선 코졸은 《레이첼과 그녀의 아이들(Rachel and Her Children)》을 통해 노숙자들이 겪는 혹독한 시련을 분석했다. 그는 집이 없다는 것 자체가 하나의 예술 형태가 될 수 있다고 믿는다.

"불행을 추구하는 사람은 없어요. 당연하지요. 하지만 제가 아는 몇 가족은 집이 없기 때문에 정신적 성장을 이룰 수 있었어요. 일상적 삶에서 멀어지면 영적으로 개화하기가 쉬워져. 집에서 드라마를 보며 시간을 죽이던 여자들이 언제부터인가 시편을 읊는 것과 같죠. 삶의 의미를 부여하는 바로 그 지점으로 다가갈 수 있게 되는 거죠."

"비극을 너무 낭만적으로 묘사하는 건 아닌가요?"

내 의문에 조너선은 단호하게 대답했다.

"전혀 그렇지 않아요."

어느 새해 전날 그는 맨해튼의 마르티니크 호텔에 묵었다. 노숙자들의 간이역으로 알려진 그곳에서 그는 특별한 사람들을 만났다.

"그 가족은 주위의 고통받는 영혼들에게 성직자와 같은 존재였어요. 그들은 누추하고 더러운 방 벽난로 위에 초를 켜고 제단을 만들었죠. 우리는 함께 포도주를 마시고 자정 무렵 기도문을 읽었어요. 그 어떤 교회나 회당에서의 경험보다 더 성스러웠어요. 그 건물 안에서 어떤 때보다 독실한 신앙심이 솟구쳐 올랐지요."

조너선은 전 추기경 존 오코너가 크리스마스 날 성 패트릭 대성당 계단에서 자는 노숙자들을 내쫓은 일을 언급했다.

"그 일은 기독교 정신에 위배되는 일이에요. 우리가 노숙자들을 결함 있는 사람들로 보지 않고 삶의 나약함에 대한 비유로, 깨달음으로 볼 수 있다면……."

그의 목소리가 잦아든다.

"그렇게 되어야만 그들을 길거리에서 쫓아내지 않게 될 거예요."

성서에는 집이 없다는 것을 무상함에 대한 비유로 받아들이고 그 거친 일상을 살아가는 사람들에게서 배울 수 있는 것에 대해서는 거의 쓰여 있지 않다. 어느 오후 찾아간 무료 급식소에는 우리가 흔히 알고 있는 '노숙자'가 없었다. 그곳에는 단지 덧없음, 고립, 위기를 겪음으로써 전형적인 불안 상태에 놓인 '집 없는 사람들'만이 있었다. 노숙자들 역시 일반적인 가족의 유형만큼 그 유형이 다양하다. 시골 주부에서부터 박사학위 소지자, 건강관리 전문가, 마약을 하는 10대 소녀, (이 나라의 노숙자 중 25퍼센트 정도가 베트남 전쟁에 참전했다는 통계를 증명하듯) 베트남 전쟁 참전 퇴역군인, 은퇴한 회사 중역까지 거리에서 볼 수 있는 모든 종류의 사람들이 있었다.

샌프란시스코의 글리드 메모리얼 교회 건너편 공원에는 주말마다 1,500명의 노숙자들에게 무료 급식을 하는 곳이 있다. 나는 10년 동안 노숙자 생활을 한 서른아홉 살의 서부 인디언 대니 윌리엄과 함께 앉았다. 대니는 1970년대 말 대학에 들어가려고 샌프란시스코로 왔으나 감정적인 위기를 겪으며 알코올중독에 빠졌다. 그는 지금도 술을 마시고는 있지만 자신은 멀쩡하다고 말했다.

"노숙자들이 어떻게 살아남는다고 생각해요?"

그가 내게 질문을 하고는 계속해서 말했다.

"모든 것을 얻은 사람들이에요. 그들은 기도할 필요가 없죠. 전 매시간 기도해요. 하지만 제가 가는 교회는 제 마음속에 있어요."

"무엇을 위해 기도하는데요?"

그가 싱긋 웃는다.

"그냥 신에게 제가 여기 있다고 말해요! 그리고 저의 존엄성을 잃지 않게 해 달라고 기도하죠. 그동안 저질러 온 나쁜 일들에 대한 대가를 다 치르게 되면 절 용서해 달라고 말이에요."

이 말을 하며 대니는 눈물을 글썽였다. 옆 벤치에 앉아 있던 사람이 그의 말을 긍정했다.

"그게 대부분의 노숙자들이 사는 방식이에요."

의안에다 이마에는 해군 문신을 한 사람이 기름기가 낀 머리를 넘겼다.

"당신은 흉터를 보고 우리가 불량하다고 생각할지도 모르지만 우리는 항상 희망을 가지고 있어요."

대니가 내게 말했다.

"길거리에서 자야 할 때도 있죠. 하지만 신께서 저와 함께해요. 저는 단지 기도하고 잠자리에 들고, 깨어나고, 먹고 마실 음식을 찾아요. 그리고 그곳에 신이 있죠. 전 이곳에서 무슨 일이 일어나든지 신경 쓰지 않아요. 왜냐하면 언젠가 신을 만나기 위해 그곳에 가면 전 그의 오른쪽에 있게 될 테니까요."

"어떤 일이 일어나도 상관없어요?"

"어떤 일이든 상관없어요."

지나가던 타냐가 대니와 내 쪽으로 2센트를 던져 주었다.

"우리 모두가 갇힌 영혼이에요."

오렌지색 샌들을 신은 뚱뚱한 래스터패리언 아가씨가 장난꾸러기 어린아이를 안고 말했다.

"전 제가 노숙자라고 생각하지 않아요. 이렇게 문 앞에서 자고 있지만요. 왜냐하면 집은 제가 있는 바로 이곳이니까요."

그녀는 '제 말이 무슨 뜻인지나 알겠어요?' 하는 듯 허리에 손을 얹었다. 그러고는 아이의 입에 묻은 끈적끈적한 아이스캔디를 닦아냈다.

"가끔은 엄마 집보다 아무 데나 있는 게 더 편해요."

타냐가 급식을 받으려고 줄을 선 노인 한 사람에게 손을 흔들었다. 자신을 윌리엄 테리 스타일스라고 소개한 노인은 빵과 국수를 먹는 동안 말벗이 되어 달라고 청했다. 테리는 지난 25년 동안 불규칙적으로 길거리 생활을 해 왔다. 손은 길고 앙상했고, 어두운 눈동자에 푸르스름한 녹내장이 서서히 번지고 있었다.

테리가 다 빠진 이가 드러나도록 활짝 웃었다.

"신은 공기와도 같아요."

"그걸 어떻게 아세요?"

"신은 어디에나 있어요."

테리의 말에 나는 그의 마음이 우리가 있는 이곳보다 더 높은 차원에 있음을 깨달았다.

"삶은 훌륭한 스승이에요. 생은 제게 몇 개의 문을 열어 주기도 하고, 제가 누군지 알려 주려고 병원으로 여행을 보내기도 하지요."

심각한 우울증이 찾아와 실직하기 전까지 테리는 간호조무사로 일했다. 그가 길거리를 가리키며 말했다.

"이곳의 삶은 당신을 무너뜨리거나 겸손하게 만들어 줄 거예요."

"무엇이 당신을 지켜 주나요?"

"신께서 나와 함께하시죠."

테리가 확신에 찬 어조로 대답했다.

"사람들은 길거리에 있는 많은 이들이 매우 똑똑하다는 걸 간과하곤 하죠. 우리들 중에는 교육을 많이 받은 사람들도 많아요."

"그런데 당신은 왜 길거리에서 지내는 거예요?"

"저는 지금의 제가 아니었어요. 실속 없이 거창하기만 하고, 자기중심적이고, 삶의 테두리 바깥에 신을 밀어 두었죠. 그게 제가 넘어진 이유예요."

"그럼 지금은요, 테리?"

그가 빙그레 웃었다.

"전 이 공원에서 많은 시간을 보내고 있어요. 멋지지 않나요?"

나는 그를 따라 잔디밭 건너편을 바라보았다. 예쁜 10대 소녀 한 무리가 웃고 있고, 한 가족이 바비큐를 하고 있다.

"아름다운 날이네요. 하지만 이 삶은 쉽지 않을 거예요."

내 말에 테리가 대답했다.

"이 거리를 믿는 게 때로는 힘들어요."

"어떤 곳도 믿기는 어려워요."

테리는 잠시 내 말을 곱씹어 보더니 말했다.

"영혼을 되찾지 못했다면 아마 미쳐 버렸을 거예요."

나는 테리와 악수를 하고 걸어 나오다 뒤를 돌아보았다. 테리가 벤치에서 잠잘 준비를 하고 있고, 타냐는 내가 앉았던 자리를 차지하고 앉아 반쯤 피다 만 담배에 불을 붙이고 있었다. 타냐의 아이가 아이스캔디 막대로 테리를 간질였다. 테리는 웃으며 아이를 꼬집는 시늉을 했다.

궁금하다. 그는 세상 속에서 자기가 머물 집을 찾았을까? 그의 내면의 집은 주소와 우체통이 있는 집과 똑같을까? 육체와 같은 집은 우리가 찾으려 할 때 언제나 그곳에 있을까? 세상에 있는 동안 우리는 정말 언제나 집에 있는 것일까? 만약 그렇다면, 궁금하지 않을 수 없다. 어째서 우리는 그렇게 자주 세상에 발붙일 곳 하나 없는 듯한 기분을 느끼는 것일까? 아직 내면의 성에 들어가는 열쇠를 찾지 못했기 때문인 걸까? 길을 잃은 느낌에 너무 익숙해져 있기 때문에 늘 어딘가 다른 곳을 찾아 헤매는 것은 아닐까?

고통은 삶의 연금술

우리는 반드시 상실의 순간을 맞이한다.
서툴고, 휘청거리고, 불안한 발걸음이라도 계속 걸어가라.
고난이 안겨 준 경험들을 마주보고 견뎌 나가면 결국 우리는
새로운 생을 맞이하게 될 것이다.
고통은 인생이 우리에게 주는 가장 큰 선물이다.

증오의 마음으로는 앞으로 나아갈 수 없다

빅터 프랭클은 서른일곱 살의 정신과 의사였다. 어느 가을 아침 그와 아내 틸리는 비엔나의 아파트에서 죽음의 수용소 테레지엔슈타트로 끌려갔다. 프랭클은 기차역에서 아내와 강제로 헤어진 후 3년 동안 끔찍한 수용소 생활을 견뎌 냈다. 프랭클은 인간의 본성에 대해 해박한 지식을 가지고 있었다. 그는 수용소에서 살고자 하는 의지를 잃은 '걸어 다니는 죽음'의 포로들부터 잔혹한 수용소 생활에 굴하지 않고 자신의 존엄성을 지키며 살아가는 또 다른 포로들에 이르기까지 여러 수감자들의 모습을 관찰했다.

프랭클에게 존엄성은 틸리를 향한 사랑과 그녀를 다시 만나게 되리라는 희망에 있었다. 그러나 결국 틸리는 수용소에서 세상을 떠났다. 몇 년 후 프랭클은 '로고테라피'라고 알려진 치료법을 발표해 저명한 정신과 의사 중 한 사람이 되었다. 로고테라피(Logo-theraphy), 즉 의미요법(意味療法)이라는 정신치료 이론은 살아가는 능력이 온전히 우리 존재의 의미를 발견하는 데 달려 있다고 여긴다. 프랭클은 그의 대표적인 연구《삶의 의미를 찾아서》에서 힘들게 지켜 낸 인간의 존엄성이 어떤 것인지 묘사한다.

"우리들은 기억한다. 다른 수감자들을 위로하려 막사를 돌아다니며 마지막 빵 조각을 나눠 주던 사람들을. 그들은 사람에게서 모든 것을 빼앗을 수 있어도 한 가지만은 빼앗을 수 없다는 분명한 증거를 보여 주었다. 그중 한 가지는 주어진 환경에서 어떤 마음가짐을 가질지, 어떤 길을 걸어갈지 선택하는 인간의 마지막 자유의지였다.

매일, 매시간, 결정의 시간이 주어졌다. 자신과 내면의 자유를 빼앗아가는 권력자들의 협박에 무릎 꿇을 것인지 아닌지, 자유와 존엄성을 포기하게 만드는 환경의 노리개가 될 것인지 아닌지를 결정하는 시간……

누구라도 근본적으로, 심지어 그런 환경에서조차 정신적, 영적으로 어떤 사람이 될지 스스로 결정할 수 있다. 강제수용소에서도 인간의 존엄성을 지킬 수 있다."

그러면서 그는 도스토옙스키의 말을 인용했다.

"내가 느끼는 단 하나의 공포가 있다. 나의 고통이 가치 없어지는 것이다."

자신에게 일어나는 나쁜 일들에 가치를 두다니…… 이 말은 처음에는 말도 안 되는 희망처럼 들린다. 그러나 우리를 파괴하려는 악에 대한 저항은 우리가 환경의 노리개가 되지 않도록 해 준다. 프랭클은 우리에게 이러한 존엄성이 없다면 동물이나 다를 바 없다고 말했다.

이 존엄성은 용서이다. 제아무리 용감한 사람일지라도 학살에서 파멸하지 않고 살아남으려면 용서의 마음이 필요하다. 1986년 수단 동쪽 내륙 지방의 이른 추수철, 일곱 살짜리 사내아이가 그의 농장 근처 시장 바닥에 앉아 있었다. 아이의 이름은 프랜시스 보크. 소년은 땅콩과 계란 그리고 다른 농작물들을 팔기 위해 나와 있었다. 모두 계곡에서 가장 기름진 땅인 보크의 농장에서 거둬들인 것이었다. 여동생 둘도 함께 나와 있었다. 여덟 형제 중 가장 튼튼한 프랜시스는 아버지가 가장 좋아하는 아들이었다. 아버지는 그를 '무이차르코'라고 불렀는데, 딩카 족의 말로 '열두 명의 남자'를 뜻한다. 아버지는 자신이 죽으면 프랜시스에게 집안을 물려주려고 생각했다.

아이들은 굵은 삼베와 나뭇가지로 엮인 지붕 아래 팔 것을 늘어놓고 진홍색 담요 위에 누워 장난을 쳤다. 우기가 시작되기 전이라 바람은 뜨겁고 건조했고, 공기는 생선 냄새와 톡 쏘는 신선한 담뱃잎 냄새로 가득 차 있었다. 외양간 선반에는 번들거리는 고기가 고리에 빽빽이 매달려 있었다. 장사는 썩 괜찮았다. 프랜시스는 어머니가 만들어 준 지갑에 동전을 모으며 행복하게 웃었다.

별안간 시장이 아수라장이 되었다. 총성과 말발굽 소리가 들려오더니 검은 터번을 쓴 약탈자들이 시장에 난입했다. 사람들은 무리 지어 사방으로 뿔뿔이 흩어졌다. 공포의 '주르'였다. 그들은 북쪽의 아랍 부족으로, 프랜시스 가족과 같은 남부 흑인 기독교인들을 잡아 죽이는 호전적인 일파이다. 프랜시스가 두려움에 차 그들을 바라보는 동안 다섯 살짜리 여동생이 그의 뒤에 숨었다. 주르가 시장에 있는 사람들을 난도질하기 시작했다. 이웃에 사는 여덟 살짜리 소녀가 아무 이유 없이 머리에 총을 맞았고, 죽은 언니 곁에서 자지러지게 울던 동생도 곧 하반신이 잘려 나갔다. 여자와 아이들은 총검에 찔린 채 먼지 속에 쓸쓸히 남겨졌다. 죽음으로 이어지는 고통에 사람들은 온몸을 비틀었다.

겁에 질린 프랜시스가 동생들을 등 뒤에 숨기고 도망치려 할 때였다. 어디선가 말을 탄 남자가 나타났다. 남자는 총으로 프랜시스의 머리를 겨누고 자기 뒤에 타라고 명령했다. 프랜시스를 태운 말은 집을 지나 카르툼으로 향하는 사막을 내달렸다. 14시간 후 프랜시스와 납치범 기에마 압둘라는 한 농장에 도착했다. 기에마는 프랜시스에게 족쇄를 채워 돼지우리에 가두고, 동물들과 함께 먹고 사는 '아비드(노예)'라고 말했다. 그리고 프랜시스가 복종하지 않거나 도망치려 하면 바로 죽여 버리겠다고 위협했다.

어느 날 갑자기 납치되어 악몽 속으로 뛰어든 일곱 살짜리 아이의 마음에 무엇이 떠오르겠는가? 프랜시스는 처음에는 아무것도 느끼지 못했지만 차츰 그 상황을 믿을 수가 없었다. 그는 '모든 것이 죽으면' 내면이 아르마딜로(아메리카 대륙에 사는 동물로 공격을 받으면 몸을 공 모양으로 오그린다. ─ 옮긴이)처럼 오그라든다고 말했다. 그러다가 결국 비통함, 외로움, 굴욕감으로 충격에 빠진다. 어느 날 아침에는 기에마의 아내가 아무런 이유 없이 프랜시스를 주방으로 끌고 갔다. 여자는 아이의 머리에 총을 대고 악마 같은 미소를 띠었다.

"할 수만 있었다면 네 머리를 당장 날려 버렸을 거야."

기에마의 아이들은 놀이를 하듯 돌과 막대기로 프랜시스를 때렸다.

"왜 아무도 절 도와주지 않는지 궁금했어요. 사람들은 그저 거기에 서서 지켜보고만 있었어요. 그들은 왜 제게 그런 짓을 했을까요? 전 겨우 일곱 살이었는데요."

프랜시스는 밤마다 돼지우리의 천장에 난 구멍을 올려다보며 기에마의 농장에서 도망치는 계획을 세우고 또 세웠다.

"차라리 죽는 게 나아. 노예로 사는 것보다는."

2미터가 넘는 키에 삐쩍 마른 프랜시스는 검게 칠해져 반질반질

윤이 나는 자코메티의 조각상을 닮았다. 나는 워싱턴에 있는 반노예제 단체에서 그를 소개받았다. 스물네 살이 된 프랜시스는 단체가 마련해 준 보스턴 외곽의 한 아파트에 살고 있었다. 그는 자신이 어떻게 10년간의 노예 생활에서 도망쳐 자유를 찾게 되었는지 이야기하고 싶어 했다.

프랜시스는 젓가락 같은 두 다리를 꼬고 앉아 다정하지도, 그렇다고 무심하지도 않은 표정으로 나를 바라보았다. 중고 가구, 농구 경기 포스터, 컬러 텔레비전이 갖춰진 작은 아파트는 여느 대학생 자취방과 별반 다를 것이 없었다. 하지만 이런 환경은 고향 고우리온이나 형제들이 숨바꼭질 놀이를 하며 자란 벌판과는 거리가 멀 것이다.

프랜시스가 속삭이듯 작게 말했다.

"무슨 일이 일어나든지 상관없다는 생각을 하기까지 이르렀죠. 살지 죽을지는 문제가 되지 않았어요. 그저 다시 시도해야 한다는 생각뿐이었어요."

납치된 지 10년 그리고 몇 번의 구사일생 끝에 열일곱 살짜리 소년은 드디어 기에마 압둘라의 농장에서 빠져나올 수 있었다. 소 떼를 모는 틈을 타 지방으로 가는 차를 몰래 얻어 타고, 몇 번을 헤매다가 드디어 처음 기에마에게 붙잡혔던 카르툼으로 가는 길을 찾았다. 그리고 마침내 카이로로 갔다.

이집트에서 4개월을 보낸 후 프랜시스는 한 인권단체의 도움을 받아 미국으로 망명했다. 그의 새 가족은 지금 우리가 앉아 있는 작은 아파트를 마련해 주고 학교에 보내 주었다.

"이곳이 마음에 들어요?"

내 질문에 프랜시스는 아무 말도 하지 않았다. 그는 겉보기에는 공손하고 편안한 사람으로 보였지만 경계심이 많고 다가가기 매우 어려운 사람이었다. 그의 목소리는 매우 작아 듣기가 힘들었다. 자신이 겪은 끔찍한 사실에 대해서는 아무렇지 않게 이야기했지만 그 밑바닥에 가라앉은 무엇, 자신에 대한 이야기가 나올 것 같으면 마치 티베트의 여승 나왕 상돌처럼 입을 꾹 다물었다.

"지내기에는 어때요?"

프랜시스가 활짝 웃었다.

"잘 지내요."

"정말요?"

그의 말에 나는 놀라지 않을 수 없었다. 돼지우리에서 자고, 부엌에서 먹다 남은 음식으로 배를 채웠던 사람에게서 들을 수 있으리라고는 생각지도 못한 대답이었다.

"당신에게 일어났던 일들에 대해서는 어떤가요?"

"저는 기독교인이에요."

프랜시스는 그것으로 충분한 설명이 된다고 여기는 듯했다.

"회의적인 기독교인들도 많이 봤죠."

프랜시스가 콜라를 한 모금 마셨다. 그리고 블라인드 밖으로 개를 데리고 산책하는 여자를 바라보았다. 알아듣기 힘들 정도로 낮은 목소리로 그가 말했다.

"제가 말할 수 있는 건 어떤 일이 일어나든지 가볍게 받아들이려고 노력한다는 거예요."

"가볍게라니, 무슨 뜻이에요?"

"기에마의 농장에서 전 삶에 대해 많은 것을 배웠어요."

바로 그때 프랜시스의 표정이 변하기 시작했다. 그는 앞으로 몸을 숙였다. 목소리가 더 낮아졌다.

"얼마나 두드려 맞는지, 얼마나 멸시를 당하는지는 문제가 되지 않는다는 거예요."

그의 목소리가 갑자기 남자다워졌다.

"그들이 제게서 빼앗아갈 수 없는 게 단 한 가지가 있었죠."

"그게 뭐죠, 프랜시스?"

그가 허리를 똑바로 펴고 앉았다.

"바로 제가 누구인지에 대한 제 생각이에요. 누구도 결코 제 마음을 조정할 수 없어요. 자신에 대한 사랑은 결코 빼앗을 수 없는 거예요."

나는 언젠가 그가 연단에 서서 설교하는 모습을 상상해 보았다.

"그들은 제가 그들을 용서하는 일을 막을 수 없어요. 제 마음을 잠재울 수도 없죠. 어떤 일이 있었는지와는 상관없이 전 제 자신을 완전한 사람으로 바라봐요."

놀라운 일이다. 내가 알고 있는 사람들 중 누구도 이렇듯 자신을 완전한 사람으로 바라보는 이는 없었다. 상실의 아픔을 겪지도 않았는데 말이다. 프랜시스는 자리에서 일어나 음료수를 가지러 주방으로 들어갔다.

"그게 어떻게 가능하죠?"

그가 음료수 한 캔을 따 컵에 부었다.

"살고 싶다면 자신의 자유를 위해 싸워야 해요."

기독교인으로서 프랜시스는 자비를 믿는다. 그러나 정의를 위한 투쟁 또한 믿는다.

"자신을 버리면 지는 거예요. 살아 있다면 싸워야 해요. 그러나 칼로 싸우는 건 아니에요."

그가 다시 자리로 돌아와 앉았다. 그의 긴 손가락에는 고무 밴드가 동여매 있었다.

"아랍 인들은 우리를 학살하고, 우리들은 다시 총을 사 그들을 겨누죠. 그리고 그것이 자유를 향한 길이라고 믿어요. 하지만 실상은 그렇지 않아요."

프랜시스는 세상에는 아직도 2,800만 명이나 되는 사람들이 노예로 살고 있다고 말해 주었다.

"당신은 그 기억들을 어떻게 감당하죠? 당신이 빼앗긴 것들에 대해 어떻게 마음을 다스려요?"

프랜시스는 잠시 생각했다.

"평범하게 생각하는 것은 쉽지 않아요."

"당신은 평범하지 않아요. 그건 좋은 거예요."

"그렇게 생각한다니 기쁘네요."

그가 내게 미소를 지었다. 그러고는 탁자에 놓여 있는 책에 손을 뻗었다. 찰스 디킨스의 《두 도시 이야기》였다. 프랜시스가 첫 장을 읽었다.

"그것은 최고의 시간이었다. 그리고 동시에 최악의 시간이었다."

그가 단어를 하나씩 조심스럽게 낭독했다.

"이것은 제가 살아온 삶과도 같아요."

그는 여전히 내게 웃어 보였다.

"최고 그리고 최악."

"그게 제일 좋아하는 구절인가요?"

"저는 또 한 번의 기회를 얻었어요."

"기에마를 용서한 거요?"

프랜시스가 책을 내려놓았다. 확실히 그는 성자처럼 그 일을 받아들일 수는 없었다. 그는 잠시 희미한 기억을 더듬었다. 얼마 후 그는 내 눈을 바라보며 티베트의 여승 나왕 상돌이 말했던 것과 같은 말을 한 단어씩 또박또박 발음했다.

"증오의 마음으로는 그 누구도 앞으로 나아갈 수 없어요."

나 역시 그것을 알고 있다고 말해 주었다. 하지만 그가 느끼는 감정은 어떨까?

그러나 내 미국식 트집 잡기는 프랜시스의 말로 도중에 중단되었다.

"존엄성은 피를 흘리며 얻을 수 있는 것이 아니에요. 사랑할 방법이 분명히 있을 거예요. 우리는 그걸 찾아야 해요."

그는 자신과 싸우고 있었다. 나는 그것을 알 수 있었다.

"다른 길은 없어요. 그렇지 않다면 저도 기에마와 똑같은 사람일 뿐이죠."

천국과 지옥 사이

하쿠인은 17세기 일본의 위대한 선승이다. 검은색 법복을 입고 농사를 짓던 그는 진지하고 거침없는 성격의 소유자였다. 그는 제자들이 구부정하게 앉아 명상할 때면 여지없이 회초리를 내리쳤다. 그는 무엇도 두려워하지 않았다.

어느 날 한 사무라이가 그의 법당으로 찾아왔다. 사무라이는 절을 올리고 그에게 물었다.

"스님, 저는 천국과 지옥의 차이를 알고 싶습니다."

하쿠인은 전날 만들어 다 식어 버린 밥을 바라보듯 사무라이를 머리에서부터 발끝까지 마땅찮은 표정으로 쳐다보았다. 그러고는 손가락으로 은색 수염을 배배 꼬며 말했다.

"말해 줄 수야 있지. 하지만 자네가 그것을 이해할 만한 지혜를 가지고 있는지는 모르겠군."

사무라이의 얼굴이 붉어졌다. 그는 성난 가슴을 진정시키며 하쿠인에게 물었다.

"당신이 지금 누구와 이야기하고 있는지 알고 있습니까?"

하쿠인이 어깨를 으쓱였다.

"별로 대단한 사람도 아니지. 나는 진심으로 자네가 그것을 이해하지 못할 정도로 어리석은 인사라고 생각하네."

"뭐라고요?"

사무라이는 자신의 귀를 믿을 수가 없었다.

"어떻게 내게 그런 식으로 말씀하시오?"

하쿠인이 놀리는 투로 말했다.

"이런, 바보같이 굴지 말게. 자네가 대체 누구라고 생각하는가?"

사무라이는 몹시 분해 몸을 떨었다.

"그리고 자네 허리에 매달려 있는 저것은 자네가 검이라 부르는 것인가? 마치 음식을 자르는 칼 같군."

사무라이는 더 이상 참을 수가 없었다. 그는 땀에 젖은 손으로 단숨에 검을 빼내 선승을 내리치려 했다.

그 순간 하쿠인이 말했다.

"아, 그게 지옥이네."

사무라이는 칼을 내리고 칼집에 넣었다. 그의 눈이 깨달음으로 빛났다.

노승이 말했다.

"그리고 그게 천국이지."

비 내리는 어느 오후 하늘은 불길한 구름으로 가득 차 있었다. 나는 런던 테이트 미술관의 복도 끝에서 전에는 본 적 없는 19세기의 그림 앞에 서 있었다. 조지 프레데릭 왓츠의 〈희망〉은 희망의 여신에 대한 우화이다. 이 그림은 찬란하고 득의만만한 희망에 관한 것이 아니라 '영원한 희망은 없으니 지금 희망의 트럼펫을 울리자'라는 관념에 가깝다. 〈희망〉에는 맨발의 가녀린 소녀가 천으로 눈을 가리고, 외로운 바위 위에 앉아 하나의 현만 남은 하프를 연주하는 장면이 묘사되어 있다.

나는 이 신비로운 그림의 최면에 걸린다. 눈이 가려진 채 악기를 연주하는 소녀의 모습은 애절하기 그지없다. 하프는 그녀에게 음악을 허락하는 유일한 악기지만 그대로 계속 연주해 나가면 당장이라도 현이 끊어질 것만 같다. 이는 때로 우리에게 삶이 어떻게 느껴지는가에 관한 비유와 같다. 그렇지 않나? 한순간 현이 끊어져 얼굴을 때릴 수도 있다는 것을 알지만, 우리는 눈가리개를 한 채 어둠 속에 남아 있다. 그렇다고 해서 앞으로 나아가지 않는다면 진정으로 살아 있다고 말할 수 없을 것이다.

희망을 잃었다면 몸이 살아남았다 해도 살아갈 가망이 없는 것이나 다름없다. 육체가 없어도 희망이 있다면 영혼은 살아남는다. 지금껏 그래왔듯이 모든 것이 잘 풀릴 거라고 기대하는 순진한 희망이 아니다. 상황이 최악으로 치달을 때 희망은 우리에게 생에 대한 확신을 안겨 준다. 한 홀로코스트 생존자가 말했듯이 지금은 그렇게 보이지 않을지라도 어떤 다른 것 또한 진실일 수 있다. 인생의 매 순간에는 숨겨진 또 다른 얼굴이 있다. 이러한 희망은 믿음과 고통의 부정이라는 두 가지를 적절히 조절해 우리에게 삶의 의지를 부여한다. 요동치는 마음속에 아직 드러나지 않은 것들을 위한 자리를 마련해 두고, 풀리지 않은 의문이 스며들 틈을 허용한다. 제2차 세계대전에 참가했던 한 군인은 이렇게 말했다.

"죽음에 이르러서조차 우리들의 지력은 더는 생존 가능성이 없다는 것을 판단하는 데 가동되지 낳는다. 미래를 생각하는 데 집착하기보다 오늘을 살아 낼 수 있도록 기능한다."

결과에 대한 희망을 잃은 때조차도 우리는 삶 그 자체가 지닌 힘을 믿는다.

희망은 철학적 힘이다. 어둠을 가르는 실낱같은 바람이다. 스탠 라이스는 이 신비한 힘을 시로 묘사했다. "나는 길을 잃었다."라는 문장으로 시작되는 작품이다.

지옥의 시간 속에서 나는 부서진 노래를 불렀다.
가슴속에서 노를 젓자.
만물을 형성하는 바다에서 불어오는 산들바람이 나를 발견했다.
그리고 해변의 체리 나무에게로 나를 데려갔다.

그러나 희망에 대한 지나친 집착 역시 문제가 될 수 있다. 하나의 희망적인 결과에 집착하면 결국 희망의 인질이 되어 낙천주의의 함정에 빠지게 된다. 미리 꾀해 놓은 결과를 융통성 없이 갈망하는 것은 자신을 옭아매는 덫이 된다. 이런 종류의 희망에는 반드시 실망이 따른다. 가지고 있지 않은 것들에 집착하고, 삶이 주는 것들에 기뻐하지 않으면서 갈망에 시간을 소비하는 것은 위험하다.

불교에서는 고착화된 희망과 그것을 실현하는 것 사이의 차이를 '두카(dukkha)'라고 표현한다. 단순한 고통이 아닌 진리를 깨닫지 못하는 속인의 고뇌를 의미하는 광범위한 의미를 지닌 말로, 결국 모든 것이 소멸되고야 마는 이 불완전한 세상에서는 궁극적인 만족에 도달할 수 없다는 것이다. 불교는 우리에게 인간의 마음이 얼마나 고집스러울 수 있는지, 지금 무엇을 어떻게 원하는지를 깨우쳐 주고, 우리가 통제할 수 없는 일들에 지나치게 집착하는 것을 경계시킨다.

미국 출신의 영적 스승 페마 쇼드론은 수십 년간 그런 희망에서 해방되고자 수행해 왔다.

"만약 희망과 두려움이 동전의 양면이라면 자신감과 절망 또한 같을 것이다."

페마는 우리가 세상이 영원하다고 믿는 한 고통은 불가피하다고 믿는다. 그녀는 우리가 삶의 불확실성을 편안하게 받아들이고, 삶이 흔들릴 때 침착하게 대처하는 법을 발견하며, 깨진 마음과 굶주린 배에 머무르는 법을 배우고, 절망에 대한 긴장을 풀어낸다면 행복해질 수 있다고 말한다.

"희망과 두려움의 세상 속에서 우리는 항상 변화해야 한다. 삶이 지닌 불확실성, 실망, 충격, 당황스러움을 수용하면 명백하고 선입견 없는 새로운 마음을 발견하게 될 것이다."

나 역시 이 말이 진실임을 확신한다. 합당한 부정과도 같은 합당한 희망은 누구나 가질 수 있는 특별한 재능이다. 우리의 영혼은 바로 그 희망의 숨결을 향해 열려 있다. 영혼은 높아지고 마음은 지상에 묶여 있다. 이 둘의 교차점이 인간의 삶이다. 근심, 소망, 내려놓음의 모순적 뒤엉킴은 우리가 이곳에서 풀어야 할 과제이다.

몇 년 전 알고 지내던 명상가 몇 사람이 태국에서 활동하는 아잔 차의 은둔처를 찾아갔다. 미국 사람들이 심리 치료사나 점성술사를 찾는 것처럼 태국 사람들은 불교 사원과 승려를 찾는다. 하루는 마을의 신부 하나가 화가 난 채로 아잔 차의 수도원을 찾아왔다. 신부는 스승에게 폭력적인 세상에서 어떻게 자기 자손들을 보살피지 않고 살 수 있느냐고 물었다. 이 신부는 어떻게 삶이 내뿜는 수천 가지 비극에서 모든 아이들을 구할 수 있으리라는 꿈을 꿀 수 있었을까?

아잔 차는 탁자에 놓인 아름다운 유리잔을 하늘을 향해 들어올렸다. 그리고 수천 개의 세공된 면을 통과해 반짝이는 다이아몬드 같은 빛을 즐기면서 말했다.

"전 이 잔을 좋아합니다. 이 잔에서 아름다움을 발견하죠. 햇빛을 잔에 투과시키면 무지개를 볼 수 있죠. 해 보세요. 그럼 잔은 아름다운 원을 보여 줄 겁니다. 하지만 전 이 잔이 이미 깨져 있다는 걸 알고 있죠."

화난 신부는 아잔 차의 말을 이해하지 못했다. 아잔 차는 계속해서 말했다.

"이 잔으로 목을 축일 때마다 전 이 광경을 즐깁니다. 바람에 물잔이 넘어지거나 제가 팔꿈치로 쳐서 잔이 수천 조각으로 깨지면 전 이렇게 생각할 거예요. '아, 그렇지. 이미 깨져 있었던 거지.'"

아잔 차는 자신이 아이들을 이런 방법으로 사랑한다는 것을, 그들과 함께 보내는 모든 순간이 매우 소중하다는 것을, 안타까워할 것도, 기대할 필요도 없다는 것을 말하고 있었다. 수용은 절망에 대한 최고의 묘수이다.

나는 이 이야기가 실화인지 그리고 이 이야기가 바위 위의 소녀에게 어떤 의미로 다가갈지 궁금했다. 이 가르침이 그녀의 눈가리개를 벗겨 이미 부서진 하프를 보여 주고 연주를 멈추게 할까? 아니면 부서진 하프를 보더라도 하나의 현만으로도 충분하다고, 마지막 현이 끊어지면 스스로 노래하면 된다며 계속 연주하도록 할까?

모든 것은 사라지지만 지혜는 남는다

심리학자들은 초월적인 경험이 가족, 우정, 섹스, 일만큼 정신 건강에 필요하다고 말한다. 종교는 초월에 대한 이러한 목마름에서 탄생했다. 인류가 오래전부터 의례나 유희를 목적으로 환각제를 즐겨 왔다는 역사적 기록들도 존재한다.

우리 조상들은 적어도 5,000년 전부터 신체를 치료하고 통찰력을 높이기 위해 그리고 우울증의 고통을 덜기 위해 향정신성 식물을 사용해 왔다. 후이촐 족의 주술사는 우울증을 '영혼의 상실'이라고 표현한다. 가장 오래된 힌두 경전인 《리그베다》에는 '소마'라는 식물에서 얻을 수 있는 황홀경이 기록되어 있다. 소설가 올더스 헉슬리는 이런 물질이 더 나은 삶을 살게 해 줄 수 있다고 믿는 사람 중 하나이다. 그는 《멋진 신세계》에서 '소마'가 주는 황홀경에 대한 기록을 인용한 바 있으며 임종 직전에 LSD를 달라고까지 했다.

"만약 우리가 하루에 대여섯 시간 동안 무언가를 코로 흡입하거나 삼킬 수 있다면 고독은 사라지고, 삶이 그저 사는 것이 아니라 거룩하고 아름답고 소중하게 보일 것이다. 그렇게 되면 우리의 모든 문제들은 해결되고 지구는 천국이 되리라고 생각한다."

어느 날 나는 편집자를 급히 구하던 한 발행인을 우연히 만나게 되었다. 그의 출판사 작가 중 한 사람인 람 다스 즉, 리처드 앨퍼트 박사가 책을 집필하는 도중에 뇌졸중으로 쓰러진 것이었다. 1960년대 반문화의 영웅이자 시대의 지도자였던 앨퍼트는 한때 하버드 대학 교수였으나 동료 티모시 래리와 함께 학생들에게 실로시빈(멕시코산 버섯에서 얻는 환각 유발 물질 – 옮긴이) 실험을 했다는 이유로 해고되었다. 앨퍼드는 모든 것에서 손을 떼고 인도로 갔다. 거기에서 그는 스승과 사랑에 빠졌고, 이름을 '람 다스(신의 종 – 옮긴이)'로 바꾸었다. 그리고 그의 대표작이 된 《지금 여기에 있으라》를 쓰라는 소명을 안고 미국으로 돌아왔다. 이 책은 영어권에서 《스포크 박사의 육아서》와 영역 《성서》 다음으로 많이 팔린 책이다. 그때부터 람 다스는 인도주의자, 영적 스승으로서 40년을 보냈다.

람 다스는 심각한 뇌출혈에서 살아남았다. 그러나 휠체어를 사용해야 했고 실어증에 걸렸다. 스스로 옷을 입거나 음식을 먹을 수도 없었다. 하물며 책을 쓰기란 더더욱 어려웠다. 때문에 그가 하고자 하는 말을 종이에 받아 적어 줄 누군가가 절실히 필요했다. 나는 며칠 후 그와 호흡이 맞는지 알아보기 위해 샌프란시스코로 향하는 비행기를 탔다.

마린에 있는 빅토리아풍의 저택 발코니에서 람 다스는 휠체어에 앉아 빙그레 웃고 있었다. 만화에 등장하는 미친 과학자처럼 제멋대로 뻗은 백발이 인상적이었다. 나는 세상이 알고 있는 람 다스와 화장지를 옆에 끼고 사는 이 뚱뚱한 남자 사이의 대조적인 모습에 깜짝 놀랐다. 옆에서는 특이한 외모의 필리핀계 간호사가 그에게 낮잠을 잘 시간이라며 수선을 떨었다.

우리 두 사람은 별다른 첨가물 없이도 잘 맞았다. 나는 그 후 6개월 동안 람 다스와 함께 마구잡이 원고들을 정리하고, 멈춰진 뇌의 뒤엉킨 그물에서 그가 무엇을 말하려는지 알아내려 애썼다. 한 팔을 전혀 움직이지 못하는 데다 말도 거의 할 수 없는 그는 변덕과 평온, 산만함과 팔의 고통 사이를 끊임없이 오갔다. 그는 끙끙거리는 소리와 반 토막짜리 문장으로 나를 괴롭히고, 내가 어쩔 수 없이 말을 가로막으면 화를 냈다. 그는 《여전히 여기에》라는 이 마지막 책을 통해 자신이 육체적 시련으로 인해 배운 것들을 충실하게 세상에 전하고자 했다. 그는 뇌졸중이라는 '맹렬한 은총'을 통해 '깨어 있는 상태의 노화'에 대한 깨우침을 주고자 했다. 예전에 사랑과 평화 세대(반전을 부르짖던 1960,70년대의 청년문화 ─ 옮긴이)의 의식을 북돋아 준 것처럼, 이제는 베이비 붐 세대에게 노화에 어떻게 대처해야 할지 창조적으로 그리고 은총의 차원에서 가르치고 싶어 했다.

몇 주마다 한 번씩 나는 북처럼 툭 튀어나온 배를 하고 늘 나른하게 누워 있는 스승에게로 날아가 책을 완성해 나갔다. 인내심에 대한 답례로 람 다스는 내게 자신이 얻은 맹렬한 은총을 가르쳐 주었다. 그리고 때때로 사적인 이야기를 나누기도 했다.

뇌졸중을 일으키기 일 년 전, 람 다스는 활기 넘치는 예순여섯 살의 독신으로 나와 같은 중년 세대에게 동경받는 현인으로서의 역할을 한껏 즐기고 있었다. 그는 뉴 헤이븐 앤드 하트퍼드 철도회사를 세운 부유한 유대 인 집안에서 태어나 유복하게 자라났다. 그리고 아이비리그 교수로 재직하면서 한때 인지 실험에 모든 것을 쏟아붓기도 했다.

스승으로서 람 다스는 언제나 가식 없는 겸허함과 자신을 기꺼이 연구대상으로 내놓는 자세로 존경받았다. 깨어 있는 삶을 지향하는 사람들 대부분이 그렇듯 그 역시 외적인 부분에는 신경 쓰지 않았다. 심리학자로서의 리처드 앨퍼드는 탐구자로서의 람 다스가 꽤 잘해 나가고 있다고 생각했다. 1997년에 겪은 임사체험으로 자신이 가야 할 길이 얼마나 멀었는지 깨닫기 전까지는 말이다.

"나는 아직 정신을 잃지 않았어."

그가 서슴없이 속어로 말했다. 뇌졸중이 일어난 그날 밤에 대한 것이었다.

"침대에 누워서 늙어 가는 것에 대한 이 책을 어떻게 끝낼지를 구상하고 있었지. 아주 늙은 사람이 되면 어떨까 하고 상상해 보고 있는데 전화벨이 울렸어."

그는 전화를 받으려고 일어났던 순간까지 기억했다. 그다음 기억은 한 무리의 소방관들에 대해서였다.

"한 늙은 남자의 얼굴을 보고 있었는데 그 늙은 남자는 바로 나였어. 꿈이 아니더군."

다행히 때마침 비서가 도착해 911에 전화를 했다. 30분만 더 지체했더라면 그는 죽었을 것이다. 수많은 임사체험 증언처럼 그 역시 심폐소생술을 받고 있는 자신의 모습을 지켜보았다. 그리고 '그 일이 벌어지는 장면에서 한 걸음 물러나' 유체 이탈을 지켜보며 앰뷸런스를 따라 병원으로 갔다.

"나는 그때 일어나고 있는 일에 약간은 매혹되어 있었지."

"두려웠을 텐데요."

그는 내 말을 부정했다.

"죽는다는 생각은 하지 않았어. 하얀 빛이 없었거든."

어쩌면 그는 평생의 영적 수행으로 죽음의 순간을 기대하고 있었는지도 모른다.

"죽기 전에 해야 할 일이 많다는 것을 깨닫게 됐지."

그러나 육신과 자존심은 아직 마비되지 않았고, 무엇보다 누군가에게 온전히 자신의 몸을 내맡기고 도움을 받아야 한다는 데 대한 수치심이 몰려왔다. 람 다스는 다른 사람의 병상을 방문하고, 자선 단체를 이끌고, 수천 명의 학생을 가르치는 동경의 대상에서 하룻밤 사이에 혼자 소변을 볼 수도, 샌드위치를 먹을 수도 없는 사람이 되었다. 이 경험은 영적인 삶을 살아가면서 그동안 했던 그 어떤 봉사 활동보다 더욱 그를 겸허하게 만들었다.

"영혼의 보관함인 내 몸에서 나 자신을 멀찍이 떨어뜨려 놓았었지."

그의 말은 제임스 조이스의 단편 한 구절을 떠올리게 했다. "더피는 자신에게서 한 발짝 물러 떨어져 있는 듯한 방관자적인 삶을 살았다."

람 다스가 싱긋 웃었다.

"그때까지 난 내 몸을 거의 돌보지 않았어. 영적인 차원에서만 몸을 해석하려 했지. 실은 그게 두려움이었는데, 거리를 두는 것이라고 말하면서 말이야."

그는 육신을 부정하면서 혈압 약을 잘 먹지 않았다. 그게 뇌졸중을 일으킨 원인이 되었을지도 모른다. 이제 그는 덫에 걸린 채 다른 사람들의 보살핌과 지극히 인간적인 육신의 한계 속에서 억압된 자만심과 매일 씨름하며 이곳에 있다. 이런 자기반성은 전에는 감히 인정하지 못했던 자신의 벽을 허물어뜨렸다.

"뇌졸중은 사무라이의 검 같았네. 지금의 '나'는 예전의 '나'처럼 경험하고 있지 않아. 뇌졸중은 나를 높은 경지로 끌어올렸네."

"어떤 방법으로요?"

람 다스가 설명했다.

"사람들이 서로를 진심으로 존중하고 받아들이면 힘 있는 사람과 힘없는 사람, 도움을 주는 사람과 도움을 받는 사람들의 경계가 사라지지. 뿐만 아니라 자신의 에고를 주장하는 힘도 느슨해져 우리들 사이에 있는 개별자들로서의 경계 역시 사라진다네."

이런 영적인 시각은 그에게 육체적 상실을 다루는 열쇠가 되었다.

"두려움에 휩싸여 있다면 고통과 함께 나아갈 수 없어. 영혼의 눈으로 바라보게 되면 우리가 육체적 경험을 지닌 영적 존재이며, 우리의 고통은 단순히 육체와 정신의 작용일 뿐임을 깨닫게 되지."

간호사가 방으로 들어와 그가 물고 있던 빨대를 오렌지 주스 컵에서 치워 주었다. 그가 주스를 삼킨 후에 계속 이야기했다.

"늘 벗어나려고 했던 두려운 생각은 그것을 똑바로 바라보는 순간 변한다네. 자네의 두려움은 무시무시한 골리앗이 아니라 작은 시무 같이 될 거야."

시무는 비디오 게임에 나오는 파리 괴물로 작은 골칫거리를 의미한다.

"두려움을 하나씩 발견할 때마다 그것에 가까이 다가가는 법을 배우게 되지. 마비에 대한 두려움, 죽음에 대한 두려움 같은 거 말일세."

람 다스는 두려움을 일으키는 것들을 짚어 냈다.

"그렇게 할 때마다 자네는 한 번 숨을 들이키고 '아, 그래서였어? 정말 놀랍군'이라고 말할 수 있게 될 거야. 그러면 두려움에 휩싸이지 않고 앞으로 나아갈 수 있게 되지."

"두려움에 맞설수록 그 크기가 작아진다는 말씀인가요?"

람 다스가 확신에 찬 목소리로 말했다.

"맞네. 그것은 마치 자신의 문이 열리는 것과 같네. 그러면 그 문을 열고 밖으로 나가 경관을 즐기기만 하면 되네."

그는 윌리엄 블레이크의 시구를 인용했다.

"인식의 문이 정화되고 나면 모든 사물이 있는 그대로의 모습, 무한한 존재의 모습으로 드러나게 된다."

람 다스는 영혼을 인식하는 일이 우리의 주관적인 시야를 넓혀 전체를 보게 할 비장의 무기란 것을 사람들이 깨닫기를 바란다. 스스로의 영적인 부분을 인식하는 데 지적 능력은 별 문제가 되지 않는다. 람 다스의 학생 중에 알츠하이머에 걸린 늙은 어머니를 보살피던 여성이 있었다.

"치매에 걸린 부인은 더할 나위 없이 행복했지만 딸은 예전 어머니의 모습을 쉽게 놓을 수가 없었지. 딸은 어머니가 기억을 되찾을 수 있도록 어머니를 다그쳤어. 하지만 여든 살 먹은 부인은 자신이 정신을 잃는 것에 크게 개의치 않는 듯했다네. 그래서 나는 딸이 어머니를 내려놓을 수 있도록 도와줬고, 어머니의 삶은 훨씬 평화로워졌다네."

그는 친절한 간병인들 중에서 그 딸과 같은 사람을 만난 적이 있었다. 그가 눈썹을 추어올렸다.

"사람들은 내가 다시 걸을 수 있도록 노력해야 한다고 생각해. 하지만 나는 내가 다시 걷고 싶은지 잘 모르겠다네. 나는 앉아 있지. 그게 내가 있는 곳이야."

그가 온전한 한쪽 손으로 의자의 팔걸이를 쓰다듬었다.

"휠체어가 좋아졌어. 나는 이걸 백조 보트라고 부른다네. 나는 지금 이대로 평화롭고, 나를 돌봐주는 사람들에게도 감사해. 이게 잘못된 건가?"

"그렇지 않아요."

그가 대답했다.

"다른 사람들이 만든 각본에 끌려 들어가지 않는 것이 중요해. '번뇌의 침대' 위에서는 병에 걸리거나 자신을 잃기 쉽지. 연민과 두려움에서 자유로워지려는 연습을 계속해야 해. 나는 뇌졸중으로 휠체어에 갇힌 신세가 되었지만 병자, 희생자, 영웅, 무엇이든 사람들이 내게 투영하는 그 역할 안에 갇히고 싶지는 않아. 나는 내가 존재하는 방식에 진심으로 만족하네."

미심쩍은 눈빛을 느꼈는지 그가 손가락을 흔들어 나를 꾸짖었다.

"어떤 문화권에서는 들것에 실려 돌아다니는 것이 영광과 힘의 상징이야. 그 문화가 좋은지 그렇지 않은지는 전혀 중요하지 않아. 치유는 상황을 이전의 상태로 되돌리는 것이 아니라 지금 있는 상태에서 신에게 가까이 다가서는 걸 의미해."

그가 설명을 계속했다.

"신비로운 사실은 자신의 한계를 잘 이용하면 그것이 실제로 힘이 된다는 거야. 힘에 대한 집착은 힘을 잃는 것에 대한 두려움과 어쩔 수 없이 연결되어 있어. 하지만 두려움을 일으키지 않는 힘도 있다네."

"영적인 힘 말인가요?"

"맞아. 영리하지만 신뢰할 수 없는 우리의 교묘한 마음 뒤에는 환경의 영향을 받지 않는 근원적인 본질이 있지. 젊음이 아무것도 잃지 않는 상태인 것도 아니고, 늙음이 아무것도 얻지 못하는 상태인 것도 아닐세.”

나는 우리의 겉모습 뒤에 진짜 얼굴이 숨겨져 있다는 말을 떠올렸다.

“미래를 어떻게 생각하는지는 인생의 신비를 어떻게 생각하는지와 관계가 있네. 나는 최악의 순간을 겪었어. 하지만 생각만큼 그렇게 나쁘지는 않았네.”

그와의 마지막 시간에 람 다스는 침대 위에서 다리를 드러내고 앉아 붕대를 감은 손가락으로 매트리스를 꼭 붙잡고 있었다. 방에는 인도의 키르탄 연주곡이 흐르고 있다. 간호사가 그의 부어오른 발목 아래로 천천히 양말을 벗겨 내렸다. 늦은 오후의 따뜻하고 고요한 공기가 작은 침실 전체에 그림자를 드리웠다. 그의 파란 눈이 문으로 향하는 나를 뒤따랐다. 우리가 함께 쓴 마지막 문장이 내 머릿속에 끈질기게 남아 있었다.

람 다스가 한 단어씩 힘겹게, 천천히 말했다.

“모든 것은 사라지지만 지혜는 남는다.”

이해를 뛰어넘는 사랑

몇 년 전 병원에서 자원봉사를 할 때 나는 잭이라는 남자와 자주 시간을 보냈다. 일흔다섯 살의 잭은 레슬링 선수 같은 팔로 50년 가까이 유정굴착기를 운전했지만 이제는 폐의 종양과 싸우고 있었다. 그는 다량의 모르핀을 맞으며 고통을 견뎠다. 간호는 흠잡을 데 없었지만 그는 (짐 맥클라렌의 표현대로) 형이상학적인 고통에 빠져 있는 듯했다. 병문안을 오는 사람도 없는 깊은 외로움은 진통제나 나와 함께하는 카드놀이로 얼마간 덜어 냈다.

자원봉사자의 첫 번째 규칙은 "알아요, 나도 그랬었지요." 같은 말로 환자의 기분을 이해하는 척하지 말아야 한다는 것이다. 우리는 실제 그렇지도 않고, 그럴 수도 없다. 두 번째 규칙은 마음속의 치어리더를 경계해야 한다는 것이다. 다시 말해 환자들의 영혼을 북돋아 주거나 그들이 웃을 수 있도록 무엇이든 해야 한다는 생각을 버려야 한다. 우리는 치료의 일환으로 환자의 표현을 들어 주고 공감해 주는, 환자를 담아내는 그릇으로서 그들 곁에 머무는 것이다.

나 역시 이 원칙에 따라 잭의 기운을 애써 북돋으려고 하지 않았다. 카드놀이를 하면서 어떤 질문도 하지 않았고, 쓸쓸해 보이는 표정도 가급적 모르는 척했다.

어느 날 내가 잭의 방에 있을 때 병원의 목사가 방으로 고개를 들이밀었다. 한 여류 코미디언을 닮은, 몸무게가 136킬로그램이나 나가는 로레타였다. 그녀가 의자를 옆으로 치우고 잭의 옆에 앉았다.

"나의 사랑스럽고 섹시한 남자는 어떻게 지내고 있나요?"

"형편없어요, 자매님."

"그래서 로레타가 왔잖아요."

그녀가 내게 가라는 손짓을 하며 잭에게 말했다. 나는 입구로 물러나 그들의 대화를 들었다. 로레타가 잭의 손을 잡았다. 처음에 그 늙은 남자는 아무 말도 하지 않았다. 로레타는 잠자코 기다려 주었다. 잠시 후 잭이 훌쩍거리는 소리가 들려왔다. 로레타가 그에게 말을 걸었다.

"내게 말해 봐요."

"아버지는 절 사랑한 적이 없어요."

그가 흐느끼며 눈물을 쏟기 시작했다. 나는 그의 말에 놀라지 않을 수 없었다. 생사의 갈림길에 놓여서도 아버지가 자기를 사랑해 주지 않았다는 기억으로 고통스러워한다는 것이 믿기지 않았기 때문이다.

무엇이 문제인가에 대한 예상과 실제 문제 사이의 괴리는 흔히 일어나는 일이다. 노숙자는 돈이나 음식보다 대화를 더 원하고, 전쟁 포로였던 사람은 구호단체의 손길이나 재정적 도움보다 자기가 소속될 수 있는 어딘가를 필요로 한다. 어떤 사람은 주위의 사랑과 관심에 둘러싸여 있으면서도 '우주적 접속'을 느낄 수 없다는 데 한탄한다.

우리는 존재하지도 않은 단절을 느끼면서 기억상실과도 같은 생을 살아간다. 아인슈타인은 이런 현상을 '시각적 망상'이라고 지칭했다.

"인간은 스스로를 나머지 세상과 분리된 그 무엇으로 생각하고 그것을 느낀다. 이 망상은 우리를 개인적 욕망이나 가까운 몇 사람들에게만 집착하게 만드는 감옥이 된다. 우리의 임무는 살아 있는 모든 생명체와 그 아름다움 속에 있는 자연계 모두를 끌어안을 수 있도록 연민의 폭을 넓히고, 그 감옥에서 스스로를 자유롭게 하는 것이다."

우리는 스스로를 마음속에 가둔다. 그러고는 주변의 끔찍한 심연을 상상한다. 자신을 울타리에 갇혀 방치된 시민으로 그리며 우주를 원망한다. 고통의 시간 동안 이 가상의 골은 계속 더 깊고 넓게 벌어진다. 그러나 최악의 상황에서조차도 이런 수적인 개념은 힘을 잃지 않는다. 홀로코스트의 생존자 중 한 사람은 "혼자인 개들이 먼저 죽었다."라고 말하기도 했다.

아일랜드의 전 대통령 메리 로빈슨은 이 원칙을 나라가 혼란스러운 시기에 깨달았다.

"우리가 잘 지내는 것은 서로가 미치는 영향 때문이에요."

이것은 감상적인 '오늘의 한마디' 따위가 아니다. 우주는 입자와 파동, 양성자와 중성자가 불가분하게 엮여 있는, 실제 경계가 존재하지 않는 공간이다. 인도 철학에서는 우주를 무수히 많은 물질과 비물질이라는 보석 구슬로 짜인 거대한 그물로 상정하고 이를 '인드라의 그물'이라고 말한다. 이 그물은 '지구에 있는 나비의 날갯짓을 다른 행성에서 느낄 수 있을 만큼' 매우 촘촘히 엮여 있다. 만약 보름달이 월경을 유발한다는 속설이 옳다면, 내 삶에 등장하는 개개인들이 나와의 화학작용으로 인해 내게 (부정적 혹은 긍정적) 변화를 일으킨다는 것은 왜 사실이 아니겠는가?

"우리는 서로 이어지도록 엮여 있어요."

심리학자 대니얼 골먼과 나는 그의 단골 식당인 매사추세츠 노스햄프턴의 한 티베트 식당에서 점심을 먹고 있었다. 10년 전 대니얼은 아이큐에 집착하는 문화에서 영리하다는 것이 과연 무엇을 의미하는가를 재정립한 책 《감성지능》으로 문화적 영웅이 되었다. 최근 대니얼은 그가 '사회지능'이라고 부르는 것에 관심을 갖고 있다. 이 개념은 웃고, 하품하고, 울고, 소리 지르는 인간의 공통된 감정이 전염성을 지니고 있다는 것뿐만 아니라 좋은 인간관계를 유지함으로써 약학적 가치를 얻을 수 있다는 관점을 포함한다.

대니얼이 야크 소시지 접시를 내게 넘겨주었다.

"두뇌는 그 자체가 사회적이에요. 이것이 지난 10년간 저를 가장 흥분시킨 발견이죠.."

그의 점잖은 표정과 사려 깊은 말투는 30여 년간의 명상 수행 결과를 말해 주는 듯하다. 그는 하버드 대학에서 철학박사 학위를 취득한 후 현장 연구를 하면서 인도의 사상에 정통하게 되었다.

"한 사람의 내면 상태는 다른 사람에게 영향을 미치죠. 우리는 언제나 양방향 교통 시스템처럼 두뇌와 두뇌를 잇는 다리를 만들고 있어요. 실제로 우리는 냉랭함 같은 서로의 감정을 잡아내곤 하죠."

"그게 사실인가요?"

"자신을 괴롭히는 사람과 고통스러운 관계를 지속하고 있다면 그것은 육체적 결과로 나타나요."

대니얼의 설명에 따르면 스트레스는 코르티솔이라는 호르몬을 분비시켜 세포의 노화를 촉진한다고 한다. 그는 알츠하이머에 걸린 남편을 돌보는 여자들의 세포 수명이 빠른 속도로 짧아진다는 연구결과를 언급했다. 반대로 긍정적인 상호관계는 출산, 성관계, 보살핌과 같은 행동에서 나오는 호르몬인 옥시토신을 분비시켜 스트레스 호르몬을 낮추고 면역 시스템을 강화한다.

대니얼이 말했다.

"저는 두 살 된 손녀를 통해 자주 그런 체험을 해요. 그 아이는 제게 비타민과 같죠. 손녀와 함께 있는 건 정말 만병통치약 같아요. 삶에서 가장 중요한 사람들은 사실 생물학적 동지들이죠."

두뇌가 나이를 들수록 쇠퇴한다는 기존의 믿음과 달리 항상 성장하고 있다는 사실을 밝힌 신경가소성 이론은 사람이 평생 어떻게 진화하는가에 대한 인식에 대혁신을 일으켰다.

"줄기세포는 사람이 죽을 때까지 하루에 10만 개의 새로운 뇌세포를 생산해 내요. 이것은 기존의 믿음과는 다르죠. 사실 두뇌는 살면서 경험하는 일들을 통해 끊임없이 재형성돼요. '쓰지 않는다면 버려라'라는 금언은 신경과학에서 나왔죠. 하지만 도전할수록 두뇌는 그에 맞게 기능이 향상돼요. 사회적 상호관계 역시 신경 형성을 돕지요."

예를 들어 거울뉴런은 주변 세계에 있는, 우리가 보는 대상들을 투영한다. 이것이 이 뉴런의 유일한 기능이다.

"상대의 웃음을 인식하고, 그를 따라 웃게끔 기능하는 뉴런도 있어요. 얼굴을 찌푸리는 것도 마찬가지고요. 이걸 거울뉴런이라고 해요."

미켈란젤로 효과는 오랫동안 함께 산 부부들이 안면 근육의 모방을 통해 서로 닮아간다는 이론이다. 이러한 투영이 대규모로 확장되면 '비유전적 문화 요소'(유전자가 아니라 모방 등을 통해 다음 세대로 전달되는 방식 – 옮긴이)라는 섬뜩한 현상이 생겨난다. '민주주의', '위생', '이교도'와 같은 문화적 발상들은 바이러스처럼 사람들 사이로 퍼져 나간다.

"다른 사람들이 행동하거나 느끼는 것을 모방하면서 우리는 바깥 세계를 자기 안으로 끌어들여요. 서로를 이해하기 위해 실제로 조금쯤은 상대방처럼 되는 거죠."

대니얼은 두 가지 종류의 관계에 대해 설명했다. 철학자 마르틴 부버가 처음 언급한 '나–그것'의 관계와 '나–너'의 관계인데, 이 두 관계는 우리의 사회적 삶에 서로 상반된 영향을 미친다. '나–그것'의 관계는 우리가 사람들을 '대상화'하거나 '기능적인 그 어떤 것'으로 여길 때 일어난다. 아마 잭의 아버지는 아버지가 아들의 등을 토닥이는 '나–너'의 관계가 아닌 '나–그것'의 관계로 아들을 대했으리라.

"'나–너' 관계에는 인간적인 유대가 있어요. 피드백이 있고 연결고리가 있죠. 왜냐하면 상대가 누구인지, 그가 말하는 것이 무엇인지가 문제가 되기 때문이에요."

유감스럽게도 우리의 '거침없는 기술적 행보'는 유대관계에 좋지 않은 영향을 미친다. 1960년대 초기 T. S. 엘리엇은 우리에게 최초의 문화적 사회 필수품이 된 텔레비전을 날카롭게 비판한 바 있다.

"텔레비전은 수백만의 사람들이 동시에 똑같은 농담을 듣게 하지만 남는 것은 공허함뿐입니다."

디지털 미디어와의 지속적인 접촉은 스트레스를 유발시킬 뿐만 아니라 지나치게 가상세계에 몰입시킴으로써 실제 주변 세계에 대한 현실감각을 떨어뜨린다.

대니얼은 이런 사실을 강조하며 "공감 능력은 인간의 잔인성을 억제하는 것"으로 결국 이런 인간소외 현상은 재앙을 초래할 수 있다고 지적했다.

"사람들과 공감하려는 본능적인 성향을 유보하면 우리는 사람들을 하나의 '대상'으로 대하게 돼요. 사람들을 '대상화'하는 일이 많아질수록 세상은 더 위험해지죠."

하지만 인류가 근본적으로 이타적이라는 것이, (혹은 그의 표현대로) 인간의 두뇌는 친절하도록 타고났다는 것이 사실일까? 그럼 뉴스에서는 이를 어떻게 다루고 있을까? 전 〈뉴욕 타임스〉의 기자 한 사람은 이렇게 말했다.

"사람이 피를 흘리고 있다고 가정해 보죠. 그렇다면 그게 우선이 되어야 해요. 하지만 사람들은 그걸 보고 인간의 잔혹성에 더 많은 관심을 가져요. 그건 또 다른 형태의 잔인함이죠."

그는 예일 대학 시절 밀그램이 행한 권위에의 복종 실험이 인간의 악한 본성에 대한 결정판이 아니라고 확신한다. 이기적 야만 행위라는 평판을 받고 있는 이 실험과 달리 젊은이들은 초기 유년 시절부터 이타심을 가지고 있음을 명백히 드러낸다. 유아들이 다른 아이가 울고 있는 것을 보거나 들었을 때는 울음을 터뜨리지만 자기 자신이 괴로울 때는 잘 울지 않는다는 연구결과도 있다.

원숭이들은 자신이 먹이를 집을 때 우리 안에 있는 동료에게 전기충격이 가해진다는 것을 인지하게 되면 스스로 굶어 죽는 걸 택한다고 알려져 있다. 대니얼은 의식이 있는 성인이라면 물에 빠진 자식을 구하기 위해 우물에 뛰어든다는 맹자의 주장에 대해서도 언급했다. 나는 그 의견에는 수긍했지만 그래도 의문이 남았다.

"맞아요. 하지만 남편이 아내 몰래 바람을 피우는 건요?"

그가 웃으며 대답했다.

"항상 같은 사람과 시간을 보내야 하는 건 아니잖아요? 그 사실이 반드시 두 사람 간의 유대가 약하다는 걸 의미하지는 않아요."

친절함, 생존 그리고 사회지능 사이에 관련이 있다는 주장은 분명해 보인다. 하버드 대학의 초빙연구원으로 인도에서 명상에 대해 연구할 때 대니얼은 경험 많은 수행자들이 '고요하면서도 자석 같이 끌리는 우수한 품성'을 갖고 있다는 것을 눈여겨보았다. 고정관념과 달리 그 영혼들은 전혀 내세적으로 보이지 않았다. "활기가 넘치고 적극적이며, 매 순간에 젖어들어 지극히 현재에 충실한, 유머감각이 있고 주변이 산만해도 침착함을 유지하고, 깊은 평화에 놓여 있는 사람들"이라고 대니얼은 그들을 묘사했다. 게다가 이런 우수성은 주변 사람들에게까지 전염되었다.

"그들과 함께 시간을 보내고 나면 언제나 기분이 좋아지곤 했어요. 그리고 그 감정은 오래 지속됐죠."

심리학자와 신비주의자 들은 이 점에 동의한다. 이타적인 에너지 요소는 광양자와 전자처럼 눈으로 확인이 가능하며, 이는 회의론자가 생각하는 것보다 더욱 분명하게 드러난다. 심리학자 폴 에크먼은 달라이 라마와 함께 다람살라에서 일주일을 보내고 샌프란시스코로 돌아왔을 때 공항으로 마중을 나온 아내에게 이런 말을 들었다고 한다.

"내가 결혼한 그 사람이 아니네!"

불교 신자도 아닌 에크먼이 웃으면서 말했다.

"저는 마치 사랑에 빠진 사람처럼 행동했어요."

감정의 생리학에 있어 최고의 권위자인 에크먼은 그런 수행자들에게서 네 가지 공통적인 특징을 발견했다.

먼저 뚜렷하게 느껴지는 선량함이다. 이것은 어떤 따뜻하고 보송보송한 기운을 훨씬 넘어서는 것으로, 순수한 진실성에서 오는 듯했다. 다음으로는 지위나 명성, 자신의 에고에 집착하지 않는 이타심이 주는 감동이다. 이들은 개인적인 삶과 사회적인 삶 사이에 차이를 보이지 않는다는 데서 겉과 속이 다른 카리스마를 지닌 사람들과 구별된다. 세 번째로 에크먼은 커다란 연민의 에너지가 다른 사람들을 보살피는 것을 발견했다. 마지막으로 그는 이들이 보였던 자상함과 그 주변에서 일어나는 일들에 강한 인상을 받았다. 눈뜬 사람들을 통해 온전한 깨달음을 얻게 되었던 것이다.

하지만 이 같은 우수성이 영적 스승들만 가진 독특한 것이었다면 그토록 에크먼의 주목을 끌지는 못했을 것이다. 과학자인 에크먼이 그들에게 관심을 갖게 된 것은 누구나 그런 에너지를 가질 수 있다고 생각했기 때문이다.

"그 질적인 차이는 어떤 행운이나 문화 혹은 유전자 때문이 아니었어요. 그들은 수행을 통해 두뇌를 재형성한 거예요."

뇌과학에 대한 지식이 없어도 재앙에서 살아남은 생존자들은 보통 이런 현상을 스스로 경험한다. 우리의 한계를 넘어 뻗어 나가는 것, 이런 성장은 제2의 천성이 된다. 한계를 초월하는 동안 생각과 감정에는 새로운 목록이 더해지고 우리의 두뇌는 재구성된다. 한 예로 작가 앤드류 솔로몬은 우울증을 극복한 다음 더욱 인간에 대한 연민을 갖게 됐다고 이야기했는데, 이것은 어떤 우울증 치료제보다 더 효과가 있어 보인다. 즉 화학적, 신경계적 변화를 통해 실질적으로 스스로를 재편성한 것이다.

몇 년 전 노스캐롤라이나 주 롤리–더럼 외곽의 실험실에서 한 승려를 대상으로 수년간의 명상이 인간에 대한 연민의 마음을 어떻게 변화시키는지 알아보는 실험이 시행되었다. 연구자들은 승려가 열린 마음을 유지하는 데 집중하는 동안, 뇌의 긍정적 감정과 관련된 부분에서 감마파가 빠르게 증가하는 것에 주목했다. 이런 수준까지 감마파가 증가하는 것은 지속적인 수행으로만 가능하다고 연구자들은 생각한다. 치유사 맥신 가우디오는 이렇게 말했다.

"누구나 그림을 그릴 수 있지만 모두 피카소가 될 수 있는 건 아닙니다."

불행하게도 우리는 때로 붓을 들 수조차 없는 순간에 직면하기도 하며, 어떤 이들에게는 도화지를 찾는 일조차 어려울 때도 있다. 영적 스승들은 이것이 응당 일어나는 일이라고 말한다. 베네딕트회 수사 데이비드 슈타인들 라스트는 이렇게 말했다.

"그것은 일상적인 딜레마예요. 영적인 에너지는 우주 전체에 흐르고 있죠. 그건 강력한 생존의 에너지, 활동의 에너지예요."

여든 살의 늙은 은둔자는 이야기를 계속했다.

"가장 큰 행복은 이런 우주와의 일체감에서 나오지만 우리들은 자신도 모르는 사이에 그것을 차단합니다. 수행을 통해 그런 성향을 극복한 사람들은 세계에 대한 소속감을 깊이 느끼고 잠재된 에너지를 해방시킬 수 있습니다."

수사 데이비드는 학생들에게 기억 연습 같은 행동을 권한다.

"'이 축복에 감사합니다'라고 말할 때 그것은 그 자체로 깊은 가르침이 됩니다. 이때 마치 피가 심장에서 흘러나오듯 우주적인 근원에서부터 축복의 에너지가 흘러나오지요. 이 사실을 알고 나서 저는 활력을 얻게 되었고 그 축복을 다시 제 형제들에게 전했습니다. 그리고 그것은 다시 저에게로 되돌아왔지요."

수사 데이비드는 우리들 역시 이같은 '위대한 생의 네트워크'를 창조하고 있다고 믿는다.

인드라의 그물이 희미하게 빛나고 있다. 우리가 필연적으로 서로 영향을 주고받는 관계라는 것을 기억한다면 더 많은 사랑이 우리의 삶을 찾아올 것이다. 데이비드는 다시 한 번 강조했다.

"그것은 사랑이에요. 이해를 뛰어넘는 사랑."

나는 이 사랑을 진정한 스승들과 함께하며 발견했다. 우리를 빛 앞으로 이끄는, 거침없이 고동치는 위대한 사랑. 이 힘은 세상을 근본적으로 변화시킬 것이다. 경계를 없애고, 더 많은 행복을 꿈꾸게 할 것이다. 위대한 가톨릭 신자이자 고고학자인 피에르 테야르 드 샤르뎅 신부 역시 이런 희망에 대해 언급했다.

"언젠가 바람, 파도, 조수, 중력을 이해하는 날이 오면 우리는 사랑의 에너지를 이용할 수 있게 될 것이다. 이는 인류 역사상 두 번째 '불의 발견'에 대적하는 일이 될 것이다."

삶의 탐구자가 되어 선물을 찾으라

뉴욕의 저명한 정신과 의사 헨리 그레이슨은 세상에서 가장 성질이
더러운 여자와 결혼했다고 생각하는 환자 존을 치료하고 있었다. 많
은 환자들이 그렇듯 존도 믿을 수 있는 정신과 의사에게 동정을 받
고 싶어 했다. 하지만 그레이슨은 그런 의사가 아니었다. 의사는 불
행해하는 존에게 물었다.

"뭐든 할 수 있겠어요?"

존이 확실하게 대답했다.

"뭐든지요."

그레이슨의 처방은 이상하리만치 간단했다. 다음에 아내에게 화
가 나면 먼저 자기의 분노에 집중하라는 것이었다. 그리고 "저 여자
가 내 삶을 파괴하고 있어!" 하는 마음의 소리를 처음 결혼했던 여
자와의 다정했던 기억으로 바꾸라고 했다. 처음에 존은 그 여자를
떠올릴 수가 없었다. 그러나 차츰 행복한 기억이 희미하게 떠오르기
시작했다. 존은 그렇게 해 보겠다고 약속했다.

다음 번 진료에서 존의 얼굴은 다소 혼란스러워 보였다. 존은 아
내가 주말에 뭔가를 억누르고 있는 듯 보였다고 말했다.

"아내에게 무슨 일이 있었나 봐요."

그레이슨은 그 실험을 다시 한 번 해 보라고 말했다.

그 주에 존은 믿을 수 없는 경험을 했다. 그가 기억하는 한 가장 오랜 시간을 아내와 서로를 비난하지 않고 주말을 보낸 것이다. 아내 역시 몰래 심리 치료사를 만나기 시작한 것 같았다. 존은 깜짝 놀랐지만 이것이 의사가 말한 방법이 유발한 효과였는지는 확신하지 못했다. 내면의 독백이 정말 아내를 변화시킨 것인지 알기 위해 존은 한 번 더 상담실을 찾아왔다. 여기에 대해 그레이슨은 이런 설명을 내놓았다.

"우리들이 생각하는 건 우리의 행동을 통해 나오고, 이는 주위 사람들에게 영향을 미치죠."

그레이슨은 카키색 바지에 깃털 무늬 넥타이를 맨 듬직한 로저스 씨와 닮은 사람이었다. 초개인 심리학(인간의 의식 영역을 확대시켜 이를 연구대상으로 삼는 심리학 – 옮긴이) 분야에서 일하는 다른 동료들처럼 그레이슨 역시 자연과학을 공부하면서 통찰력을 얻었다. 그는 물리학 강의를 들으면서 심리학자의 길을 선택하게 되었다고 말했다.

"물리학 교수님 덕분에 전 우리가 인지하는 현실이 우주의 작은 파편이라는 것을 이해하게 됐어요."

그는 하이젠베르크의 원칙을 이용하여 대인관계 차원에서 물체를 인식했을 때 어떤 측면에서 그것이 변화하는지 알아보았다.

"우리는 인간으로서뿐만 아니라 에너지, 마음, 물질로도 연결되어 있어요. 거의 깨닫지 못하지만 우리들은 친밀한 방식으로 깊이 소통하고 있죠."

"존과 아내는 어떻게 됐어요?"

헨리 그레이슨이 미소를 짓는다.

"완전히 새로운 공놀이를 하고 있다고 말해 두죠."

아이러니는 삶을 구한다. 그 어떤 생존자도 아이러니 없이는 재앙에서 탈출할 수 없다. 하지만 때로 그 아이러니는 지나치게 잔인해서 웃어넘기지 않으면 견디기 힘들다.

"이게 대체 뭐지?"

언제나 쾌활했던 시인 도로시 파커의 입에서 외마디 물음이 터져 나왔다. 비탄에 빠진 그녀는 날카로운 손톱을 바짝 세우고 최후를 맞을 방법을 생각해 보았다.

"강은 축축하고, 약은 경련을 일으키고, 총은 불법이고, 올가미는 풀릴 텐데……."

죽음이 그녀가 언젠가 이렇게 시로 표현했던 것과 같다면 차라리 사는 편이 나을지도 모른다. 운명은 때로 우리를 농락한다. 제2차 세계대전 당시 빅토리아 십자훈장을 수여받은 위대한 영국의 심리학자 윌프레드 비온은 말했다.

"훈장을 받느냐와 반역죄로 총살되느냐는 내가 어디로 뛰는가에 달려 있었다."

삶에 중대한 영향을 미칠 만한 만일의 사태는 가장 터무니없는 우연에서 온다. 찰나, 엇나감, 순간의 결정, 생명을 구할 수 있는 전화 한 통, 사소한 상처만을 남기고 회복되는 행운의 뇌졸중, 우리를 앞으로 밀어붙이는 사고, 삶을 순식간에 뒤바꾸는 예기치 못한 만남, 한순간의 주저함이 불러오는 처참한 재앙.

그다음에야 창이 열린다. 우리는 이런 식으로 핀볼 게임을 하면서 우리가 조정할 수 있는 것들이 얼마나 적은지, 좋은 운과 나쁜 운에 대해서 얼마나 무한한지, 이 상황이 옳은지 아닌지, 우리가 받아 마땅한 것과 아닌 것이 무엇인지 생각하게 된다. 우리가 아는 것이라고는 모른다는 것, 결코 알 수 없다는 것 그리고 정원의 예민한 화초를 가꾸는 방법뿐이다.

"사람은 계획하고, 신은 웃는다."

할머니 벨라가 이디시 어로 이렇게 말씀하시곤 했다. 삶 앞에서 우리의 신중한 계획표는 정말 우스울 따름이다. 삶은 잇따른 모욕이다. 땅이 갈라지고 우리는 사랑하는 사람들을 잃는다. 더 잃고 나면 우리는 바위에 머리를 찧고, 자족의 쳇바퀴 속으로 빠져든다. 또다시 추락할 때까지.

이런 상황에서 웃을 수 없다면 무대를 떠나는 편이 나을지 모른다. 아니면 끝없이 상처입어라. 선택은 당신의 것이다.

한 농부와 말에 대한 우화가 있다. 맞다, 우화는 진부하다. 그러나 진부함은 지혜로 가는 길이기도 하다.

어느 날 한 농부가 가장 아끼는 말 하나를 잃었다. 말이 도망치자 이웃 사람 하나가 찾아와 그를 위로했다.

"말을 잃다니 정말 안됐어요."

하지만 수다쟁이 이웃은 내심 그게 자신에게 일어난 불행이 아니라는 게 기뻤다.

하지만 농부는 크게 개의치 않았다.

"알 수 없죠."

다음 날 농부의 말이 아름다운 야생 암말과 함께 되돌아왔다. 이웃은 다시 찾아와 하는 수 없이 인사를 건넸다.

"잘됐네요. 정말 운이 좋군요!"

농부는 이웃이 떠나길 바라며 말했다.

"알 수 없죠."

며칠 후에 농부의 아들이 야생 암말을 길들이려다 땅에 떨어져 다리가 부러졌다. 그 이웃이 곧장 찾아와 또 한마디를 했다. 이제 조금 화가 나기 시작한 농부는 똑같은 말로 대답했다.

"알 수 없죠."

사고가 있은 지 얼마 지나지 않아 코사크 군대가 전쟁에 동원할 젊은 남자들을 찾기 위해 마을로 들어왔다. 농부의 아들은 말에서 떨어진 부상으로 다행히 집에 남을 수 있었다.

이웃이 외쳤다.

"당신이 운 좋은 사람이 아니라고요?"

농부가 뭐라고 대답했을까?

18세기 영국 작가 호레이쇼 월폴 백작은 이런 예측 불가능한 현상을 '세렌디피티'라고 지칭했다. 뜻밖의 기쁨이라고도 해석되는 이 말은 세렌디프 왕가의 세 왕자가 떠난 긴 여행에서 유래했다. 그들은 각자가 원하는 보물을 찾지 못했지만 뜻밖의 사건을 통해 각자의 마음속에서 인생을 살아가는 데 필요한 지혜를 찾아냈다는 이야기이다. 이중성은 삶의 한 가지 방식이다. 협소하고, 편협한 이런 마음의 작용은 꽤 재미있다. 인간은 파편적이고 어리석지만 그렇지 않은 척 가장하고 살아간다. 이런 터무니없는 짓을 언제까지 계속할 것인가. 하지만 이는 좋은 소식이기도 하다. 우리들은 인간의 힘으로는 어찌할 도리가 없는 '초월적 운명'을 우리가 감내할 수 있는 '인간사적인 숙명'으로 바꾸어야 한다.

짐 맥클라렌의 영적 전도, 조앤 디디온의 마음을 저미는 책, 사무엘 베케트의 부조리극은 모두 이런 고통을 극복하고 나온 결과물이다.

사무엘 베케트는 어느 날 파리 한복판에서 마구잡이로 칼에 찔린 후 부조리극 〈고도를 기다리며〉를 지었다. 가해자는 왜 그랬냐는 질문에 어깨를 으쓱하고 이렇게 말했다.

"글쎄요, 어쩌다 보니 그렇게 됐네요."

세렌디피티는 우리가 입을 삐죽 내밀고 발을 동동거리는 대신 그저 신이 정해 준 운명에 따라 웃을 때에야 찾아온다.

"운명과 숙명이 있다네."

과거 할리우드 쇼 비즈니스계의 거물이었던 짐 쿠르탄은 단도직입적으로 본론으로 들어갔다.

"운명은 자네에게 일어나는 것이고, 숙명은 자네가 어떻게 반응하느냐에 달려 있지."

짐과 나는 35년 지기였다. 1970년대 그는 유명한 영화배우들의 매니저로 일하면서 그들을 달래고, 나약하고 허황된 자부심을 북돋아 주며 살았다. 그 시절 그의 삶은 질풍노도와 같았다. 전립선암 진단을 받기 전 짐은 심한 스트레스에 시달렸지만 쇼 비즈니스계에서 재기하기 위해, 또 유머감각을 되찾기 위해 온갖 애를 썼다. 하지만 영혼은 그의 생각보다 더 깊게 가라앉아 갔다.

짐이 평소답지 않은 침울한 목소리로 말했다.

"아침에 깨어나지 않으면 좋겠다는 생각을 수없이 했지."

지금 예순다섯 살인 그는 카우보이 머리 모양을 하고 앉아 있지만, 전 예수회 수사이기도 하다. 10년 전 병원을 찾은 짐은 전립선암

중기라는 통보를 받았다. 죽음에 대한 두려움에 비하면 직장을 그만두는 것은 사소한 일이었다.

그가 말했다.

"무서웠어. 암이라는 얘길 들으면 이런 생각을 하게 되지. 이런, 아마도 일 년쯤 남았으려나……."

어릴 때부터 무대 중독자였던 짐은 암을 진단받은 뒤로는 브로드웨이의 쇼를 볼 때마다 이런 생각을 떠올렸다.

"이렇게 생각했지. '아마도 이게 내가 볼 수 있는 마지막 쇼일 거야', '이게 내가 보는 마지막 파리일 거야'라고. 무엇을 보든 말이야."

하지만 짐은 이제 하루도 침울해하지 않는다.

"난 지금 매우 열정적으로 살아가고 있어. '내 삶을 정말 사랑해'라고 말할 수밖에 없는 일들이 매일 일어나. 크든 작든 말이야. 나는 이제 그것을 알고 있고, 감사하게 생각해."

이러한 기쁨은 그를 예전의 삶에서 벗어나게 해 주었다.

"전에는 감사하며 살지 않았어. 착실한 가톨릭 신자로서 감사해야 한다는 것만 알았지. 늘 감사의 기도를 하긴 했어. 하지만 이젠 진심으로 깨닫기 시작했다네. 삶은 선물이고, 우리가 해야 할 올바른 대답은 '감사합니다'라는 것을."

"언제 그걸 깨닫게 되셨는지 알 것 같아요."

그가 말했다.

"삶의 탐구자가 되어야 해. 선물을 찾아야 돼."

나는 궁금해졌다.

"수사님은 그 선물을 어떻게 찾으셨나요?"

그가 말한다.

"만약 내가 파리를 마지막으로 가게 된다면 파리에서 할 수 있는 모든 것을 다 할 거야. 반드시! 어떤 것도 훗날을 위해 남겨 두고 싶지 않아. 삶을 더 이상 비축해 두지 않지. 그냥 써 버리고 말아."

짐은 자기가 말만 그럴듯하게 하는 것처럼 보일 수도 있음을 인정했다.

"물론 내 안에 있는 셈에 밝은 놈은 말하지. '나는 조랑말을 원했는데 왜 겨울 코트를 주셨지?'라고 말이야. 우리는 모두 특별한 선물을 원해. 다 자라고 나면 부모님께서 왜 겨울 코트를 사 주셨는지 이해하게 되지만, 어릴 땐 조랑말이 아니라는 것에 화가 나지. 암은 겨울 코트를 받은 것과 같았어."

"게다가 그건 밍크 코트도 아니었죠."

"그래, 심지어 망할 토끼털도 아니었어! 〈앤티 맘〉에서 삶은 만찬이지만 욕심을 너무 많이 부리는 사람은 굶어 죽는다고 한 말 기억나나?"

그가 말을 이었다.

"하지만 〈앤티 맘〉에서 말하지 않은 것이 있어. 우리는 인생에서 때론 손님이기도, 요리사이기도 하지만 가끔은 요리 그 자체이기도 하다는 거야."

"위로가 되는군요."

짐이 말했다.

"하지만 사실이야. 또 우리에게 유리한 점이기도 하지. 상황이 훨씬 더 영속적이고 안정적인 것이 되니까. 더 감사하게 돼. 나는 이제 더는 생활비를 벌지 않아도 돼. 그건 내가 사랑하고 나를 사랑하는 사람에게서 받은 소중한 선물 같아."

짐이 캐롤린 마이스라는 치유사가 주최하는 워크숍에 갔을 때 세렌디피티가 찾아왔다.

"암을 치료해 보려고 갔지. 하지만 다른 일이 생겼어. 캐롤린이 위기에 놓인 사람들은 진짜로 필요한 것이 영적인 것일 때에야 치유사를 찾는다고 말하더군. 할리우드에서 일하기 전까지 나는 예수회 목사가 되고 싶었어. 사람들을 보살피는 게 내 꿈이었으니까. 캐롤린이 그 말을 했을 때 나는 내가 워크숍에 가게 된 진짜 이유를 알게 됐지. 치유받으러 간 그곳에서 천직을 찾게 된 거야."

짐은 이 천직을 신의 목소리로 알게 됐다고 믿는다.

"신께서 '너의 일은 기쁨이다'라고 말씀하셨어."

짐은 이 말이 미친 소리로 들린다는 걸 인정했다.

"처음엔 저항했지. 나는 '하지만 모든 사람들이 그 일을 원할 텐데요!' 하고 외쳤지. 그러자 신께서 말씀하셨어. '놀랍겠지만 아무도 자네의 일을 원하지 않아.'"

짐이 웃으며 말했다.

"신은 내 일이 기쁨이라고 하셨어. 하지만 기쁨이 곧 행복을 의미하는 건 아니네. 기쁨은 살아 있는 동안 삶에 순응하는 엄격한 영적 수행 같은 걸세."

짐의 말에 나는 데이비드 슈타인들 라스트를 떠올렸다. 그가 말을 이었다.

"대부분의 사람들처럼 왜 이런 일이 내게 벌어진 건지는 묻지 않네. 그저 '좋아, 나는 이번 일로 많은 교훈을 얻게 되었어. 그래서 기뻐'라고 할 뿐이지. 하지만 나는 그만두고 싶었어. 내 말은, 암에 걸리기는 했지만 내 남은 삶을 암 환자로 살고 싶지 않았다는 거야."

신과 직접 접촉한다는 사람들이 어째서 병이 낫는 은총은 받지 못하는지 나는 궁금했다.

"무엇보다도 종교와는 아무 관련이 없어. 종교는 지옥을 두려워하는 사람들을 위한 거야. 그리고 영성은 그곳을 경험한 사람들을 위한 것이고. 윈스턴 처칠은 '당신이 지옥을 겪고 있다면 계속 나아가라'라고 말했지. 천국과 마음의 평화에 이르려면 지옥을 통과해야만 해. 아무도 피해 갈 수 없지."

영적 상담자로서 교육을 받는 동안 짐은 소르본 대학 출신의 아프리카 인 스승 말리도마 소메에게 그같은 생존 지침을 조금 더 배웠다. 소메는 아프리카의 어느 마을에서 노인들에게 생명보험에 대해 설명했던 경험을 이야기했다.

"한 노인이 묻더군. '사람들이 자신에게 닥친 재앙에 대해 보상을 받게 된다는 뜻인가? 그럼 그 사람들은 무엇을 어떻게 배울 수 있지?'"

화려했던 쇼 비즈니스 세계의 망명자는 이제 박스 오피스의 수익을 따지는 대신 영혼의 생존에 대해 말하며 일주일에 스무 명이 넘는 사람들을 보살피고 있다. 그는 방문객들에게 생명은 영혼이 살아 있어야만 존속한다는 걸 늘 생각하며 살라고 말한다. 그리고 중세 시대의 한 신부에 대한 이야기를 하나 들려준다.

어느 날 아침 신부가 정원에 물을 주는 데 지나가던 사람이 물었다.

"신부님, 만약 신부님께서 오늘 밤에 돌아가신다는 것을 알게 됐다면 당장 무엇을 하시겠어요?"

신부는 대답하기 전에 잠시 생각했다.

"이 꽃들은 그때에도 물이 필요할 거예요."

짐이 나를 바라보았다.

"나도 그렇게 내 삶을 살고 싶어. 오늘 밤에 죽는다 해도 내가 하는 일을 멈추거나 바꾸지 않는 그런 삶을 살 거야."

그러고는 짐이 장난스럽게 눈썹을 추어올렸다.

"하지만 오늘 밤엔 안 죽어."

기도는 자기 안을 들여다보는 것

최근 조사에 따르면 18세 이상 미국인의 70퍼센트가 일주일에 한 번 이상 기도를 하고, 그것으로 '대단한 만족감'을 얻는다고 한다. 나는 그 통계를 보고는 조금 혼란스러워졌다. 나는 어쩌다 기도를 해봐도 조금도 기분이 나아진 적이 없었다. 내가 기억하는 한 그 어떤 위기에서도 신성한 응답을 받은 적이 없었다. 그래서 아마 신은 왜성, 블랙홀, 소립자들을 돌보느라 바빠 미처 내 일상을 보살펴 주지 못하는 것이라고 생각해 왔다. 기도에 관한 한 나는 나 자신이 신이 따뜻한 난롯가에 앉아 아이들에게 뺨을 비비는 모습을 창밖에서 바라보는 불쌍한 고아처럼 느껴졌다. 신앙심 없는 죄인은 창문 밖에서 자기연민에 휩싸여 그들을 바라보기만 할 뿐이다.

기독교 신자인 친구 존은 늘 이렇게 말하곤 했다.

"넌 집중하지 않아."

그러면 나는 이렇게 대꾸했다.

"어떤 일도 생겨나지 않으니까."

"기도는 마음으로 해야 해."

마치 내가 기도를 전화기에 대고 한다는 투였다. 모두가 알고 있듯 신실함은 사적인 문제이다. 그래서 나는 그를 이해시키려고 애쓰지 않았다. 또 나는 미주리 출신이다. 때문에 어떤 일이든 마음으로 받아들이기 위해서는 직접 보거나 느껴야 한다. 편협한 원칙에 빠지지 않으려면 실제로 경험해 봐야 하는 것이다. 나는 늘 신이 존재한다면 믿음이나 규약, 혹은 과대한 상상력을 요구하지 않았을 것이라고 생각해 왔다. 그리고 신이 우리에게 원하는 것은 바로 자기의지, 진실에 대한 사랑이라고도 생각했다. 안드로메다 성운을 탄생시킨 신이 정말 존재한다면 어쨌든 내가 무슨 생각을 하고 있는지 알고 있을 것 같았다.

어느 오후 나는 우편함에서 존이 보낸 엽서를 발견했다. 뒷면에는 작고한 트라피스트회의 수도승 토마스 머튼의 말이 굵은 대문자로 쓰여 있었다.

"진실한 기도와 사랑은 기도가 불가능해지고 심장이 돌로 변한 그 순간 깨닫게 된다."

이 말이 내 마음을 움직이리라는 걸 존은 알고 있었다. 기도에 대해서는 단언할 수 없지만, 세상에 존재하기 불가능한 사랑이라는 감정에 대해서는 다소 말할 수 있을 듯하다. 내게 너무 익숙한 것이기 때문이다. 심장을 조이는 경험을 한 적이 있는 나는 가장 도망치고 싶을 때 그 자리에 남아 견딤으로써 생겨나는 힘이 무엇인지 알고 있었다. 나는 그것을 증명할 수 있다. 자기 진화의 문제에 관한 한 거친 목재일수록 더 단단한 바닥이 된다. 그 진실을 시험해 볼 때 믿음은 더욱 확고해진다. 나는 그리스도가 가장 좋아한 제자가 바로 의심 많은 토마스(예수의 부활을 직접 보기 전까지는 믿을 수 없다고 말한 제자. 증거 없이는 아무것도 믿지 않는 사람을 뜻함. - 옮긴이)였을 것이라고 늘 생각했다.

나는 기도를 망상이라고 여겼다. 소망의 실현, 위안을 위한 애원이자 깊은 우주 속에서 신의 목소리를 감아올리려는 갈고리라고 생각했다. 독일의 숲길을 혼자 걷던 어느 날까지는 말이다.

겨울이 끝날 무렵, 쾰른에서 20킬로미터 떨어진 마을 탈하임에서 나는 몹시 비참한 기분이었다. 당시 나는 한 인도인 스승의 집에 머물고 있었는데, 놈(옛 이야기에 나오는 뾰족한 모자를 쓴 작은 남자 모습의 요정-옮긴이)과 헤시안 교회 양식의 석상으로 둘러싸인 정원이 있었고, 요제프 멩겔레(아우슈비츠 수용소의 수감자들을 이용하여 유전학을 연구한 독일 의사-옮긴이)가 전쟁 중에 유대 인 아이들을 실험한 병원에서 매우 가까웠다.

땅 위로 수북이 쌓인 눈, 어둠 속에서 윤곽만 보이는 상록수들, 흐릿한 시야, 무심한 하늘. 내 영혼은 그 이상 가라앉을 수 없을 정도로 깊이 가라앉았다. 내 머리를 눈 속에 처박고, 내 얼간이 같은 머릿속을 날려 버리는 잉그마르 베르히만(죽음과 인간의 원죄를 탐구하며 결국 신의 존재와 신의 구제 가능성을 말하는 영화감독-옮긴이)적인 세상은 그 어디에서도 찾을 수 없었다.

나는 나 자신의 모든 것을 증오하고 있었다. 진정으로 더 강해져야 한다고 생각했다. 나무를 날려 버릴 듯한 거센 바람 속에서 나는 추위에 떨며 기도를 하지 않는다는 것을 포함해 백만 가지 사실에 대해 스스로를 책망했다. 숲 속의 빈터에서 나는 모든 망할 것들을 향해 그리고 지금 내가 무엇을 해야 하는지에 대해 고함치며 울부짖었다. 그때 별안간 분명한 깨우침이 툭 던져졌다. 머릿속의 애정 어린 목소리가 내게 말을 걸었다.

"말도 안 되게 어리석은 기도를 하고 있구나, 이 바보 같은 친구야."

사람이 고함을 치고, 하늘에 주먹질을 하고, 운명에 울부짖게 하는 힘은 기도의 심장이며, 응답과 재통합, 자기연민과 고통에서 해방되고자 하는 갈망은 기도의 피와 육신이었다. 기도가 순수한 마음에서 나오는 정중한 간청이라는 것을 믿으면서도, 나는 그 순간까지 분명한 깨우침을 원하고 있었던 것이다. "몸부림은 가장 높은 수준의 노래 형식이다."라는 속담이 있다. 이는 또한 내가 그때 깨달은 기도의 완전한 본질이기도 했다. 나는 신성함의 벽 밖에서 얼어붙지도, 무시당하지도, 재갈이 물리거나 갇히지도 않았다. 그러나 기억할 수 있는 만큼 오래전부터 나는 서툰 방법으로 기도를 하고 있었던 것이다.

　내가 집으로 돌아왔을 때 스승은 사리를 입고 정원의 눈을 치우고 있었다. 그녀의 검은 얼굴에는 여드름이 잔뜩 나 있고, 머리는 엉망이고, 빨간 장화는 더러웠다. 나는 그녀에게 그날 있었던 일에 대해 말했다. 선생은 늘 그랬듯 아무 말도 하지 않았다. 그저 웃으며 고개를 끄덕이고는 하고 싶은 대로 내버려 두는 이모처럼 나를 보냈다.

　몇 년 후 나는 〈욥기〉에 대한 글을 우연히 접하고 그때의 산책을 떠올렸다.

　"마지막까지 욥의 고통은 모든 격식을 없앴다. 그는 직접적으로, 도전적으로, 친밀하게, 신이 그에게 말하는 방식으로 신에게 말했다."

　욥은 그가 상상했던 자신과 신 사이의 거리를 없애고 변화했다. 고통을 겪으며 겸허함과 깨달음을 얻은 그는 기적처럼 가까운 곳에 있는 빛, 자신의 언어와 신성한 언어와의 공통점, 숨김없이 말할 때 드러나는 진실을 마침내 이해했다.

　종교가 있는 사람들은 이것을 '기도의 대화'라고 부른다. 종교가 없는 사람들은 '진실 말하기'라고 부를 수도 있겠다. 어느 쪽이든 말하는 것은 그 자체로도 변화를 일으킨다. 말로 표현하는 것은 고통에서 좀처럼 벗어나지 못하는 마음 그 너머에 있는 근원적인 곳으로 우리를 연결해 준다. 기도를 응답하지 않는 전화가 아니라 깊은 수면 아래를 내다보는 잠망경으로 여기게 될 때, 마침내 그것은 내게 현실이 되었다.

3

완전한 삶으로부터의 가르침

최악의 경험이라 여겨졌던 순간도 시간이 지나면
그리 나쁘지 않았음을 깨닫게 된다.
늘 벗어나려고 했던 두려운 생각도
그것을 똑바로 바라보는 순간 변한다.
두려움에 맞서면 두려움의 크기가 작아진다.
두려움에 가까이 다가갈수록 모든 사물은 우리 앞에 있는 그대로의 모습,
무한한 존재의 모습으로 나타나게 된다.

자신을 상처입혔던 사랑을
끌어안지 않는 한

칼 융은 중독을 '빗나간 기도'라고 불렀다. 초월, 위안, 성찬식이 간절히 필요한 중독자들은 보다 고차원적인 관계 혹은 깊이 있는 관계를 맺는 대신 술과 도박, 폭행과 살인, 섹스, 폭식, 과소비, 가정폭력 등으로 공허함을 채우려고 한다. 그러나 결국 승리하는 것은 우주적 고독감이다. 칼 융은 이 때문에 알코올중독자 갱생회를 설립한 빌 W.에게 영적인 요소 없이는 프로그램의 효과를 기대할 수 없을 것이라고 충고했다. 이처럼 중독자들은 간절함과 그것을 가져다준 치명적인 불운에서 구원받기 위해 더 강한 힘을 원한다.

알코올중독자의 길에 들어서는 사람들이 대개 그렇듯 마이클 클라인은 늘 버림받게 될지도 모른다는 불안에 떨며 영적으로 굶주린 상태에서 자랐다. 쌍둥이 동생 케빈은 밤마다 엄마 캐서린이 진정제에 취해 텔레비전 앞에 멍하니 앉아 있는 것을 보았다. 예민한 아이였던 마이클은 엄마가 마약에 취해 있는 동안 그녀의 얼굴을 유심히 지켜보았다. 그와 동생이 무엇을 잘못했기에 엄마가 그런 식으로 멀어졌는지 궁금해하면서 말이다. 아이들은 엄마를 무척 좋아했고 그녀가 늘 곁에 있어 주길 바랐다. 캐서린은 아이들을 사랑하면서도 왜 늘 화가 난 것처럼 보였을까? 사실 캐서린의 어머니도 그녀와 함께 있어 주지 않았다. 캐서린의 어머니는 마흔네 살 때 술에 취해 5번 가의 발코니에서 뛰어내려 세상을 떠났다. 캐서린 자신도 버림받은 아이였던 것이다. 그리고 그녀는 이제 자기 아이들에게 똑같은 일을 저지를 생각이었다. 이러한 수치심은 그 일을 해야 할 또 하나의 이유처럼 보였다.

우리는 어머니의 얼굴에서 세상을 배운다. 어머니의 행동에서 신에 대해 배운다. 어머니가 어떻게 사랑하는지(아니면 사랑하지 않는지), 어떻게 향기를 맡는지, 무엇을 말하고 언제 침묵하는지를 보면서. 우리는 부모님이 서로를 얼마나 사랑하는지, 우리를 만들기 위해 어떻게 함께했는지에 대한 이야기를 들으면서 창조를 배운다. 이러한 일을 통해 우리는 자신이 누구이고, 어디에서 왔는가에 대한 생각을 형성해 나간다. 그리고 그것의 빛깔, 질감, 깊이, 이 세상의 일시성, 우리를 세상 밖으로 내보낸 뿌리의 특별한 뒤엉킴을 배운다.

엄마의 눈 속에 담긴 비애는 마이클에게 세상은 매우 잔인한 곳이라고 말해 주는 듯했다. 마이클을 구해 줄 사람은 아무도 없다고, 너는 결국 홀로 남게 될 거라고. 마이클은 열두 살 때부터 술을 마시기 시작했다.

우리는 종업원들이 소리를 지르며 분주히 음식을 나르는 미드타운 맨해튼의 한 식당에서 이야기를 나누었다. 근육질의 작은 체구, 빛나는 금발, 뛰어난 유머감각, 걸걸한 목소리의 마이클은 학교 선생님이자 시인이다. 그는 지난 22년 동안 술을 마시지 않았다. 하지만 그 전까지는 길 잃은 한 소년일 뿐이었다. 그는 한 손으로는 지나가는 사람을 붙잡으려 하고, 다른 한 손으로는 죽을 만큼 술을 마셨다. 그는 알 수 없는 공허함으로 무너져 내렸고 아이가 엄마 젖을 빨듯 술을 마셨다. 그는 세상 속에 자신의 집이 있다는 느낌을 갖고 싶어 했다.

"거의 10년 동안 매일 술에 취해 있었어요."

마이클이 햄버거에 소스를 뿌리며 말한다. 마이클의 어머니는 그가 스물두 살 때 세상을 떠났다. 자연사였는지 약물과다복용 때문이었는지는 알지 못한다. 쌍둥이 동생 케빈은 그때 이미 알코올중독자였다. 마이클은 동생이 죽어 가는 것을 느낄 수 있었다.

스무 살 때 마이클은 벨몬트에서 경주마들의 털을 다듬는 일을 하게 되었다. 한 번은 챔피언 경주마를 보살핀 적이 있었다. 그 생활은 술에 쩐 불안정한 길 위에서 유일하게 안정된 것이었다. 그는 경마장에서 술집으로, 또 아무 잠자리로나 끝없이 방황했다. 관계에 대한 채워지지 않는 갈증 때문이었다.

마이클은 회고록 《트랙의 조건》에서 "나는 울분을 가라앉히려고 술을 마셨다."라고 표현했다.

"술에 취했을 때는 처음 보는 사람과도 거리낌 없이 잠자리를 함께했어요. 두려움 없는 순수한 욕망이었죠."

내가 대답했다.

"모든 사람들이 원하는 것이기도 하죠. 두려움 없는 욕망."

칼 융 연구가인 린다 시어즈 레너드는 《불의 목격자—창조 그리고 중독의 장막》에서 알코올중독을 극복해 낸 자신의 경험에 대해 이야기했다. 그리고 집착이 어떻게 중독자들을 사물화하는지 설명했다.

"중독은 삶과 시야의 폭을 좁히고 중독자들이 갈망하는 대상의 상태로 그들을 변형시킨다. 그리고 그들을 편집증으로 이끈다."

마이클이 갈망하는 것은 접촉이었다. 그는 두 연인, 즉 예술과 죽음 사이에서 방황했다고 말했다. 레너드의 설명에 따르면 보통 중독자들은 두 개의 악마를 가지고 있는데, 하나는 파괴적이고 다른 하나는 창조적이다. 마이클은 두 가지 성향 모두를 가지고 있었다. 그는 이미 본격적으로 시를 쓰고 있었지만 삶은 여전히 통제되지 않았다.

레너드는 다음과 같이 지적했다.

"두 선택지 중에서 창조적인 사람은 미지의 영역으로 가기를 선택한다. 그러나 중독자들은 대부분 선택하지 않고 좌절한다. 그리고 자신의 질병에 사로잡힌다."

마이클은 나락으로 떨어져갔다. 서른 즈음 그에게 심판의 날이 왔다. 그가 아무렇지 않게 말했다.

"정말 피곤했어요. 삶이 난장판이었죠. 그런데 제가 아직 죽지 않았더라고요."

"무슨 말인지 모르겠어요."

마이클이 대답했다.

"죽고 싶어서 술을 마시기 시작했는데 술이 절 제때 죽이지 않았다는 말이에요. 만약 제가 살아남아서 중독자가 될 거라면 제대로 사는 게 낫겠다고 생각했죠."

"갑자기요?"

"갑자기요."

알코올중독 치료를 받으면서 그는 육체적인 것이 상대적으로 다루기 쉽다는 것을 발견했다. 그가 어깨를 으쓱였다.

"3개월 동안 몸이 떨렸어요. 하루에 일고여덟 시간 이상 깨어 있을 수가 없었죠."

"그때 마음은 어땠어요?"

마이클은 자신의 정신적 부활을 이렇게 비유했다.

"혼수상태에서 깨어난 사고 생존자라고나 할까요? 이곳은 제가 사고 전에 기억했던 세상이었어요. 전 다시 여기에서 살고 싶었죠."

"세상으로 다시 초대된 사람처럼요? 그런 느낌, 알아요."

"다시 깨달았어요. 세상에는 수많은 색이 있다는 걸요!"

그가 감자튀김을 뒤적였다.

"세상이 2차원에서 3차원으로 바뀌고 모든 게 절 흥분시켰어요. 엄청난 에너지가 일어났고, 제 꿈이 무엇인지 떠올랐죠!"

"무덤에서 벌떡 일어난 것 같은 기분이었겠네요."

"바로 그랬어요. 술을 마실 때는 모든 게 다 정상으로 보여요. 제대로 보지 못하면서도 개의치 않는 거죠. 중독자들에게는 뭔가를 제대로 가르치기가 힘들어요. 배우고자 하는 의지가 없으니까요. 그래서 사람들에게서 재미를 발견할 수 있다는 사실을 깨닫고 전 머리를 한 대 얻어맞은 기분을 느꼈죠!"

마이클의 큰 웃음소리에 옆 테이블 사람들이 깜짝 놀랐다.

"전에는 누구도 사랑하지 않았어요. 섹스 이외에는 좋아한 것도 없었고요."

그가 종업원에게 계산서를 달라는 의미로 손을 흔들었다.

"술을 마시면 자신의 가장 나쁜 모습을 드러내게 되요. 정작 본인은 개의치 않는다는 게 문제죠."

밖으로 나와 렉싱턴 거리로 향하면서 마이클은 담배에 불을 붙였다. 그의 쌍둥이 동생 케빈은 알코올 유발성 심장마비로 지난해 세상을 떠났다. 그 일은 여전히 마이클을 괴롭히고 있다. 케빈과 달리 마이클은 깨어 있기 위해 어린 시절의 악마들과 싸웠다.

"술을 마시지 않고 이삼 년을 지내며 현실을 깨달았어요. 그리고 치료가 필요하다는 것을 알게 되었죠. 우리는 한 가지 큰 부분을 놓치고 살아요. 우리를 완전하게 만들어 주는 커다란 덩어리 말이에요."

"초자연적인 힘 같은 것이요?"

그는 알코올중독 치료 프로그램의 첫 번째 단계는 환자들이 그 병에 대해 무력하다는 사실을 인정하게 만드는 것이라고 말했다.

"그 단계는 중독자들에게 대단한 힘을 줘요."

이 말은 다소 모순적으로 들렸다.

"그 힘은 우리가 알고 있던 힘이 아니에요. 회복되는 중에는 모든 게 뒤집어져요. 그동안 자신이 가진 힘이라고 생각했던 것들이 사실은 그렇지 않다는 걸 깨닫는 거죠."

"예를 들면요?"

"자기도취, 자기연민, 자기파괴."

조금 흥분한 마이클이 마르크스적인 용어를 사용했다.

"그 단계에서는 큰 그림을 보기 시작하게 되죠. 상황을 개인적으로 받아들이지 않는 거예요. 집단의식의 일부분이 되요. 일벌 중 하나처럼요. 본질을 깨닫게 되면 평상심을 유지하기가 좀 더 쉬워져요. 자기 자신 혹은 자신이 가지고 있는 질병이 더 이상 세상의 중심이 아니게 되죠."

"무엇 앞에서 무력하다는 뜻이에요? 신을 말하는 거예요?"

마이클이 어깨를 으쓱하며 말했다.

"아마도요. 우리가 그것을 어떻게 정의내리든 그런 영적 자각 없이는 힘을 가질 수 없어요. 만약 힘이란 무엇인가에 대한 동의어를 생각한다면 그건 '자아실현'일 거예요."

13세기 독일의 신비주의자 마그데부르크의 메흐틸트는 잘못된 대상으로 향했던 자신의 기도가 결국 자신이 믿고 함께 시작하고 싶어 한, 사랑하는 이의 품으로 향했음을 묘사했다.

"사랑에 쓰라린 상처를 입은 사람은 누구든 다시 온전해지지 못한다. 자신을 상처입혔던 사랑을 끌어안지 않는 한."

메흐틸트는 예수님을 향한 신성한 사랑에 대해 말하고 있는 것이다. 이 말은 일찍이 부모의 사랑을 잃고 상처받은, 최초의 근원에 다가가야만 치료될 수 있는 마이클과 같은 중독자들에게도 해당된다. 마이클은 지금의 자신이 예전의 자신과는 다른 사람이라고 말한다. 그는 책을 쓰고, 글쓰기를 가르치며, 아내와 사랑을 하고, 요가를 한다. 담배도 거의 끊었다.

마이클은 지하철 계단 꼭대기에 서서 인정 많게 들리는 걸걸한 목소리로 말했다.

"제가 서른 번째 생일을 맞으리라곤 생각하지 못했어요. 술에서 깨어나게 된 다음에는 살아 있는 하루하루가 횡재처럼 느껴져요!"

점점 커지는 그의 목소리에 지나가는 차들이 멈칫거렸다.

"횡재, 횡재, 횡재!"

과거와의 말다툼을 멈추라

하지만 중독의 간접적인 피해자들은 어떤가? 사랑하는 이가 중독자가 되었을 때 그 곁을 떠나지 못하고 삶을 구제하기 위해 싸우는 배우자, 아이, 연인, 친구 들은 어떻게 자신의 길을 찾아가는 걸까?

프레즈노에서 태어난 캐서린은 아버지가 없는 집의 둘째 딸이었다. 부모님은 캐서린이 열 살 때 이혼했고, 트럭 운전사였던 아버지는 오하이오로 가서 두 번째 가정을 꾸렸다. 어머니 제랄딘은 혼자 남겨져 스스로의 힘으로 딸들을 키웠다. 하지만 아일랜드 출신으로 공주 같이 살던 제랄딘은 일하기를 싫어했고, 아이들은 집세를 내지 않으면 쫓아내겠다는 집주인의 협박에 시달렸다. 제랄딘은 편두통을 앓으며 계속 폭력적인 남자들을 만났다. 캐서린과 두 자매들은 생활비를 벌려고 형편없는 일자리를 얻었다. 그리고 어머니의 기분에 맞춰 음식을 준비했다.

"어린아이 같지 않게 느껴질 거예요."

캐서린과 내가 시애틀의 파이크스 마켓에서 점심을 먹고 있을 때였다. 그녀는 체격이 크고, 빨간 머리카락을 길게 늘어뜨렸다.

"우리 자매는 어린아이였던 적이 없어요. 빨리 자라야만 했으니까요."

영리했던 캐서린은 장학금을 받고 UCLA 대학에 입학했고 그곳에서 처음으로 행복을 느꼈다. 캐서린은 연극을 전공하면서 연기와 감독, 극작에도 손을 대 자신의 재능을 증명했다. 캐서린이 빙그레 웃으며 말했다.

"전 공상의 여왕이었어요. 어릴 적부터 상상의 세계를 글로 썼죠."

4월의 어느 날 밤이었다. 캐서린은 자신의 첫 연극에 연출까지 할 자신이 없어서 학과 구인란에 연출자를 구한다는 공고를 붙였다. 그리고 학생 때 연극을 전공한, 실직 중이던 연출자 앙드레를 만나게 되었다.

"제가 남자에 대해 꿈꿨던 모든 것이 결집된 남자였죠. 전 그때 그걸 겁냈어야 했어요."

192센티미터의 키에 호박 빛깔이 도는 눈, 테너 가수 같은 목소리, 잡지에서나 본 듯한 옷차림, 남자에게서는 한 번도 보지 못한 가장 감미로운 입술. 앙드레는 테스토스테론을 강렬히 내뿜는 매력적인 남자였다.

"엥겔베르트 홈퍼딩크에게 그랬던 것처럼 여자들이 팬티를 던질 수 있다면 그에게도 그렇게 했을 거예요."

그녀는 앙드레를 연출가로 고용했고, 두 번째 커튼콜이 있던 날 함께 밤을 보냈다. 앙드레는 침대에서 캐서린을 무릎 위에 뉘어 놓고 이렇게 말했다.

"당신은 내가 보살피고 싶은 소녀야."

캐서린은 아직도 그때의 느낌을 잊지 못한다. 그녀가 고개를 저었다.

"정말로 그 말을 믿었어요. 그 뒤의 모든 것은 '열려라 참깨' 같았죠. 그저 황홀했죠."

앙드레의 늠름한 모습은 차치하고서라도 캐서린은 아름다워 보이는 그의 영혼에 끌렸다. 하지만 당시 앙드레에게는 함께 살고 있던 여자는 물론 아이들도 있었다. 앙드레는 그걸 말하지 않은 채 캐서린에게 구애를 했고, 얼마 후 캐서린의 집으로 이사를 왔다. 어느 날 밤 낯선 여자가 캐서린의 집 앞에 나타났을 때도 캐서린은 이미 그 여자와 관계가 끝났다는 앙드레의 말을 곧이곧대로 믿었다. 그는 일자리를 찾아보겠다고 약속했다. 그리고 어느 날 앙드레는 아무런 예고도 없이 두 사람의 약혼반지를 가지고 나타났다. 캐서린의 반지에는 '정착'이라는 단어가 새겨져 있었고 앙드레의 것에는 '날개'가 새겨져 있었다.

"제가 항상 원했던 게 바로 '정착'이었어요. 앙드레는 자신이 원하는 게 있을 때면 이런 직감을 발휘했죠. 사람들의 약점을 잘 알고 있었어요. 살인자들이 그런 것처럼."

돌이켜 생각해 보면 어디에 덫이 놓여 있었는지 알 수 있었다. 하지만 당시에는 그 어느 때보다 행복했다. 캐서린은 버클리에 멋진 집을 장만할 수 있을 만큼 충분한 보수를 받고 희곡 작가 자리를 구했다. 그녀가 처음으로 연출을 맡아 체호프의 작품을 준비하는 동안 앙드레는 집에 있으면서 자유롭게 지냈다. 주말마다 그들은 함께 식물을 가꾸고, 잔디를 깎고, 음식을 만들었다. 성생활도 자주 했다.

"살인죄로 도망치는 사람 같았어요."

바람둥이들이 그렇듯 앙드레 역시 아내 아닌 다른 여성에게 관심을 보이는 데 떳떳했다. 그는 매일같이 다른 여자들에게 추파를 던졌다.

10년이 지나고 두 아이가 태어났다. 앙드레는 개인 운동강사로 일했다. 캐서린은 그래도 결혼 생활이 순탄하다고 여기며 행복해했다. 그녀의 갈망대로 드디어 뿌리를 내리고 정착한 것이다. 대가를 치루긴 했지만 가정을 꾸린 것이었다. 앙드레는 나이가 들면서 기분 변화가 심해졌다. 성생활은 멈췄다. 포옹도 없었다. 하지만 적어도 서로를 이해하고 있다고 캐서린은 생각했다. 여전히 결혼 생활을 유지하고 있으니 된 거라고 스스로에게 말했다. 적어도 그녀는 혼자가 아니었다. 캐서린은 잘생긴 남편이 자는 모습을 바라보면서 불안한 생각을 떨쳐 내곤 했다.

그러나 얼마 후 이 그림이 산산조각이 났다. 여느 때와 다름없는 평일 밤 11시쯤 앙드레는 지난 10년 동안의 결혼 생활에서 단 한 번도 한 적이 없는 행동을 했다. 그는 침대에서 벌떡 일어나 옷도 입지 않은 채 집을 나섰다. 그는 머릿속에 떠오른 것을 곧바로 하지 않으면 못 견뎌하는 사람이었다. 두 시간 뒤 불안해진 캐서린은 차를 몰고 시내로 나갔다. 세탁소 밖에 앙드레의 차가 세워져 있었다. 그녀는 남편이 세탁소 카운터 뒤에서 금발의 10대 소녀와 섹스를 하는 것을 보았다.

캐서린이 담배에 불을 붙이며 말했다.

"정말 가슴 아픈 건 이거예요. 제가 그것을 눈감아 주기로 했다는 거죠. 사소한 실수를 크게 만들고 싶지 않았어요. 앙드레는 멋진 남자였으니 그런 일이 생길 가능성이 컸죠. 그가 제게 관심을 갖도록 더 노력하지 않은 제 잘못이라고 여겼어요."

캐서린은 그 일을 잊지는 못하더라도 그를 용서하기로 마음먹었다. 그러나 앙드레가 집으로 돌아왔을 때 일어난 일에 대해서는 전혀 준비가 되어 있지 않았다.

"남편이 정신없이 땀을 흘리고 몸을 떨면서 집에 돌아왔어요. 중요하게 할 말이 있다면서 제게 앞에 앉으라고 했죠. 정말 겁이 났어요. 뭔가 진짜로 잘못되어 가고 있다는 느낌이 왔죠."

문제는 캐서린이 예상했던 바람이 아니었다. 앙드레는 크리스털메스(마약의 일종-옮긴이), 속칭 '티나'와 사랑에 빠져 있었다. 어느날 체육관 친구 하나가 운동량을 늘릴 수 있다며 앙드레에게 티나한 뭉치를 준 것이 발단이었다. 앙드레는 팔에 난 주사 자국을 보여주며 지난 3년 동안 매일 티나를 맞았다고 고백했다.

"그 자리에서 그냥 얼어붙었죠. 제 마음은 그때 죽었어요."

그녀가 좀비 같은 목소리로 말했다. 앙드레는 이어 그동안 저질렀던 비도덕적인 행동들을 고백해 나갔다. 인터넷으로 만난 접대부들, 비밀스러운 관계, 캐서린이 눈치조차 채지 못했던 마약 행위, 체육관에서 골프를 치거나 운동을 한다고 나가서 가끔 바람을 피웠던 일들에 대해서.

"제 인생 최악의 순간이었어요. 남편의 얼굴에서 가면을 벗겨 내는 것 같았죠."

그녀는 여전히 그때를 기억하는 것조차 겁나는 듯 보였다.

"그가 어떤 사람이었는지 그리고 어떤 사람이 아니었는지 그때 깨달았죠. 저는 남편을 제대로 알지 못했던 거예요. 앙드레는 완전히 사기꾼이었어요!"

"그래서 그를 내쫓았나요?"

"아니요. 그건 정신이 온전한 사람들이나 하는 짓이죠."

그 대신 캐서린은 앙드레를 침대에 눕히고 그를 용서한다고 말했다. 그리고 앙드레가 약물을 끊으려고 노력하는 동안 그를 보살폈다. 그는 한바탕 정신없이 울어대고, 분노하고, 토하기를 번갈아 하면서 일주일 동안 침대에 앓아누웠다.

"죽이고 싶은 누군가에게 밥을 떠먹여 줘 본 적이 있나요?"

불행하게도, 나도 그런 적이 있었다.

"목 졸라 죽이고 싶은 사람의 똥을 닦아 주는 것은요?"

그것 역시.

"그렇게 모욕적이고 멸시받는 기분은 살면서 느껴 본 적이 없었어요. 그런데도 전 그가 사라질까 여전히 겁이 났어요."

"당신의 삶을 파괴한다는 이유로 그에 대한 사랑을 그만두지 않은 거군요."

그녀가 시인했다.

"그를 상처입히고 싶었어요. 하지만 사랑을 그만둘 수는 없었죠. 그래서 전 옳다고 생각되는 일을 했어요."

캐서린은 앙드레에게 마약중독 치료를 받게 하고 병원비도 냈다. 병원 복도에서 그에게 작별 키스를 하며 3주 후 퇴원할 때 다시 오겠다고 약속했다.

"그의 입 밖으로 나오는 모든 거짓말을 믿었어요. 그가 여전히 저의 앙드레이길 바랐으니까요. 그가 저와 아이들을 위해서 변하려고 노력할 거라고, 약을 한 것은 실수였다고 믿고 싶었어요."

마약중독 치료는 처음에는 효과가 있는 것처럼 보였다.

"퇴원했을 때 그는 제가 처음 사랑에 빠졌던 바로 그 남자 같았어요. 아니, 그보다 더 좋았죠. 제가 꿈꿨던 앙드레였어요. 남자다움을 과시하는 허영심은 숨겨져 있었지만요."

내가 응수했다.

"그걸 중독 치료의 여운이라고 불러요."

그녀가 머리를 흔들었다.

"너무나 행복했어요! 저희는 일주일 동안 새로운 신혼여행을 떠났어요. 앙드레는 초심을 잃지 않았고, 겸손하고, 진실했죠. 그는 매일 마약중독 치료 모임에 나갔어요. 그런데 어느 날 그의 팔에서 주사 자국이 또 발견됐죠."

캐서린이 고개를 돌려 창밖을 바라보았다.

"퇴원하자마자 다시 약을 시작한 거였어요. 거짓말의 거짓말을 계속한 거죠. 전 이번에는 그를 지우기로 하고 경찰을 불러 그를 유치장에 집어넣었죠. 하지만 계속 붙잡아둘 만한 증거가 없어서 앙드레는 바로 다음 날 감옥에서 풀려났어요. 그리고 정말 재미있는 일이 시작됐어요."

캐서린은 집을 팔고 버클리를 떠나 시애틀로 이사했다. 전화번호를 바꾸고 그가 나타날 때를 대비해 접근금지 명령도 받아 냈다. 그런데 하지만 그 주가 아무 일 없이 지나가자 캐서린은 앙드레에 대한 생각을 떨쳐 낼 수가 없었다.

"공황 상태에 빠져들었어요."

친구가 그를 이곳에서 봤다든지, 버클리에 있는 그의 꼴이 끔찍해 보였다든지 하는 등 무서운 소문들이 들려왔다. 그중 가장 좋지 않은 건 앙드레가 훔쳐 와 키웠던 개 새디가 버려져 돌아다니는 것을 보았다는 소식이었다.

"가장 놀란 건 개에 대한 이야기였어요. 앙드레는 새디에게 무척 헌신적이었거든요. 만약 새디가 방치된 것이라면 앙드레가 어떤 끔찍한 상황에 놓여 있는 건지 상상조차 할 수 없었어요."

캐서린은 앙드레가 개와 함께 길거리에서 굶어 죽는 악몽에 시달렸다. 그녀는 결국 무너졌다.

"뭔가에 홀린 것 같았어요. 악마가 저를 놓아주지 않았죠. 어두운 곳으로 데려가려는 것처럼 저를 부르는 소리가 들려왔어요."

그녀가 할 수 있는 일은 하나였다.

"전화를 해서 만나고 싶다고 했어요. 아이들을 시애틀에 남겨 두고 버클리로 날아갔지요. 그는 아파서 6일 동안 집 밖으로 나가지도 못하고 침대에 누워 있더군요. 새디는 삐쩍 말라 있었고요."

캐서린은 집을 청소하고 앙드레의 등을 쓰다듬어 주었다. 그는 자기가 약에 중독된 게 그녀를 상처입히려던 것이 아니라 죽고 싶어서였다며 울먹거렸다. 캐서린은 침대에 앉아 이야기를 들어주었다. 그 말도 사실은 아니었지만.

"어떤 것에 그렇게까지 마음이 아플 줄은 몰랐어요. 덫에 걸린 듯한 느낌이 들더군요. 마치 끔찍한 악몽 속에서 벗어날 수 없는 것처럼요."

캐서린은 앙드레에게 연락은 해도 된다고 허락했다.

"전화하라고 했어요. 그가 어떻게 지내고 있는지 모르는 것보다는 나았으니까요."

이런 상황이 거의 일 년 가까이 이어졌다.

"그는 밤새 전화를 했어요. 도와달라고 애원하면서 전화에 대고 울부짖었죠. 가끔은 우리가 헤어진 게 제 탓이라며 비난하기도 했죠."

"당신을요?"

"그는 마약중독자잖아요. 그가 아프니까 용서해야 한다고 제 자신을 타일렀죠. 하지만 악마를 내쫓을 수는 없었어요."

캐서린은 곧 심한 죄책감에 시달렸고 병원에 입원해야 하지 않을까 걱정될 만큼 우울해졌다. 그녀는 그들 사이의 끈을 잘라 낼 수가 없었다.

"그러다 두 명의 중독자가 있다는 것을 깨달았죠. 전 앙드레를 병에서 구해 내는 일에 중독돼 있었던 거예요. 그의 중독은 곧 제 아픔이 되었죠. 저는 앙드레가 침몰하고 있다는 것을 알았어요. 그리고 그건 저도 마찬가지였죠. 이 남자가 절 죽이게 할 수는 없었어요."

캐서린은 다시 전화번호를 바꾸고 앙드레와 연락을 끊었다. 그리고 거의 일 년 동안 일주일에 세 번씩 알코올중독자 치료 모임에 나갔다. 그녀가 고백했다.

"저는 그동안 그곳의 12단계 프로그램을 비웃었어요. 그 구호 방식이나 피해자들의 사고방식을요. 하지만 그건 정말 오만한 생각이었죠. 그 사람들은 피해자가 아니라 진정한 생존자였어요."

캐서린은 자신과 비슷한 처지에 놓인 사람들의 이야기를 들으면서 자신의 병이 무엇인지 알게 되었다. 구원자 콤플렉스, 해결 강박증, 그녀 자신을 구제하기 위해 누군가를 구하겠다는 종속관계 충동(한쪽이 도박, 술 등에 정신적, 육체적으로 중독되었을 때 다른 쪽은 가장 먼저 심리적으로 불안정해지는 현상 – 옮긴이)이었다.

그녀는 항구에 정박해 있는 배를 바라보았다.

"사람들은 종속관계 충동이 어떻게 자신을 서서히 잠식하는지 잘 몰라요. 누군가를 보살피다가 오히려 자신이 중독자의 고통 뒤로 사라지는 거예요. 중독자들이 무엇인가를 필요로 할수록 나 자신은 없어져요. 앙드레가 아프자 실제로 제가 죽어 가는 것 같았어요."

"어떤 느낌인지 정확히 알아요."

"그는 제가 거기 앉아서 자신이 스스로를 죽이는 모습을 보길 바랐죠. 하지만 그가 죽기 전에 제가 먼저 죽을 것만 같았어요. 제 생명을 구해야 했어요. 절 위해서가 아니라 아이들을 위해서요."

그녀는 자신의 중독을 치유하는 데 가장 힘들었던 일은 바로 자신이 사랑하는 그 사람을 위해 할 수 있는 일이 아무것도 없음을 받아들이는 것이었다고 말했다.

"제가 바꿀 수 있는 것이 아무것도 없다는 걸 머리로 받아들여야 했죠."

"이성적인 마음으로는 이해하기 힘들죠."

"그건 자연적인 본능과 반대되는 거예요. 왜냐하면 중독은 모든 것을 바꾸니까요. 중독자에게 평범한 삶에의 사랑을 느낄 수 있게 하는 건 괜찮아요. 하지만 다정한 보살핌은 사실상 해로워요. 방치하는 듯한 거친 사랑이 실제로 도움이 될지도 몰라요. 전 평생 무언가에 대해 이보다 더 무력하고 솔직한 감정을 느껴 본 적이 없어요."

그녀가 나를 똑바로 바라보았다.

"전 앙드레가 그 일로 진짜 죽을 수도 있다는 사실을 받아들여야 했어요. 하지만 제가 그것을 막을 수 있는 방법은 없었지요."

인터뷰를 하고 3개월 뒤 나는 캐서린에게서 이메일 한 통을 받았다. 앙드레의 부모님께 도움을 청했고, 그가 두 번째 마약중독 치료를 받고 있다는 소식이었다. 캐서린은 그를 찾아가지 않을 것이다. 하지만 앙드레의 치료사가 그녀에게 경과를 알려 주는 것은 허락했다. 새도 캐서린이 맡아서 기르기로 했다. 또한 남편이 중독에서 완전히 벗어나게 되면 그가 아이들을 만나는 것을 고려해 보겠다고 쓰여 있었다.

"아이들은 아버지를 가질 수 있을 거예요."

나는 답장을 보냈다.

"당신은 어떤가요?"

그녀는 다른 사람과 데이트를 할 준비가 되었다고 한다. 캐서린은 남자와 교제할 때 적절한 경계선을 알려 주는 온라인 커플 맺어 주기 서비스를 이용해 볼 생각을 하고 있다고 했다.

"잘생기면 안 돼요. 그리고 키가 작아야 해요. 근육도 없어야 하고요."

내가 그녀를 놀렸다.

"근육도요?"

그녀가 대답했다.

"머리카락도 필요 없어요!"

나는 온라인 대화창 너머의 그녀에게 물었다.

"아빠 같은 사람이면 되겠네요?"

"이런, 내가 졌어요!"

캐서린은 메시지를 이것으로 마무리했다.

☺

나는 열정을 선택할 것이다

상실에서부터 진실의 가지가 뻗어 나온다는 말은 모순처럼 들린다. 땅은 갈라지고, 나는 산산이 부서지고, 부서져 나간 나의 반쪽은 차가운 먼 바다를 떠돈다. 나는 불완전한 상태로 떠돌며 나라고 생각했던 것들로부터 떨어져 나간다.

지금이 질문을 시작할 때이다. 자신을 되돌릴 수 없을 때, 오래된 것은 적당하지 않고 새로운 것은 아직 오지 않았을 때. 우리는 거울 앞에 서서 자신의 모습을 들여다보며 묻는다. 도대체 저게 뭐지? 자신의 모습을 뒤돌아보며 비틀거리는 저 만신창이는 누구지? 저 낯선 이가 과연 나인가? 나는 저것을 끌어안고 살 수 있을까? 잃어버린 나는 어디에 있나?

숨겨진 얼굴은 아직 드러나지 않았다. 잃을 수 없을 거라 여겼던 것을 잃음으로써 진정한 자신의 모습을 알게 될 것이라는 깨달음을 얻기까지는 아직 조금 더 시간이 필요하다. 이에 대해 엘리자베스 비숍은 이렇게 비꼬았다.

"상실의 기술을 익히는 것은 어렵지 않다. 우리는 언제든, 어느 것이든 잃을 수 있다. 상실은 재앙은 아니다."

잇따른 상실 사이로 우리는 걸어간다. 자신의 다리가 여전히 땅을 딛고 서 있는지 내려다본다. 그러다 불교적인 지혜에 다다른다. 우리는 자기 자신을 잃을까 두려워하고 '상실될 준비가 되어 있는' 존재가 아니라는 것을 깨닫는다. 그리고 자신이 세상에 속해 있는 모습 그대로가 아니라 그것이 떠나려 할 때 남아 지켜보며 질문을 던지는 존재라는 것을 알게 된다. 이 사실을 확인할 때마다 마치 무거운 짐을 내려놓는 것처럼 발걸음은 가벼워진다.

질문을 하는 행위는 그 자체로 예술의 한 형태라고 할 수 있다. 오늘 나는 누구인가? 내가 지금 가장 갈망하는 것은 무엇인가? 직감이 이끄는 곳은 어디인가? 질문하기는 초심의 땅을 일군다. 새로운 길을 닦고, 해묵은 주제를 버려 우리의 길을 새롭게 상상하도록 한다.

강연장에 긴장감이 맴돌았다. 나는 200명의 워크숍 참가자들과 함께 질문의 여왕인 바이런 케이티가 도착하기를 기다리고 있었다. 〈타임〉 지가 '21세기의 영적 혁신자'라고 일컬은 그녀는 자신을 '20년 전 신경쇠약을 극복한 덕에 독학으로 공부를 마친 64세의 스승'이라고 일컫는다. 그녀는 그를 통해 '작업'이라고 부르는 기술을 개발했다.

자기기만에 대한 이 도전은 네 개의 직접적인 질문으로 이루어져 있다. 케이티는 그것을 '전환'이라고 부른다. 이것은 뒤에서 다시 설명할 예정이다.

시카고에 도착했을 때 내가 케이티에 대해 알고 있던 건 그녀가 육체적 고통을 제외하고는 그 어떤 괴로움일지라도 자신의 방법으로 덜어 낼 수 있다고 확신한다는 사실이었다. 나는 그녀의 방법에 회의적이기는 했지만 흥미는 있었다. 심리 치료사 친구 하나는 바이런 케이티와 함께했던 주말을 '심리적 충격과 경외'라고 일컬었다.

완고한 학자인 케이티의 남편 스티븐 미첼도 그 '작업'은 부처가 말한 '고통의 멈춤'으로 향하는 진정한 길이며, 요동치는 마음을 고요한 물가로 이끄는 방법이라고 말했다.

청중들이 접이식 의자에서 꼼지락거리기 시작했다. 기술자 하나가 무대 뒤에서 마이크 음향을 조절했다. 멋진 흰머리, 사시의 뚱뚱한 교도소 목사 페기가 옆에서 사탕을 건넸다.

9시가 되자 바이런 케이티가 사자 조련사처럼 자신감 넘치는 모습으로 무대 위로 당당히 걸어 올라왔다. 그녀는 완벽하게 매만진 머리에 초콜릿색 실크 바지 정장을 입고 어깨에는 숄을 멋지게 드리우고 있었다. 남편 스티븐 미첼은 트위드 재킷을 입고 무대 오른쪽에 앉았다. 케이티가 인삿말도 없이 곧바로 강연을 시작했다.

"가장 친밀한 관계는 마음속에 있어요. 저는 오랫동안 어두운 곳에 있었어요. 그러던 어느 날 아주 단순한 것을 깨달았죠."

페기가 노트에 적을 준비를 했다.

"스스로의 생각을 믿는 일은 고통을 주었죠. 하지만 생각을 믿지 않았을 때는 고통스럽지 않았죠. 그날 이후 모든 것이 바뀌었어요."

내 뒤에 앉은 남자가 헛기침을 했다.

"생각은 아이들 같아요."

케이티가 무대 앞으로 걸어나왔다.

"생각은 우리가 자기에게 관심을 가질 때까지 소리를 지르고 또 지르죠. 하지만 질문 작업을 시작하면 40년, 50년, 60년 평생을 믿어 왔던 것들, 우리에게 가장 스트레스를 주던 자기 파괴적인 생각을 끝낼 수 있어요."

페기가 팔꿈치로 나를 툭툭 치며 눈썹을 추어올렸다. 그리고 확신에 찬 목소리로 청중들에게 말했다.

"쉽지는 않은 일이에요. 용기가 필요하죠. 하지만 이젠 진지해질 시간 아닌가요, 여러분?"

그녀는 아이들에게 사탕을 주듯 다정하게 말했다.

"충분히 오랫동안 자기 자신을 속이지 않았던가요?"

"그랬었어요!"

염소수염을 한 심리 치료사가 소리쳤다. 그는 '믹'이라는 이름표를 달고 있었다.

"좋아요. 자, 이것은 당신의 부끄러운 연습장이에요."

케이티가 자주색 서류철을 들어 올리며 말했다. 그녀는 우리에게 가장 어둡고 짜증나고 수치스러운 생각, 아무에게도 말하지 못한 악독하고 비밀스럽고 끔찍한 감정을 목록으로 적어 보라고 했다. 그리고 그중에서도 최악을 골라 네 개의 질문과 전환에 적용해 보라고 했다.

"인정사정없어야 해요!"

케이티의 목소리에는 열정이 넘쳐 났다.

"여러분의 마음속에서 진짜로 어떤 일이 일어나는지 볼 수 있는 기회예요. 자신이 믿고 있는 것에 대해 질문하지 않으면 결국 그것들에게 쫓겨나게 돼요."

케이티가 말한 '작업'은 효과가 있다고 믿기에는 너무 단순해 보이는 네 개의 질문으로 이루어져 있다.

첫째, 그것은 사실인가?

둘째, 당신은 그것이 사실이라고 확신하는가?

셋째, 당신은 그 생각을 떠올릴 때 어떻게 반응하는가?

넷째, 그 생각이 없다면 당신은 어떤 사람이 될 수 있을까?

이 질문에 대답을 하고 나면 그녀는 청중들에게 원래의 생각을 뒤집으라고 한다. 그리고 왜 이 '전환'이 원래의 생각만큼 혹은 그것보다 더 진실한지 세 가지 이유를 말해 준다.

예를 들어 "어머니는 나를 사랑하지 않는다."는 "어머니는 나를 사랑한다. 그리고 여기 세 가지 이유가 있다."로 전환할 수 있다. 케이티는 고통스러운 생각이 이 질문들로 인해 우리를 상처입히는 힘을 잃게 된다고 말했다. 우리의 두 귀 사이로 흐르는 대부분의 것들은 거짓말덩어리이기 때문이다.

그녀는 이 질문들을 냉전이 붕괴된 1980년대 중반 이후 자연스럽게 떠올렸다고 한다. 케이티는 1942년 12월 6일 캘리포니아 바스토우의 지저분한 한 도시에서 태어났다. 그의 아버지는 산타페 철로 기술자였고, 어머니는 전형적인 주부였다. 케이티는 열아홉 살 때 임신을 한 바람에 서둘러 결혼하고 60년대와 70년대의 대부분을 세 아이를 키우며 보냈다. 지역 부동산의 작은 거물로 이름을 떨치기도 했다.

그다음에 일어난 일들이 케이티의 삶을 뒤바꿔 놓았다. 가정불화를 겪는 동안 케이티는 피해망상과 자살 충동에 시달리며 우울증을 앓았다. 결혼 생활은 서른세 살 때 끝났고, 그녀는 고도비만과 광장공포증으로 2년 동안 침대에서 거의 나오지 못했다. 목욕이나 양치질도 제대로 할 수 없었고 아이들을 돌볼 수도 없었다. 하지만 그녀의 이러한 고통에 뚜렷한 원인이 없다는 것이 상태를 더욱 악화시

컸다.

따로 만난 자리에서 케이티는 이런 말을 했다.

"돈은 충분했어요. 아름다운 집도 있었고, 무엇보다 건강한 세 아이가 있었죠. 우울해지는 것을 탓할 대상이 없어 더 수치스러웠어요. 감사할 줄 몰랐고 혼란스러웠죠. 전 죽어 가고 있었어요."

케이티의 자녀들은 언제 스스로를 해칠지 모르는 어머니가 안전하게 지낼 수 있도록 로스앤젤레스 근처에 있는 작은 요양소를 찾아냈다. 그녀를 요양소로 보낸 후에야 가족들은 매일 쏟아지던 그녀의 비난에서 벗어날 수 있었다. 1986년 10월 16일, 다락방으로 밀려난 케이티는 다음 날 아침 깨어났을 때 자신의 우울한 마음을 둘로 조각낼 통찰이 생겨나리라는 것을 알지 못한 채 잠이 들었다. 주변 사람들은 이런 갑작스런 깨달음을 알아채지 못했다. 진짜라고 믿기에는 너무 기적같았으니까. 하지만 케이티에게 일어난 일들은 가족들이 증명해 준다. 케이티의 딸은 이렇게 말했다.

"엄마는 더할 나위 없이 평화로워 보였어요. 진짜 우리 엄마가 맞는지 믿을 수가 없었어요."

케이티가 덧붙였다.

"깨어나 현실로 돌아왔죠. 제 생각이 고통을 만들어 냈다는 것을 깨달은 거예요."

케이티는 한때 미쳐 있던 이웃이 왜 갑자기 웃는지 궁금해 하는 이웃 주민들과 서서히 '작업'을 나누기 시작했다. 시간이 흐르면서 케이티는 그 지역에서, 나중에는 전국에서 강의를 해 달라는 부탁을 받기 시작했다. 그녀는 자기를 홍보하려고 애쓰지 않았다. 케이티가 마음에 품었던 마지막 일은 질문의 여왕이 되는 것이었다.

사람들은 케이티에게 깨달음을 얻은 것이냐고 물었다. 그녀는 그런 말을 터무니없다고 일축했다.

"저는 단지 무엇이 상처를 입히고 무엇이 그렇지 않은지 알고 있을 뿐이에요."

부끄러운 연습장이 완성되자 케이티는 청중들에게 나눔의 기회를 주었다. 나는 나눌 의도는 없었지만 연습만은 확실하게 했다. 내 첫 번째 부끄러움은 관계의 실패에 대한 것이었는데, 케이티의 질문으로 시험을 해 보니 그게 얼마나 설득력이 없는지 쉽게 알 수 있었다. 내가 스스로를 비난하려고 만들었던 그 '사실'은 거짓으로 드러났고, 그걸 케이티의 전환으로 찌르자 작살에 맞은 물고기처럼 획 뒤집혔다. 오히려 내가 믿었던 것의 반대가 더 진실했다. 그 연습은 나를 불안하게 만들었다.

케이티는 손을 든 청중에게 마이크를 넘겼다. 한 라틴계 중년남성이 일어서서 마이크를 잡고 속삭이듯 말했다.

"아내가 바람을 피웠어요. 하지만 제가 남자답지 않아서는 아니에요."

케이티가 답했다.

"고마워요. 소중한 사람."

액슬 로즈가 그려진 티셔츠를 입은 10대 소년이 중얼거렸다.

"전 게이인 것 같아요."

소년이 초조한 눈빛으로 회의장 주변을 흘깃 둘러보았다.

케이티가 소년을 안심시켰다.

"네가 여기에 있어서 참 기쁘구나."

내 옆에 앉은 흰머리 친구도 소심하게 손을 들었다.

"전 너무 뚱뚱해요."

페기가 자주색 서류철로 배를 감추면서 마이크에 대고 속삭였다. 페기는 약간 뚱뚱한 편이었으나 비만으로 보이지는 않았다.

"그게 정말이에요?"

케이티가 자신의 엉덩이를 손으로 가리며 물었다. 회의장 안의 모든 눈들이 수줍어하는 페기에게로 쏠렸다.

케이티가 물었다.

"여러분들은 슈퍼모델이랑 포옹하고 싶나요? 페기와 포옹하고 싶나요? 페기랑 포옹하고 싶은 사람은 손들어 봐요."

회의장 안의 거의 모든 손이 올라갔다.

"자기도 봤죠?"

케이티가 페기를 향해 미소 지었다. 페기는 눈에 보일 정도로 몸을 떨고 있었다.

"기억하세요. 우리를 상처입히는 것은 자신의 생각이나 말, 행동이에요."

페기가 입을 가리며 자리에 앉았다.

"또 다른 사람 없나요?"

케이티가 청중을 둘러보았다. 마지막으로 옷을 잘 차려 입은 50대 남성이 일어섰다. 그는 카메라와 마이크가 다가오길 기다렸다. 그가 중얼거렸다.

"저는 아내를 미워해요. 여기에 있고 싶지 않아요."

케이티가 그를 계속 바라보며 무대 앞으로 나갔다.

"조금 더 자세히 말해 주겠어요?"

그 남자가 말했다.

"가끔씩 저는 죽고 싶어요."

"아주 좋아요."

케이티가 묘하게 그를 안심시켰다.

"이제 우리 '작업'을 해 봐요. 자, 그것이 사실인가요?"

그가 대답했다.

"네."

케이티는 그가 고통스러워하는 것을 보면서도 조금도 동요하지 않았다.

"그것이 사실이라고 확신하나요?"

그가 대답했다.

"무슨 뜻이에요?"

케이티가 아주 천천히 물었다.

"정말 죽고 싶은가요? 분명해요?"

"그게 제가 느끼는 거예요."

"물론 그럴 거예요. 그럼 그 생각을 떠올릴 때 어떤 느낌이 드는지 말해 주겠어요?"

비참해하던 그가 조금 불쾌해하기 시작했다. 그가 짜증을 냈다.

"제가 어떤 기분이 들 것 같아요?"

케이티는 전에도 이런 경우를 많이 겪었다. 그녀는 다정하지만 단호하게, 그 사람이 가능한 곧바로 질문에 대답하도록 돕는다. '작업'이 작용할 수 있도록 말이다.

그가 말했다.

"알았어요. 제가 형편없는 패배자같이 느껴져요."

"고마워요, 정말 잘했어요."

케이티가 무대에서 내려와 그에게 다가갔다.

"그런 생각을 하지 않게 되면 당신은 어떤 사람이 될 것 같나요?"

그가 솔직하게 말했다.

"거짓말쟁이요."

"행복해지고 싶은가요?"

"제가 왜 이곳에 왔다고 생각하세요?"

케이티가 다시 물었다.

"그래서 당신은 어떤 사람이 되고 싶나요?"

"잘 모르겠어요."

"빙고!"

그녀의 말은 그를 어리둥절하게 했다.

"'죽고 싶다'는 생각 없이 당신은 어떤 사람이 되고 싶은지 알 수 없어요."

회의장이 조용해졌다.

"무슨 말인지 모르겠어요."

케이티는 그를 안심시켰다.

"괜찮아요. 이제 그 생각을 전환시켜 보겠어요?"

그는 또다시 화가 난 듯 보였다. 자신의 이야기를 들춰내는 케이티의 상냥함에 더 화가 난 것이 분명했다. 그가 자리를 뜨려고 재킷을 집어 들었다. 하지만 곧 다시 내려놓고 중얼거렸다.

"저는 이 연습이 즐겁지 않네요."

"그렇다면 왜 여기에 왔죠?"

페기가 머리를 끄덕이면서 팔꿈치로 나를 찔렀다. 케이티의 질문은 마지막 승부수였고, 이 가엾은 남자도 그것을 알고 있었다.

"그저 질문에 대답하면 돼요. '죽고 싶다'는 생각에 어떤 전환을 적용할 수 있나요?"

"당신은 내가 죽고 싶어 하지 않는다고 말하는 거예요?"

그의 분노에도 아랑곳하지 않고 그녀가 물었다.

"또 다른 전환이라도 있나요?"

그가 어깨를 으쓱였다.

"살고 싶다?"

그러나 케이티의 승부수는 아직 끝나지 않았다.

"자, 이제 어째서 '나는 살고 싶다'라는 전환이 원래의 생각만큼 혹은 그보다 더 진실한 것인지 세 가지 이유를 말해 주세요."

그는 이제 화가 났다기보다 뭐가 뭔지 모르는 것 같았다.

"좋아요. 그건 순전히 복수하려는 마음 아닐까요?"

그녀가 빙그레 미소 지었다.

"무엇이든 당신에게는 진실이에요."

"마녀 같은 아내와 이혼하고 제가 집을 떠날 때 아내의 표정이 어떨지 보기 위해서 살고 싶어요. 이제 됐나요?"

그의 말에 청중들이 웅성댔고 케이티도 놀랐다.

"그건 정말 강력한 이유네요. 또 다른 건요?"

"저는 아이들을 정말 사랑해요. 아이들이 커 가는 걸 보고 싶어요."

"좋아요. 이제 이유를 하나 더 말해 줄 수 있겠어요?"

그는 오랫동안 잠자코 있다 마침내 떨리는 목소리로 입을 열었다.

"저는 꽤 좋은 사람인 것 같아요."

이 말에 그의 얼굴에 남아 있던 마지막 분노가 사라졌다. 케이티가 무대 위로 되돌아가자 그는 접이식 의자에 털썩 주저앉았다. 케이티가 청중에게 말했다.

"우리가 왜 죽는 게 낫겠다고 말하는 화난 생각에 마음을 쏟게 되는 걸까요? 기억하세요. 마음은 아이예요. 마음은 우리가 말하는 것은 무엇이든 믿어요."

페기가 속삭였다.

"지능 발달이 늦은 아이로군."

케이티가 세 단어를 강조했다.

"'나의 세계를 만든다'라고 스스로 확신하는 게 무엇이든, 아직 질문받지 않은 생각은 악몽일 뿐이에요. 우리는 이 고통을 무덤까지 가져가죠. 하지만 우리는 모두 스스로에 대한 기만과 학대를 멈출 수 있는 힘을 가지고 있어요. 누군가가 당신을 내리쳐요. 꽝! 그리고 끝나죠. 그건 은총이에요."

그녀의 말은 신랄했지만 나는 더없는 감명을 받았다.

"마음은 끊임없이 고통을 재창조해요. 그렇지만 이 강연장 안에는 정말 많은 용기가 있네요."

바이런 케이티가 손으로 턱을 괴며 말했다.

"그 용기는 항상 저를 놀라게 해요."

'어떻게 생각하느냐가 어떻게 사는 것이다'라는 개념에는 더 이상 새로운 것이 없다. 그러나 케이티는 이 고대의 지혜를 현대적이면서도 효과적으로 자유롭게 표현해 냈다. 그녀는 자신이 스승이나 예언자가 아니라고 말한다. 또 스스로에게 질문하고 해답을 얻는 데 다른 어떤 선생이 꼭 필요한 것도 아니라고 한다. 이러한 질문 모임들은 헬싱키에서 홍콩, 휴스턴에 이르기까지 세계 각지에 600개도 넘게 생겨났다. 이는 '작업'이 누구라도 할 수 있는 것임을 증명해 준다. 질문 모임에서는 동료들이 서로 이 질문을 해 준다.

점심시간에 나는 케이티의 일을 잘 아는 몇몇 전문가들과 이야기를 나누었다. 그들은 몇 년 동안 많은 돈을 지불해 가며 심리 치료사를 만나 왔다고 했다. 그러나 이곳에 와 네 개의 질문에 대답하는 것으로 심리 치료를 받을 때보다 더 큰 진전을 이루었다고 말했다.

최근에 유방암을 앓았던 40대의 한 지원자가 말했다.

"이 작업의 멋진 점은 누구에게 분석당하거나 비싼 돈을 내지 않고도 스스로 할 수 있다는 거예요. 늙어 가는 것의 축복 중 하나는 파괴적인 생각을 긍정적으로 다루지 않으면 그 배와 운명을 같이 하게 된다는 인생의 진리를 깨닫고 변화를 모색하게 된다는 거죠."

52세의 사회복지사, 파란 눈의 염소수염 믹이 동의한다.

"이것은 정신과 치료와 달라요. 많은 사람들이 위험할 정도로 감정적 고통에 중독되어 있어요. 모두 상황을 개선시키고 싶어 하지만 아주 조금만 나아질 뿐이죠. 이 작업은 자신의 이야기에 지치고, 너무 고통스러워서 그것을 놓아 버리려는 사람들에게 가장 효과적이에요. 그렇지만 저 역시 벽에 부딪힌 이유만을 찾고 있었다면 케이티가 말한 대부분의 것들이 엉터리라고 생각했을 거예요."

케이티의 근원적이고 긍정적인 사랑의 메시지는 실제로 거친 방식으로 드러날 때도 있다. 그녀는 지원자들을 사정없이 다그치는데, 나와 이야기를 나눈 로스앤젤레스의 한 심리학자는 케이티가 심한 정신적 외상을 받은 사람에게 그 작업을 적용하는 것을 보고 거부감을 느꼈다고 한다.

"그 작업은 이전의 인지행동 치료법을 창조적으로 확대한 거예요. 일반적인 노이로제에 걸린 사람들에게나 유용할 걸요. 그럼 우리를 괴롭히는 문제에 대해서는 어떨까요?"

그가 헛기침을 했다.

"강간이나 근친상간 같이 복잡하고 심각한 문제의 원인을 단순히 네 개의 질문들로 추정하고 생각을 전환하는 게 다라니, 너무 편협하고 순진하지 않나요? 심리학적으로 세련되지 못해요."

케이티의 친절하지만 잔인한 접근, 피해자의 정당한 입장을 단호하게 거부하는 모습은 평론가들이 가장 탐탁해 하지 않는 부분이다. 익명을 요청한 한 명상가는 심지어 '작업'에 대해 '그 안에 마음이 없다'는 뜻을 내비치기까지 했다. 하지만 케이티를 유심히 지켜보면 그녀가 온 마음으로 관여하고 있다는 것을 한순간도 의심할 수 없다. 케이티가 투덜대는 사람들을 다독이지 않고 연민을 사나운 방법으로 표현하는 것은 사실이지만, 그것은 그녀가 자신을 죽을 만큼 고문했던 것처럼 사람들이 스스로 고문당하는 것을 보지 않기 위해서인 듯했다.

며칠 뒤 뉴욕에서 케이티와 그녀의 남편 스티븐을 만났을 때 그녀는 이 부분에 대해 자세히 설명해 주었다. 우리는 미드타운 맨해튼의 호텔 방에서 마주하고 앉았다. 케이티는 화려한 실크 정장을 입고 왔다.

"감정이입은 아주 멋진 일이에요. 하지만 살아남으려고 발버둥치면 연민은 친구가 될 수 없어요. 연민은 오히려 나쁜 영향을 줘요. 마음을 쏟는 누군가가 상처받으면 우리는 그들이 아파한다는 데 상처를 받게 되죠. '아, 불쌍한 사람, 정말 안됐어!' 하고요. 그럼 상처입은 사람은 이제 둘이 되죠. 그게 우리에게 좋을 게 뭐가 있겠어요?"

또다시 이 간단한 논리와는 논쟁하기가 힘들어진다. 케이티는 우리가 밑바닥으로 가라앉았을 때 실용주의가 가장 중요하다고 믿는다. 인생에는 우리가 기대하는 대로 드라마 같은 반전은 일어나지 않는다. 자기인식이라는 검으로 망상의 사슬을 끊는 이 무자비함은 맹렬한 여성의 상징, 힌두 신화에 등장하는 여신 칼리를 떠올리게 한다. 혹은 졸고 있는 명상가들의 어깻죽지를 세게 내려치며 "잠 깨!"라고 소리치는 큰스님의 모습이나 생명을 구하기 위해 상처에 고통을 가하는 전쟁터의 의사를 연상시킨다. 바이런 케이티는 내가 만났던 진정한 스승들처럼 겉으로는 다정해 보이지만 강인한 내면을 가지고 사람들을 고통에서 해방시키기 위해 열정을 다하는 사람이었다.

그녀가 내게 차를 따라 주었다.

"사람들은 삶을 두려움 속에서 보내요."

스티븐이 동의한다.

"그건 자초한 고문이에요."

케이티가 스티븐의 손을 맞잡았다.

"자신에게 질문하는 마음은 삶을 기대해요. 우리는 삶의 온갖 사건 사고들을 막을 수 없죠. 그러니 앞날을 생각하는 편이 나아요. 그렇죠? 상상해 본 적 있나요? 만약 에너지의 대부분을 스트레스에 빼앗기지 않는다면 무엇을 할 수 있을지 말이에요. 상상할 수 있겠어요?"

나는 그것을 너무도 잘 알고 있다고 대답했다.

"그렇지만 자신이 정말 만족스러운 삶을 살기 위해 최선을 다하고 있는지 스스로에게 물어야 해요. 그렇지 않다면 삶은 결국 고통일 뿐이라는 것을 몸소 세상에 입증하는 꼴이 될 뿐이죠."

이 말은 솔 벨로가 소설 《오늘을 잡아라》에서 유대 인 친구를 묘사한 것과 비슷하다. "만약 그들이 두려워하는 고통이 멈춘다면 그들에게는 아무것도 남지 않을 것이다."

케이티가 묻는다.

"그런데 우리는 아이들에게 무엇을 가르치고 있죠? 어떤 일이 일어나는지와 상관없이 항상 행복할 수 있다는 걸 가르치나요?"

스티븐이 대신 대답했다.

"거의 그러지 않지."

"그렇지만 그건 사실이에요! 삶은 우리에게 일어나는 일이 아니라 우리의 생각으로 결정돼요. 자신의 문제에 신경 쓰는 것으로 말이죠."

케이티는 워크숍에서 세상에는 오직 세 가지 문제만이 있다고 말한다.

"우리의 것, 마음의 것, 신의 것."

그리고 우리는 그것을 구분하지 못하고 스스로 문제를 만들어 낸다.

"문제를 돌보고, 마음에 묻고, 자유롭게 하는 일은 스스로에게 달려 있어요. 만일 제가 당신의 문제에 관여한다면 제 마음은 누가 돌보겠어요?"

케이티가 초록색 법랑 주전자에 남아 있던 차를 모두 비웠다. 나는 약속된 시간이 거의 다 되었음을 눈치챘다. 묻고 싶은 게 많지만 그중 하나만은 꼭 물어야 할 것 같다. 어떻게 상실에서 살아남을 수 있는지, 시간을 되돌리고 싶은 마음을 끊어 낼 수 없는 운명의 장난을 어떻게 고통 없이 받아들일 수 있는지.

"우리는 인간이잖아요. 기억은 사라지지 않아요."

케이티는 내 말을 끝까지 들어 주었다. 그러고는 곧바로 물었다.

"진실을 알고 싶어요?"

"그러기 위해 이곳에 온 거예요."

"그렇다면 좋아요. 이미 일어난 일에 대해 느끼는 고통이 어떠하든 그것은 과거와의 말다툼에 지나지 않아요."

과거와의 말다툼?

"당신은 지금 자신의 고통을 끌어내고 있어요. 당신의 아버지는 세 살이었던 당신을 때렸어요. 하지만 당신은 평생 수백만 번이나 다시 아버지에게 매를 맞죠."

그렇다, 그녀가 옳다.

"그 되풀이가 끝나기 전까지는 아무것도 끝낼 수 없어요. 임종 자리에서조차 우리는 자기 삶이 망가진 것에 대해 부모, 배우자, 아이들, 직업, 나라, 질병, 장애, 그밖의 모든 것을 끊임없이 원망해요."

스티븐이 응수했다.

"미친 거죠, 안 그래요?"

케이티가 말을 이었다.

"우리는 그 미친 짓을 멈출 수 있어요. 질문을 통해서만 고통을 멈출 수 있어요."

케이티가 스스로 찾아낸 이 방법으로 자신의 정신이상을 치유하지 않았다면, 이토록 뚜렷한 기쁨을 내보이며 내 앞에 앉아 있지 못했을 것이다. 나 역시 그녀의 주장을 웃기고 허황된 뉴에이지적 일화로 깎아 내렸을 것이다. 그러나 케이티의 이야기는 사실이다. 내 안에 있는 회의주의는 케이티의 단순한 가르침 속에서 허점을 찾아 내 논쟁하고 싶어 한다. 동시에 그런 생각을 하면서도 내 마음은 무심코 '작업'을 시작한다. 케이티의 주장은 과장일까? 나는 궁금해진다. 고통에서 자유로워질 수 있는가? 그것이 가능하기는 한 걸까?

케이티가 말했다.

"현실은 우리가 생각하는 것보다 훨씬 더 친절해요."

외부의 적을 마음의 적으로 바꾸기

프리랜서 편집자로 바쁘게 지내던 어느 날이었다. 잡지사의 책임 카피라이터 톰이 무언가 할 말이 있는 듯한 표정으로 내 사무실에 나타났다. 그는 인디애나 출신으로 약간은 바보 같은 인상을 가진 남자였다. 나는 그와 전에 이야기를 나눈 적이 거의 없었지만 그에게 관심을 가지고는 있었다. 그런데 지금 그가 내게 자신의 이야기를 하고 싶어서 온 것이다. 톰이 사무실 문을 닫으면서 물었다.

"비밀로 해 줄 수 있어요?"

내가 그가 할 이야기와 같은 주제의 책을 쓰고 있다는 것을 말하기도 전에 그는 엄청난 이야기를 시작했다. 나중에 그는 자신의 이야기를 내 책에 포함시킬 수 있도록 허락해 주었다.

2년 전 서른두 살의 톰은 뉴욕의 한 출판사 파티에서 맥주를 마시며 사람들과 농담을 주고받고 있었다. 그러다 별안간 그의 머리가 뒤로 젖혀졌다. 그러고 난 뒤 (그의 표현에 따르면) "호화로운 소호의 무도회장 바닥에서 무의식적으로 브레이크 댄스를 추었다."

평생 아팠던 적이 거의 없던 그였지만 그날은 달랐다. 심한 발작은 엄청난 고통을 불러일으켰고, 평소 마음에 두고 있던 여자 동료가 그가 혀를 깨물지 않도록 지갑을 입에 넣어 주었다.

톰이 무감흥하게 말했다.

"데이트는 완전히 물 건너갔죠."

그러고 나서 톰은 구급차에 실려 병원으로 향했다. 처음에 그는 병원에 가지 않겠다고 고집을 부렸다. 들것에 실린 그는 친구의 만류에도 다시 일어나 택시를 타고 집으로 향했다.

"스트레스를 너무 많이 받았다고 생각했죠. 집에 가서 한숨 자고 싶었어요."

하지만 금세 또 발작을 일으켰고 택시 기사가 서둘러 구급차를 불러 병원으로 데려갔다. 매우 운이 좋은 경우였다. 만약 그가 집에 돌아와 침대에서 혼자 잠들었다면 분명 다음 날 아침이 되기 전에 죽었을 것이다.

원인은 머릿속에 있는지도 몰랐던 뇌종양이 출혈을 일으킨 것이었다. 응급실에 도착하고 몇 시간 지나지 않아 MRI가 톰의 머릿속에서 핏덩어리를 발견해 냈다. 그리고 톰은 곧바로 수술실에 들어갔다. 의사들은 그의 머리를 쪼개고, 피부를 벗기고, 머리뼈를 절개해 두개골 일부를 깎아 냈다. 톰은 들고 온 봉투에서 사진 한 장을 꺼내 보여 주었다. 수술대 위에 있는 자신의 모습이었다. 머리는 갓난아이 머리처럼 매끈했고, 감긴 자줏빛 눈꺼풀 위로는 피가 흘러 있었다. 그의 입에는 이상한 막대 하나가 물려진 채 밖으로 튀어나와 있었다. 나는 피투성이인 채 누워 있는 그의 사진을 다시 건네주었다.

"전조 증상은 없었어요?"

"전혀요. 난데없이 벌어진 일이었어요."

응급수술을 한 지 한 달 뒤 의사는 톰의 종양이 악성일 뿐 아니라 특별히 공격적인 암인 핍지교종 3기이기 때문에 바로 제거해야 한다고 말했다. 종양 제거 수술을 하기 전 며칠 동안 톰은 실존주의적 고뇌에 사로잡혔다.

"언어장애, 기저귀, 누군가 숟가락으로 밥을 떠먹여 주는 생각에 사로잡혀 있었어요."

두 시간에 걸친 수술에서 의사는 '고양이 먹이용 통조림 크기만 한' 커다란 종양을 제거했다. 수술은 성공적이었지만 톰은 6개월에 한 번씩, 한 달에 닷새 동안 화학치료를 받아야 했다. 영원히.

"경과는 어땠어요?"

톰이 어깨를 으쓱했다.

"기대하던 소식은 아니었어요. 하지만 한편으로는 가망도 있었고요."

성격 좋은 이 시골 사나이만큼 씩씩하지 않은 사람이라면 그 충격적인 소식을 듣고 삶의 마지막을 통보받는 듯한 절망에 빠졌을 것이다. 하지만 톰은 육체적 위기 속에서, 그보다는 무엇이 자신을 행복하게 할지 찾아내고 싶었다.

프랑스에는 이런 두둑한 배짱에 대한 단어가 있다. 주멍푸티즘(je m'en Foutisme), 시련에 아랑곳하지 않는 용감한 기술. 속 편한 미드웨스턴 소년의 안정적인 삶은 끝났다. 그는 소울메이트는 아니라고 생각했던 여자와의 오랜 약혼을 깼고, 따분한 출판 일도 버렸다. 그리고 불안정하지만 짜릿했던 첫 직업, 대중문화 기자로 돌아갔다. 하지만 그보다 더 과감한 결정이 있었다. 화학치료를 받지 않는 기간 동안 탈출구가 되어 준 할리 GTE 초퍼 오토바이를 산 것이었다. 친구와 가족 들은 그를 걱정했다. 진정제를 거르면 언제든 발작을 다시 일으킬 수 있었기 때문이다. 그러나 톰은 이러한 위험이 오히려 치유되고자 하는 그의 선천적인 갈망에 시동을 걸었다고 믿는다.

"오토바이를 타면 무적의 용사가 된 느낌이 들었어요. 한번은 시속 90킬로미터로 여덟 시간 동안 빗속을 달렸어요. 헤드폰을 끼고 쾅쾅 울리는 시끄러운 음악을 들으면서 고속도로의 트럭들을 지나쳤죠. 환상적이었어요. 운명을 부추기는 그 자체가 치료였죠."

"제정신이 아닌 것처럼 들린다는 건 알고 있죠?"

"온전한 정신은 뭐 그렇게 좋은가요? 전 열정을 선택할 거예요."

수술을 받고 8개월이 지난 6월의 어느 오후, 톰은 자유를 꿈꾸며 북쪽 버몬트로 혼자 여행을 떠났다. 어떤 운명이 그를 기다리고 있는지도 모른 채.

대학 동창이 운영하는 몽펠리에 시내의 술집에 도착한 톰은 친구들과 함께 맥주를 마시고 있었다. 그때 매력적인 아가씨 하나가 그의 눈에 들어왔다.

"정말 매력적인 흑갈색 머리칼의 백인 여자가 친구 둘과 같이 들어왔어요. 그녀에게서 눈을 뗄 수가 없었죠. 당신도 봤다면 아마 애간장이 녹았을 걸요? 그 여자를 한 시간 가까이 쳐다봤어요."

반쯤 취한 친구 하나가 미처 막기도 전에 톰은 여자들에게 말을 걸러 갔다. 수다쟁이 친구는 아가씨들의 동정심을 얻어 낼 심산으로 톰의 병에 대해 말해 버렸다. 그러자 놀랍게도 그 흑갈색 머리의 백인 여자가 술집을 가로질러 와 톰의 목에 팔을 감았다. 그 여자는 자신 역시 뇌종양을 앓고 있다고 말했다.

이제부터 톰의 이야기는 믿기 힘든 곳으로 치닫는다. 그다음 주말에 흑갈색 머리의 트리샤는 근처 산에 있는 오두막에서 함께 밤을 보내자며 톰을 초대했다.

"그녀가 저보다 여덟 살이 많다는 걸 그때 알았어요."

불행히도 트리샤는 결혼을 한 사람이었다. 그리고 그녀는 14년 동안 뇌암과 싸워 승리한 후였다. 톰은 이 이야기를 마치 진흙 더미에서 동전을 찾아낸 아이처럼 신이 나서 말했다. 더욱 기쁜 일은 둘이 함께 다니기 위해 트리샤가 최근에 할리 데이비슨을 샀다는 것이었다. 그녀의 바람둥이 남편은 아무것도 묻지 않았다.

"두 사람 모두 뇌종양을 앓고 있는데 오토바이를 타고 전국을 돌아다니고 있다는 말이에요?"

사실이라고 하기에는 지나치게 환상적으로 들리는 말이었다. 톰은 트리샤와 주말에 함께 저녁식사를 하자며 나를 초대했다.

"지금 트리샤를 보면서도 제가 진짜 이 사람과 함께 있다는 걸 믿을 수가 없어요."

동네에 있는 작은 피자 가게에서 톰이 트리샤의 어깨에 팔을 둘렀다. 트리샤가 눈을 흘겼다. 그녀는 딱 맞는 청바지에 부츠를 신었고, 흑갈색 머릿칼 사이에서 흰 머리가 자라나는 걸 그대로 두었다. 여느 여자들이라면 가렸을 흰 머리칼을 그대로 둔 것이 어쩐지 멋져 보였다. 트리샤가 말했다.

"한 번도 남편 몰래 바람을 피운 적이 없어요. 하지만 우리 관계에는 거부할 수 없는 무언가가 있어요."

톰이 그녀에게 둘렀던 팔을 풀었다. 그녀가 고백했다.

"혼란스럽고 겁나요. 우리 관계가 어디로 갈지 정말 모르겠어요."

톰이 말을 받았다.

"저는 트리샤를 아내로 맞이하고 싶어요."

트리샤가 내쪽으로 어깨를 으쓱했다.

"이런 상황을 예상한 건 아니에요."

"누가 예상할 수 있었겠어요?"

내가 동의했다. 트리샤는 내가 그들의 관계를 비난하지 않는 데 고마워하는 듯했다. 버몬트의 작은 도시에서 자란 그녀는 장거리 자전거 프로 선수였다. 그런 그녀가 알 수 없는 발작을 일으키기 시작한 것은 1993년 플로리다에서 동계 훈련에 몰두해 있을 때였다.

"갑작스런 일이었어요. 그곳에 앉아서 사람들을 보고 그들의 말을 들을 수는 있었지만 말을 할 수가 없었죠. 마치 커튼 뒤로 밀려나 있는 듯했어요."

"갑자기요?"

"어떤 조짐도 없었어요."

하루에 세 번씩이나 그런 일이 생기기 시작하자 트리샤는 병명을 알아내기 위해 의사들을 미친 듯이 찾아다녔다. 하지만 결과는 실망스러웠다.

트리샤가 고개를 저었다.

"의사들은 제가 여자라는 이유로 계속해서 공황발작이라고만 했어요. 제가 히스테리가 심해 보이나요?"

오히려 트리샤는 아이들이 무서운 영화를 볼 때 옆을 든든히 지켜주는 씩씩한 엄마 같아 보였다. 그러다 마침내 MRI가 그녀의 두정엽에서 종양을 찾아냈다. 그녀는 적어도 병명을 알게 되었다는 것에 안심했다.

"그 순간 이렇게 말했어요. 제법인데, 명탐정 셜록 홈즈!"

트리샤가 웃는다. 조직검사를 하기 위해서 두개골을 여는 것은 비극적인 결과를 낳을 수도 있는 위험한 일이었다. 그래서 그녀는 매일 항경련제를 복용하며 기다려 보기로 했다.

"너무 두려워서 정신을 차릴 수가 없었어요. 잔뜩 겁에 질려서 좀비처럼 멍하니 걸어 다녔죠. 사람들이 어떻게 평소처럼 살아갈 수 있는지 이해할 수가 없었어요."

"기이한 느낌이 들지는 않았나요?"

"다차원에 있는 것 같았어요."

아무 생각 없이 바쁘게 지내는 것에서 위안을 얻는 사람처럼 트리샤는 뇌종양 환자들의 본보기가 되기로 결심했다. 그리고 결국 뉴잉글랜드 최고의 여성 사이클 선수가 되었다.

"제 경험이 누군가를 위해 좋게 쓰이길 바랐어요."

그것이 14년 전의 일이었다. 그때부터 트리샤는 자신과 같은 병에 걸린 사람들이 '형편없는 진단을 받기 위해서 10개월씩이나 기다릴 필요가 없도록' 10만 달러의 기금을 모았다.

1995년 트리샤는 샌프란시스코에서 보스턴까지 홀로 여행을 떠났다. 139일째 4,300미터 높이의 로키 산맥을 가로지르던 중 그녀는 발작을 일으켰다. 그러나 이 강인한 여성은 톰과의 부적절한 로맨스를 그냥 받아들인 것처럼 그 위험도 대수롭지 않게 여겼다.

"야채 가게에 갔다가 쓰러지는 것보다는 그렇게 죽는 것이 나아요. 그 외에는 그저 죽기를 기다리며 세월을 보내는 것뿐이죠."

트리샤의 말에 톰이 동의했다.

"전 아직도 담배를 피우고 술을 마시며 흥청거려요."

그가 내게 상기시켰다.

"말했던 것처럼 운명을 부추기는 것은 치유가 될 수 있어요. 오히려 주변 사람들이 우리보다 더 우리의 병을 걱정하는 것 같아요."

"오해하지 말아요. 저도 죽는 건 두려워요."

그녀가 손가락으로 자신의 머리를 톡톡 쳤다.

"여기에 있는 것과 같은 것들이 삶을 무너뜨리기 전까지 사람들은 삶에 주의를 기울이는 것을 잊기 쉽죠. 신호를 보고 출구로 나가야 해요. 삶이 우리에게 주는 것들을 놓치지 말아야 해요."

톰이 응수했다.

"그리고 당신을 즐겁게 해 주지 않는 사람들과는 어울리지 말아요!"

나는 좋은 동행이 치유의 약이라는 대니얼 골먼의 말을 떠올렸다.

"자신의 재능을 썩히는 사람들을 보면 미칠 것만 같아요! 병을 알고 나서 한참 동안은 화를 내지 않고서는 거리를 돌아다닐 수가 없었어요."

트리샤가 톰의 머리를 쓰다듬었다.

"자기야, 진정해."

톰이 트리샤에게 말했다.

"하지만 사람들은 너무 쉽게 잊는다고!"

내가 그에게 말했다.

"모두 알게 될 거예요. 머지않아서."

지금 톰과 트리샤는 둘 중 누구도 예상하지 못했던, 걱정스럽지만 멋진 상황에서 서로를 열렬히 사랑하고 있다. 어떤 미래가 기다리고 있을지는 모른다. 마치 암환자들의 '메디슨 카운티의 다리' 같다.

"남편은 좋은 사람이에요. 저를 때리지도 않고요. 그의 방식대로 보살피죠."

이제는 톰이 눈을 흘겼다. 트리샤는 아랑곳하지 않고 계속 말을 이었다.

"하지만 톰이 입을 연 순간부터 제가 공주처럼 느껴졌어요."

톰이 트리샤의 이마에 키스를 했다.

"당신은 진짜 공주야."

"살면서 단 한 번도 이런 느낌을 받아 본 적이 없었어요. 톰과 만나기 전에는 결혼 생활에서 빠져나오려 하지 않았죠. 하지만 톰과의 만남에는 그리고 이 결속감에는 거부할 수 없는 무엇이 있었어요."

톰이 잠시 화장실에 간 사이 트리샤가 내게 비밀을 털어놓았다.

"지금은 톰의 상태가 괜찮아요."

그녀가 목소리를 낮췄다.

"한동안 괜찮을 거예요. 하지만 톰의 종양은 아주 위험하죠. 제 것은 양성으로 바뀔 수도 있지만요."

그의 경과가 트리샤의 결심에 어떤 영향을 미쳤는지 물어볼 틈도 없이 톰이 돌아왔다. 트리샤가 재빨리 대화 주제를 바꿨다.

"전 톰에게 완전히 빠져 있어요."

톰이 그녀의 옆자리에 앉으며 대화에 끼어들었다.

"그리고 그 어느 때보다도 지금이 행복해요."

내가 맞장구쳤다.

"천생연분이네요."

"종양이 아니었다면 우리는 그저 술집에 앉아 있는 두 사람에 지나지 않았을 거예요."

트리샤가 톰의 뻣뻣한 앞머리를 쓰다듬었다.

"정말 멋진 여자 아니에요?"

톰이 미소 지으며 말했다. 톰이 그녀에 대해 말할 때 트리샤는 더

빛이 나는 듯하다. 나는 잠시 그녀가 집에서 몰래 빠져나온 신데렐라 같다고 생각했다. 자정이 되기 전에 시간이 좀 더 주어지면 좋을 텐데.

톰이 맥주를 더 주문하고 카운팅 크로우즈의 노래를 흥얼거리기 시작했다. 그가 음정이 안 맞는 세레나데를 부를 때는 트리샤가 주위 사람들을 위해 다정히 손으로 그의 입을 막는다.

그녀가 말한다.

"우리는 그저 기다리고, 지켜봐야 할 거예요."

9·11 사태가 일어나고 2주 후 나는 그라운드 제로에서 2킬로미터 북쪽에 위치한 워싱턴 스퀘어 주변에서 개를 산책시키고 있었다. 이상하게도 전혀 불안한 마음은 들지 않았다. 매연의 악취는 여전히 공기 속에 짙게 배어 있었다. 알카에다 공격이 있던 아침 나는 다른 사람들과 마찬가지로 큰 충격을 받았다. 양복을 입은 사람들은 재를 뒤덮어 쓰고 어쩔 줄 몰라 하며 우왕좌왕 도망쳤다. 그때 나는 미국인들의 삶이 영원히 바뀌었다는 것을 느끼며 수백 명의 사람들과 함께 6번가 모퉁이에 서 있었다. 다음 날 으스스한 고요가 거리에 내려앉았다.

집단적 충격이 널리 퍼져 있었지만 나는 다른 이들만큼 정신적으로 큰 타격을 받지는 않았다. 비탄에 빠지지 않았다는 사실은 마치 내가 위선자가 된 듯한 기분을 느끼게 했다. 궁금했다. 내가 그렇게 무정하고 냉소적이고 지친 사람이었나? 내 집 바로 옆에서 엄청난 살인이 일어났는데 왜 이토록 아무런 감흥이 느껴지지 않는 걸까? 나는 멀리서 세계무역센터 건물이 있던 텅 빈 하늘을 유심히 바라보며 자문했다. 왜 분노가 느껴지지 않는지, 절망으로 무너진 이웃들과 달리 왜 나는 이상하리만치 평온하게 개를 산책시킬 수 있는지에 대해서.

사람들의 삶은 극적으로 변하고 있었다. 더 이상 지하철을 타지 않고, 다리를 건너지 않고, 터널에 들어가거나 아이들에게서 한두 시간 이상 떨어진 곳에 가지 않았다. 내 친구 하나는 이미 아파트를 팔고 가족과 함께 캐나다의 브리티시컬럼비아로 이사했다.

알카에다의 공격이 있고 나서 첫 번째 주에 사람들은 우리가 더 이상 안전하지 않다는 말을 반복하며 분노와 우울, 외상 후 스트레스 장애에 대한 대화를 주고받았다. 하지만 나는 출처가 불분명한 이야기를 들으며 마음을 닫았다. 더 이상 안전하지 않다니, 우리가 언제는 안전했었나? 알카에다가 우리 해변에 도착한 그 아침이 우리의 삶의 조건을 그렇게 극적으로 바꾸어 놓은 걸까?

똑똑한 사람들은 그렇게 생각하는 듯했다. 9·11 사태가 삶의 조건을 바꾸기라도 한 듯이 반응했다. 마치 인생이 공평한 것에서 불공평한 것으로 바뀐 듯이, 방금 무너져 버린 에덴동산에 폭탄을 터뜨리려고 흥분한 미치광이들이 가득 차 있는 듯이 그리고 전에는 안전했던 미국인들이 그 끔찍한 아침에 바로 전쟁포로가 된 듯이.

미국인들은 한순간에 미처 대비하지 못했던 폭력적인 세상과 마주쳤다. 안팎으로 존재하는 테러리스트들, 그때까지는 어느 정도 거리를 유지할 수 있었던 삶의 악마적인 힘을 마주했다. 매사에 지혜롭고 자비로워 내가 존경해 마지않던 60세의 여성 한 분은 내게 이렇게 고백했다. 그 사건의 후유증을 앓으며 자신이 얼마나 깊이 증오할 수 있는지, 분노가 얼마나 쉽게 자신을 폭력적으로 만들 수 있는지를 깨달았노라고.

미국인들은 처음으로 자신의 안마당에서 테러를 당했다. 그때까지 안락함에 젖어 있던 우리는 밖이 아니라 우리 마음속에 자리한 어둠을 인정해야만 했다. 우리는 안전하지도 않고, 면역이 되어 있지도 않았다. 무엇보다 피습되었다고 해서 희생자인 것도 아니었다.

테러리스트들의 만행을 용서할 수는 없었지만 많은 미국인들이 왜 그런 사태가 일어났는지 깊이 통찰하기 시작했다. 그리고 그것이 전쟁을 도발하는 대통령의 악행과 미국의 얼룩진 역사에 대한 심판임을 인정해야 했다. 우리의 위대한 나라가 진정으로 결백하지 않음을 받아들여야 했다. 우리는 그동안 초강대국, 민주주의의 전도사라는 가면 뒤에 숨어 국제적인 폭력배, 제국주의자, 선동가가 되어 있었다.

이 사실을 알게 된 후 미국인들은 성장하기 시작했다. 많은 사람들이 그동안 살아온 방식을 바꿨다. 어떤 사람들은 공포를 더 나쁜 것을 느끼는 데 사용하기도 했다. 이 대참사로 인해 어떤 식으로든 인생이 바뀌지 않은 사람들은 그리 많지 않다. 심지어 공항 검색대를 통과하는 것조차 우리를 숨죽이게 했다. 테러리스트들의 방문으로 우리의 생명이 위험에 노출되어 있고, 죽음이 순간적으로 올 수 있다는 것을 알게 되었다. 창밖으로 스스로 몸을 던지는 사람들을 보며 우리의 삶에도 창문이 있었다는 것을 깨닫게 되었다.

단순한 지식에서 숭고한 지혜에 이르는 과정을 고대 그리스 사람들은 '메타노이아(metanoia)'라고 일컬었다. 메타노이아는 '파라노이아'(paranoia, 체계적이고 지속적인 망상을 나타내는 병적인 상태 – 옮긴이)의 반대말로, 두려움에서 진실의 영역으로 건너가는 '마음의 전환'을 의미한다. 인생의 단계를 기록한 고대의 지도들은 그 깨어남 후에 일어나는 개인의 치열한 자기성찰 과정과 세상에 대한 재평가 과정을 기록하고 있다. 메타노이아 개념에 따르면 이 과정이 열매를 맺기 위해서는 외부의 테러리스트뿐 아니라 마음속의 악마 또한 인식해야 한다.

처음에 이 말은 이치에 맞지 않는 듯이 들렸다. 어떻게 외부로부터의 공격과 마음속 악마를 동일시할 수 있는가? 누군가의 말처럼 우리는 희생자일지도 모른다. 왜 테러리스트들의 피투성이 '파트와'(fatwa, 이슬람 법에 따른 결정이나 명령 – 옮긴이)가 우리의 증오를 비추는 거울로 사용되어야 하는가?

그것은 바로 우리의 마음을 확장하기 위해서이다. 그렇게 사용하지 않으면 테러 외에는 아무것도 만들어 내지 못할 분노를 다르게 이용하기 위해서이다. 이것은 깨달음을 얻은 사람들이 우리에게 말하는 것이기도 하다. 간디, 달라이 라마, 도망친 노예 프랜시스 보크에 이르기까지 그들은 같은 메시지를 전한다. 잘못된 선과 독선을 거부하는 것으로써만 진실을 볼 수 있다고. 프랑스의 철학자 시몬 베유도 "나는 언제라도 저지를 수 있는 범죄의 씨앗을 내 안에 품고 있다."라고 말했다.

다른 사람들의 범죄를 용서하지 못한다 해도 자신에게 내재되어 있는 악의를 정면으로 마주하고 용서의 마음을 배양해야 한다. 프랜시스 보크는 "나는 용서해야만 해요. 그렇지 않으면 저를 납치했던 기에마와 똑같아질 테니까요."라고 말했다.

마음의 전환과 그것이 불러일으키는 정서적 힘은 우리 안에 숨겨진 악마를 찾게 해 준다. 한 심리학자의 말처럼 "객관화시켜 외부적인 것으로 취급했던 악마, 공산주의자, 자본가, 테러리스트들을 이제 우리 마음속에서 발견해야 한다."

처음에는 자신의 어두운 내면에 충격을 받지 않을 수 없을 것이다. 그러나 이후 세상을 선과 악의 흑백논리로 나누는 것은 쉽지 않다. 만화 〈포고〉의 아기 펭귄 포고가 "적을 만났는데 그 적은 바로 우리였어."라고 말했듯이.

메타노이아는 우리의 생각을 전환시킨다. 테러리스트들의 악행은 나와 같은 인간들이 저지른 일이고, 극단의 상황에서는 나 역시 그렇게 할 수 있다는 잔인한 사실을 깨닫게 하는 것이다. 이런 소름끼치는 생각 앞에서 정의로움은 사라진다. 여기에는 이견이 없다. 우리는 결코, 다시는 이 사실을 모르는 척할 수 없다.

다행히도 우리는 이 깨어남에 준비되어 있다. 몸과 영혼은 테러에 대해 무엇을 해야 할지 알고 있다. 용기는 우리의 유전자 안에 담겨 있다.

"그것은 정말 이상하다."

유전학자 C. H. 와딩턴은 이렇게 글을 시작했다.

"수백만 년간의 생존 체험이 유전자에 담겨 있음에도, 우리에게는 극단적인 상황에 대처하는 특별한 능력이 갖춰져 있지 않았다. 처음에는 극한 외에 없었다. 눈앞에 닥친 문제를 해결하고, 멸종하지 않기 위해 투쟁할 뿐이었다. 그러나 다른 동물과 달리 남성과 여성은 사방에 펼쳐져 있는 무한한 공간에 대한 두려움을 느끼기 시작했다……. 죽음에의 자각은 인간의 의식 수준이 올라가게 되면서 얻게 된 씁쓸한 열매이다. 환경의 자극에 대한 신경의 응답으로 십억 년 전부터 시작된 이것은 테러 속에서 그 절정에 이르렀다."

9·11 사태 전까지 미국인들은 대부분 운이 좋았다. 이러한 가혹한 사실을 대면할 필요가 없었기 때문이다. 하지만 9·11 사태의 공포는 수천 사람의 눈을 뜨게 했다. 앞서 언급한 내 존경하는 친구가 그러한 예이다. 그녀는 자신만의 메타노이아적 순간을 맞이했다.

어느 날 저녁식사 자리에서 그녀가 말했다.

"내가 누군가를 그렇게까지 증오할 수 있으리라고는 생각해 본 적이 없어."

알카에다는 그녀의 중용을 깨뜨렸다. 9·11 사태가 일어나기 전까지 당연한 것으로만 여겨졌던 안전에 대한 환상을 무너뜨리며, 혜택받았던 그녀의 삶을 휘저어 놓았다. 마치 누가 그녀의 머리에 노크라도 한 듯 그녀는 깊은 두려움, 내면의 악마와 직면해야 했다. 지금 그녀는 그때보다 더 점잖고 덜 공격적이다. 그리고 내 이야기를 더 많은 관심을 가지고 들어주었다.

아마도 그것은 새로운 유형의 순수함일 것이다. 완전함에 대한 허상이 아니라 진실, 궁금증, 죽음에의 자각에 마음을 열기 시작한 것일지도 모른다. 마릴린 로빈슨은 소설 《길리아드》에서 "아이들의 순수함만큼이나 귀중한, 학습된 순수함이 있다."라며 '학습된 순수함'에 대해 언급했다. 이 순수함은 어둠을 가지고 있다. 그것은 악마의 발자국에서 싹트기 때문이다.

상자 속에 든 것

"지난밤에 나비가 되어 훨훨 날아다니는 꿈을 꾸었다. 나는 나비가 된 꿈을 꾼 사람인가 아니면 사람이 된 꿈을 꾼 나비인가?"

장자의 말이다.

강력한 변화의 흐름으로 깨어나거나 마음의 전환을 통해 사고의 변화를 겪으면, 우리는 익숙한 것들이 사라지고 삶이 뒤흔들릴 때 자신의 정체성이 얼마나 쉽게 변하는지 놀라게 된다. 우리는 상상보다 훨씬 변화무쌍한 존재이다. 그리스 신화의 바다의 신 프로테우스는 자신의 형상을 바꾸고 어떤 사물이든지 원하는 모습으로 변화하는 능력을 지니고 있다. 상황에 따라 자유자재로 변신하는 그는 생존자들의 수호신이기도 하다.

우리는 변화를 겪을수록 더 힘차게 나아가며 변화에 순응할수록 더 빨리 적응한다. 두려움이 적을수록 더 높은 곳에서 뛰어내릴 수 있다. 그래야만 더 깊은 곳까지 떨어져 내릴 수 있다.

이는 아이들이 마음에 응어리를 품은 어른들보다 더 탄력 있게 변화에 적응하는 이유이다. 성경에서 그랬듯 아이들이 새로운 시대에 '어른들의 아버지'가 될 수 있는 이유이기도 하다. 아이들은 벗겨 내야 할 층이 적다. 쌓아 놓은 역사가 적기 때문이다. 나쁜 일을 극복한 아이들 대다수가 나중에야 삶에서 두려움을 배운다.

　온 세상이 얼어붙을 것 같이 추운 한겨울 아침, 나는 시카고 외곽의 작은 식당에서 아디사 크루팔리아라는 젊은 보스니아 여인을 기다렸다. 나는 친구 이브 엔슬러의 이야기를 들은 후 아디사와의 만남을 몇 년이나 기다려 왔다. 연극 〈질의 독백〉을 발표한 이후 여성에 대한 폭력을 근절하는 데 헌신해 온 운동가 이브 엔슬러는 1994년 파키스탄의 난민보호소를 돌아다녔다. 그리고 파키스탄의 수도 이슬라마바드 근처의 한 보호소에서 놀라운 재능을 지닌 열두 살짜리 난민 소녀를 만났다. 그녀가 아디사로, 당시 사춘기 소녀였지만 영어에 뛰어난 재능을 보여 난민보호소의 공식 통역사로 일하고 있었다. 그녀는 그곳에서 미국으로 망명하려는 수백 명의 난민들을 일 년째 돕고 있었다. 이브가 방문했을 때 아디사는 헐렁한 카미즈(남아시아 사람들이 입는 긴 셔츠같이 생긴 옷 - 옮긴이)를 입고 50도의 폭염 속에서 온갖 추천서와 서류, 절박한 동포의 호소문을 통역하느라 온통 말라리아 병균투성이인 보호소 안을 분주하게 뛰어다니고 있었다. 이브는 그 아이가 정말 '이타적'으로 보였다고 말했다.

　아디사의 가족은 마침내 시카고에 정착해 친지들과 함께 지낼 수 있게 되었다. 아디사는 현재 변호사가 되기 위해 노스이스턴 대학에서 공부하고 있다. 그녀는 전쟁에 대한 이야기를 좋아하지는 않지만 친구 이브의 부탁으로 나를 만나 주었다.

　30분 늦은 아디사가 급히 카페로 들어왔다. 그리고 곧 한쪽 구석에 앉아 있는 나를 발견했다. 가젤 같은 목과 갈색 눈, 소년 같은 단발머리의 아디사는 영화배우 나탈리 포트만을 닮았다.

　"정말 죄송해요!"

아디사가 내 손을 꼭 붙잡고는 미소를 지었다. 그녀는 어디서든 누군가가 도움을 필요로 하면 결코 뿌리치지 못할 사람으로 보였다. 아디사는 도움이 필요한 사람이 있으면 자기 자신보다 그 사람부터 사려 깊게 보살펴 줄 평화주의자로 보였다. 내면이 강한 사람들은 여간해서는 '싫다'고 말하지 않는다. 그녀 역시 지브롤터의 암벽 같은 강인한 사람이었다.

나는 그녀에게 좋지 않은 일은 없을 거라고 안심시켰다. 종업원이 느릿느릿 걸어오자 아디사는 초콜릿 팬케이크를 주문했다. 우리는 커피를 마시며 이브에 대해 잠시 이야기를 나누었다. 그러고 나서 이 사랑스러운 여성은 천천히 자신의 이야기를 시작했다.

1992년 크루팔리아 가족은 사라예보에서 30킬로미터 떨어진 인구 4천 명의 트르노보 유고슬라비안 타운에서 살며 특권층의 삶을 누리던 행복한 사람들이었다. 아디사의 어머니는 테라스에서 장미를 키우고 친구들과 함께 차를 마시며 소일하는 걸 좋아하는 주부였고, 아버지는 공무원이었다. 아파트 창문 아래로 보이는 19세기식 코블스톤 광장은 크루팔리아 형제들의 놀이터로, 아디사는 그곳에서 줄넘기를 하곤 했다.

어느 날 아침 우유 배달부가 충격에 빠진 모습으로 현관 앞에 나타났다.

"우유 배달은 이번이 마지막일 거라고 말하는 데 얼굴이 무척 창백해 보였어요."

그 직후 아파트 주변에는 세르비아의 탱크가 들어오지 못하도록 바리케이드가 세워졌다.

"폭발 소리에 창문이 흔들리기 시작했어요. 아빠는 당장 떠나야 한다고 했지만 엄마는 그럴 수 없다고 했어요."

"왜 그러신 거죠?"

"엄마는 화초에 누가 물을 줄지 걱정했거든요."

아디사의 부자연스러운 미소가 그녀의 사랑하는 어머니에 대해 내가 알아야 할 모든 것을 말해 주었다.

아파트는 더 이상 안전하지 않았다. 크루팔리아 가족은 신발 끈과 기름으로 초를 만들어 쓰면서 사흘 동안 지하에 숨어 있었다. 아디사는 아무 때나 갑자기 울어 대는 어린 남동생을 돌보는 일을 맡았다.

아디사가 무표정하게 말했다.

"지옥 같았어요. 마치 모든 것이 하나의 큰 비명 같았고 우리는 그 한가운데 붙잡혀 있는 것 같았죠. 저는 이제 쥐가 어떤 기분으로 살아가는지 알아요."

어느 어두운 밤 크루팔리아 가족은 지하 은신처를 빠져나왔다. 불빛 하나 없는 밤에 차가운 강을 건너고, 트럭을 얻어 타고, 세르비아 저격수의 총알을 피하며 위험한 탈출을 감행했다. 수없이 죽을 고비를 넘기고 몇 개월 후 크루팔리아 가족은 파키스탄의 난민보호소로 옮겨졌다. 미국 망명권을 얻을 때까지 적절한 장소에서 머물게 될 것이라고 듣고 간 곳은 더럽고 벌레가 들끓었다. 비위생적인 음식조차도 부족했다. 사방이 철조망으로 둘러싸인 수용소 정문에는 소총으로 무장한 경찰관들이 보초를 서고 있었다.

아버지가 가족의 운명을 열두 살짜리 딸의 어깨 위에 올려놓기로 결심한 것이 바로 이때였다고 아디사는 말했다. 그녀는 어떻게 그런 일이 일어났는지 아직도 이해할 수가 없다.

"아빠는 제가 영어를 배우지 않으면 우리가 결코 그곳을 벗어날 수 없다고 말씀하셨어요."

"하지만 당신은 너무 어렸잖아요."

"모든 일들이 너무 빠르게 일어나고 있었어요."

아시다는 자신의 설명이 충분하지 않다는 걸 알았다.

"왜 제가 그 책임을 떠안아야 하는지 알 수가 없었어요. 아마도 제가 언어 공부를 좋아했기 때문이었겠지요."

하지만 나는 아디사의 말투에서 그녀의 부모가 가족을 위해 힘을 쓸 만큼 온전한 정신을 유지하지 못했을 것이라고 생각했다.

"그게 모두를 위한 최선이었어요."

아디사가 가족들을 변호하듯이 말했다.

"제가 평생 했던 일 중에서 최고였어요. 보호소에 있는 사람들을 도우면서 버틸 수 있었죠. 저보다 다른 사람들을 먼저 생각하는 걸 배우게 됐어요."

초콜릿에 흠뻑 젖은 팬케이크가 나왔다. 아디사가 아침식사를 잠시 옆으로 치워 두고 말을 계속했다.

"그 일이 저를 강하게 만들었어요. 저는 필요한 일을 했어요. 그것뿐이에요."

아디사는 두 달 만에 가족들이 망명 절차를 밟고 보호소 동료들을 도울 수 있을 만큼 완전히 영어를 습득했다. 사춘기도 안 된 어린 소녀에서 난민 사회복지사로의 탈바꿈은 멋진 일이었다고 아디사는 말한다.

"어떻게 그렇게 빨리 배웠어요, 아디사?"

그녀가 어깨를 으쓱했다.

"저는 언제나 자립심이 강했어요. 무슨 일이 일어나든 그 안에서 배울 수 있는 것에 집중하려고 항상 노력하거든요."

"열두 살 때도요?"

"그때도요."

아디사가 미소를 지었다.

"생각해 봤죠. '이것이 어떻게 인간으로서의 나를 성장시킬까?' 하고요. 저는 언제나 더 많이 배우고 싶어 하고, 호기심이 강했어요. 호기심은 인생을 훨씬 더 재미있게 만들어 줘요. 보호소에 있는 사람들은 모두 폭염에 지쳐 있었어요. 말라리아에 걸린 사람도 있고, 황달에 걸린 사람도 있었죠. 하지만 제가 생각한 건 '와, 나는 영어를 배우고 있어. 이제 나는 이 작은 도시 바깥의 세상을 볼 수 있게 될 거야'였어요."

"밖으로 나갈 수 있는 티켓이었던 거로군요."

"맞아요. 하지만 쉽지는 않았어요. 절대로요. 전 끔찍한 고통과 폭력을 봤어요. 난민보호소에서 자랐고요. 그런 일을 겪고 나면 어느 부분이 영원히 바뀌어요."

"당신은 어떤 부분이 바뀌었나요?"

"하나는 상황에 순응하는 걸 거부하는 거예요. 다른 사람들처럼 되지 않을 수 있는 방법이죠. 달라지기 위해 더 힘든 길을 선택하도록 언제나 스스로를 몰아붙여요. 더 강해지기 위해 자신에게 도전하는 거죠."

심한 압박처럼 들린다고 내가 말했다.

"가끔은 그래요. 하지만 결국 도움이 돼요. 그런 결정들이 강인함을 주거든요. 변화와 시련에 대한 강한 저항력을요. 파키스탄에서 있었던 시간들을 뒤돌아보면 거기에 저를 좌절시키는 건 없었어요. 아무것도요. 상황이 나아질 거라는 생각을 조금도 의심해 본 적이 없어요."

아디사는 잠시 향수에 젖은 듯 빙그레 웃었다.

"언제나 그렇지는 않았어요. 하지만 아름다운 기억들도 많죠. 가끔은 그때의 어린 제가 그리워요."

아디사가 설탕이 듬뿍 든 팬케이크에 손을 뻗었다.

"그 아이는 아직 여기 있어요. 마음속에요. 어떤 날에는 더욱 더."

그럼에도 아디사는 미국에서 새로운 삶을 스스로 일구기 위해 또 다른 어려운 기술을 배워야 했다. 그녀는 그 과정을 화가가 화법을 바꾸는 것에 비유했다.

"처음에는 잭슨 폴록 같죠."

즉흥적으로 온갖 색을 흩뿌린 예술가의 화폭 같은 삶이란 어떨까.

"전부 쏟아 버려요. 본능에 따라서요. 화폭에 물감을 뿌려 놓고 그것이 무엇인가가 되기를 기대하는 거예요."

아디사가 아침식사를 한 입 베어 먹었다.

"나중에는 조르주 쇠라를 좀 더 닮게 돼요. 그때가 모든 것이 다시 제자리로 돌아오는 때죠. 큰 그림을 생각하면서 작은 점들을 하나씩 찍어 나가는 거예요. 조심스럽게 진행해야 하죠. 하나씩, 인내심을 가지고, 집중해서, 정밀하게. 목표를 정하고 완성해 나가야 해요."

"지금의 당신을 보면 그게 효과가 확실히 있었군요."

10년 전 아디사는 주머니에 단 1센트도 없는 보스니아 난민이었다. 하지만 지금은 변호사 시험을 보기 위해 공부하고 있고, 최근에는 국제 법률 회사에서 좋은 일자리를 얻었다.

"당신은 옳은 일을 했어요."

아디사가 내 칭찬에 쑥스러워했다.

"괜찮게 하고는 있어요. 하지만 가끔씩 열두 살의 제가 무엇을 했었는지 기억해야 하죠. 학교에 있을 때나 가족들이나 남자친구와 있을 때 스스로에게 그때의 자신을 상기시키곤 해요. 저는 정말 용감했어요. 그것을 잃고 싶지 않아요."

"그 용기가 어디 갔겠어요?"

아디사가 고개를 저었다.

"이상하게 들리겠지만 저는 그때가 더 자유로웠다는 느낌이 들어요. 삶도 매우 단순해 보였죠. 저는 그저 그것을 계속 기억하고 싶어요."

"그리고 믿음을요."

내 말에 아디사가 덧붙였다.

"그리고 변화도요. 저는 변화하기를 결코 멈추고 싶지 않아요."

"당신이 그럴 수 있었던 것처럼 말이죠."

아디사는 그녀 또래의 보통 아가씨들처럼 보이지 않았다.

"변화는 제 전부예요."

완전히 살아 낸 삶으로부터의 가르침

나는 〈인터뷰〉에서 일을 그만둔 후 10년 동안 스물여덟 곳을 전전하며 살았다. 명상 센터에서 야영을 하고, 남의 집을 봐 주고, SUV 차에서 자고, 싼 잠자리를 구해 돌아다니면서 인생의 중요한 진리를 알고 있다고 주장하는 사람이 있는 곳이라면 어디든 찾아갔다. 장시간의 도보 여행이나 단기간의 불법 거주를 포함시키면 내가 머문 곳은 스물여덟 군데 이상이 되었다.

나는 프랑크푸르트에서 필라델피아로, 스페인의 푸엔지롤라로, 사우스캐롤라이나의 머틀 비치에서 인도 동부의 부바네슈와르로, 샌프란시스코에서 파리로, 남인도 폰디체리를 지나 다시 맨해튼으로 돌아왔다. 내 안의 신성한 충동이 이끄는 대로, 신용카드가 허용되는 곳이라면 어디든 깨달음과 진리를 얻기 위해 떠도는 부랑자로 살았다. 사람들은 오랜 시간 내가 이런 방식으로 떠도는 모습을 보며 미쳤다고 말했다. 그들이 옳을지도 모른다. 하지만 그것은 유용했다. 변형된 미침, 배움에 대한 미침, 나태한 중년 남자가 최후를 맞기 직전에 정신을 차리는 것과 같은 것이었다.

영적인 추구는 그동안 경험했던 그 어떤 것보다 강렬한 연인이었다. 여기에는 소모되지 않은 갈망이 가득했다. 어느 누구도 소유해 보지 못한 사랑하는 신과의 놀이를 위한 수행이었다. 그 신성한 향기는 내가 땅에 코를 묻도록, 설레는 연인에게 그렇듯 나 자신에게만 몰두하도록 했다. 나는 마침내 내가 추구해야 할, 마음 아파할 가치가 있어 보이는 갈망의 대상을 발견했다. 돈, 섹스, 명예, 부르주아의 망상일 뿐인 안전 대신 지혜를 추구하면서 나는 처음으로 진정성을 느꼈다. 내 삶은 마침내 숭고한 목적을 가졌다. 내가 영웅처럼 느껴졌다.

그러나 신성한 성배와의 달콤한 밀월은 시작만큼이나 빠르게 끝이 났다. 사우스캐롤라이나 명상 센터에서의 어느 오후였다. 나는 호숫가에 앉아 물 위에 비추는 빛을 바라보며 큰 소리로 우는 아비새의 의미에 대해 명상하며 내면에 몰두해 있었다. 그때 오렌지색 하렘 바지(발목 부분을 끈으로 묶는 통이 넓은 여성용 바지 – 옮긴이)를 입고, 긴 회색 머리에 분홍색 꽃 한 송이를 꽂은 사람이 나타났다. 나이 든 히피는 내게 묻지도 않고 자신의 삶에 대한 이야기를 진지하게 풀어내기 시작했다.

1960년대 람 다스가 '시도하라, 함께하라, 벗어나라'를 선언한 이후 영적인 삶을 추구하게 된 그는 열반을 찾아 헤맸고, 세속적인 삶에 얽매이기를 거부했다. 그러나 늙은 히피는 이제 산타크루즈의 우편사서함, 넘쳐났던 종교적 계시, 미국은퇴자협회 회원권 외에 신의 자취를 좇았던 세월은 아무것도 남기지 않았다고, 그저 나이만 들어가고 있다고 쓸쓸히 말했다. 그는 외롭고, 지쳤고, 슬퍼하고, 아파했다. 못 본 척하기에는 그 모습이 훗날의 내 모습일 것만 같아 고통스러웠다. 내가 그 나이까지 살 수 있을지는 모르는 일이지만.

"영적 추구로 인해 내가 결국 어떤 처지가 되었는지 알아요?"

늙은 히피는 귀에 걸린 수많은 금 귀걸이 중 하나를 잡아당기면서 자문자답했다.

"아무것도 아니에요. 아무것도."

"하지만 어떻게 그럴 수가 있죠?"

나는 방어적인 말투로 물었다. 그는 깨달음을 추구하기 위해 여행하는 삶을 선택했고, 개척되지 않은 길 위에서 세월을 보내며 지혜와 경외심으로 자신의 마음을 확장했다.

내가 그에게 말했다.

"우리 모두가 각자 선택을 하죠."

모든 선택에는 장점과 단점이 있다. 어쩌면 그의 선택에는 단점만 있었는지도 모른다. 그는 자리를 뜨려는 나를 막아섰다. 그의 마지막 한마디는 내 심장을 멎게 할 만큼 끔찍했다.

"아직 젊을 때 집으로 가요, 친구. 한곳을 파요."

마치 내가 위험을 무시하고 있다는 신호를 보내기 위해 신이 보내주신 예언자 같았다. 그 신호는 내가 그토록 무시하려 애썼던, 내가 형이상학적인 쓰레기로 가득 차 있을지도 모른다는 의심을 명백하게 지적하고 있었다.

나는 삶을 향해 나아가는 것이 아니라 도망치고 있었던 것이다. 바람둥이가 여자의 치맛자락을 좇는 일을 멈추지 못하는 것처럼 나는 신성함, 다음에 이어질 수행, 가르침, 아유르베다의 차크라 정화에 집중했다. 나는 이를 멈추기가 두려웠다. 달리기를 멈추면 덫에 걸릴 거라며 내심 겁을 집어먹고 있었다. 그 덫은 곧 무덤으로 변할 터였다. 저승사자는 단지 움직이는 목표물을 내버려 두고 있는 것일지도 몰랐다. 우리는 핵심에 접근하기 두려울 때 빙 돌아 구석으로 가는 쪽을 선택한다. 나는 깨달았다. 닥치는 대로 영적인 삶을 추구했던 나는, 위선을 부리고 있었다는 걸.

그다음으로 나는 《영적 물질주의 사이로 나아가기》라는 책을 읽고 좌절하지 않을 수 없었다. 당신이 아직 이 책을 읽지 않았다면 그리고 자아를 지키고 싶다면 읽지 않아도 좋다. 왜곡된 상상의 지혜, 그것은 영적 추구로부터의 내리막길이었다. 국경 너머의 많은 현자들은 잘못된 영적 추구를 경고해 왔다.

"어떤 것이 모든 곳에 있다면 그 길은 여행할 길이 아니고 사랑할 길이다."_아우구스티누스

"추구하는 것이 찾는 것을 의미하는 것은 아니다."_잘랄루딘 루미

"나는 모든 길이 하나였던 곳에 도착했다."_도겐

"대부분의 영적 추구자들은 대부분 여장을 한 나르시스트일 뿐이다."_다 프리 존

나를 궁지에 몰아넣는 말들을 듣기는 싫었지만 나는 '아무것도 아닌 존재'로 인생을 끝내고 싶지 않았다. 나는 당장 도시로 돌아가 값싼 아파트를 빌렸다. 그리고 밀실 공포증을 덜어 내는 데 도움이 되도록 초월적 눈빛을 지닌 성인들의 사진 몇 장을 벽에 붙였다. 하지만 그 효과는 오래가지 않았다. 나는 곧 미쳐 갔고, 그 벽은 나를 집어삼키는 듯했다. 숨을 쉴 수가 없었고, 병적인 관념화에 빠졌다. 나는 무릎이 덜덜 떨릴 정도의 극심한 공포를 느꼈다. 정말로 죽고 싶지 않았다. 하지만 겨울이 지나고 아파트 뒷마당에 새잎이 돋아나면서, 나는 그저 가만히 있는 것에 익숙해지기 시작했다. 가만히 멈춰

있자 유령의 모습이 보였다.

어느 날 아침 욕실에서 양치질을 하고 있을 때였다. 말로 표현할 수 없는 존재가 내 앞에 모습을 드러냈다. 진짜 유령이 아니라 내 등 뒤에 올라타 있는 두려움의 유령이었다. 매우 진한 감정의 유령은 칫솔을 들고 서 있는 나를 감쌌다. 그리고 보이지 않는 의자에 앉으라고 청했다. 나는 가만히 멈춘 채로 귀를 기울였다. 그의 목소리는 무섭다기보다 가슴을 저몄다.

그는 자신이 내 모든 두려움의 거대한 증류라고 말했다. 내가 지금껏 두려움에 떨며 도망치고 있던 어둠들이 모두 합쳐진 본질 그 자체. 그리고 내가 지금껏 들어보지 못한 가장 슬픈 음악에 그저 귀 기울이기를 바랐다. 마치 나에게서의 고백을 듣는 것처럼. 유령은 가장 가슴 아픈 '미완성 교향곡'에 대해 이야기했다. 가지가 꺾인, 완성되지 않을 갈망과 꿈, 내가 젊어서 죽기를 원하게 된 그날의 허망한 넋두리에 대해. 유령의 목소리는 내 마음을 움직였다. 그것은 공포가 아니었다. 나는 그달 내내 유령의 목소리에 귀를 기울였다.

아름다움과 슬픔이 만나 그 둘을 구분할 수 없는 지점이 있다. 그곳에 가 닿은 적이 있는 사람이라면 알 것이다. 그곳에서는 슬픔이 더 이상 아프지 않고, 비애가 상처를 씻어 낸다. 고통스러워하면서 모든 것을 쏟아 낸다.

이탈리아에서 지낼 때 집주인 로비는 그림 복원 전문가였다. 하루는 오랜 세월의 먼지에 뒤덮인 르네상스 시대 유화 작품을 복원하는 모습을 보게 되었다. 로비는 가성소다 냄새가 나는 액체에 붓을 담갔다가 때 묻은 그림 표면에 가져갔다. 곧 인물의 눈이 드러나더니 그다음에는 귀와 뺨이 드러났다. 마침내 한 쌍의 날개를 가지고 있는 곱슬머리 아이의 얼굴이 드러났다. 나는 그렇게 고약한 악취가 나는 액체가 숨겨져 있던 아름다움을 드러내는 도구로 사용될 수 있다는 데 감동했다.

지금 나는 집에 머물면서 몇 년 만에 처음으로 비애가 그같은 방식으로 작용한다는 것을 배우고 있었다. 너무 오래 품고 있으면 독성이 생기지만 그것을 풀어내면 정화가 될 수 있다는 것을.

그해 유령과 나는 동지가 되었다. 유령은 내가 두려워하는 것이 무엇인지 말해 주었다. 지금까지도 우리는 여전히 가까이 지내지만, 요즘에는 그를 거의 보지 못한다.

길가에 한 늙은 거지가 앉아 있다. 거지는 몇 년 동안이나 길 위에서 살고 있었다. 어느 오후 지나가던 사람이 그에게 다가왔다. 거지가 기계적으로 깡통을 흔들면서 중얼거렸다.

"한 푼 줍쇼."

행인이 말했다.

"전 줄 게 아무것도 없는 걸요."

거지가 얼굴을 찌푸리며 뒤돌아 앉았다. 행인이 그에게 물었다.

"뭘 깔고 앉아 있는 건가요?"

"아무것도 아니오. 낡은 상자일 뿐이지. 난 아주 오래전부터 이 위에 앉아 있었다오."

"그 안에 뭐가 있는지 들여다본 적이 있나요?"

"왜요? 무슨 말이 하고 싶은 거죠? 이 안에는 아무것도 없어요."

행인은 고집을 부렸다.

"한번 들여다봐요."

거지는 싫다고 버티다가 결국 상자를 열어 보기로 했다. 그러자 믿기지 않는 광경이 펼쳐졌다. 상자는 금으로 가득 차 있었던 것이다.

집으로 돌아온 나는 상자를 열었다.

양면성은 뜻밖의 사실을 폭로하는 기능을 한다. 모든 경험에는 양면성이 있다는 사실을 깨닫게 되면 괴로움뿐인 경험이라 해도 마음을 다잡을 수 있게 된다. 가장 고통스러운 순간을 포함해 경험은 모두 신비한 측면을 지니고 있다. 우리는 이런 사실을 살아가면서 서서히, 반복적으로 경험해 가면서 깨닫게 된다.

뉴저지에 사는 주부 머라이어 하우스덴은 어머니라는 존재에게 주어진 최악의 악몽을 견뎌 낸 후 이런 상쇄의 교훈을 배웠다. 1993년 1월 7일 아침 머라이어의 두 살짜리 딸 한나가 불치의 신장암 진단을 받았다. 병은 급속도로 진행되었고 딸의 생명은 그해를 넘기지 못할 듯 보였다. 평범한 중산층 가정의 주부였던 머라이어는 이 충격적인 소식에 정신을 잃을 새도 없이 죽어 가는 아이를 보살펴야 하는 끝없는 싸움터에 내몰렸다. 게다가 머라이어에게는 그녀의 손길이 필요한 또 다른 두 아이들도 있었다.

"한나의 병은 저를 또 다른 현실로 보냈어요."

뉴저지의 브라이트 해변가에 있는 집 현관에 앉아 그녀가 입을 뗐다. 키 188센티미터에 몸무게 54킬로그램의 머라이어는 볼록한 엉덩이, 투명한 초록색 눈, 매력적인 광대뼈를 가진 여인이었다. 무릎까지 내려오는 흰색 반바지를 입고 있는 그녀는 마치 영화배우 우마 서먼의 동생 같았다. 머라이어와 함께 길 아래로 걸어가는 동안 지나가는 사람들이 그녀의 아름다운 모습에 감탄을 보내곤 했다. 머라이어가 담배에 불을 붙이고 마가리타를 한 모금 마셨다.

"저는 평생 신에 대해 제가 이해하고 있는 것에 충실하게, 착하게 살았어요. 제게 일어난 일이라면 그게 대단하든 사소하든 조정할 수 있을 거라 믿었죠. 제 고통은 물론 아이들의 고통도 최소화할 수 있다고 믿었어요. 그게 엄마로서 해야 할 일이었어요. 하지만 한나의 병은 이 모든 확신을 무너뜨렸죠."

머라이어는 살기 위해 본능적으로, 가능한 한 세밀하게 겉으로 보이는 것들을 관리하기 시작했다.

"전 매우 체계적인 사람이 됐죠. 통제할 수 없는 게 너무 많았지만 제가 할 수 있는 게 몇 가지 있었죠. 예를 들어 한나가 죽어 가고 있다면 그게 어떻게 느껴지는지 말하고 싶었어요."

머라이어가 설명을 계속했다.

"저는 아이가 병원이 아니라 집에서 눈을 감길 바랐어요. 낯선 사람 대신에 가족들과 함께요."

머라이어는 담배를 껐다.

"제 일은 가족을 위해 할 수 있는 모든 것을 하는 거였죠."

그러나 머라이어는 그 가면 아래에서 빠르게 부서지고 있었다.

"겉으로만 통제하고 있었던 거예요. 하지만 사람들은 제가 놀랍도록 모든 일들을 잘해 내고 있다고 끊임없이 말했죠. 맙소사, 유리벽 속에 갇혀 움직이는 쇼윈도의 마네킹이 된 것 같은 느낌이 들었어요."

머라이어가 고개를 흔들었다.

"겉으로 보이는 모습 뒤에서 전 외롭고 혼란스러웠어요."

"그것을 왜 다른 사람들에게 드러내지 않았나요?"

"사람들이 저와 한나를 계속 찾아올 수 있도록 우리는 괜찮다는 걸 보여 줘야 했으니까요. 절망에 빠져서 제대로 살지 못하는 사람을 누가 끝까지 지켜보려 하겠어요?"

나는 그녀에게 내게도 그런 식으로 떠나 버린 친구가 있다고 말해 주었다.

"그것은 살아남기 위한 방법이었어요. 겉모습만이라도 온전해 보이도록 애썼죠. 하지만 나머지는 형편없었어요. 당신이라면 그 둘을 구분할 수 있을 것 같군요."

머라이어는 한나를 잃는 슬픔으로 혼란스러움과 공허함에 빠져들었다. 의사들이 이름을 불러 주기 전에는 입을 꼭 다물고, 수술을 받을 때도 빨간색 원피스를 입겠다며 고집부리던 작고 영리한 소녀 한나는 세상을 떠난 해에 엄마 머라이어에게 가장 친밀한 요정이 되었다. 머라이어는 이를 토대로 딸과의 이별을 다룬 책《한나의 선물》을 출간했다. 이 책의 부제는 '완전히 살아 낸 삶으로부터의 가르침'이다. 한나를 보살피면서 머라이어는 자신이 회피해 왔던, 사실이 아닌 거짓으로 꾸며졌던 삶에 대한 진실을 깨달았다.

"제 인생이 모든 면에서 완벽하다는 망상을 지키려고 모든 노력을 쏟아부었어요. 날 위해 무엇이 옳은 일인지 잊은 거죠."

먼저 머라이어의 결혼 생활은 한나가 아프기 훨씬 전부터 벼랑 끝에 놓여 있었다. 어린 소녀는 암 진단을 받고 일 년 후에 세상을 떠났다. 그다음 해가 되자 머라이어는 그동안 축적된 거짓의 무게를 더 이상 버텨 낼 수 없게 되었고, 깊은 우울에 빠져들었다. 가족과 친구 들의 충고에도 불구하고 머라이어는 마음을 추스르기 위해 뉴저지에 있는 남편과 세 아이들-두 살짜리 윌과 네 살짜리 마거릿 그리고 세 살짜리 마들렌-을 떠나 있기로 결심했다. 머라이어는 남은 삶을 향해 발을 내디딜 수 있도록 껍질을 벗고 새로운 피부가 돋아나길 기다렸다.

미시건 황야에 있는 기독교 센터에서 명상을 하면서도 머라이어는 여전히 자신이 도망치고 있다고 비난하는 사람들의 목소리를 들었다. 하지만 그녀는 한나의 죽음이 자신에게 남긴 교훈들을 받아들이고 스스로를 치유하기 위해 혼자만의 시간이 필요하다는 신념을 고수했다.

"깊은 슬픔 속에는 진실 외에 다른 것을 위한 자리는 없어요. 그제야 제 삶에 존재하는 것들을 제대로 볼 수 있죠. 나 자신에게 말을 건넬 수도 있어요. 다른 때에는 할 수 없던 것들이지요."

이전에 만난 조앤 디디온 역시 현실을 부정하는 사고방식에 대해 언급한 적이 있었다.

"슬픔은 상황을 왜곡시킬 수도 있어요."

머라이어가 내 말에 동의했다.

"처음엔 그렇죠. 하지만 전 슬픔이 또 다른 면을 가지고 있다는 걸 배웠어요. 예를 들어……."

머라이어가 음료수를 한 모금 마셨다.

"삶이 끔찍하다는 것을 알고 있지만, 그래도 우리는 계속 살아가요. 그럼에도 삶을 지속할 수 없을 만큼 당신을 상처입히는 고통스러운 일이 일어날 수 있어요. 슬픔은 움직여요. 그것도 일종의 에너지거든요."

"무슨 뜻인지 알 것 같아요."

"슬픔은 중력과 같은 뿌리에서 자라나요. 그것은 힘, 그러니까 가속도가 붙는 에너지예요. 슬픔에는 무게와 중량이 있죠. 무게를 가지고 있다는 것은 움직일 수 있다는 걸 말하는 것이기도 해요. 우리는 슬픔에 굴복해서 그 안에 묻힐 수도 있어요. 슬픔은 우리를 질식시키고 제압할 수 있죠. 하지만 관점을 바꿔서 다른 방향으로 나아갈 수 있도록 그 고통을 이용할 수도 있어요."

슬픔을 다른 길로 움직여 이용할 수 있다는 말에 나는 흥미를 느꼈다. 머라이어가 물었다.

"예를 들어 9·11 사태가 일어난 저녁에 당신은 어디에 있었나요? 그때 당신은 자신에게 가장 중요한 게 뭔지 알고 있었나요?"

머라이어는 내게 잠시 생각할 시간을 주었다.

"그게 바로 슬픔이 우리를 솔직하게 만드는 방식이에요. 한나의 죽음으로 전 그걸 배웠어요. 모든 일에는 언제나 또 다른 면이 있어요. 그 상실이 얼마나 큰지는 관계없어요. 그리고 그 반대편에 있는 것 또한 진실이죠."

이 만트라는 줄곧 내 뇌리에서 떠나지 않았다. 나는 상실이 지닌 양면성과 그 뒤에 숨어 있는 나머지 한쪽의 얼굴을 생각한다. 머라이어는 내가 만났던 그 누구보다 행복한 사람으로 보였다. 예상과 달리 그녀는 한나에 대해 이야기하면서도 슬퍼하지 않았다.

"딸은 제게 온전한 사람이 되는 방법을 가르쳐 줬어요."

한나가 죽고 13년이 지난 지금 머라이어는 멋진 삶을 살고 있다. 아이들과 함께 뉴저지로 돌아와 프랑스 인 감독과 함께 《한나의 선물》을 영화로 제작하고 있고, 지역 공동체 모임에도 나간다. 전 남편과는 우정을 쌓고, 데이트도 하기 시작했다. 머라이어는 작가로서 시작한 새 삶을 사랑하며 다음에는 무슨 일이 생길지 고대하고 있다.

"살아가는 모든 날들에 감사해요. 제가 그 말을 다시 하리라고는 결코 생각하지 못했는데 말이에요."

머라이어가 《한나의 선물》 한 권을 책장에서 꺼내 거의 마지막 한 구절을 가리켰다.

"한나는 그 아이의 몸이 떠나는 것보다 더 고통스러운 죽음이 이 세상에 있다는 것을 내게 가르쳐 주었다. 두려움으로 질식한 영혼은 너무 많은 즐거움을 경험하지도 않은 채 떠나보낸다."

"맞는 말이에요."

"한나는 제 스승이었어요."

그러고 나서 머라이어는 어머니의 무릎 위에 앉아 있는 금발 머리 소녀의 사진을 보여 주었다. 그녀는 몇 개월째 사진을 공부하는 중이었다. 머라이어가 사진을 다시 테이블 위에 내려놓았다.

"전 알지 못하는 것들을 두려워하곤 했어요. 하지만 이젠 더 이상 두려워하지 않아요."

머라이어가 무릎을 가슴 쪽으로 끌어당겼다.

"저는 빠져 죽는 대신, 지금 수영을 하고 있어요."

고통은 지나가고 아름다움은 남는다

어느 날 한 여학생이 늙은 스승을 찾아왔다. 그녀는 고통에 휩싸여 어떻게 하면 슬픔에서 벗어날 수 있느냐고 물었다. 스승은 그녀의 괴로움에 귀를 기울였다. 스승의 눈은 지금 이 자리에 이르기까지 자신만의 황무지를 건너면서 얻은 지혜로 가득했다. 그 눈은 이야기를 듣는 동안 관대함으로 넘실댔다.

"이제 그만 고통을 끝내고 싶어요."

스승은 다정한 미소를 지으며 흐느끼는 학생에게로 몸을 기울였다.

"고통을 파괴하는 것으로는 고통을 다스릴 수 없단다. 하지만 기쁨과 은총을 품고 있는 무한한 자연 안에 견디기 힘든 아픔을 맡기는 것으로는 가능하지."

학생을 스승의 말을 이해하지 못하고 어리둥절해했다.

"내 눈을 들여다보렴."

슬픔에 젖은 두 눈이 스승의 흔들림 없이 강직한 얼굴을 바라보았다.

"내가 너의 고통에 무심해 보이니?"

스승의 유리처럼 맑은 두 눈은 무조건적인 연민과 이해로 빛나고 있었다. 학생은 고개를 저었다.

스승이 다시 물었다.

"내가 너의 고통을 온전히 받아들이고 있는 게 보이니?"

학생은 그것이 사실임을 느꼈다.

"고통이 너를 파괴할 거라고 염려하지 말거라. 그 고통이 제아무리 끔찍해도 그것은 너를 파괴하지 못해. 그 망상을 이겨 내거라. 고통은 고통일 뿐이야. 그리고 너는 너일 뿐이지."

학생은 스승의 지혜에 고개를 숙였다. 그러자 마음이 서서히 가라앉았다. 자신의 존재가 고통이 아니라는 사실을 아는 것은, 비록 그 너머에 존재하는 것을 보지 못한다 해도 우리를 얼마나 자유롭게 하는가.

또 다른 스승은 이렇게 말한다.

"우리가 겪는 고통은 우리에게 부여된 가장 근원적인 고통이 아니다. 때문에 우리는 인생의 쓰라린 고통들을 극복하려는 의지를 품을 수 있다. 모든 어머니는 세상의 모든 고통을 마음에 짊어진다. 우리는 모두 어머니 마음의 일부분이고, 그래서 그 어마어마한 고통의 일정 부분을 나누어 받게 된다. 당신이 지닌 고통은 온전한 총량이 아닌 일부분을 나누어 받은 것일 뿐이다. 그러므로 고통에 자기연민으로 괴로워하는 대신 고통을 기쁨으로 맞이하라. 고통이 기쁨으로 전환될 수 있는 도구라는 사실을 받아들여라."

학생은 스승의 집을 떠난다. 그녀의 발걸음에는 작지만 행복한 기운이 묻어난다.

프랑스의 소설가 콜레트는 "행복해지는 것은 지혜로워지기 위한 하나의 방법이다."라고 썼다. 파리가 포위되었을 때도 집을 떠나지 않았고, 개선문 근처에 폭탄이 투하될 때도 성애적인 소설을 써 내려가고 있던 이 불굴의 여류 소설가는 가장 힘든 시기에 삶의 환희가 온다고 확신했다.

쾌락주의는 행복 연구 분야에서 급성장하는 이론으로, 행복지수가 빠르게 감소하는 이 시대에도 왜 어떤 사람들은 뜻밖의 행운이나 행복 유전자가 없이도 비극적인 시간들을 잘 버텨 내는지에 대해 많은 것을 설명해 준다. 정신분석학의 아버지 프로이트는 '행복은 비현실적인 몽상'이며, 노이로제에 걸린 불쌍한 우리가 바랄 수 있는 최선은 '히스테리적 고통을 공동의 불행으로 전환'하는 것이라고 선언하기도 했다.

신경가소성 이론의 등장으로 두뇌가 끊임없이 진화하며, 새로운 기술을 배우고, 우리가 죽는 날까지 적절한 경로를 구축한다는 것이 입증되기 전까지 심리학적 연구는 주로 우리의 '부정적인 감정 상태'에 집중되어 있었다. 그러나 신경학적 연구들이 시작되면서 심리학 연구 방향은 '무엇이 잘못되고 있는가'에서 '무엇이 올바른 것인가'라는 측면으로 옮겨 갔고, 심리학계는 물론 사회 전반에 긍정심리학 운동이 대두되었다.

이 분야의 전문가들은 행복을 '주관적 행복감'이라고 부르기도 한다. '당신에게는 지옥이지만 내게는 낙원이 될 수도 있다'라는 주관적 해석은 행복 방정식에서 하나의 커다란 변수로 작용한다. 아미시파(현대 기술 문명을 거부하고 소박한 농경 생활을 하는 미국의 종교집단 – 옮긴이) 사람들은 느긋한 삶에 대한 갈망이 상대적으로 적다. 또한 콜카타의 노숙자들은 강한 공동체 의식으로 인해 캘리포니아의 노숙자들보다 자신을 덜 불행하게 여긴다.

행복이 유전자적인 수준에서 결정된다는 세트 포인트 이론에서도 짜릿한 행복감에서 분노에 이르기까지 우리에게 일어나는 일은 무엇이든 주관적 해석이 개입된 것이라고 본다. 각기 다른 환경에서 성장한 일란성 쌍둥이를 대상으로 진행된 한 세트 포인트 연구는 행복에 관한 기질의 약 50퍼센트가 유전적으로 미리 결정된 채 태어난다는 사실을 입증했다.

미네소타 대학의 유전학자 데이비드 리켄은 이렇게 말했다.

"행복은 유전적 영향을 받기는 하지만 고정불변한 것은 아니에요. 뇌의 구조는 수련을 통해 바뀔 수 있어요. 조부모님께서 물려주신 유전자보다 더 행복해지고 싶다면, 우리에게 주어진 행복지표를 상승시키고, 그를 방해하는 것들은 피해야 해요. 그러기 위해서 우리가 할 수 있는 일들을 매일 배워야 하죠."

행복해지고 싶은 사람이 많은 만큼 행복을 자아내는 방법들도 많다. 잠자고, 운동하고, 서로를 돌보는 것과 같은 일상생활에서부터 가치관과 기대치를 바꾸는 데 이르기까지 다양하다. 이는 한나의 죽음 이후 머라이어 허드슨이 겪은 경험을 떠올리게 한다. 나와 이야기를 나눈 한 연구원은 시간을 관리하고 감사 일기를 쓰라고 권한다. 또 다른 연구원은 얼굴 표정과 감정 사이에는 직접적인 연관성이 있으므로 "행복한 것처럼 연기하라."라고 조언했다. 정말 행복해질 때까지.

행복한 사람들은 사소한 것에 연연해하지 않고, 삶을 보다 단순하게 살아가는 데 익숙한 듯 보인다. 행복한 사람은 쉽게 용서하며, 사람들에게 헌신적이다. 스트레스가 이 시대의 다스 베이더라는 것은 더 이상 놀라운 생각이 아니다.

메사추세츠 대학 스트레스조절연구소의 운영을 돕는 존 카바트 진은 "우리는 진정한 행복이 무엇인지에 대해 충분히 생각하지 않기 때문에 자기면역질환인 만성적 스트레스와 불만에 시달린다."라고 말한다. 카바트 진은 스트레스 해소 방법을 묻는 사람들에게 명상과 같은 수행법이 스트레스를 조절하고, 시련 속에서도 소박한 즐거움을 찾을 수 있게 해 준다고 말한다.

"무엇이 옳고, 무엇이 아름다운지를 알고, 그것에서 오는 기쁨을 아는 일은 우리에게 정신적 균형과 함께 극한의 상황에서도 무너지지 않을 수 있는 무게중심을 가지게 해 준다."

주관적 행복감을 상승시키기 위해 어떤 도구를 선택하는가와 관계없이 한 가지는 분명하다. 장기적인 계획을 세워 만족감을 성취하기보다 일상의 곳곳에서 시시때때로 행복을 발견하는 게 낫다는 것이다. 무엇이 우리를 행복하게 해 줄지, 그 행복이 얼마나 오래 지속될 지 예측하는 데 있어 인간은 상당히 미숙하기 때문이다. 하버드 대학의 심리학자 대니얼 길버트는 인간의 자기망상에 대한 수수께끼를 탐구하고 있다. 그는 우리를 행복하게 해 줄 거라 믿는 것들과 실제로 행복하게 해 주는 것들 사이의 차이를 연구하는 정서 예측 개념의 선구자이다.

"우리는 자기 자신을 너무 몰라요. 우리가 추구하는 행복의 성배는 어디에도 없어요."

우리가 그 정도의 분별력도 없다는 지적에 나는 당혹스럽기 그지없었다.

"어째서죠?"

"보통 우리들은 특정한 상황이 자신에게 얼마나 영향을 미치는지 있는 그대로 받아들이지 않아요. 과대평가하거나 과소평가하죠."

영향력 편향이라고도 알려져 있는 이런 불일치를 대니얼은 '희망

오류'라고 부른다. 불행을 겪고 나면 특히 이런 성향이 커지는데, 집을 청소하고 삶에서 불필요한 것들을 버리는 것 역시 이와 다르지 않다. 청소하는 데 집중함으로써 고통에서 벗어날 수 있다고 여기는 것이다.

선택한 일의 결과가 생각보다 삶을 변화시키지 않는다는 사실은 우리를 더 혼란스럽게 만든다. 1978년에 복권 당첨자와 하지마비 환자를 대상으로 실시한 행복 연구에서 두 그룹은 보통 사람들의 예상과는 다소 다른 반응을 보였다. 복권 당첨자들은 처음에는 크게 기뻐했지만 점차 당첨되지 않았을 때와 크게 다르지 않은, 예전 수준의 행복감을 느끼게 되었다. 하지마비 환자들은 사고 이전보다 행복 수준이 떨어졌지만 보통 사람들이 생각하는 것만큼 그것을 불행하게 여기지는 않았다. 즉, 사람들은 극도의 행복감이든 불행한 감정이든 시간이 지남에 따라 그에 적응하게 된 것이다. 인생의 큰 사건들이 그것이 행복을 안겨주든 그렇지 않든 3개월 안에 행복 수준에 영향을 미치지 않게 된다는 연구결과도 있다. 이 적응 과정이 얼마나 빨리 일어나는지 이해하면, 우리는 주변의 사소한 일들에 보다 더 감사하고 희망을 느끼며 살 수 있게 될 것이다.

돈은 그것들 중 하나가 아니다. 삶이 어느 정도 안정되고 나면 은행 계좌에 돈을 더 많이 쌓을수록 더 큰 만족감을 얻을 수 있는 것이 아니라는 연구결과도 있다. 중산층의 안락한 생활이 자리를 잡으면 부와 생존 사이의 경계선은 사실상 무시해도 좋다고 대니얼은 말한다.

"처음으로 모은 4천 달러는 극적인 차이를 만들어요. 하지만 기본적인 욕구가 채워진 후의 천만 달러는 거의 아무 의미가 없게 되죠."

나는 그 일에 있어서는 내가 산 증인이라고 말해 주었다.

이탈리아 사람들이 사랑을 여덟 개의 단어로 표현하는 것처럼 우리도 '행복'을 더 폭넓게 정의할 필요가 있다. 투쟁과 상실 그리고 원치 않는 평화를 충분히 감싸 안을 수 있는 개념을 포함해서 말이다. 다양한 웃음 이모티콘으로는 충분치 않다. 삶은 너무나 복잡하고, 우리는 행복만 느끼기에 지나치게 많은 일들을 알고 있으며, 세상에는 삶 그 자체가 행복이라는 데 만족해야 할 정도의 고통도 너무 많다. 지독한 불행에서 살아남은 사람들은 이런 패러독스를 증명한다. 유대 인 홀로코스트에서 살아남은 한 난민은 이렇게 말했다.

"행복이 무엇인지 누가 알겠는가? 아마 그보다 존재의 완전함이나 강렬함을 설명하는 편이 쉬울 것이다."

그리고 이렇게 덧붙였다.

"행복은 보통 우리가 얻으려고 애쓰는 것, 그 이상의 감각이다. 행복은 우리들이 지닌 삶에의 절박한 의지, 그것을 깊이 충족시켜 주는 그 무엇을 가지고 있다."

긍정심리학 운동의 대부 마틴 셀리그먼 박사는 세 층위로 된 행복 모델을 통해 우리가 인생의 선택들을 어떻게 결정하는지 보여 준다. 그가 행복에 대해 '할리우드적 관점'이라고 부르는 '가능한 많은 긍정적 감정을 얻는' 첫 번째 단계는 생략하자. 행복의 두 번째 단계는 정직, 친절, 용서, 창의성, 배움에 대한 열정 같은 '특별한 힘'을 발견함으로써 발생한다. 행복의 최고 단계는 우리가 자기 자신의 행복을 넘어, 그 이상의 것을 얻고자 특별한 힘을 사용할 때 도달하는 것이다. 스스로의 필요를 초월하는 것, 위대한 선을 위해 개인의 즉흥적인 욕망을 희생하는 법을 배우는 일은 나 자신의 행복 수준을 끌어 올릴 뿐 아니라 다른 집단의 사람들도 움직인다. 물론 자신의 필요

를 무시하면서까지 다른 사람들을 보살피는 것은 결코 좋은 생각이
아니다. 사람들을 돕겠다고 고집했다가 남몰래 후회하며 우울한 표
정을 짓는 공상적 박애주의자를 떠올려 보라.

"십계명을 한 번 봐요."

정신분석가 마이클 아이젠 박사는 이렇게 말한다.

"탐욕은 고통으로 가는 문이에요."

타인과 자신을 비교하는 것은 스스로의 마음을 괴롭히는 일이다.
가장 좋은 시기에 있을 때는 더욱 그러하다. 연구자들은 행복에 관
련된 가장 강력한 변수는 '우리가 사물을 보는 방법'에 있다고 확신
한다. 화폭이 클수록 그림은 더 생생하다. 붓이 부드러울수록 빛은
더 감각적이 된다. 콜레트는 예술과 삶, 모든 측면에서 가장 멋진 능
력을 지니고 있었다. 바로 갈망하고, 상처입고, 무엇보다도 깨진 자
신의 잔해에서 스스로를 끌어모으는 능력이다. 그녀는 스스로를 잃
지 않기 위해, 소설을 끝내기 위해 연하의 남자를 사랑하고, 와인을
마시고, 심지어 창밖의 수비대와 자신에 대한 소문을 두고 농담을
나누기도 했다. 콜레트는 행복이 뽀빠이의 함박웃음이 아니라 쓴맛
과 단맛이 혼합된 양조주라는 것을 알고 있었다.

"올 테면 와 봐!"

그녀를 현명하게 만든 건 이런 위대한 심적 전환이었다. 통풍에
시달리던 그녀는 키우던 불독을 가슴에 끌어안고, 삶은 다양한 색으
로 이루어져 있다고 강조하며 이렇게 말했다.

"전쟁이란 원래 그런 것이지!"

상처와 마주하라

상처 입은 자신의 마음을 돌보라.
우리는 지나치게 문제에 신경 쓰느라 정작 자기 자신을 돌보지 못한다.
어떤 일이 일어나든 우리는 늘 행복할 수 있다.
이 사실을 받아들이면 인생에서 이미 벌어진 사건이 아니라
내 안에서 일어나는 일에,
순간을 느끼는 일에 더욱 집중할 수 있게 된다.

상실은 우리 모두에게 주어지는 것

"보이는 것과 보는 건 다른 문제예요."

사진작가 존 더그대일은 내게서 1미터도 떨어지지 않은 곳에 앉아 두꺼운 안경 렌즈를 통해 나를 바라보았다. 존은 꼿꼿한 머리를 내 앞으로 들이밀며 나를 향해 눈을 깜빡였다. 맹인안내견 맨리가 마룻바닥에 누워 그의 두 발을 핥았다.

존은 눈에 띄게 잘생겼다. 그의 완벽한 코와 각진 턱, 풍성한 검은 머리는 잘 그려진 초상화를 연상시켰다. 그는 매우 입지전적인 인물이다. 세 번의 심각한 뇌출혈을 겪었고, 다섯 차례 치명적인 폐렴에 걸렸으며, 그 외에도 뇌 감염증인 톡소플라스마증, 말초신경장애, 카포시 육종 등을 앓았다. 그리고 10년 전 CMV 망막염으로 인해 시력의 대부분을 잃었다. 존은 첫인상에서 느껴지는 것처럼 활기차고 다정다감한, 친구 같은 사람이 아니다. 오히려 그는 걸어 다니는 수수께끼에 가깝다.

"직장 생활 초반에 시력을 잃는다는 것은 말할 수 없이 두려운 일이었어요. 하늘, 내 손, 얼굴, 어머니를 바라보곤 했죠. 날마다 조금씩 시력을 잃어 가면서 제가 이 세상에서 사라지고 있다는 느낌이 들었어요."

우리는 바람이 잘 통하는 존의 그리니치 빌리지 아파트에 있다. 존의 방은 골동품, 커다란 카메라, 그가 찍은 인상적인 사진들로 가득하다. 유령 같은 나무들과 벌거벗은 연인들이 몽환적인 장소에 있는 푸른 색채의 사진 같이 아름다운 사진들을 그가 얼마 남아 있지 않은 시력으로 만들어 냈다는 것을 믿기 어렵다. 아니 믿기란 불가능하다.

존이 내게 말했다.

"모든 사람들이 제게 사회생활은 끝났다고 말했죠. 하지만 저는 만일 시력을 잃게 된다 해도 주사걸이에 목을 매는 대신 카메라 삼각대를 꽉 붙잡고 용기 있게 그 상황을 맞이하겠다고 결심했어요. 병이 저의 창조적인 삶을 끝낼 수 없다는 것을 증명하고 싶었죠. 전 시력을 잃은 이후로도 서른여덟 차례나 국제적인 개인전을 열었어요. 그리고 아직도 제 최고의 작품은 탄생하지 않았어요."

지난 15년 동안 존이 걸어온 삶의 궤적은 상상만으로도 끔찍하다. 1992년 7개월의 입원 기간 동안 존은 서서히 죽어 갔다.

"주치의의 목표는 제가 그해 말까지 살아남을 수 있도록 하는 거였어요. 제 마음은 전쟁터였죠. 그전까지 저는 모든 일에서 성공을 거두었고, 늘 기대 이상의 큰 성과를 냈죠. 그래서 오랫동안 이게 현실일 리 없다는 생각에서 벗어날 수 없었어요. 나같이 특별한 사람에게는 일어날 수 없는 일이라고요. 하지만 일어나고 있었죠. 매우 빠르게."

갑작스럽게 나락으로 떨어진 존은 그에게 남아 있는 유일한 재능에 손을 뻗었다. 그것은 창조성과 집요함이었다.

"의사들은 저 때문에 미칠 지경까지 갔죠. 그들이 뭔가를 하려고

만 하면 제가 계속 의문을 제기했거든요."

존이 웃으며 말을 이었다.

"다른 사람들이 내가 하려는 일에 간섭하게 두면 안 돼요. 때때로 그들은 제가 더 나은 곳으로 가는 걸 원하지 않을 때도 있거든요."

이상하게 들릴지도 모르지만 이것은 사실이기도 하다.

"사람들은 제가 '가야 하는 길'로만 가길 바랐죠. '18개월 동안 여기 있어야 해요. 그러고 나서 죽으세요' 같은 거요."

존이 조롱하듯 말했다.

"'그러니까 침대를 벗어나면 안 돼요', '병실 밖으로 나가면 안 된다고요' 같은 말을 끊임없이 들었어요. 한 번은 어떤 간호사가 남은 삶 동안 어떤 약물 치료를 받아야 할 거라고 말하더군요."

존은 믿기지 않는다는 어투로 말했다.

"황당했어요. '도대체 누가 그런 말을 한 거죠?'라고 물으니 간호사가 제게 의학적 설명이 가득한 팸플릿 한 부를 가져다줬어요. 세상에, 거기에는 제가 죽을 날에 대해서만 끊임없이 써 있더라고요. 그래서 전 그녀에게 한 번만 더 그걸 내 침대 위에 놓으면 고소할 거라고 소리쳤죠!"

더 이상 잃을 것이 없던 존은 자기 치유를 위해 자신만의 예술적 접근 방법을 선택했다. 뇌졸중 후 다시 걷는 연습을 하면서 존은 병원에서 준 목발을 거부했다.

"그 목발은 제게 주홍글씨나 다름없었어요."

존의 말에 나는 사지가 마비되었지만 방 한구석에 목발을 내던진 방송 프로듀서 잭 윌리스를 떠올렸다. 존은 목발 대신 여동생의 어깨에 의지하기로 했다. 톡소플라스마증에서 회복되면서부터 그는 영혼을 살아 있게 하려고 시각화 기법을 고안했다.

"가족들 각자에게 맞춤형 농담을 계발했죠. 진부하지만요. 가령 어머니는 세탁하는 걸 좋아하세요. 그래서 어머니에게는 이렇게 말했죠. '집에 가서 밤에 세탁기를 돌릴 때 제 머리에서 두뇌를 꺼내 그것을 따뜻한 물에 헹구는 걸 상상하세요.'"

존은 자신의 소박한 해결책에 웃으며 말했다.

"제가 그랬죠. '톡소플라즈마가 제 두뇌에서 빠져나와 하수구로 흘러가는 걸 상상해 보세요. 그리고 깨끗하고 솜털이 보송보송한 두뇌를 다시 제 머릿속에 돌려놓는 거죠.' 제 동생은 요리를 좋아해요. 그래서 그 애한테는 제 두뇌를 채소 탈수기에 넣어 짠 다음 쨍쨍한 햇빛 아래 놓아 달라고 부탁했어요! 그리고 나 자신에게는 전에 봤던 것들 중에서 가장 완벽하고 순수한 것을 그리게 했죠. 봄에 갓 태어난 양을 기억해 내고 나서 저는 양들이 제 머릿속에서 평화롭게 누워 있는 걸 상상했어요."

몇 번의 끔찍한 약물 부작용을 겪고 나서 일주일 후 내과의사가 존을 찾아왔다. 그는 다소 혼란스러워 보였다.

"그가 제 머릿속에서 감염증이 사라진 것 같다고 했어요. 그리고 이해할 수 없다고 했죠. 우연이었을 수도 있어요. 어쩌면 아닐 수도 있고."

어느 쪽이든 존은 여전히 여기에 있다. 존은 이제 육체적, 정신적 생존이 자신의 창조적인 능력에 달려 있다는 것을 깨달았다.

"저는 세계 최초의 장님 사진작가가 되기로 했어요."

존이 아무렇지 않게 이야기했다. 어느 늦은 오후 업스테이트 뉴욕에 있는 그의 농장에서였다. 그는 마침내 카메라를 다시 잡을 용기를 내어 거의 사라진 시력을 끌어모아 사진 찍기를 시도했다. 그다음에 일어난 일은, 정말로, 존 더그데일의 인생을 송두리째 바꿔 놓았다.

우리는 거실의 소파로 옮겨 앉아 이야기를 계속했다.

"그냥 병원을 나와 버렸어요. 그러고는 집 앞 들판에서 사진을 찍으려 했어요. 돋보기를 사용해 초점을 맞추고 배경막과 라이트미터를 조정하려고 애쓰는 동안 삼각대를 계속 넘어뜨렸죠. 점점 당황스러워지더군요. 준비를 거의 다 마쳤을 땐 해의 위치가 바뀌어서 모든 걸 다시 맞춰야 했어요."

장님이나 다름없는 사진작가가 사진을 찍으려고 들판에서 사진 장비들과 투쟁하는 모습은 길이길이 전설로 남을 만한 장면이 아닐 수 없다!

"미쳐 버리기 직전에 드디어 모든 것이 맞춰졌죠. 완벽하게! 그리고 찰칵!"

존이 테이블을 쾅 내려쳤다.

"바로 그 순간에 해가 졌고, 모든 것이 어둠 속으로 사라졌어요. 제가 완전히 무너진 순간은 바로 그때였어요."

주인의 목소리에 젖어든 괴로움을 느꼈는지 맨리가 존의 얼굴을 바라보았다.

"공허 속에서 바닥에 주저앉았죠. 그냥 바닥에 주저앉아서 머리를 감쌌어요. 그러고는 흙에 얼굴을 파묻고 짐승처럼 울부짖기 시작했죠. 입 속으로 풀이 들어가고 눈에도 흙이 잔뜩 들어갔어요. 그대로 굴을 파고 땅 속으로 들어가 죽고 싶더군요. 너무 화가 나고, 슬프고, 절망스럽고, 모든 것에 지쳐 버렸어요. 눈이 퉁퉁 붓도록 울면서 물었죠. 왜 내게 이런 일이 벌어지느냐고. 멈출 수 없는 딸꾹질처럼 통제할 수 없는 이런 일들이 왜!"

존이 맨리의 머리를 쓰다듬으며 말을 계속했다.

"제게 일어난 일이 어떤 영향을 미치고 있는지 처음으로 제대로 알았어요. 그때까지 전 제가 신경쇠약에 걸렸다고 생각하고 있었던 거죠. 집에 있던 친구가 놀라서 집 밖으로 뛰어나왔어요. 고맙게도 저는 혼자가 아니었던 거예요. 친구가 절 일으켜 집으로 데려가 소파에 앉히고는 꼭 안아 주었죠. '그래, 계속해. 맘껏 울어.' 친구의 무릎에 누워 제 몸에 물이 한 방울도 남지 않을 때까지 울부짖었어요. 친구는 저를 가만히 내버려 뒀지요. 한참 울고 나서 친구에게 사진을 찍을 수 있게 카메라를 가져다달라고 했어요. 그러고는 친구의 무릎에 다시 누워 그 모습을 사진으로 찍었어요. 그 사진은 피에타처럼 아름다웠죠. 저는 그걸 '인간의 추락'이라고 불렀어요."

존의 이전 작품들과 완전히 다른 그 놀라운 사진은 개인전 〈어두운 해질녘〉에 전시되면서 그를 상업 사진작가에서 일약 세계적인 예술가로 발돋움시켰다. 그 이후 존은 사물을 자신이 볼 수 있을 정도로 확대해 찍는 푸른 청사진법을 사용하면서, 빅토리아 시대의 거장 줄리아 마가렛 캐머런에 견주어질 만큼 거물 사진작가가 되었다. 그리고 세계 곳곳의 박물관과 수집가 들의 초청을 받았다.

"그런 엄청난 반응은 생각해 본 적도 없었어요. 너무 좋아서 어쩔 줄 몰랐죠. 끝이라고 생각했던 것들이 실제로는 상상도 못한 곳으로 나를 이끌었어요. 전 일개 잡지 사진기자가 아니라 예술가가 되기 위해 뉴욕으로 갔고 처음 일을 시작했을 때 바랐던 것들을 이뤘죠. 전 그저 남들과는 매우 다른 경로를 밟았을 뿐이에요."

존의 말에 나는 사지마비 환자에서 철인 3종경기를 하고 자기계발 강사가 된 짐 맥클라렌을 떠올렸다.

혼란의 한가운데서 끔찍한 시간을 아름다움으로 바꾸는 창조력은 존의 생명줄이 되었고, 그를 치유했다. 삶의 현실이 어떻든 우리가 그것을 받아들이고 평화를 찾을 때만이 비로소 변화가 가능하다는 것을 존은 누구보다 일찍 배웠다.

"생존은 받아들인다는 것 외에 다른 걸 뜻하지 않아요. 역설적이죠. 잘못된 일을 있는 그대로 받아들이고, 그것을 인생에서 의미 있는 일로 만들어야 해요. 그것을 숨기거나 부인하려 든다면 그 일이 우리를 집어삼키고 말죠."

그가 계속 말을 이었다.

"만일 어떻게, 왜 그런 일이 벌어졌는지 혹은 그것을 어떻게 바로잡을지를 끊임없이 걱정하면서 있는 그대로가 아닌 다른 것으로 받아들이려 한다면 길을 잃게 돼요. 우리가 가지고 있는 아름다운 시간을 완전히 놓치게 되는 거죠."

존은 병원 생활을 하는 동안 이 역설적 진실을 목격했다.

"병원 직원이 누군가를 입원실로 데려와 제 옆자리에 누이면, 그 순간 저는 그들이 살아남을지 아니면 이 세상을 떠나게 될지 알 수 있었어요. 그들의 목소리에서 변화에 대한 저항을 들을 수 있었거든요."

존은 이 말이 사실임을 맹세할 수도 있다고 강조했다.

"자신을 예전의 모습이 아닌 모습으로 상상하지 못하는 사람들은 결국 생을 포기하게 되요."

그와 반대로 유연하게 현재를 받아들인 환자들은 승리했다고 존은 말했다.

"자신의 경험 속으로 깊이 들어갈 때 변화를 위한 기회가 반드시 생겨나요."

존은 믿는다.

"그 기회를 적절히 사용하기로 결심한다면 그것은 마치 핵폭탄과 같은 힘을 발휘해요. 하지만 자신을 새로운 방법으로 상상하지 못한다면 변화를 이뤄 낼 수 없어요. 만약에 자신이 내적으로나 외적으로 비극적인 사건이 일어나기 전과 똑같은 사람이 되어야 한다고 생각한다면 변화는 불가능해요. 그 불길을 한 번 지나가면 우리는 녹아 버리죠. 다른 쪽에서 금이 되어 나오기는커녕 아무것도 되지 못해요."

그는 가끔 보통 사람들을 당황스럽게 하는 비유를 사용하곤 한다. 존이 빙그레 웃었다.

"종종 사람들은 제게 왜 행복한 사진을 찍지 않느냐고 물어요."

분위기 변화가 심한 것으로 유명한 존의 사진들은 어제의 혈기 왕성했던 상업적 작품과는 다를 수밖에 없을 것이다.

"왜 정신과 의사한테 가 보지 않느냐고도 묻더군요."

이 부분에서 존은 눈썹을 추어올렸다.

"복잡한 감정을 풀어 내기 위해서 말이죠. 그럼 저는 되물어요. 그들이 내 작품에서 정확히 무엇을 보는지. 상실, 두려움, 기쁨, 슬픔, 성, 아름다움, 피곤함……. 그 모두가 거기에 있어요. 저는 그저 제가 슬퍼하는 만큼의 기쁨을 가지고 있을 뿐이에요."

칼릴 지브란은 이러한 이중성을 시로 묘사했다.

당신의 기쁨은 가면을 벗은 당신의 슬픔이다.
그리고 당신의 웃음소리가 떠올랐던 그 우물은
자주 당신의 눈물로 채워진다.
달리 무엇이 될 수 있겠는가?
슬픔이 당신의 존재를 깊이 새길수록
더 많은 기쁨을 누리게 될 것이다.

이 지혜는 세상을 보는 존의 시각을 넓혔다.

"좋은 의도로 물어오는 사람들에게 저는 정확히 어떤 부분을 두려워하는 거냐고, 어떤 부분을 볼 수 없는 거냐고 되물어요. 왜냐하면 상실은 우리 모두에게 주어지니까요. 고통 속에 숨겨진 진실은 우리를 인간이 되게 해 주죠."

병원에서 최악의 시간을 겪을 때 존은 자신이 영원히 간직하게 될 깨달음을 얻었다고 한다.

"저는 복도 맨 끝, 통풍구 하나뿐인 작은 방에서 완전히 무력감에 빠져 있었어요. 그날 제 곁엔 아무도 없었어요. 저는 시간을 초 단위로 세고 있었죠. 그때 한 줄기 빛이 창문을 통해 들어왔어요. 그 빛을 바라보고 있는데 제 안에서 뭔가가 꿈틀거리기 시작했어요. 생각이라기보다 깨어남에 가까웠죠. 누워서 그 빛을 바라보는 동안 저는 그곳이 제가 가려던 곳이라는 걸 알았어요. 그리고 제가 그것의 한 부분이 되었다는 걸 알았죠. 설명하기는 좀 어렵네요."

존은 인정한다.

"숨을 깊이 내쉬자 저를 구속하던 것들이 서서히 빠져나가고, 이 행성을 떠난다는 생각에 마음이 평화로워졌어요. 그건 실패가 아니라 성공이었어요. 제게 초월적인 변화가 일어났어요."

존은 자신에게 있어 이 초월적인 변화가 실제 시력보다 더 소중하다고 말했다.

"그 빛은 안에서부터 나왔어요. 보는 것과 보이는 것은 다른 문제예요. 때로 저는 신이 내려와서 제가 시력을 되찾을 수 있다고 말한 게 아닐까 생각하지만 그러자면 제가 배운 모든 것들을 잊어야 했어요. 그럴 수는 없었죠. 정말 모든 걸 놓아 버리게 되면 삶은 훨씬 더 평화로워져요."

내가 말했다.

"망상적으로 들리지 않는다고 말하긴 조금 어렵네요."

존은 순순히 동의했다.

"사랑하는 누군가가 죽었다는 소식을 열 번쯤 듣고 집에 온 것 같은, 보통 사람들에게 익숙하지 않은 남다른 경험들을 겪기 시작하면서 저는 인간의 유한성에 대해 부모님보다 더 잘 이해하게 되었어요. 어머니는 언제나 절 위해서 당신의 눈을 주고 싶어 하시죠. 그러면 저는 어머니에게 말해요. '어머니, 저는 특별한 눈을 가지고 있어요. 모든 사람들이 육체적인 눈으로만 세상을 보는 건 아니에요. 어머니가 그래야 하기 전까지는 깨닫지 못할 뿐이에요'라고 말이에요."

존의 무뚝뚝한 아버지 또한 이 가르침을 배웠다.

"아버지는 제가 죽어가고 있다고 생각하시고는 제 뺨에 여덟 살 때 이후로는 해 준 적이 없던 입맞춤을 다 해 주셨죠."

두꺼운 안경 뒤로 존이 눈꺼풀을 깜빡였다.

"정말 어색했어요. 아버지는 제게로 숙였던 고개를 들다 텔레비전 받침대에 머리를 찧기까지 하셨는걸요."

존이 소매로 눈가를 닦았다.

"하지만 아버지에게 그 입맞춤은 엄청난 벽을 넘는 거였어요. 다른 방법으로는 표현할 수 없으셨던 거죠. 이젠 무슨 일이 벌어지든 아버지가 저를 사랑하신다는 걸 마음속 깊이 알아요. 그리고 아버지 역시 제가 당신을 사랑한다는 걸 알고 계시죠."

지난 몇 달 동안 존은 얼마 남지 않은 시력마저 잃기 시작했다. 물론 존에게 그 사실은 기쁘지 않다. 그렇다고 특별히 두려워하지도 않는다.

우리가 다시 만난 자리에서 존이 말했다.

"상실은 계속돼요. 저는 이 행성을 떠나고 싶지 않아요. 이번 해에 제 정원에 어떤 꽃들이 피어날지도 보고 싶어요. 친구들이나 가족들을 못 보게 되길 바라지도 않아요. 하지만 그런 일이 일어난다 해도 저는 받아들일 거예요."

최근 존은 자신의 모습을 사진에 담기 시작했다. 사진 속에서 나는 한 남자의 몸 여기저기를 보았다. 때로 손이, 때로 얼굴이, 때로 단지 한쪽 팔이나 그림자가 찍혀 있다. 마치 존은 자신이 아직 여기 있다는 것을 우리 의심 많은 관찰자들에게 상기시키는 듯하다. 존 더그데일은 이것을 그의 영혼이라고 일컫는다.

"요즘 저는 시력을 잃는 것에 대해 말할 때 제 얼굴을 만지곤 해요."

존이 무의식적으로 뺨에 손가락을 갖다 댔다.

"아직 제 사진은 완성되지 않았어요."

경외심, 열정, 깊은 사고

처음부터 축복이라고 여기지 않았던 대상을 완전히 전환하기란 힘들다. 자신의 가장 냉혹한 부분을 포함하여 모든 걸 축복이라 여기지 않으면 반대되는 것과의 합일, 양과 음의 조화에서 떠오르는 지혜인 거룩한 결합의 순간을 맞을 수 없고, 그로 인한 생의 전환점을 맞이할 수도 없다. 고대의 연금술사들은 이와 같은 방식을 이용하여 세상에 존재하는 가장 검은 원소인 네그레스카를 한 줌 더하는 것으로 '금'이라 부르는 것을 만들어 냈다. 그때 우리의 어두운 부분들은 동맹군들이 되어 우리가 지닌 제1질료를 풍요롭게 한다. 앞으로 나아가기를 원한다면 우리는 엉망인 상태로 있는 이 제1질료를 축복하지 않으면 안 된다.

'축복(blessing)'이라는 영어 단어는 프랑스 어 동사 '상처를 입히다(blesser)'에서 나왔다. 축복은 이런 어원처럼 종종 고통을 통해 오기도 한다. 뉴욕에 사는 이스라엘 노동자 사무엘 키슈너가 그의 아버지가 죽어 가는 순간 깨달은 것처럼 말이다.

사무엘은 아버지의 축복을 갈망하며 자랐다. 그러나 결국 자신의 삶을 스스로 구원하기로 결심하고 스무 살 때 이스라엘을 도망쳐 미국으로 망명했다. 가족들의 슬픔은 그를 질식시킬 것만 같았다. 사무엘 가족은 홀로코스트의 생존자들로, 그는 전후 강제수용소에서 태어나 자라면서 수십 년간 심리 치료를 받은 끝에 자기 안의 행복을 느끼는 법을 배울 수 있었다. 그리고 5년 전 어느 날 이스라엘에 있는 어머니가 전화를 걸어 죽어 가는 아버지가 그를 보고 싶어 한다고 전했다.

"아버지의 마지막 순간에 함께한 그 경험이 절 완전히 바꾸어 놓았어요."

우리는 이스트리버 근처에 있는 그의 아파트에서 만났다. 사무엘은 감성이 풍부한 50대의 남성으로, 뼈만 앙상한 손가락 사이로 인도 담배를 쥐고 있었다. 그의 민머리가 정원 창문을 등지고 검은 윤곽을 드러냈다.

"아버지와 전 한 번도 가깝게 지냈던 적이 없어요. 어렸을 때 어머니는 종종 아버지가 부모가 되기에는 적당한 사람이 아니라고 말씀하시곤 했어요. 어머니의 말씀이 옳을 수도 있죠. 하지만 제가 무슨 말을 할 수 있었겠어요?"

사무엘이 컵에 담뱃재를 털며 골똘히 생각에 잠겼다.

"어머니는 항상 아버지와 저 사이에 벽을 만들었어요. 그래서인지 전 아버지를 늘 멀게만 느꼈어요. 아버지는 우리와 함께 살았지만 항상 떨어져 있었어요. 아버지가 벗어 놓은 껍데기와 사는 기분이었죠. 그런데 병에 걸린 아버지는 어쩐 일인지 저를 곁에 두고 싶어 하셨어요. 그때 저는 아버지가 얼마나 자상한 사람인지 알게 됐어요. 아버지 곁을 지켰던 몇 주가 제 삶을 구원했어요."

"어떻게 말인가요?"

"설명하기는 좀 힘들어요. 전 제가 남자로서 얼마나 부족한지 알

왔고, 그래서 아버지처럼 되지 않으려고 평생 엄청난 노력을 했죠. 아버지를 잘 알지도 못했으면서, 제가 만든 아버지의 이미지에 갇혀 있었던 거죠. 저는 많은 일을 할 수 있었지만 진짜 단단한 기반을 가지고 있지는 않았죠. 아버지가 계셨어야 하는 그 자리에 커다란 구멍이 나 있었던 거죠."

사무엘은 차를 한 모금 마셨다. 그러고는 손으로 인용부호를 그려 보이며 말했다.

"우리는 '다 자란 척'하길 좋아하지요. 잘해 나가는 척. 얼마나 웃긴 일이에요! 아버지의 곁에 앉자 저는 다시 다섯 살짜리 사내아이가 되어 버렸죠. 그토록 오랜 시간이 흘렀는데…… 아직도 제가 얼마나 아버지에게 인정받고 싶어 하는지를 깨달았죠. 놀라웠어요. 전 그걸 전혀 상관하지 않는다고 믿었는데 말이에요. 아버지가 여전히 절 자랑스러워해 주길 바라고 있었던 거예요!"

"상관하지 않았던 게 아니었군요."

내가 말했다.

"아버지는 각별한 보살핌을 원하셨어요. 전 침대 옆에 앉아 아버지를 돌봐 드렸죠. 어느 날 어머니가 아버지에게 면도를 해 드리라고 했어요. 면도를 마치자 누워 계시던 아버지가 제 손에 입맞춤을 하셨어요."

나는 존의 아버지가 병원 침대에 누워 있는 그에게 입맞춤하는 상황을 그려보았다.

"아버지의 상태는 말을 하는 것조차 힘들 정도였죠. 그런데도 절 바라보며 미소를 지으시더군요."

그 미소는 사무엘이 어른이 될 때까지도 떨치지 못했던 단절의 고통을 치유해 주었다.

"아버지가 제 손에 입을 맞췄을 때 마음속에서 무엇인가가 움직였어요. 그걸 정확히 어떻게 설명해야 할지 모르겠네요. 아버지는 '당신의 손으로' 평생을 살아오셨죠. 제빵사셨고, 여가 시간에는 정원을 가꾸셨어요. 아버지의 영혼은 손에 있었던 거예요. 저는 아버지도 같은 것을 느꼈다고 생각해요. 왜냐하면 아버지가 저를 믿기 시작했기 때문이죠."

사무엘이 새 담배에 불을 붙였다.

"아버지는 몸으로 해결해야 하는 일들을 제게 도와달라고 했어요. 매일 아침 아버지의 소변관을 갈아드렸는데 그 일을 처음 했을 때는 정말 긴장됐었어요."

사무엘이 시인한다.

"아버지의 그곳을 만지는 것은 정말 이상하면서도 친밀한 기분을 들게 했죠. 저는 성경에서 이삭이 죽는 장면을 떠올렸어요. 축복은 큰아들에게 가기로 되어 있었어요. 그 축복을 받은 사람은 누구든 번창할 거였고요. 하지만 동생 야곱이 아버지의 넓적다리를 만질 수 있었죠. 아버지의 넓적다리를 만지는 것은 축복받는 걸 상징해요. 아버지가 죽어갈 때 아버지가 저를 축복하고 있다는 걸 알았죠. 아무 말도 없었지만 그 단순한 손길은 제가 전에 받았던 어떤 심리 치료보다 중요했어요."

프란츠 카프카는 곁에 없는 아버지에게 보낸 편지에서 자식의 깊은 갈망을 표현했다.

"나의 글은 당신에 대한 것이었습니다. 그 안에서 나는 당신의 품에 내뱉지 못한 슬픔을 쏟아부었을 뿐입니다."

사무엘은 그 감정을 이해한다.

"드디어 온전한 사람이 된 것 같아요. 59년밖에 안 걸렸어요."

나 역시 내 아버지에 대해 아무것도 알지 못했다.

"그런 감정을 느끼게 되다니 운이 좋네요."

사무엘이 대답했다.

"저는 항상 그때의 일을 마음에 새기고 있어요."

축복의 가치는 가족의 결속력을 넘어선다. 축복은 우리가 살고 있는 이 땅과 이곳에서 살아가는 인생에 대한 우리의 시각을 한 단계 높이고 변환하는 철학적 행위이다. 나는 가끔 원죄의 개념을 최초의 축복으로 대체한다면 우리가 사물을 보는 방식에 어떤 변화가 일어날지 상상해 보곤 한다.

논란의 중심에 서 있는 신부 매튜 폭스는 분열된 교회를 '유명무실한 가부장제'라고 표현하며, 그 상태를 최초의 축복이 치유할 수 있다고 주장했다. 그는 만일 우리가 세속적 존재를 저주받은 것이 아니라 축복받은 것으로, 추락하는 것이 아니라 떠오르는 것으로, 신성모독적인 것이 아니라 신성하고 가치 있는 것으로 본다면 스스로의 삶에 얼마나 다르게 접근할 수 있는지 알기를 바랐다. 매튜 신부에 대한 교황청의 침묵 제재가 풀리고 얼마 지나지 않은 화창한 아침 나는 워싱턴 스퀘어 파크에서 그를 만났다. 은빛 머리를 단정하게 빗어 넘긴 매튜 신부는 청바지에 하늘색 셔츠를 입고 왔다. 그는 만족스러운 얼굴로 베이글을 먹으며 일상 속 은총의 부재로 인해 현대의 영혼들이 얼마나 상처입고 있는지 이야기했다.

"오스트레일리아에서 한 젊은이와 이야기를 나누었는데 그 친구가 아주 놀라운 이야기를 했어요."

매튜는 그때를 떠올리는 듯했다.

"그는 기성세대들이 젊은이들에게 총알이 여섯 개 든 총을 쥐어 준 것 같다고 말하더군요. 구멍 난 오존층, 사라지는 열대우림, 오염된 공기와 물, 실업, 빚, 치열한 교육 시스템. 기성세대들이 그 총을 자신들의 머리에 겨누고 '행복해져라'라고 말하는 것 같다고 했어요."

매튜가 말을 이었다.

"좌절한 젊은이들은 전 세계 어디에나 있어요."

내 옆에 앉아 있는 이 온화한 위스콘신 주민이 열정적인 개혁가라는 것이 믿기지 않는다. 한 기자는 매튜를 교회에 불경스러운 교도관을 배치한, '신학을 불 밝히는 D. H. 로렌스(하층 계급의 삶을 생생히 그린 영국 소설가-옮긴이)'라고 칭했다.

매튜가 베이글 조각을 잔디 위의 비둘기들에게 던져 주었다.

"백 명 정도의 사람들이 참석한 모임에서 강연을 한 적이 있었어요. 우리는 '부정의 길'에서부터 시작을 했죠."

그것은 평신도들의 말로 '고난의 학교'를 의미한다.

"영혼의 어두운 밤을 몇 명이나 경험했는지 물었어요. 모든 사람들이 손을 들었죠."

"놀라우셨나요?"

"아니요. 승려나 수도승만 그러한 자각을 하는 건 아니거든요. 우리 모두가 알고 있죠. 우리가 깨닫지 못하는 건 고통을 어떻게 사용해야 하는가예요."

"친구 하나가 말하더군요. 물질 만능주의 문화 속에서는 고통을 해소시켜 줄 만한 초월적인 해법을 찾기 어렵다고요."

매튜가 동의했다.

"우리는 텔레비전, 유흥, 술, 약, 학교, 일 같은 것들에 중독되어 죽음에 대해 제대로 생각하지 못하죠."

매튜는 가볍고 무의미한 유흥을 즐기는 걸 반대하지는 않는다는 걸 분명히 밝혔다. 그는 단지 끊임없는 다이어트 같이 부질없는 문화에 대해 경고할 뿐이었다.

"그건 경외심과 열정과 깊이 있는 사고에 대한 능력을 완전히 덮어 버리는 거예요. 얄팍한 경험만이 남는거죠."

이 문제에 대해 매튜는 철학자 에이브러햄 헤셸의 말을 자주 인용한다.

"요즘 사람들은 우리의 경외심이 얼마나 나약한지, 우리가 얼마나 쉽게 흔들리는지를 알고는 충격을 받지요. 헤셸은 우리가 근본적인 응답에 대한 능력을 잃었다고 말해요."

"축복하는 것이 근본적인 응답인가요?"

매튜가 대답했다.

"물론 그렇지요. 창의력이기도 해요. 창의력은 중독에서 자유로운 마음에서 생겨나죠. 제가 좋아하는 심리학자 오토 랭크는 복음서에 있는 그리스도의 부활 이야기가 인간이 구상한 가장 혁신적인 발상이라고 해요. 랭크는 예술가들과 함께 일하면서 창의력의 첫 번째 장애물은 죽음에 대한 두려움이라는 걸 알아냈어요. 예수의 이야기에서 말하는 구원의 힘은 죽음이 마지막은 아니라는 거였죠. 그러니 우리는 죽음을 두려워할 필요가 없어요. 그리스도의 부활 이야기를 믿는다면 자기 안의 창의력을 재발견하고 그걸 사용하는 일을 두려워하지 않게 돼요. 상상력은 우리를 악으로 밀어 넣기도 하고, 능력을 개화시키기도 해요."

축복은 어두움의 균형을 잡아 준다. 그리고 역경을 창의적인 사고로 전환시킨다.

"부정적인 마음을 치유하고 고통에 건설적으로 대응하는 것으로 상상력을 다시 점검할 수 있어요. 우리에게는 상상력이 있다는 걸, 그 상상력이 소수의 전유물이 아니라는 걸 자각하게 되는 거죠. 만일 상상력이 강력하지도, 중요하지도, 신성하지도 않다고 생각한다면 우리가 지니고 있는 어떤 본질이 위축되기 시작하죠."

매튜가 이어 말했다.

"예술, 의식, 섹스, 기도. 이 모든 것들이 축복의 형태예요. 이들은 우리의 마음을 강하게 하죠. 그리고 우리를 놀라움으로 이끌어요. 뜨거운 사우나를 예로 들어 볼까요?"

매튜가 싱긋 미소를 지었다.

"사우나에 처음 들어갔을 때 20분이 지나자 내가 곧 죽겠구나 싶었어요! 나가려고 문을 찾으면서 '나는 죽고 말 거야'라고 진심으로 생각했죠. 그리고 항복했죠. 그 과정에 굴복하고 나면 전환을 맞게 돼요. 마음이 자라죠."

"항복 속에서요?"

"무대 위에서요."

매튜가 놀이터로 달려오는 한 무리의 아이들을 바라보았다.

"우리는 서로를 축복하기 위해 이곳에 있어요. 우리는 매일 축복해야 해요. 13세기의 신비주의자 에크하르트는 이렇게 말했죠. '깨어 있는 사람을 위한 돌파구는 일 년에 한 번, 한 달에 한 번, 하루에 한 번 열리지 않는다. 하루에도 수없이 열린다.'"

이것은 축복하는 것으로 얻을 수 있는 힘이라고 매튜 폭스는 믿는다. 우리는 신성한 눈을 통해 자신과 세상을 본다. 우리의 삶이 지옥살이의 고통이라기보다 신성한 것이라고 여기면서.

이 급진적인 신부는 우리가 삶을 기적적이고, 깊이를 알 수 없고, 놀랍도록 눈부신 것으로 여길 때 그리고 그런 눈으로 자신을 바라볼 때 자연스럽게 축복이 생겨난다고 말하는 듯하다. 삶의 끝을 경험한 냉소적인 사람이라도 호기심 많고 매 순간 기뻐할 줄 아는 어린아이가 될 수 있다.

1920년 겨울 버트런드 러셀은 베이징에서 양측폐렴에 걸려 죽어가고 있었다. 의사들은 그를 몇 주 동안 지켜본 후 다음 날 아침이 되기 전에 그가 죽을 것이라고 말했다. 하지만 봄이 오자 그는 건강과 기쁨을 되찾았다. 자서전에는 이렇게 묘사되어 있다.

"침대에 누워서 내가 죽지 않을 것이라고 생각하자 놀랍도록 기뻐졌다. 그때까지 나는 내가 근본적으로 비관적인 사람이고, 산다는 것에 대단한 가치를 두지 않았다고 생각했다. 하지만 이때의 경험을 통해 내가 전적으로 잘못 알고 있었다는 것을 그리고 삶은 내게 무한하게 달콤한 것이었다는 사실을 깨달았다.

베이징에 비가 내리는 일은 드물다. 하지만 건강이 회복되는 동안 내내 소나기가 내렸고, 축축한 대지의 기분 좋은 냄새가 창문을 통해 스며들어 왔다. 다시는 세상의 냄새를 맡지 못하게 된다고 생각하자 굉장히 두려워졌다. 이는 태양의 빛과 바람 소리에 대해서도 마찬가지였다. 내가 이런 것들을 즐길 수 있을 만큼 건강해졌을 때 창밖에서 아카시아 나무들이 첫 번째 꽃을 피웠다. 그 이후로 나는 줄곧 알고 있다. 내가 살아 있음이 진심으로 기쁘다는 사실을."

러셀은 마침내 자신의 삶을 축복하고, 온 마음으로 이해했다. 그리고 자신이 그러한 방식으로 삶을 받아들이게 된 것을 놀라워했다. 우리 역시 러셀이 가장 소중한 이 '생'을 거의 잃을 뻔했을 때 배운 것들을 깨닫게 된다면 이 세상이 놀라움으로 가득 차 있음을 알게 될 것이다. 그리고 이곳에 있을 수 있음에 기뻐하게 될 것이다.

마음속의 배고픈 유령과
진실한 갈망의 차이

만족은 예술의 형태가 된다. 삶의 완전함을 깨닫고, 언제 멈추고 나아갈지 아는 지혜는 중요한 삶의 기술이다. 하지만 이는 물질적 풍요로움이 가득한 이 땅에서 쉽게 얻을 수 있는 가르침은 아니다. 지금 우리의 문화는 공연 사이의 휴일은 물론 공연이 중단되지도, 잠시의 막간도 없는 무대이다. 우리는 스스로를 '더욱 더 많이'의 잣대로 재고, 한계 너머로 몰아붙인다. 생산성을 말하며 삶의 질을 희생시킨다. 그러다 때로는 너무 지쳐 가혹한 노동이 가져다준 열매를 즐기지도 못한 채 삶을 끝내고 만다.

그런데 이런 식으로 살지 않는다면 어떨까? 지금에 만족할 줄 알고, 멈춰야 할 순간을 아는 지혜를 익힌다면 어떨까? 정신없는 일정표에 안식일을 넣어 하루를 온전히 쉬고, 충전하고, 아무것도 하지 않을 수 있다면 어떨까? 랍비 라미 샤피로의 말처럼 '우주 안의 집에 머무는 것처럼' 산다면 어떨까?

샤피로는 말한다.

"주변 사람들은 물론 당신이 처한 상황을 통제하려 노력하지 않는 하루를 살았는가? '받아들임'의 시간을 위해 하루를 비워 두었는가? 이룰 수 없는 갈망을 꿈꾸지 않는 하루는 없다. 하지만 그 갈망을 이

루려 애쓰지 않는 하루는 있을 수 있다."

그러한 쉼터를 마련함으로써 우리는 '다가올 세상에 대해 알 수 있는 기회'를 얻을 수 있다고 그는 믿는다.

우리가 사후 세계를 믿든 그렇지 않든, 안식일은 꿈같은 소리로 들린다. 대지의 어머니가 땀과 노역으로 오랜 날들을 보낸 뒤에 숨을 고른 것처럼, 당신의 이웃이 일주일마다 24시간씩 멈춰 있다고 상상해 보라. 창세기에는 신이 엿새 동안 열심히 일하고 일곱 번째 날에 그의 발뒤꿈치를 식혔다고 쓰여 있다.

유대 인 동료 하나는 이렇게 말했다.

"심지어 하느님도 뒤로 물러앉아 당신의 창조물에 더 이상 보탤 것이 없다며 만족해하셨어요. 하느님은 일을 멈추고 말씀하셨죠. '이미 훌륭해. 충분하다!'"

얼마나 자주 충분하다고 느끼는가? 수정하거나 개선할 것이 없고, 무엇을 열망하거나 정돈할 필요가 없고, 또 다른 어떤 길로 나아가고 싶은 욕구 또한 없이, 삶이 온전히 풍요로워 보일 때는 언제인가? 끝내야 할 일, 갈아야 할 땅, 알아봐야 할 일들로 항상 해야 할 일들을 대기시키고 있지 않은가? 충분함이라는 주제에 있어서, 나는 언제나 그것이 이번 생에 나 하나만의 문제가 아니리라 믿었다.

그러나 서서히 극도의 피로가 퍼진다. 연기가 피어오를 때까지 우리는 자신이 질식하고 있다는 사실을 알지 못한다. 나 자신의 '부활의 날' 이후로도 오랫동안 나는 '쉰다'는 것이 왠지 배은망덕한 일인 듯 느껴졌다. 선물로 주어진 생명에 대한 모독 같았다. 내게 완전한 삶이란 속도를 높여 달리기 위해 최선의 힘을 이끌어내는 걸 의미했다. 온전한 정신과 생산성 중에서 나는 기쁜 마음으로 일중독자가 되는 길을 선택했다.

하지만 곧 연기 냄새가 콧속으로 스며들었다. 너무도 많은 날들을 바싹 구워진 토스트가 된 기분으로 잠에서 깨어났다. 해야 할 일들로 꽉 찬 내 일정표에는 쉬는 시간이라고는 거의 없었다. 내 삶은 쉼표 없는 문장이 되었다. 나는 문장 속 단어들을 재배열해야 했다. 안식일이 필요했다. 어떻게 멈춰야 하는지 알아야 했다.

나 같은 사람에게는 쉽지 않은 일이었다. 나는 학교에서 다섯 장분량의 과제를 받으면 그것을 하기에도 촉박한 시간에 스무 장을 써서 제출하는 사람이었다. 게다가 그렇게 많은 양을 써냈으면서도 만족하는 경우는 거의 없었다. 절반의 자부심을 위해 2배의 노력을 쏟아붓는다는 것이 내 평생의 신조였다.

단단하지만 구멍 뚫린 스위스 치즈 같은 내 자아는 구멍 밖으로 줄줄 흘러내리고 있었다. 그것은 내가 완전히 결핍되어 있다는 것을, 그 상태로는 구멍을 메울 수 없을 것임을 알려왔다.

나는 배고픈 유령처럼 살고 있었다. 불교 신화에 등장하는 만족을 모르는 세상에서 끊임없이 갈망하도록 저주받은 굶주린 형상, 만족할 줄 모르는 자아. 이 유령들에게 '만족'이란 없다. 그들이 추구하는 '조금 더'에는 끝이 없다. 우리는 모두 '조금 더' 있었다면, 스스로가 원하는 사람이 될 수 있었을지도 모른다는 환영의 구멍을 가지고 산다.

그러나 조금만 주의를 기울이면 파블로프의 개처럼 침을 흘리며 낑낑대봤자 원하는 것이 충족되지 않는다는 사실을 알게 된다. 그 어떤 것도 자기 자신과 게걸스러운 허기의 간극을 영구적으로 메울 수 없다는 것을 깨닫고, 실망하고 충격을 받는다. 그런데도 우리는 여전히 그 공간을 채우려 노력한다. 끝없이 불만족스러워하고, 채워지지 않는 공허함을 지속적이지 않은 것들로 충족시키려 한다.

불교에서는 이 배고픈 유령의 악순환을 멈추기 위한 한 가지 합리적인 전략을 제시한다. 그러기 위해서는 먼저 두카의 개념을 이해해야 한다. 두카는 불완전한 속세에서 스쳐지나갈 뿐인 것들에 대한 '끝없는 불만족스러움'이다. 우리는 드물게 완전한 만족감을 느끼는 경험을 하지만 그조차 언젠가는 소멸하고 만다. 우리는 그것을 알고 있다. 그리고 불교적 시각에서의 이 앎은, 우리가 떨쳐 내지 못하는 갈망의 그림자를 쫓아내는 길이다. 즉, 있는 그대로의 모습에 만족하지 못하는 것이 고통의 주요 원인이다. 하지만 우리는 어떻게든 공허함을 채우고자 하는 마음을 억제하지 못한다.

마음속의 공허함을 채우기 위한 몸부림은 존재에 대한 근본적인 의심에서 생겨난다고 부처는 가르쳤다. '자신'을 찾아 마음을 깊이 들여다보면서, 우리는 거기에서 '자신'이 존재하는 '그곳'이 없다는 불신으로 영원한 번뇌에 빠져든다. 아무리 오래, 열심히 '자신'이라고 부르는 존재의 층을 벗겨 낸다고 해도 영원한 존재를 발견할 수는 없다. 이 공허함을 마주보기는 몹시 겁나는 일이다. 그래서 인간은 공허함을 덮어 버리고 그 깊은 어둠을 차단하기 위해 부단히 애쓴다.

하지만 우리를 해방시킬 수 있는 것은 공허함의 끝에 자리한다. 멈추는 법을 배우면 욕망의 악순환은 멈춘다.

불교의 스승 데이비드 로이는 이렇게 말한다.

"불편한 마음으로 앉아 구멍 난 자신에게 다가가면 자신의 진짜 문제는 공허함이 아니라는 것을 깨닫게 된다. 진짜 문제는 문제가 되는 것들에게서 도망치려 하는 것이다."

우리가 배고픈 유령에게 분별없이 먹이를 주는 대신 내면의 공허한 감정을 견디는 법을 배우면 마음 상태의 변화와 같은 반전이 생겨난다. 불교 신자들은 이것을 '격변(paravritti)'이라고 부른다.

로이는 말한다.

"마음속에서 곪아 들어가던 구멍은 우리가 알지 못하는 곳에서부터 자연스럽게 치유의 힘으로 바뀌어 솟아오른다. 비어 있는 마음에는 나 자신이라 알고 있는 것보다 더 대단하고, 내가 느끼는 자신보다 더 위대한 것에 대한 새로운 깨달음이 자리하게 된다."

우리는 이제 자신이 그 무엇으로도 만족할 수 없다는 것을 안다. 왜냐하면 그 어떤 것도 충분하다고 여기지 않기 때문이다. 우리는 잠깐 스치고 지나갈 뿐인 삶이 불충분하다는 것을 알 수 있을 만큼 현명하다고 불교인들은 말한다.

문제는 갈망인 듯하다. '두카'는 결코 채워질 수 없고, 채워지면 안 되는 것이 무엇인가를 알려 주는 내면의 신호이다. 이것은 우리가 갈망에 매달리기 위한 것이 아니라, 갈망과 그것을 일으키는 마음 자체에 의문을 제기하기 위한 것이다. 아주 멋진 인생을 살고 있어도 결함을 느끼는 것은, 그 어떤 것에도 빼앗기지 않을 만한 것을 발견하고, 그것을 자신의 인생에 받아들여 더욱 풍요로운 삶을 살기 위한 일종의 자극이다. 세상 어디에서고 집에 있는 듯한 편안함을 느끼기 위해서는 필요한 것이 없는, 아무것도 부족하거나 바랄 것이 없는, 언제 어디서든 멈출 수 있고, 현재 있는 곳이 제자리라는 것을 아는 '내'가 되어야 한다.

갈망은 사라지지 않지만, 갈망으로 인해 부족함을 느끼는 우리의 이야기는 사라질 수 있다. 자신의 삶을 하잘 것 없어 보이게 하고 왜소하게 만드는 '갈망'은, 삶을 풍요롭게 하는 깨달음의 대상으로 전환된 순간 '진정한 나'를 만날 수 있게 하는 동력이 된다.

배고픈 유령들의 파괴적인 영향력은 매우 직접적이다. 그들의 탐욕은 이제 지구의 건강까지 위협하고 있다.《자연의 종말》의 저자 빌 맥키벤은 5년 전 베이징의 톈안먼 광장에서 하늘을 올려다보고 있었다. 그는 태양을 찾으려 했으나 보이지 않았다. 그때 그는 충분하다는 것이 진정 무엇을 의미하는가에 대한 무서운 계시를 받았다.

"하늘 어디에 태양이 있는지 알아야 태양을 똑바로 바라볼 수 있을 텐데 말이에요."

맥키벤이 불신에 찬 목소리로 말했다. 작가인 아내 수 할페른과 딸과 함께 버몬트에 살고 있는 그는 집 뒤편의 목초지를 내다보며 나와 통화 중이다.

"저는 큰 충격에 빠졌어요."

빌은 2031년까지 자연재해가 일어나지 않거나 대대적인 피임을 하지 않는다면 중국의 부유층이 13억에 다다를 것이라고 말했다. 이 사실을 깨닫자 그는 매우 오싹해졌다.

"중국인들이 미국인들처럼 차를 샀다면 현재 길 위를 달리는 8억 대의 자동차에 11억 대가 추가되었을 거예요. 중국인들이 미국인들처럼 고기를 먹었다면 지구에 있는 음식의 3분에 2에 해당하는 양을 소비했을 거고요. 지구에는 그만큼 충분한 자원이 없어요."

탐욕이 지구의 자원을 고갈시킨다는 사실을 모르는 사람은 거의 없다. 그러나 우리는 과소비 행태와 우리 안의 배고픈 유령의 도덕성을 연관지어 생각하지는 않는다. 빌 맥키벤은 이 점을 분명히 했다.

"더 많은 것이 더 좋다는, 지난 50년 동안 일반적으로 인정됐던 생각은 더 이상 현실에 부합하지 않아요. 행복해지기 위해 정말로 물질이 필요한지 세심하게 실험해 봤지만, 결국 그렇지 않다는 걸 알게 됐죠."

하버드 대학교에서 경제학을 전공한 맥키벤은 인구과잉에서부터 지구온난화까지의 문제를 다룬 보고서 〈탄광 속의 카나리아〉로 유명세를 얻었다.

그는 행복 연구가 댄 길버트의 말을 상기시켰다.

"인간이 누리는 모든 물질들을 만들어 내느라 수십억 배럴의 석유와 수백만 에이커의 녹지가 소모되었지만, 인간의 만족도는 조금도 변하지 않았어요."

오히려 부유함이 상승하는 수치와 비례해 알코올중독, 자살 그리고 우울증이 급등했다. 지나치게 많은 유흥거리들은 오히려 사람들을 무력하게 만들었다. 나는 이런 증세를 '습득된 쾌감 상실 증후군'이라고 부른다. 이 문제는 미국 아이들에게 무력함의 트리클 다운(사회의 부유층이 더 부유해지면, 그 부가 일자리 창출 같은 방식으로 서민들이나 아래 계층에도 확산된다는 이론 – 옮긴이)을 확산시켰다. 일군의 연구자들은 오늘날의 보통 미국 아이들은 1950년대 정신질환 치료를 받았던 아이들보다 더 높은 수준의 불안감으로 고통받고 있다는 사실을 밝히기도 했다. 빌은 아메리칸 드림의 어두운 면을 발견했다. 그는 중국에서 리우 시안이라는 열여덟 살짜리 공장 노동자를 만난 일을 이야기했다. 빌은 그녀가 "통계적으로 지구상에서 가장 평균적인 사람"이라고 말한다. 빌은 공장 기숙사에 있는 많은 소녀들이 침대 머리맡에 봉제인형을 놓아 둔 것을 봤다고 말하면서 리우도 그렇게 해 두었느냐고 물었다. 그러자 소녀는 울기 시작했다.

"리우는 인형을 살 돈이 없었어요."

나중에 빌이 리우에게 강아지 봉제인형을 선물했을 때 리우는 빌이 일평생 그렇게까지 기뻐하는 사람을 본 적이 없을 정도로 기뻐했다.

리우가 그토록 벅차하고 감사해한 봉제인형에 빌의 딸은 별 관심이 없다. 빌의 딸에게는 더 좋은 인형이 많기 때문이다. 이 두 소녀 사이의 차이는 빌에게 큰 영향을 미쳤다.

"봉제인형이 내 딸에게 어떻게 리우에게와 같은 의미가 될 수 있겠어요?"

빌은 자신의 딸을 걱정했다. 이것이 바로 리우가 그의 뇌리를 떠나지 않는 이유였다.

"전 세계의 빈곤한 나라들에서는 아직도 무언가를 소유한다는 것은 먼 나라의 이야기예요. 부의 재분배를 이루기 위한 해결책은 리우의 눈물을 닦아 줄 수 있는 것이어야 해요."

빌은 가족과 함께 실험을 해 보기로 했다. 실험대상은 음식이었다. '식욕, 예산, 지역 주민단체와의 접촉 그리고 충만함에 대한 보편적 감각'에 음식이 어떤 영향을 미치는지 알아보기 위해 빌의 가족은 일 년 내내 그 지역에서 생산되는 음식만을 먹기로 했다. 연구결과에 따르면 미국인 한 명이 한 끼에 소비하는 음식이 모두 식탁에 오르기까지 약 2,400킬로미터의 운송 거리가 필요하다고 한다. 이것은 그 지역에서 나는 음식을 먹기 위해 필요한 에너지의 열 배를 소모하는 것이지만 사회적 상호작용을 하는 기회는 오히려 줄어들게 한다. 지역 농부들이 운영하는 시장과 월마트를 생각해 보라.

빌은 집, 지역, 소비량 줄이기에 대한 변화를 계기로 그가 사랑하는 챔플레인 밸리 호수에 정착했다. 이웃을 만나고, 필요한 물건들을 찾아내고, 균형감각과 더불어 '충분함'에 대한 의미를 되찾고자 한 것이다.

실험이 늘 수월하게 진행된 것은 아니지만 이는 결국 빌의 삶을 변화시켰다. 슈퍼마켓에 가는 것보다 음식을 찾아내고 저장하는 데 더 많은 시간이 걸렸지만, 빌의 가족들은 그 도전을 즐겼다. 집에서 자주 요리를 하면서 양질의 식사를 하고, 정육점 주인, 제빵사, 촛대 제조 기술자 같은 새로운 친구들을 얻게 되었다. 오렌지 없이 겨울을 보내는 일은 예상만큼 고통스럽지 않았다. 그 지역에서 재배된 음식을 먹은 한 해 동안 빌의 가족이 음식을 먹는 방식은 여러 가지 면에서 변화했고, 빌은 앞으로도 계속 그렇게 먹을 생각이라고 말했다.

"맛에 대한 감각이 아주 좋아졌어요. 정말 만족스러워요."

결과적으로 만족은 가능하다. 충분함은 존재한다. 사실 그것은 이미 우리 안에 있다. 갈망과 허기는 같은 것이 아니다. 마음속의 배고픈 유령을 깨달으면, 우리는 실제 허기를 채우는 것과 공허함을 악화시키는 무의미한 욕구 충족 행위를 구분할 수 있게 된다. 그리고 서서히 유령의 목소리와 진실한 갈망의 차이를 인식하기 시작한다. 그렇게 되면 공허를 향한 외침에 저항하고, 사물을 있는 그대로 받아들이고, 아무것도 하지 않는 것에서도 만족을 찾을 수 있게 된다.

만족은 고요 속에 있다. 고통은 마음의 불협화음으로부터 온다. 충분함은 언제나 존재하며 공허함은 스스로 부풀어 오른다. 진정한 안식일을 누리면 이 모든 것을 스스로 깨달을 수 있게 될 것이다. 공허한 공간에 봄이 찾아오는 것이다.

언제 멈출지를 아는 것

우스터 근처의 매사추세츠 대학 캠퍼스 모퉁이에 스트레스완화 클리닉이라고 불리는 건물들이 무리지어 서 있다. 이 클리닉은 1997년 개원한 이후 스트레스성 질환으로 고통받는 수천 명의 사람들이 마음의 평화를 찾을 수 있도록 도왔다. 고속화, 과중한 업무, 주의력결핍장애가 만연한 시대에 스트레스성 질환은 육체적 건강뿐 아니라 행복감에도 큰 손상을 입힌다. 현대인의 삶에 내린 천벌이 아닐 수 없다. 병의 60~90퍼센트는 스트레스가 가장 큰 원인일 것이라고 나는 확신한다. 그러나 다행히 스트레스는 무장 해제시킬 수 있다.

클리닉 입구에 붙어 있는 포스터에는 "스트레스는 이곳에서 멈춥니다."라는 글이 쓰여 있었다. 이곳의 설립자 존 카바트 진과 사키 산토렐리는 고통스러운 생각들로 인해 스트레스를 받고 지친 사람들이 그 상태에서 벗어날 수 있도록 30여 년간 명상, 요가, 인지 치료 등 다양한 치료법을 사용해 왔다. 인간의 스트레스 반응은 생리적으로 우리가 통제할 수 없는 자율신경 문제일 수도 있지만, 스트레스를 일으키는 마음은 통제가 가능하다. 나는 그것을 알아보기 위해 이 클리닉에 왔다.

사키 산토렐리가 빛나는 미소와 함께 두 팔 벌려 나를 환영해 주었다. 커다란 코, 세 사람 분의 에너지를 내뿜는 작은 체구의 사키는 암이나 지구온난화와 싸우는 다른 과학자들처럼 마음의 적을 이해하는 데 일생을 바친 스트레스계의 스승이다.

"삶은 더욱 더 맹렬해질 뿐이에요."

우리는 그의 작은 사무실에 자리를 잡고 앉았다.

"사람들은 녹초가 돼서 이곳에 찾아와요. 기진맥진해서 말이죠. 그들은 공 열 개를 공중에 던져 놓고 어떻게 받아 내야 할지 몰라서 쩔쩔매요. 자신이 쉴 수 있게 내버려 두지 못하는 거죠. 회전목마에서 내려오질 못하는 거예요."

'스트레스(stress)'라는 단어는 프랑스 어의 '억압되다(oppressed)'라는 단어에서 기원한다.

"스트레스는 억압이에요."

"그럼 억압을 치료하는 방법은 무엇인가요?"

"선택이지요. 평범하고 간단한."

사키의 설명에 따르면 스트레스는 위험한 상황에 빠지거나 덫에 걸렸을 때 제대로 대처하지 못할 것이라고 생각하는 데에서 발생한다.

"꼼짝없이 갇혀 버리는 것과 같죠."

샌프란시스코의 금문교에서 뛰어내렸지만 목숨을 건진 한 남자도 이 말에 동의한다.

"내가 돌이킬 수 없다고 생각한 모든 것들이 사실 전부 바꿀 수 있는 것이었다는 사실을 깨달았죠. 뛰어내렸던 것만 제외하고요."

사키가 내게 말했다.

"자신이 어떤 상황이든 대응할 수 있다고 생각하면 불안은 즉시 줄어들어요. 자신이 처한 상황에서 벗어날 길이 없다고 느낄 때 사람들의 마음은 움츠러들죠. 선택권을 가지고 있다는 생각이 꽉 막힌 듯한 느낌을 덜어 주는 거예요. 좁아진 삶을 보다 넓혀주죠."

"하지만 어떻게 우리의 삶이 그렇게까지 좁아질 수 있는 거죠?"

사키가 설명했다.

"위기에서 살아남기 위해서예요. 우리는 안전하고, 알기 쉽고, 익숙하고, 확실하다고 느끼는 만큼의 크기로 세계를 축소시키거든요. 하지만 위기를 피하려는 그런 사고방식은 삶을 빈곤하게 만들어요. 그렇게 해서 상황을 통제할 수는 있겠지만."

그가 계속 말을 이었다.

"하지만 세계가 작아지죠. 여기 오는 환자들은 자신이 움직이고는 있지만 좁은 장소에 갇혀 있는 느낌이 든다고 말하곤 해요. 밖으로 발을 내딛으면 살아날 수 있다는 사실을 몰라요."

우리는 안전한 삶을 지향하며, 삶을 자신이 만든 틀 속에 제한하고 그 안에 숨는다. 그러고는 '왜 이렇게 갇혀 있는 느낌이 드는 걸까?' 하고 답답해한다.

"시련을 겪으면서 사람들은 자신감을 잃고, 살아 있다는 느낌을 받지 못하게 돼요."

그와 직원들은 환자들이 좀 더 '자신의 불편함에 편안해지도록', '일어나고 있는 일을 제대로 보고, 느끼고, 경험할 수 있는 능력을 개발함으로써 두려움에서 벗어날 수 있도록' 돕는다.

내가 물었다.

"상상하고 두려워하는 대신 경험하게 한다는 말인가요?"

"맞아요. 한 발자국 물러서서 자신의 생각 속에서 벌어지는 일과 실제로 일어나고 있는 일을 구분하는 법을 배우는 거예요. 이 마음가짐으로 오늘은 발가락만큼, 내일은 다리만큼, 한 번에 아주 조금씩 자신의 삶을 위한 공간을 만들 수 있죠. 그러면 궁지에 몰린 일들을 수습하느라 진이 다 빠져 버리기 전에, 자신의 삶과 존재가 생각했던 것보다 훨씬 크다는 것을 발견하게 되죠."

사키는 대학에서 신경학을 공부하는 동안 자신의 진정한 사명을 발견했다. 존경하는 동료와 대화를 하던 중 그는 깨달음의 순간을 맞이했다.

"30년도 더 된 일이에요. 제가 무척 존경했던 사람이 어느 날 난데없이 묻더군요. 제가 산을 가로질러 가는 사람인지 아니면 둘레를 돌아가는 사람인지."

"뭐라고 대답했어요?"

사키가 활짝 웃었다.

"'저는 산을 가로질러 가요!' 사실 그 사람은 제게 산 둘레를 돌아가는 것에 대해 생각해 본 적이 있는지 물었던 거였어요. 저는 지금도 그 질문을 되새기며 살아요. 산 둘레를 돌아간다는 게 정확히 무슨 의미일까, 그러기에 옳은 때는 언제일까, 억지로 밀어붙이는 것보다 더 효율적일 때는 언제일까, 우리가 온 힘을 다해 밀어붙인다면 상황을 바꿀 수 있을까, 우리가 해낼 수 있을까를 궁금해하면서요."

내가 물었다.

"그건 통제가 효과를 나타낼 때가 아닐까요? 포기하길 원치 않으면서 말이죠."

"하지만 다른 종류의 통제가 있어요."

사키는 스탠포드 대학의 의사들이 연구한 두 종류의 통제에 대해 언급했다.

"첫 번째는 긍정적 적극 통제예요. 코를 맷돌에 들이밀고 맷돌이 어떻게 움직이는지 살피는 거죠. 이때는 스트레스로 지친 상태가 아니에요. 그 스트레스가 부정적 적극 통제로 이어지지 않는다면 말이죠."

"불길하게 들리네요."

"그래요. 부정적 적극 통제는 다칠 때까지 자신을 몰아붙이는 걸 말해요."

이것이 스트레스로 인한 질병으로 가는 확실한 길이라고 사키는 덧붙였다.

"양적인 측면에서 인간은 성공했다고 말할 수 있을지도 몰라요. 하지만 질적인 측면에서는 엉망이죠. 목표를 성취하고 상황을 통제하기 위해 뚫고 지나간 것들은 무엇인가요? 자신을 위해 누군가를 짓밟고 있지는 않나요?"

2차적인 피해로 가득한 세상에서 이는 매우 중요한 질문으로 보인다. 하지만 여기에 대한 대안은 과연 무엇이란 말인가?

"긍정적 생산성 통제라는 것이 있어요. 자기가 싸워야 할 전투가 무엇인지 선택하고, 그것을 받아들이고, 항복해야 할 때를 알고 그렇게 행동하게 하는 거예요. 이 기제는 삶에 대단히 긍정적인 효과를 발휘할 수 있어요. 특히 시련을 겪은 후 삶의 균형을 찾을 때 유효하죠."

"밀어붙이는 것과 다른 건가요?"

사키가 대답했다.

"그건 언제 멈출 것인지에 관한 거예요. 앞으로 나아갈 때와 산을 둘러갈 때를 아는 거죠. 선택의 힘을 사용해서 말이죠."

다시 말해 어제와 같은 태도를 계속 유지하면 언젠가는 동맥경화가 일어날지 모른다는 것이었다. 맹목적인 노력은 탈진으로 가는 확실한 길이다. 스트레스는 인생에서 선택할 수 있는 것들을 늘리고 건강을 유지할수록 완화된다. 인내심을 키우고, 압박을 줄이며, 융통성을 넓히고, 갈등을 줄이면 된다. 사키는 고요, 즉 무위안일한 상태는 삶을 전투하듯 살아가는 우리들에게 일어나는 극도의 피로에 대응하는 묘약이라고 말한다.

"파스칼이 말했죠. 우리가 가진 문제의 대부분은 인간이 오랫동안 혼자 있는 것을 견디지 못하는 데서 온다고. 고요하게 있는 상태는 처음에는 불편할 거예요. 하지만 곧 그 가치를 깨달을 수 있게 되죠."

그러므로 우리에게는 더욱 안식일이 필요하다고 나는 노트 한 켠에 메모했다.

"고요한 상태는 스트레스의 악순환을 끊어줘요. 괴로운 생각들로부터 자신을 떼어 놓는 순간, 우리 앞에는 새로운 가능성이 열리죠. 신선한 발상을 하고, 상황에 더욱 건설적으로 대응할 수 있는 힘은 여기에서 생겨나요."

아주 어린아이들도 이 같은 정신적 재구축 과정에 반응을 보인다. 유아교육 분야의 중요한 혁신을 일으킨 이탈리아의 교육자 마리아 몬테소리 역시 이 사실을 알았다. 그녀는 하루에 한 번씩 아이들이 조용한 시간을 잠시라도 가질 수 있도록 했다. 사키가 설명했다.

"처음에 아이들은 그 시간을 싫어했다고 해요. 하지만 몬테소리는 어찌됐든 아이들이 자신의 방침을 따르도록 했죠."

사키는 두 손을 모아 얼굴 옆에 갖다 대며 낮잠 자는 시늉을 해 보였다.

"얼마 후 몬테소리가 낮잠 시간을 없애자 아이들은 다시 그 시간을 그리워하기 시작했어요. 아이들은 몬테소리에게 '선생님, 잠 좀 자면 안 될까요?'라고 물었죠."

사키가 사무실 창 너머 잡목림을 내다보았다. 그리고 내가 막 하려던 말을 대신 해 주었다.

"아이들이 무엇을 느꼈을지 전 정확히 알아요."

한 의사는 의학계만큼 불가사의한 곳은 없다고 말했다. 의사들 중에는 감정적 성장이 미흡한 사람도 있지만, 어떤 사람들은 자신의 시련을 통해 상상 이상으로 환자에 대한 감정이입을 이룬다. 칼 융은 이렇게 말했다.

"상처받은 경험이 있는 사람만이 상처를 치유할 수 있다."

통과의례를 거친 주술사들처럼 자기 자신에 대한 시험을 겪지 않은 의사가 과연 우리가 스스로를 구원할 수 있게 도울 수 있을까? 그런 일이 가능하기나 할까?

레이첼 레멘 박사는 뉴욕의 지하철 요금이 몇 센트에 지나지 않던 시절 의사와 랍비로 가득한 러시아 이민 가정의 외동딸로 자랐다. 그녀는 코넬 대학에 입학해 소아과 의사 수련의 과정을 거치기 훨씬 전인 열다섯 살에 장염의 일종인 크론병을 앓으면서 자가 치유 작업을 시도한 적이 있었다. 크론병은 장을 손상시키는 자기면역 질환으로 그 당시에는 치료가 불가능했다. 레이첼은 견디기 힘든 통증은 물론 촌스러운 블라우스 아래로 배변 주머니를 차는 굴욕도 기꺼이 감내하고, 몇 차례의 수술도 용감히 받았다. 평범한 삶을 위한 소녀의 투쟁이었다.

"나는 아주 오랫동안 내 병에 대해 화를 냈죠."

레이첼이 말했다. 우리는 캘리포니아의 마린 카운티 해변을 내려다보며 우뚝 서 있는 그녀의 집 주방 탁자에 마주 앉아 있다. 고양이가 가르랑거리며 내 발목 주변에 몸을 감고 앉았다. 레이첼이 혼자 살고 있는 이 집은 차분한 회갈색조로 꾸며져 있고, 아시아의 조각상들이 가득했다. 바닥에서 천장까지 닿아 있는 창문 너머로는 잔디밭이 말끔히 손질되어 있고, 건너편에서는 붉은 개똥지빠귀가 과일나무들 사이로 떼 지어 날아다녔다.

크림색 바지 정장을 입은 백발의 레이첼은 내가 상상했던 사람이 아니었다. 베스트셀러《주방 탁자의 지혜(Kitchen Table Wisdom)》에 수록된 사진 속 그녀는 다정하고 인정 많은, 마음씨 좋은 미소를 지으며 손자의 엉덩이를 꼬집고 케이크를 만들어 줄 것만 같은 할머니이다. 하지만 직접 만나 본 그녀는 텔레비전 시트콤에서 아주 매정한 역할을 연기해 내는 여배우에 가깝다. 레이첼은 과학자들 특유의 냉정한 판단력을 지닌 사람이지만 치유의 기적에 대해서는 무한한 경외심을 표한다. 그녀는 두뇌 회전이 빠르고, 마음씨가 곱지만 만만한 사람은 아니다.

크론병에 대한 분노는 폭발하기 전까지 매우 오랜 시간 끓어올랐다. 야심만만했던 젊은 레이첼은 레지던트로 일하면서 좋은 자리를 제의받았지만, 결국 병으로 인한 체력 부족으로 어쩔 수 없이 거절해야만 한 적도 있었다.

"여기, 도둑맞은 또 하나의 꿈이 있다."

깊이 좌절한 열아홉 살의 레이첼은 인적이 드문 롱아일랜드의 해

변으로 도망쳤다. 그리고 그곳에서 처음으로 치유의 돌파구를 찾았다. 그녀는 자신의 책에 이렇게 썼다.

"혼란에 빠진 채 해변을 따라 지칠 때까지 걸었다. 생명력 넘치는 또래의 다른 이들과 나를 비교하며, 이 병이 내 젊음을 앗아갔다고 생각했다. 병을 대가로 얻은 것이 무엇인지 도무지 알 수가 없었다. 이미 여러 번 느꼈던 강렬한 분노의 파도가 마음속으로 밀려들었다. 하지만 어떤 이유에선지 이번에는 그 안에 빠져들지 않았다. 대신 무슨 말인가가 스치듯 내 마음속을 지나쳤다.

'네게는 생명력이 없는가? 여기 너의 생명력이 있다.'

충격이었다. 그때서야 나는 내 분노가 살고자 하는 의지와 연관되어 있다는 사실을 깨달았다. 분노는 삶의 의지가 변형된 것이었다. 나의 생존 본능은 분노만큼이나 강렬했다. 그렇지만 나는 그때 처음으로 그 힘을 똑바로 느끼고, 그때까지와 다르게 받아들일 수 있었다.

병이 나를 좌절시키고 있다는 생각, 바로 그 한계가 오히려 삶에 대한 강렬한 사랑이 더 끓어오르게 만들었다. 댐에 막힌 강물이 더욱 힘차게 튀어 오르듯이. 그리고 나는 알았다. 그 힘은 분노와 같은 지금의 형태로 갇혀 있다는 것을. 분노는 나를 살아 있게 했다. 지금까지 분노는 내가 병에 저항하도록, 병에 투쟁하도록 나를 이끌었지만, 그 형태로는 내가 원하는 삶을 위해 내 힘을 사용할 수가 없었다."

레이첼은 한 화난 소녀와 그 안에 갇혀 있던 삶의 열망을 생각해 내고는 빙그레 웃었다.

"나는 그리스 인 조르바 같았어요! 내가 그 힘, 나의 힘을 표현할 수 있다는 걸 깨닫자 변화가 일어났죠. 난 더 이상 화를 내지 않게 됐어요. 당신에게 한 가지 말해 주고 싶은 게 있어요."

레이첼이 검고 날카로운 눈동자로 나를 응시했다.

"만약 심리 치료사가 내 분노를 사라지게 했다면 나는 그 지점에 도달하지 못했을 거예요."

레이첼이 차를 한 모금 마시고 이야기를 계속했다.

"사람은 분노에 사로잡힐 수 있어요. 그건 사실이죠. 분노는 삶의 방식에 한계를 만들게 해요. 하지만 인간이란 존재가 되어 가는 과정에서 분노를 위한 장소가 필요한 것도 사실이죠."

불교학자 릭 필즈는 자신의 병에 대한 분노를 시를 짓는 것으로 표출했다. 그의 시 중에는 〈암, 까불지 마〉라는 재미있는 시도 있다. 시를 쓰는 행위는 치료의 극심한 고통을 온전히 자신의 것으로 받아들이기 위한 그만의 방법이었다.

"인생에서 얻어야 할 중요한 것들 중에는 분노 없이는 얻을 수 없는 게 있어요."

그것이 '진정성'이라고 레이첼은 믿는다. 우리의 삶에서 진정성이 없는 것들, 삶에 충실하지 않은 것들이 타 없어질 때, 우리의 영혼은 깊어지고 그제서야 비로소 진정성이 생겨난다.

"많은 사람들이 육체적인 생존만으로는 충분하지 않다는 걸 잘 이해하지 못해요. 육체적인 생존은 목표로 삼기에는 너무 기초적이죠. 사랑의 존재로서, 정신적으로 살아남는 게 중요해요. 영혼으로서 살아남는 것 말이에요. 이는 우리가 어떻게 깨어날 것인가에 달려 있어요."

내가 묻는다.

"무엇을 깨운다는 말씀이세요?"

레이첼이 말한다.

"상실은 연민의 시작이기도 해요. 내 경험 덕에 나는 덫에 걸린 많은 사람들이 자유로워질 수 있게 도울 수 있었어요. 사람들이 두려워하고 있는 그 상황 속으로 들어갈 수 있었기에 가능한 일이었지요."

나는 이 말을 조금도 의심하지 않는다.

랍비가 되고 싶어 했던 열두 살 때까지 레이첼은 과학과 영성 사이에 맹렬한 토론이 오고가는 가정에서 자랐고, 의사로서뿐 아니라 환자로서도 이런 세계관들을 조화롭게 받아들이기 위해 분투했다. 의사 동료들의 오만, 근시안적 시각, 상상력 부족에 격분한 레이첼은 지능과 직관 사이에서 중도를 찾아내기로 했다. 그리고 1976년 캘리포니아 볼리나스에 통합암공동센터를 설립하고, 이후 정신신체의학계의 선구자가 되었다.

"그때까지 난 의사들의 말만 듣고 삶의 중요한 결정들을 많이 내렸죠. 의사들은 내가 마흔이 되기 전에 죽을 거라고 했죠. 그래서 나는 결혼을 하지도, 아이를 갖지도 않았어요. 살아남을 수도 있다는 가능성을 아무도 말해 주지 않았으니까요."

레이첼은 최근 예순 번째 생일 파티를 했다.

"상자 밖을 생각하는 것은 힘든 일이에요. 하지만 삶은 그곳에 있죠. 상자 밖에."

치유 과정은 매우 신비롭다. 때로 일반적인 상식과 상충하기도 한다. 수천 명의 환자들을 돌보면서 레이첼은 인체의 능력이 얼마나 자주 우리의 기대를 거스르는지 깨달았다.

"육체는 용감하게 버티도록 설계되어 있는 듯해요. 칼에 베이면 우리 몸의 재생능력은 그 전보다 훨씬 강해지죠. 태생적으로 타고난 삶에 대한 불굴의 의지가 없이는, 아무리 뛰어난 의료 기술이 동원되어도 치유가 불가능해요."

딜런 토마스는 이것을 이렇게 불렀다.

"초록색 도화선을 따라 움직이는 그 힘이 꽃을 피운다."

레이첼은 작은 식물에서 이런 신비한 힘을 처음 발견했던 날을 생생하게 기억한다.

"열네 살 때였는데, 봄이었죠. 뉴욕 5번가를 걸어가고 있었는데 보도블록을 뚫고 자라는 작은 풀잎 두 장이 보였어요. 보도블록들 사이가 아니라 보도블록을 뚫고서요. 깜짝 놀랐죠. 싱싱한 초록색 풀들은 아주 부드러웠지요. 그런데도 시멘트를 뚫고 자라다니! 사람들이 내 쪽으로 밀려드는데도 나는 그 자리에 멈춰 서서 믿기지 않는 심정으로 그 잎들을 바라보았어요."

그 기억은 아직도 레이첼을 두근거리게 한다.

"그 모습은 오랫동안 내 기억에 남았어요. 너무 기적적으로 보여서였을 거예요. 그 모습을 보고 힘이란 무엇인가에 대해 아주 다른 시각을 갖게 되었죠. 진짜 힘은 우리가 생각하는 그 물리적인 힘이 아니라는 거예요."

레이첼은 평범한 것들에서도 치열한 생존의 지혜를 발견할 수 있다고 말한다.

"문화가 우리에게 심어준 그런 믿음보다 세상에는 신비스러운 힘들이 훨씬 더 많이 존재해요. 유방암으로 한쪽 가슴을 잃는다든지, 나라나 아이를 잃는 것과 같은 엄청난 일을 맞닥뜨리면, 우리는 중요한 선택의 기로에 놓이게 되죠. 비극에 항복하거나 상실감에 빠져들 수도 있고, 자신의 오감을 정지시키거나 내면의 목소리에 귀를 기울일 수도 있죠. 변화를 뒤에 남겨 두고 남은 인생에 매달리려고 애쓰기도 하죠. 하지만 이런 일들이 정말 효과가 있을까요?"

"저에게는 그렇지 않았어요."

레이첼이 내 말에 동의를 표했다.

"나 역시 그랬어요. 그게 가장 중요해요. 상실이나 고통을 회피하려 들수록 삶은 축소돼요. 반대로 고통을 순순히 마주하면 특별한 지혜가 생겨나고, 사고가 보다 명확해져요. 이건 그저 이론적으로 하는 이야기가 아니라 사실이에요."

내가 물었다.

"왜 그렇게 되는 걸까요?"

내 질문에 레이첼이 잠시 생각했다.

"우리를 지탱해 주는, 신뢰할 수 있는 큰 힘이 작용하고 있다는 것을 깨닫게 되니까요. 아이를 낳아 본 적이 있는 여성들은 그걸 알고 있지요. 임신 기간 동안 참을 수 없는 고통에서 참을 수 있는 수준까지 시시각각 많은 고통이 뒤따르고, 특히 산통은 삶을 놓아버릴 만큼 대단하죠. 하지만 그녀들은 그것이 새 생명이 태어나기 직전의 순간이라는 걸 알고 있죠."

그 모순은 정말 아름답다.

"깨달음의 모든 과정, 그 시작은 상황에 굴복했을 때만 와요. 엄마들은 모두 자신들이 그 순간에 얼마나 많은 것을 배웠는지 말하곤 하죠. 출산을 하고 나서 여성들은 자신의 인생은 물론 자기 자신과도 완전히 다른 관계를 맺어요. 삶과 자신에 대한 신뢰가 생겨나는 거죠."

이 신비한 신뢰감은 우리를 앞으로 나아가게 한다.

"모든 상황에는, 인생에는 더 큰 돌파구가 될 만한 무엇이 존재한다는 걸 깨달으면, 정체성에 중요한 변화가 일어나죠. 단순히 자기 자신에 대한 생각이 변화하는 것만이 아니라 세상을 보는 방식 자체가 바뀌는 거예요."

오랜 세월 암 환자들을 돌보면서 레이첼은 이런 정체성이 변화하는 순간을 자주 목격했다.

"환자들의 정체성이 확장되고, 몸에 대한 근심이 줄어드는 것 같은 일들은 많이 일어나요. 그 사람들의 세상은 확장되었죠."

양면성, 나는 마음속으로 중얼거렸다.

"상처를 치유하는 과정은 실제로 자기가 지닌 힘을 일깨워줘요. 그 과정에서 우리가 지닌 가치들은 뒤섞이고, 가장 가치 있는 것은 결코 예상했던 게 아니라는 걸 깨닫게 되죠. 완전함이나 힘에 대한 것이 아니라 언제나 사랑이죠."

우리는 정원을 산책하기로 했다. 레이첼을 따라 경사진 뜰 아래로 내려간 나는 그녀가 무척 조심스럽게 새 먹이통에 씨앗을 넣고, 오물을 거둬 내는 모습을 지켜보았다. 나는 레이첼이 정말 얼마나 아픈 사람인지, 그녀가 맡은 수많은 임무를 수행하기 위해 얼마나 세밀하게 체력을 분배해야 하는지를 기억해 냈다. 레이첼은 그것으로 강인한 마음과 약한 몸 사이에서 균형을 잡는다. 특별한 힘과 슬픔 사이의 균형을.

우리는 벤치에 나란히 앉았다. 소나무가 빽빽이 찬 산허리에 서서히 안개가 끼더니 곧 산 전체가 안개에 휩싸였다.

"우리는 모든 상황에 흐름이 있다는 걸 잊고 살아요. 그 마술이 길을 알려 준다는 사실을 말이에요."

"우리 자신의 길을 알려 준다는 말씀인가요?"

레이첼이 부드러운 목소리로 말했다.

"우리가 강을 막으면 물줄기는 자신이 흐를 수 있는 다른 길을 찾아내죠. 육체에 대해서도 마찬가지예요. 육체가 변화하면 우리는 다른 방법으로 삶을 계속하죠."

레이첼이 새들이 먹을 씨앗을 한 줌 뿌렸다.

"극한의 날씨를 견디는 나무를 생각해 봐요. 그들은 바람에 맞서 더 강해질 뿐 아니라 더욱 깊게 뿌리를 내려요. 나무들은 똑바르게 자라지 않아요. 안으로는 굽어 있죠. 내가 만났던, 장애가 있는 사람들도 자신의 길에 무엇이 서 있는지에 관계없이 똑같은 선택의 기로에 놓여 있었죠. 체념할 것인가, 항복할 것인가."

"때로 그 둘은 같아 보여요."

"그렇지 않아요. 선택에 있어서 우리는 자유로워요. 나는 병에 걸렸다고 해서 제대로 된 삶을 포기하지는 않겠다고 결심했죠. 물론 완벽하게 볼 수 있다면 더 좋겠지만!"

크론병은 그녀에게서 한쪽 눈의 시력을 앗아갔다. 레이첼이 어깨를 으쓱이며 말을 이었다.

"당연히 원하는 걸 다 먹을 수 있으면 좋겠고, 산에 올라가 보고도 싶죠. 하지만 난 그런 일들을 할 수 없어요. 내가 할 수 있는 일은 적응하는 거예요."

레이첼이 벤치에 기댔다.

"적응은 험난한 환경을 뚫고 나아가는 방법이에요. 환경에서 벗어

나는 게 아니고요. 그 과정을 거친 사람들은 삶의 마지막을 맞이하며 이렇게 말하죠. '이봐, 그건 정말 굉장한 여정이었어.'"

안개를 응시하는 그녀의 검은 눈이 은색으로 변했다.

"몸에 어떤 변화가 왔을지라도 절대 상처받지 않는 부분이 있다는 걸 당신도 알 거예요. 완전함에 대한 감각은 몸 상태와는 아무 상관이 없어요."

레이첼의 자신감은 그녀의 주장과 일치해 보인다.

"나는 내게 뭔가 잘못된 것이 있다고 믿지 않아요."

레이첼이 상록수 꼭대기에 앉아 있는 금빛 매를 바라보며 말했다. 매 또한 우리를 바라보고 있었다.

"내게 세상은 무척이나 신비롭게 느껴져요. 아이들이 느끼는 것처럼요."

모든 슬픔은 이야기로 만들 수 있다면
이겨 낼 수 있다

왠지는 알 수 없지만 내가 누군가의 이야기를 들어 주기에 충분할 정도로 나이가 든 이후 나는 주위 사람들의 고해성사를 들어 주는 사람이 되었다. 누나, 어머니, 애정을 갈구하는 친구들 그리고 두 집 건너에 살던 미망인 예타에게 나는 '미스터 외로움', '미스터 기댐', '미스터 믿음직'이었다. 벽돌색 머리칼에, 들소도 들어갈 것 같은 하와이풍 무무 스커트를 입고, 큰 가슴을 흔들면서 예타는 유대교 교리를 공부하러 가는 내게 러시아식 수프인 보르시치와 쇠갈비 요리를 만들어 주곤 했다.

"네가 뭘 알겠니?"

예타는 죽은 남편 맥의 수많은 배신담 중 하나를 들려준 뒤에 통통한 손가락으로 내 턱을 꼬집으며 키득키득 웃곤 했다. 그러고는 내게 자신의 이야기를 들어 줘서 고맙다고 말했다. 나는 언제나 그녀의 이야기를 듣게 되어 기쁘다고 대꾸했다.

예타에게는 몰리 그로스라는 친구가 있었다. 몰리에게는 인간에게 반드시 '산소'가 필요한 만큼 이야기할 사람이 절실했다. 몰리는 새장에 갇혀 절망을 노래하는 새 같았다. 그녀의 끔찍한 남편 시드는 외과의사로, 수만 개의 뇌종양을 잘라 낸 사람이었다. 나는 열두 살 때 그 새장 속의 새에 대한 이야기를 들었지만 만나본 적은 없었다.

10년이 지났다. 대학원에 다니던 나는 아파트 임대료를 내기도 어려운 형편이었다. 당시 85세가 된 몰리는 자신의 삶을 글로 써내려가기 위해, 수십 년간 지니고 있던 노트더미를 파헤치고, 자신의 못다 한 이야기를 끄집어내 줄 사람을 찾고 있었다. 휘갈겨 쓴 자기성찰의 50년이 옷장 속이 무덤인 양 처박혀 있었다.

"몰리는 멋진 여자야. 그런데 제대로 인정받지 못했지."

예타는 요리가 너무 익은 걸 안타까워하며 말했다. 예타의 생각에 몰리는 시대를 앞서 태어난, 다듬어지지 않은 원석이자 철학자였다. 그녀는 사실상 혼자 힘으로 인생을 헤쳐 온 사람이었다. 이제 무명의 늙은 시인은 자신의 날개를 한 번 펼쳐 보지도 못한 채 죽음을 기다리고 있었다. 누군가 그녀를 구원해 줘야 한다고 예타는 말했다. 그 말에 나는 귀가 쫑긋해졌다. 나는 돈이 필요했고, 앞으로는 더 필요하게 될 터였다. 나는 산타 모니카 해변이 내려다보이는, 몰리가 시드와 함께 살았던 펜트하우스에서 그녀를 만나기로 했다.

나를 향해 달려오던 몰리의 첫인상을 결코 잊지 못할 것이다. 굴뚝새같이 작은 몸에 막대기처럼 여윈 다리, 서둘러 나오느라 제대로 매만지지 못해 헝클어진 흰 머리칼, 반쯤 열려 있는 목욕 가운, 퍼덕거리는 슬리퍼, 숨을 헐떡이고 눈물을 글썽이며 활짝 벌린 양 팔, 손에서 놓은 적 없는 휴지를 꽉 움켜쥔 채 활짝 웃으며 아쿠아마린색 복도 카펫을 내려오던 그 모습.

나는 몰리가 죽어 가고 있다는 사실을 곧바로 눈치 챌 수 있었다. 몰리의 흰 팔이 자줏빛 반점들로 뒤덮여 있었기 때문이다. 그녀가 내 손을 꼭 잡고 내 눈을 바라보았다.

"오, 이것 좀 봐. 그가 드디어 나타났어."

몰리가 과테말라 인 가정부 맥신에게 말했다.

몰리는 두 가지 이유로 내 마음을 끌었다. 첫 번째는 내가 그렇게까지 맹렬히 솔직한 사람을 만나 본 적이 없다는 것이었다. 몰리는 매우 연약하고 상처가 많은, 예민한 사람이었다. 그런데도 아주 바보 같은 것들에도 키득거리며 웃곤 했다. 두 번째로는 내가 언제나 갈망해 왔지만 아직 맞닥뜨리지 못한 성품이 이 나이 든 여인에게서 보인다는 것이었다. 뻔뻔함, 활력이 넘치는 자유분방함, 다시 오지 않을 순간 속으로 거침없이 뛰어드는 추진력을 그녀는 갖고 있었다. 그리고 나는 감정의 노예이고, 친밀한 관계에 굶주린 사람이었다.

몰리와 나는 긴 탁자 앞에 나란히 앉았다. 그러고는 몇 시간 동안이나 수다를 떨었다. 탁자 위는 엄청난 양의 자료들로 뒤죽박죽이었다. 메모지와 종이 냅킨이 사방에 널려 있었고, 몰리가 거의 외우다시피 한 《무지의 구름》, 《너희는 나를 누구라 하느냐》, 마르쿠스 아우렐리우스의 《명상록》 같은 책들에는 곳곳에 모서리가 접혀 있었다. 몰리가 인용하고 싶은 구절을 표시한 것이었다. 불안정한 삶 속에서 새겨진 수많은 글들, 비뚤어진 글씨가 가득한 원고들이 사방에 널려 있었다.

몰리는 이 무수한 발췌문들을 뒤적이다 즐거운 기억이 떠오르면 낄낄대며 웃었고, 과거의 고통스러운 생각이 떠오를 때면 눈물을 그렁였다. 그럴 때마다 몰리는 구겨진 티슈로 눈물을 닦느라 고개를 돌렸다.

이런 격렬한 감정이 뒤섞인 채 15개월을 함께 보내면서 몰리는 나를 불안하게도 하고, 마음을 사로잡기도 했으며, 감동을 주기도 했다. 그녀는 내가 잘 알지 못하는 영적인 삶에 대해 진심과 확신을 담아 이야기했다. 육신의 생명력은 점차 꺼져 가고 있었지만 그녀는 영적으로 충만했고, 누구보다 더 깊이 몰입하고, 생각하고, 많은 것을 보고 듣고, 주위를 살피고, 더 고통받았다. 내가 만난 그 누구보다 몰리는 자신의 온 존재를 깊게 느끼며 살아가는 사람이었다.

나는 그녀와 함께 메모를 빠짐없이 살피고, 그녀의 이야기를 기록하고, 녹음했다. 몰리는 자신의 작고 평화로운 세계 속에서 쾌활하게 지내다가도 다음 날이면 격리된 자신의 존재에 대해 고통스러워했다.

몰리가 고통스러운 얼굴로 내게 말했다.

"아가, 삶은 소중해. 사람들은 그걸 낭비하지. 제발 그러지 말아."

나는 약속했다.

"그러지 않을게요."

몰리는 때로 내 손을 잡은 채 눈을 꼭 감고는 무슨 일이 있었는지 말하기를 거부하기도 했다. 나는 기록을 뒤지다가 아리송한 구절에 막혀 몰리에게 그것이 무얼 뜻하느냐고 물었다. 몰리가 내 팔을 찰싹 때렸다.

"알면서!"

"전 몰라요."

"이런!"

몰리가 내 옆구리를 꼬집었다.

"이 말은 애매해요."

"네가 애매해."

몰리가 웃었다. 그녀는 할 수 있을 때마다 가능한 모든 곳을 쓰다

듣곤 했다.

어느 날 까다로운 선문답 같은 글귀가 또 한 구절 튀어나왔다. 파리의 데 라 레종 호텔의 메모지에 커다란 대문자로 쓰여 있는 글이었다.

'내 얼굴에서 어떤 나를 만나게 될 것인가.'

내가 물었다.

"이 말이 무슨 뜻이에요?"

몰리가 내 머리를 헝클어뜨렸다.

"알잖아!"

"정말 몰라요."

몰리는 아무도 없는 내 어깨 너머를 응시했다. 그러고는 눈을 크게 뜨면서 두서없이 속삭였다.

"하루는 내가 숲 속에 멈춰 섰는데 모든 길이 똑같았어."

"그만하세요!"

그녀가 놀렸다.

"어리석음의 끝은 지혜와 똑같아."

내가 말했다.

"질문을 피하시는 거로군요."

하지만 몰리는 멈추지 않았다. 드레스에서 진주 장식을 하나씩 떼어내듯 그녀는 신비롭게 빛나는 통찰의 보석들을 하나씩 드러냈다. 대부분의 시간을 나는 몰리를 방해하고 싶지 않았다. 그때 나는 몰리와 사랑에 빠져 있었다. 그리고 그녀는 나의 방문이 자신을 살아 있게 하는 유일한 힘이라고 믿었다. 언젠가 몰리는 내 손을 꼭 잡고 가정부 맥신에게 말했다.

"나를 알아주는 사람이 이 세상에 존재해!"

그럼에도 몰리는 그해 내내 야위어 갔다. 어느 날 우리는 어느새 습관이 되어버린 보드카를 홀짝이며 점심을 먹고 있었고, 맥신은 그런 우리를 능글맞게 웃으며 바라보았다.

내가 몰리에게 말했다.

"난 당신을 보고 있어요."

"유레카!"

그녀가 비명을 지르며 식탁을 움켜잡았다.

나는 다시 한 번 또박또박 말했다.

"아주 분명하게."

몰리가 물었다.

"내 책을 출판할 거야?"

나는 몰리에게 그러도록 노력하겠다고 약속했다. 우리는 이미 버지니아 울프의 책 제목이라는 것도 모르고 500쪽에 달하는 그녀의 원고에 《존재의 순간들》이라는 제목을 붙였다. 내가 이 글을 쓰는 지금, 몰리의 원고는 그때와 똑같은 파란색 바인더에 묶여 내 거실장 꼭대기에 놓여 있다.

몰리가 내 양 손등에 입맞춤을 했다.

"행복한 날이야. 이제 당신이 기도를 해 줘, 맥신."

통통하고 부끄럼 많은 가정부가 눈을 감았다.

"오, 신이시여, 부디 당신의 손을 내밀어 주소서."

몰리가 감탄사를 터뜨렸다.

"정말 멋지지 않아? 맥신은 너무 아름다워."

몰리가 맥신의 뺨에 입맞춤을 했다.

"여기 사랑으로 함께 있는 우리 셋을 봐. 우리는 가족이나 다름없어. 내 아이들. 그리고 햇빛과 이 훌륭한 음식들."

그리고 몰리는 허리를 숙여 무릎까지 오는 나이트가운을 허벅지까지 걷어올리고 일어났다.

"나 춤추고 싶어!"

몰리가 가녀린 팔을 내밀면서 내게 춤을 청했다.

"자, 우리 춤추고, 취하는 거야!"

맥신은 눈을 지그시 감고 미소를 지었다. 나는 몰리가 보이지 않는 상대를 끌어안고 떨리는 목소리로 1920년대의 유행가를 부르며 주방 바닥에서 춤추는 모습을 바라보았다.

몰리가 노래했다.

"오, 내게 약속해 줘요. 언젠가 당신과 내가 우리의 사랑을 하늘로 가져갈 거라고."

몰리가 내게 함께 춤추자고 부탁했다.

"내게로 와, 잘생긴 청년. 오늘은 다시 오지 않아."

맥신이 내 등을 떠밀었다.

"얼른 가요."

몰리가 나이트가운을 더 높이 걷어 올리고 주방 바닥을 활보하면서 내게 애원했다.

"자기가 오지 않으면 내 마음은 찢어질 거야."

나는 어색하게 그녀를 안았다. 몰리는 늘어진 가슴을 내게 밀착시키고는 내 목을 팔로 감았다. 그리고 미소를 지으며 내게 거의 매달리다시피 안겼다. 몰리가 노래를 부르기 시작했다.

"오, 내게 약속해 줘요. 언젠가 당신과 내가 우리의 사랑을 하늘로 가져갈 거라고."

몰리가 조용히 노래를 흥얼거렸다. 맥신이 콧노래로 따라 부르는 소리가 들렸다. 복도에서는 오래된 시계가 똑딱거리고 있었고, 밖에서는 자동차들이 시끄럽게 지나갔다. 몰리가 내 가슴에 뺨을 부볐다.

덴마크의 여류작가 카렌 블릭센(〈아웃 오브 아프리카〉의 원작자로 영미권에서는 이작 디네센으로 널리 알려져 있다. – 옮긴이)은 이렇게 말했다.

"모든 슬픔은 이겨 낼 수 있다. 우리가 그 슬픔을 이야기로 담을 수만 있다면."

정통 랍비였던 레이첼 레멘의 할아버지는 어린 손녀에게 옛날이야기를 들려 주고 유대교의 신비주의와 관련된 책을 읽어 주곤 했다. 레이첼은 주방 식탁 아래에 앉아 할아버지의 자주색 벨벳 슬리퍼를 쓰다듬으며 할아버지가 책을 읽어 주는 것을 듣곤 했다. 레이첼은 우리가 다같이 둘러앉아 이야기를 주고받으며 지혜를 전달했던 구전의 전통을 잃어버림으로써, 어떻게 살아야 하는가에 대한 통찰과 영혼의 상실을 초래하게 됐다고 믿는다. 이야기를 나눔으로써 그동안 외면당해 왔던, 살아 있는 지혜의 저장고에 다가갈 수 있다고 믿는다.

레이첼은 이렇게 썼다.

"서로 이야기하는 것을 멈추면 전문가를 찾아가 어떻게 살아야 하는지 묻게 된다. 식탁에서 함께하는 시간이 줄어들수록 서점에는 더 많은 자기계발서들이 진열된다. 우리가 듣는 것을 멈췄기 때문이다.……일상적인 삶의 사건들이 어떤 의미를 가지고 있는지, 그 교훈을 어떻게 갈무리할지 모르게 되었기 때문이다."

이야기하기는 우정에 있어서도 매우 중요한 요소이다. 나는 호흡 곤란으로 심리 치료사를 찾아갔던 한 이스라엘 여인을 만난 적이 있다. 심리 치료사는 그녀와 이야기를 나두던 동안 여인의 팔뚝 위에 수용소의 수감번호가 새겨져 있는 것을 보았다. 심리 치료사가 물었다.

"언제부터 숨쉬기가 힘들었지요?"

여인이 대답했다.

"2년 전 친구가 죽었을 때부터요. 친구가 살아 있을 때 우리는 어떤 것에 대해서든 이야기할 수 있었어요. 친구는 수용소에 있어 본 적이 없었지만 날 이해했죠. 하지만 이제는 말할 사람이 없어요. 악몽에 시달려서 집에서는 혼자 잠들 수도 없어요. 살기 위해 다른 친구를 찾아야 할 것 같아요."

속에 담은 이야기는 다른 이들과 함께 진심으로 나눌 때 의미가 생긴다. 최근에 나는 열다섯 명의 레지던트들과 《잉글리시 페이션트》를 쓴 마이클 온다치 그리고 콜롬비아 대학에서 이야기 치료 프로그램을 운영하는 리타 샤론 박사를 만났다. 우리는 다과를 하면서 의사들이 환자의 이야기에 귀를 기울이는 것만으로도 어떻게 환자의 내면 상태를 이해할 수 있는지에 대해 토론했다.

리타 샤론은 20년 전 이야기 치료가 생겨날 때부터 선도적인 역할을 해 왔다. 젊은 내과 전문의 리타는 자신이 환자의 이야기에 어떻게 귀 기울여야 하는지, 그들의 인생담을 어떻게 해석해야 하는지 모른다는 것을 깨달았다. 리타는 '사람들의 이야기를 이해하는 법을 알아야 해. 좋은 방법이 뭘까?'라는 의문을 품었다.

이후 리타는 대학으로 돌아가 비교문학 박사 과정을 밟았다. 그녀는 우리가 책을 읽으면서 인물과 줄거리 구성을 숙고하듯이 그리고 소설가나 환자 들이 감정적 예시를 사용해 이야기를 보다 생생하게 재현해 내듯이, 의사들이 환자들의 이야기에 소설적 접근을 하는 것도 훌륭한 치료법이 될 수 있다는 흥미로운 이론을 발표했다.

의과대학 3년차인 에릭 데이비드는 방금 응급실에서 긴급 전립선 절제 수술을 보조하고 나왔다. 그의 덥수룩한 머리가 고등학생처럼 보였다. 그 역시 리타의 이론에 동조한다.

"의사들은 인간을 해체해요. 전 그게 세상으로부터 우리를 떼어놓는다고 생각해요. 의사라면 앞에 앉은 사람을 낱낱이 분석하듯 바라보고 싶은 유혹을 뿌리치고, 모든 사람들이 자기만의 인생을, 자기만의 이야기를 가지고 있다는 걸 알아야 한다고 생각해요."

흰 턱수염과 차가운 초록색 눈이 강렬한 인상을 주는 온다치는 수술용 가운을 입고 있는 에릭의 말을 주의 깊게 들었다. 그는 소설을 쓰기 위해 4중 바이패스 수술(관상동맥이 막혔을 때 막힌 부분을 우회해 다른 혈관을 이식하는 것-옮긴이)을 참관한 이후부터 이야기 치료에 관심을 갖게 되었다고 한다.

"전 환자의 심장에서부터 60센티미터 떨어진 곳에 서 있었어요."

온다치의 말에서 경이로움이 묻어났다.

"그냥 환자의 몸을 뚫어져라 내려다보았죠. 뭐가 그보다 더 매혹적일 수 있을까요?"

그때의 심장 수술은 그의 마음을 사로잡았다.

"전 어렸을 때부터 의사들에게 매료되었죠. 그때부터 책에 대해 그들과 이야기해 보고 싶었어요. 엑스레이로 몸속을 찍어 육체가 어떻게 작동하는지 그리고 어떻게 만들어지는지 바라보는 것처럼, 그렇게 소설을 바라보고 싶었죠."

지나치게 단순한 동기 같아서 내가 물었다.

"심오한 예술적 이유에서가 아니고요?"

온다치는 잠시 생각하고 대답했다.

"전 치료가 단지 그것만 이루어지기보다 삶을 '구원'하는 일과 함께 행해져야 한다고 생각해요. 삶은 위험하지만 동시에 소중한 것이기도 해요. 자신이 버려졌다고 말하는 그 순간에도 말이에요. 구원과 치료는 둘 다 근원적인 거예요."

버려졌다고? 나는 궁금했다. 그 말은 인간의 곤경에 대한 표현치고는 조금 엉뚱해 보였다. 누구에 의해서 버려졌다는 것인가? 혹은 무엇에 의해서? 앤드류 솔로몬은 《한낮의 우울》에서 세상에서 홀로 동떨어진 것 같은 우울한 상태를 이렇게 표현했다.

"우리 안의 외로움은 인간 존재의 결정체가 독립적이고 고립된 육신 안에 갇혀 있음을 알려 준다."

버려졌다는 감정이 접촉에 대한 인간의 일반적인 갈망에서 생겨나는 것이라고 이해하면, 종교가 고해를 치유 방법으로 여기는 것이나 마이클 온다치 같은 작가들이 이야기를 신성시하는 이유를 이해하기가 더 수월할 듯싶다.

다시 토론으로 돌아와서, 그날 토론의 선정도서였던 윌리엄 맥스웰의 소설 《안녕, 내일 보자》를 마음에 들어 하지 않는 듯한 한 여성 레지던트가 입을 열었다. 마이클 온다치는 그녀의 말을 귀 기울여 듣고 있었다. 그녀는 어느 날 아침 회진에서 자신의 담당 환자에게

냉담하게 대했던 일에 대해 괴로운 표정으로 이야기했다. 중병을 앓고 있던 그 남성 환자는 그녀에게 옆에 앉아 자기 이야기를 좀 들어달라고 부탁했다. 그러나 그녀는 너무 바빠 오래 있을 수는 없었고, 그 외로운 남자가 이야기를 빨리 끝내도록 서둘렀지만, 결국 끝까지 듣지 못하고 병실을 나와 버렸다. 이후로 그녀는 그 노인을 두 번 다시 볼 수 없었다.

"전 이야기를 끝까지 들어 줬어야 했어요."

"다음에 그렇게 하면 돼요."

리타 샤론이 말한다. 리타는 후배들에게 죄책감을 안겨주는 비난이 아니라 더 나은 의사가 될 수 있도록 가르침을 주는 편안한 멘토이다.

수업이 끝나고 나와 온다치는 함께 엘리베이터로 걸어갔다. 소설가는 깊은 생각에 빠져 있는 듯했다. 엘리베이터 문이 열리는 소리에 그는 생각에서 깨어나 눈을 깜빡거렸다.

"정말 놀라워."

그가 생각하고 있던 것을 두서없이 중얼거린다.

"꼭 적어 놔야겠어."

엘리베이터 문이 그의 앞에서 닫혔다.

벼랑 끝에 있을 때 조금 더 사랑한다

7월 4일 독립기념일 바비큐 파티에서 나는 엘라라는 흑갈색 머리의 활기찬 백인 여성 옆에 앉았다. 영화배우 에바 롱고리아를 닮은 엘라는 자신이 간호사라고 말했다.

"전 기적의 아이들을 돌봐요."

"기적의 아이들이라뇨?"

"영웅들이요. 독립기념일에 대한 대화 주제로 삼기에 그 아이들이야말로 제격이죠. 자유의 전사들이거든요."

아래쪽 해변에서 불꽃이 펑펑 터졌다. 엘라는 뉴욕의 베스 이스라엘 병원에 있는 소아기형교정학과의 수간호사이다. 그녀의 상사인 외과의사 데이비드 펠트먼은 병원을 운영하면서 중증장애를 앓는 갈 곳 없는 생활보호대상 가정의 아이들을 위해 한 달에 한 번 치료소를 개방한다.

"그는 몸이 뒤틀린 아이들을 돌보고 그 아이들이 걸을 수 있게 해줘요. 스스로 영웅이 되었죠. 그처럼 위대한 마음을 지닌 사람은 보기 힘들죠."

그다음 주에 나는 펠트먼 박사의 뒤를 따라 빠르게 걷고 있었다. 그는 네 명의 레지던트와 스페인 어 통역관, 목발 제조업체의 홍보

담당자 그리고 엘라와 함께 베스 이스라엘 병원의 복잡한 복도를 오르내리며 회진을 돌았다. 매끈한 옷차림을 하고 이리저리 뛰어다니며 큰 소리로 명령을 내리는 펠트먼에게는 터보 엔진이 달려 있는 듯했다. 펠트먼은 정통 유대 인으로, 어린 시절 앓았던 병 때문에 잠시 정신을 딴 데 팔기만 해도 다리를 절룩거렸다.

서둘러 복도를 지나가던 우리는 불구가 된 아이들에게 둘러싸였다. 많은 아이들이 휠체어를 타고 있었다. 휠체어를 타지 않은 아이들은 바닥을 기거나 어머니의 손을 잡고 벽을 의지해 걸었다. 펠트먼을 보자 아이들의 눈이 반짝거렸다. 무뚝뚝한 펠트먼이지만 이 아이들에게는 한없이 다정하다. 그는 한 아이의 배에 일격을 가하는 시늉을 하고, 다른 아이는 간지럼을 태웠다. 아이들의 이름을 하나하나 불러주고 아이들을 웃게 했다.

첫 번째 검사실에서 우리는 척추뼈 갈림증을 앓는, 버릇없는 여섯 살짜리 멜라니를 만났다. 펠트먼이 기형으로 굽은 발바닥을 막대로 살살 긁자 멜라니는 숨이 넘어가도록 낄낄댔다. 라틴계 불법 체류자인 멜라니의 엄마는 펠트먼의 수술 덕분에 딸의 상태가 많이 호전되었다며 자랑을 늘어놓았다. 펠트먼이 검사대 위에서 내려오는 멜라니를 부축했다. 그리고 자신이 얼마나 잘 걷게 되었는지 천천히, 자랑스럽게 걸어 보이는 소녀의 손을 옆에서 잡아주었다. 펠트먼이 멜라니를 놀리듯 말한다.

"이제 남자아이들이 네게 꼼짝 못하게 될 거야."

펠트먼은 멜라니의 발목이 펴진 각도를 조심스럽게 측정하면서 엘라와 레지던트들과 기술적인 대화를 나눴다. 그때 멜라니가 까르르 웃다 바닥으로 꼬꾸라졌다. 펠트먼이 일으키려 하자 멜라니가 혀를 쑥 내밀었다.

"혼자 할 수 있어요!"

멜라니가 검사대 옆 손잡이에 의지해 천천히 몸을 일으켜 세우며 소리쳤다. 똑바로 일어선 멜라니가 승리의 환한 미소를 지어보였다.

"내가 할 수 있다고 했죠."

"그래, 해냈구나."

펠트먼이 말한다. 그러고 나서 멜라니의 어머니에게 낮은 목소리로 덧붙였다.

"멜라니의 다리를 완전히 고칠 수 있어요, 파딜라 부인. 약속해요."

다음 검사실에서는 녹초가 된 일가족이 기다리고 있었다. 거친 피부에 코밑수염이 희미하게 남아 있는 환자는 고등학생 정도의 나이인 듯했는데 휠체어에 앉기를 거부하고 있었다.

"이 아이 때문에 미칠 것만 같아요."

환자의 어머니가 소리를 질렀다. 큰 키에 헐렁한 옷을 입은 그녀는 질이 좋지 않은 가발을 쓰고 바닥에서 뽀드득거리는 소리를 내는 싸구려 모조 가죽 신발을 신고 있었다. 얼굴에는 짜증이 가득했다.

"앉아 유디, 앉으라고! 지금 당장!"

"엄마나 앉아요! 나는 앉아 있는 게 지긋지긋해요!"

유디가 창가 쪽으로 더듬어 가면서 어머니의 말을 맞받아쳤다.

"저 아이는 우리 말을 들으려 하지 않아요."

환자의 아버지가 중얼거렸다. 면도도 하지 못하고, 절망에 빠진 듯한 그는 유대교인들의 전통적인 머리 모양을 하고 정수리에 쓰는 유대식 모자인 야물커를 쓰고 있었다. 그가 어깨를 한 번 으쓱하고는

282

유디에게 말했다.

"네 엄마를 생각해야지."

유디가 펠트먼에게 말했다.

"선생님, 걷고 싶어요!"

어머니는 양손으로 얼굴을 감싸 쥐고 기도문을 외우는 듯 중얼거렸다. 그녀가 쉿 하고 유디에게 말했다.

"넌 지금 이 상태로도 괜찮은 거야."

"난 졸업 파티에서 춤추고 싶단 말이에요!"

유디는 스키도 타 보고 싶고, 오토바이도 타고 싶고, 셰르파들과 히말라야 트레킹도 해 보고 싶다고 항변했다. 자신의 통제권을 벗어나는 위험천만한 유디의 희망에 그녀의 얼굴에는 분노의 기운이 퍼렇게 서렸다. 그녀가 신음에 가까운 소리로 펠트먼에게 말했다.

"제가 왜 이렇게 화를 내는지 아시겠지요?"

"유디는 수술받을 준비가 된 것 같아요, 부인. 하지만 유디, 네가 말해 보렴. 어디서부터 시작해야 할까? 발목? 엉덩이? 등?"

펠트먼이 유디의 어깨를 잡고 앞뒤로 살폈다.

"등부터 시작하는 게 좋겠어요."

어머니는 아버지를, 아버지는 의사를, 의사는 그들 중 가장 겁먹은 표정의 아이를 바라보았다.

"어떤 위험이 따르는지 먼저 말씀해 주세요."

유디가 다 큰 어른처럼 차분히 말한다. 펠트먼은 유디에게 전신마비에 걸릴 수 있으며, 그럴 가능성은 적어 보이지만 수술 후에 더 못움직이게 될 수도 있고, 약한 폐 때문에 폐렴이 올 수도, 마취 도중에 죽을 수도 있다고 꼼꼼히 알려 주었다. 어머니가 아들을 향해 손을 뻗으며 부드럽게 말했다.

"넌 이대로도 괜찮아."

"하지만 난 수술을 받고 싶어요, 엄마."

펠트먼이 부모를 향해 다시 한 번 말했다.

"수술을 받고 싶어 해요."

어머니의 눈빛이 긍정적으로 흔들렸다. 아버지가 펠트먼에게 악수의 의미로 손을 내밀며 수술 일정을 잡아달라고 부탁했다. 방을 떠날 때 나는 고개를 돌려 웃고 있는 유디를 보았다. 유디가 내게 엄지손가락을 번쩍 들어올려 보였다.

두 시간 동안 서른 명의 아이들을 살펴본 후에 데이비드 펠트먼은 자기 방 안락의자에 털썩 주저앉았다. 완전히 탈진되었지만 그의 눈에는 행복감이 어려 있었다. 그가 손을 흔들어 레지던트를 내보냈다.

"아이들이 가지고 있는 대담함의 반만이라도 있었다면 얼마나 좋을까 싶어요. 유머감각도 그렇고요. 어떤 어려움이 있더라도 말이죠. 아이들은 제 선생들이에요. 신께서 그들을 굽어 살피시길. 솔직히 나는 아이들이 어떻게 그럴 수 있는지 모르겠어요. 아이들은 완벽하게 정직해요."

"완벽하게 정직하다고요? 재미있는 표현이네요."

"아이들은 숨기는 게 없어요. 여기 있는 아이들은 벼랑 끝에 있죠. 갈 곳이 없어요. 그런 아이들은 우리에게……."

펠트먼이 적절한 단어를 찾으려 애썼다.

"작은 것들이 얼마나 큰 차이를 만들어 낼 수 있는지…… 그런 걸 말해 주죠.……아이들을 행복하게 만들어 주는 건 아주 작은 것들이거든요."

엘라가 나를 엘리베이터 앞까지 배웅해 주었다. 우리는 잠시 라운지에 앉았다. 엘라가 입을 열었다.

"처음엔 이 아이들을 돌보는 게 너무 끔찍했어요. 내가 잘못된 선택을 한 것이라고 생각했죠. 마음이 너무나 아팠거든요."

"왜 그랬는지 알 것 같아요."

"하지만 사실, 저는 저 스스로를 가여워하고 있었던 거예요."

엘라가 인정한다. 그녀가 내게 사탕 한 줌을 쥐어 준다.

"그러던 어느 날 열두 살짜리 뇌성마비 사지마비 환자가 들어왔어요."

나는 펠트먼이 심한 경련을 일으키며 미친 듯이 발길질을 해 대는 여자아이를 검사하던 모습을 떠올렸다. 아버지의 품에 안겨 있던 아이의 팔은 가슴 쪽으로 완전히 구부러져 있었다.

엘라가 말을 이었다.

"이름이 리사였어요. 무릎이 썩어 뭉그러져 발바닥 옆으로 걸었죠. 게처럼 발을 끌고 다녔어요."

엘라가 마음을 가라앉히기 위해 잠시 말을 멈췄다.

"갑자기 그 애가 저를 보더니 너무나도 아름답게 웃는 거예요. 리사가 말하더군요. '엘라, 참 예뻐요'라고."

그녀가 코를 풀었다.

"그 이후로 제 두려움은 사라지기 시작했어요. 무엇인가가 안에 있던 저를 깨워 열었죠. 저는 아이가 들어 있는 몸이 아니라 하나의 사람을 보았어요. 오, 전 아이들이 어떻게 그런 상황에서도 화를 내지 않을 수 있는지 도저히 이해할 수가 없어요."

엘라가 말한다.

"마치 장애를 갖고 있지도 않은 것 같아요. 아이들은 자신의 결함을 크게 문제 삼지 않아요. 오히려 항상 우리가 잘 지내고 있는지 묻죠. 그리고 우리에게 영혼으로 말하죠. 당신도 아이들의 눈에서 그 영혼을 봤을 거예요."

"네, 그래요."

"그건 아이들이 세상을 어떻게 보는지를 설명해 주죠. 그날 리사를 바라보다 리사의 어머니와 눈이 마주쳤어요. 제 눈엔 동정이 서려 있었겠죠. 리사 어머니가 제게 미소를 지었어요. 아마도 무슨 생각을 하고 있는지 짐작했겠죠. 제가 그녀에게는 결코 물어보지 못할 그 생각을."

엘라에게는 그때가 여전히 놀라운 기억으로 남아 있다.

"리사의 어머니는 마치 제 생각을 읽은 듯이 말했어요."

"뭐라고 했는데요?"

"난 이 애를 사랑해요. 이 애는 내 아이죠."

인도의 푸나 근처에 있는 작은 도시에는 오래전에 죽은 한 성자의 무덤이 있다. 몇 년 전 나는 그곳에서 다른 순례자들과 함께 줄을 서서 참배를 기다리고 있었다. 내 바로 앞에서 한 독일인 여성이 다운 증후군 아들이 대리석 무덤 옆에 무릎을 꿇을 수 있도록 돕고 있었다. 열두 살이 채 되지 않았을 것 같은 소년은 무릎을 굽히려 애를 썼다. 마침내 바닥에 앉은 아이는 뺨을 비석 위에 대고 오랫동안 그렇게 있었다. 어머니는 빨리 끝내려고 서둘렀지만 줄을 서 있던 사람들은 시간이 지체되는 것에 신경 쓰지 않았다.

"예배는 의식적인 절차로 하는 것이 아니다. 그것은 태도이자 일상의 경험이다."

아이의 경건한 모습은 생전에 성자가 했던 말을 떠올리게 했다. 아이의 뒷모습은 뒤에 선 순례자들의 마음을 고양시켰다.

그 후 우리는 복잡한 복도에서 성자와 가까웠던 제자가 스승 곁에서 보낸 50년에 대해 이야기하는 것을 들었다. 방문객들이 고향에서 가져와 선물한 티셔츠인지 늙은 제자는 과자 상표가 그려진 티셔츠를 입고 있었다. 위대한 성자는 자신의 성스러운 손길을 찾는 수천만 명의 사람들에게 축복을 내려 주었다고 한다.

"성자님께서는 모든 사람을 사랑하셨습니다."

백발의 제자가 서툰 영어로 간신히 단어를 나열하며 우리에게 설명했다.

"저 같은 악당들까지 감싸 안으셨죠."

늙은 제자는 부유한 뱅골 귀족 가문 출신으로 스승을 만난 후 새로운 마음으로 다시 태어났다고 했다. 그의 짓궂은 미소에서 자동차를 타고 폭주를 하고, 술과 여자에 흠뻑 젖어 사는 남자를 떠올리기란 어렵지 않았다.

"버릇없는 사람들을 특히 좋아하셨어요."

제자가 빙그레 미소 지었다.

"꽤나 성스러운 사람인 척하면서 찾아오는 사람들도 종종 있었어요. 그들은 꼿꼿이 앉아서 성자님께 자신이 얼마나 좋은 사람인지, 얼마나 순수한지, 얼마나 깨어 있는지 이야기했죠. 성자님은 그저 미소를 지으시며 그 사람들이 하는 대로 내버려 두셨죠."

다운증후군 아이가 키득거리며 바닥에서 데굴데굴 굴렀다. 어머니가 아이를 말리려다 이내 포기했다.

"신께 여러분의 성스러움은 필요 없어요."

늙은 제자는 '성스러움'이란 단어를 공중에 휘갈겨 쓰는 시늉을 했다. 그러고는 활짝 웃었다.

"신께 여러분의 선함은 필요 없어요!"

한 오스트리아 여성이 물었다.

"그렇다면 신께서 필요로 하시는 건 뭔가요?"

"신께선 여러분이 사람임을 원해요. 그 외엔 아무것도 없어요."

제자가 대답했다.

"부서진 가구, 폼 재지 않는 사람들을 성자님은 그렇게 부르셨죠. 그분은 부서진 가구들을 사랑하셨어요. 그곳이 성자가 앉을 수 있는 가장 좋은 곳이라고 하셨죠."

인류를 버려진 가구들로 가득한 구세군 가게에 비유한 그 생각이 나는 마음에 들었다. 세 발 의자, 지저분한 소파, 곧 쓰러질 것 같은 탁자, 반은 타 버린 전등, 서랍이 빠진 채 방치된 장식장, 울퉁불퉁하게 파여 잠들 수 없을 것 같은 침대들.

안드레아 마틴은 다섯 살 때 석고붕대를 했을 당시 잠자는 시간이 하루 중 가장 괴로운 시간이었다고 말했다.

"아침이 올 때까지 고통에 완전히 짓눌려 누워 있었죠."

안드레아는 코네티컷 하트포드에 있는 성공회 교회에서 부목사로 일하고 있다. 목사관에서 만난 그녀는 아담한 여성으로, 다리를 절룩거렸다. 예일대 신학교를 졸업한 그녀는 매우 영리하고 겸손하며, 혈기왕성하다. 그녀는 어려서 열다섯 번의 큰 수술을 견뎌 내고 매년

6개월씩 공포의 석고붕대에 갇혀 지내야 했다. 안드레아가 정원의 나무들을 내다보며 그때의 고통스러운 생활을 솔직하게 말했다.

"파운드 아트(초현실주의 예술의 일종으로, 일상적 소재를 미적, 상징적 작품으로 만든 것–옮긴이) 같은 거예요. 우리는 고통, 부끄러움, 화, 욕망 같이 나쁜 것들을 많이 가지고 있어요. 하지만 동시에 신이 주신 은총도 가지고 있죠. 이런 것들이 삶의 일부분이 될 수 있도록 자기만의 독창적인 것으로 형상화하는 거예요."

안드레아는 선천적으로 PPD 결핵을 가지고 태어났다. 그녀가 아직 걸음마를 배우고 있을 무렵 의사들은 절뚝거리는 그녀의 다리를 더 짧게 절단해야 한다고 권유했지만 다행히 그녀의 부모님은 이를 거절했다. 대신 두 살 이후부터 스물한 살 때까지 안드레아는 수차례 다리를 길게 하는 수술로 고통받았다. 수술 뒤에는 몹시 괴로운, 형벌대에 묶인 것 같은 과정이 뒤따랐다.

아침 예배에서 여덟 아이에게 세례를 한 뒤 집으로 돌아온 안드레아는 직접 오믈렛을 만들어 주겠다면서 수선을 떨었다.

"육체적 고통이 감정적 분노만큼 고통스럽지는 않았어요."

안드레아가 달걀을 휘저으며 인정했다.

"통제할 수 있는 게 아무것도 없었어요. 지나치게 의사들을 따르고, 그들의 결정에 휘둘렸죠. 그러는 동안 세상에서 소외되고 외면당했고요. 그리고 남의 시선을 너무 의식했어요."

안드레아는 달걀을 프라이팬에 부어 넣고 내게 커피를 따라 주었다.

"정말 고통스러웠어요. 전 사회적 상황에 겁을 먹었죠. 학교에서는 아이들이 잔인하게 놀려 댔고요."

어린 나이였음에도 안드레아는 믿음에서 안정을 찾기 시작했다.

"예수님께서 버려진 모든 사람들을 초대해서 그의 곁에 두셨다는 이야기가 큰 도움이 됐어요. 그분은 나병 환자와 죄인들에게 손을 뻗으셨죠. 예수님 자신도 아웃사이더였어요. 그것이 제게 희망을 줬어요."

이에 더해 희망을 준 또 한 가지는 안드레아가 자신의 개인적 투쟁을 언젠가 더 높은 선을 위해 사용할 수 있을 것이라는 가능성이었다.

안드레아가 아침식사를 가져다주면서 말했다.

"제 마음이 달라졌던 것 같아요. 아마도 하느님께서는 제 공감대를 제가 예상하지 못한 방법으로 다른 사람들을 위해 사용하실 거라고 생각했죠"

살아오는 내내 사춘기는 악몽이었겠지만.

"여자아이들이 데이트를 시작했죠. 그 커다란 차이가 나와 그 애들 사이에 있었던 거죠. 전 생각했어요. 이런, 나는 그 수술을 견디고 살아났고, 몇 년이나 목발에 의지하면서 재활 치료를 견뎌 냈는데 이제 그건 두 배로 나쁜 일이 돼 버렸어. 이제 아무도 나를 사랑하지 않을 테니까."

안드레아는 이 말이 지나친 자기연민으로 들리지 않을까 싶어 조금 당황한 듯했다.

"다리를 절거나 흉터가 있는 남자애는 오히려 여자아이들에게 매력적으로 느껴져요. 그건 남자다움의 표시죠. 하지만 여자에게는 완전한 소외감을 가져다줄 뿐이에요. 저는 결코 결혼할 수 없을 거라고 생각했어요."

하지만 안드레아는 4년 전에 자유주의자 사회운동가인 크리스와 결혼했고, 무척이나 많은 사랑을 받고 있다.

인도에서 대학을 다니면서 안드레아의 혼란은 서서히 정리되었고, 그녀는 목사라는 자신의 천직을 찾아냈다. 그 전에는 의사가 되고 싶어 했었다.

"의사들이 절 위해 그랬던 것처럼 저도 아픈 사람들을 돌보고 싶었어요. 다리만 치료하는 것이 아니라 그 사람 전체를."

안타깝게도 안드레아는 과학을 잘하지 못했다. 그러던 어느 날 델리에서 그녀는 부름을 받았다.

"간디의 생가를 방문할 때였어요. 텔레비전을 비롯한 온갖 편의시설에 고급스러운 의자까지 갖춘, 아주 크고 호사스러운 관광버스에 앉아서 창밖을 내다보고 있었죠. 그때 부랑아 둘이 다가와서 제게 돈이나 음식을 달라고 손을 내밀었어요. 예배 때 들었던 말씀이 떠올랐죠. '세상의 죄를 씻어 주신 주님의 어린 양, 우리에게 자비를 베푸소서.' 두 아이들은 세상의 죄를 보여 주고 있었죠. 그리고 제게 구원의 손길을 원했어요. 그게 하느님께서 절 부르고 있다는 증거였죠. 마침내 제가 진실로 사랑했던 길을 따라가도록 허락받은 거예요."

이후 안드레아는 목사가 되어 관습에 얽매이지 않는, 그녀 인생의 파운드 아트 작품을 만들어 나가고 있다.

"어머니는 제게 '안드레아, 지금 네가 하고 있는 싸움은 겉으로는 어려워 보이지만, 너만이 아닌 모든 사람들이 항상 보이지 않는 것들에 도전하고, 싸우고, 상처받으며 자기만의 투쟁을 하고 있단다'라고 말씀하시곤 했죠."

그녀가 말을 이었다.

"목사로서, 지금 제 싸움은 대부분 마음속에 있어요. 하지만 나와 사람들 혹은 저와 하느님 사이에 깊은 골을 만들어 내는 게 무엇인지 알게 된 후로 저는 공감대를 확장하기 위해 노력했어요. 그리고 여전히 그 골을 메우기 위해 최선을 다하고 있죠. 저는 사람들을 한데 모을 수 있는 은총을 내려 달라고 매일 기도해요. 이 염원은 어린 시절의 고독감 때문에 더욱 깊어졌어요."

안드레아는 신자들을 돌보면서 세속적으로 성공한 사람들에게도 소외감이나 고독감, 버려지는 데 대한 두려움 같은 감정들이 뿌리 깊게 자리하고 있다는 걸 깨달았다.

"사람들은 모든 것을 가져야 한다는, 아니면 그렇게 보이기라도 해야 한다는 엄청난 압박에 시달리고 있어요. 심지어 마음속에서부터 무너지고 있을 때도요. 제 일은 사람들의 겉모습을 넘어서서 그들의 마음과 영혼을 보고, 마음속의 무엇이 그들을 현재와 달라지게 할 수 있는지 발견하는 거예요."

"외적인 모습들은 때로 너무 현혹적이에요."

안드레아가 커피를 한 모금 마셨다.

"제가 아는 의사 하나는 자신이 일하는 병원에서 버려진 쓰레기를 사용해 조각상을 만들죠. 다 쓴 엑스레이 필름, 정맥주사 배관, 솜, 석고붕대 부순 것 등을 써서요."

그녀가 우리의 커피 잔을 다시 채웠다.

"아픔으로 창조하는 파운드 아트. 제게 이 말은 희망에 대한 멋진 비유예요. 그것은 하느님께서 우리를 위해 어떻게 행동하시는가를 말해 주는 것이라고 생각해요. 강력한 회오리바람이 우리의 생명을 휩쓸고 조각내면 그만 희망을 포기하고 싶은 유혹에 빠지죠. 하지만 그때도 하느님께서는 그 쓰레기, 우리 인생에서 버려진 것들을 가지고 어떤 새로운 것을 만들어 내고 계시죠. 우리가 이 창조에 동참할 때 구원의 정신, 기적이 일어나죠."

이제 안드레아는 자전거를 타고, 수영을 하고, 산에 오를 수도 있다.

"신은 매우 경제적이세요. 고문, 기아, 학대 등 우리가 극복해 낼 수 없는, 더 큰 선으로 갈 수 없는 시련은 주시지 않죠. 신은 우리가 될 수 있는 것에 대한 그림을 그리고, 우리가 그 은총에 부응하여 마음을 열 때 더욱 큰 은총을 내리시죠. 우리는 인생의 소용돌이에 휘말리고, 절망으로 바닥까지 떨어질 수도 있지만 신은 결국 그것을 새롭게 태어나는 근원으로 만들죠. 결국 우리는 그 고통을 딛고 신이 바라는 사람으로 거듭날 수 있게 되요."

"부서진 가구처럼 말이죠?"

안드레아 마틴이 확신에 찬 목소리로 말한다.

"신은 부서진 것들을 조금 더 많이 사랑하시죠."

상처를 치유하기 위해서는
상처와 마주해야 한다

전통문화에서 예지력은 황무지를 지나온 주술사만이 가진 재능으로 여겨져 왔다. 문명세계를 벗어나 극한의 지역에서 살라는 계시를 받는 이도 있고, 깨어나기 위해 육체적 고난을 견뎌 내는 이도 있다. 악마와 어둠 속의 적들에게서 오는 심리적 공포를 극복하기 위해 환각 상태에 돌입하는 모험을 치러 내기도 한다. 하지만 주술사가 아니어도 극한의 상황에 내몰려 살아남으면서 잘 제련된 검처럼 단련되어, 어둠 속에서 용감히 앞으로 나아가는 사람들의 구원자가 되는 이들도 있다. 앞서 살펴본 도망친 노예 프랜시스 보크처럼 말이다.

지혜로 향하는 험난한 장애물들 중에서 근친상간보다, 아동 성학대보다 야만적인 것은 없다. 믿었던 보호자에게서 당한 배신은 아이의 삶을 두 동강 낸다. 근친상간 분야의 선구자적 희생자 아리엘 조던은 "강간을 당하는 순간 어린 시절은 끝이 난다."라고 말했다. 근친상간은 '영혼의 살인'이다.

근친상간의 희생자들은 트라우마를 극복하기 위해 상상조차 하기 힘든 영혼의 황무지를 지난다. 어둠의 미로를 헤매는 이런 아이들은 칠흑 같은 어둠 속에서 이미 그곳을 벗어난, 자신들의 방식대로 생명의 땅에 도달한 아이들이 비추는 희미한 빛을 따라 그곳을 벗어난다.

아리엘의 이야기는 그에 대한 기록이 없다면 믿기 어렵다. 잘생긴 이 60세의 남성은 영화배우 같은 은빛 머리에 감성이 풍부한 짙은 눈을 갖고 있다. 그의 윙윙거리는 목소리는 헨리 키신저를 떠올리게 했다.

아리엘은 이스라엘의 상황이 지금처럼 되기 몇 년 전에 어퍼 갈릴리의 키부츠에서 태어났다. 연구원이었던 아버지는 그 지역 공동체의 든든한 기둥이었고, 어머니는 키부츠에 어린이 보호구역을 조직한 사람이었다.

"어린 시절 내내 사람들은 내게 좋은 부모님을 두어서 좋겠다며 부러워했어요."

그가 사는 혼잡한 첼시의 아파트에 우리는 자리를 잡고 앉아 있다.

"나는 부모님을 정말 사랑했어요. 특히 아버지를요."

아리엘이 자신의 사진을 한 장 꺼냈다. 섬뜩한 미소를 짓고 있는 남자가 커다란 눈을 한 다섯 살짜리 소년의 허리를 꼭 붙잡고 있었다. 팔 안에 가둬진 듯한 소년은 다소 겁먹은 듯 보였다. 나는 사진을 아리엘에게 돌려주었다.

"내가 얼마나 솔직해졌으면 하나요?"

아리엘은 아동학대위원회에서 두 번 증언한 적이 있다. 나는 그 사실을 알고 있었고, 그에게 모든 것을 다 말해 달라고 청했다. 아리엘은 자신의 이야기는 세상을 충격에 빠뜨리려는 것이 아니라 '사회의 가장 어두운 비밀'에 빛을 비추기 위해, 근친상간이라는 금기어를 세상 밖으로 끌어내기 위해서라고 먼저 이야기했다. 그는 근친상간 사례를 20년간 연구해 오면서 문화적 차이에 따라 아이들에 대한 신뢰 역시 달라진다는 것을 깨달았다.

"우리는 아이들의 이야기를 들어 줘야만 해요."

내가 대답했다.

"물론이지요."

아리엘이 의자에 기대 믿기지 않는 이야기를 시작했다.

"아버지는 내가 네 살 때 처음으로 나를 강간했어요."

그가 바로 본론으로 들어갔다.

"나를 목욕시켜 주고 있었어요. 정말로 기분이 좋았죠. 우리 부모님은 나를 거의 만지지 않았거든요."

그가 잠시 쉬었다 다시 말을 이었다.

"이스라엘 아이들은 강인해져야 하니까."

아리엘의 사무적인 말투에서는 어떤 감정의 동요도, 자신에 대한 어떤 극적인 표현도 찾아볼 수 없었다.

"아버지는 내 몸에 묻은 물을 말려 주고 간지럼을 태웠죠. 정말 근사했어요! 아버지와 나 단 둘이서 재미있게 놀다니!"

"어머니는 어디에 계셨나요?"

"집 안 어딘가에요. 하지만 그 시간은 내가 아버지와 함께 있는 시간이었어요. 내게는 그게 게임 같았죠. 나는 웃으며 아버지에게 간지럼을 그만 태우라고 말했죠. 그러자 아버지가 내게 키스를 하기 시작했어요."

이 이야기를 하면서 아리엘의 얼굴이 어두워졌다.

"무슨 일이 일어나고 있는지 알 수가 없었어요. 아버지가 더 이상 게임을 하고 있는 게 아니라는 것만 알았죠. 아버지는 뭔가에 홀린 사람 같았어요. 그러고 나서……."

그가 잠시 숨을 멈췄다.

"아버지가 내 몸 안에 들어왔어요."

"네 살 때요?"

믿을 수 없었다. 나는 그걸 미처 감추지도 못했다.

"그 순간 몸이 쇼크 상태에 빠졌지만, 육체적 통증은 감정적 쇼크에 비하면 아무것도 아니었죠."

나는 완전히 할 말을 잃었다.

"그런 순간을 겪으면 더 이상 아이일 수가 없죠. 그리고 세상 무엇도 의지할 데 없는 고아가 되어 버려요. 자신의 일부가 죽어 가는 걸 생생하게 느끼게 되죠."

아리엘과의 만남 이후 근친상간에 대해 조사를 하던 나는 충격적인 사실을 알게 되었다. 전 세계에서 네 명의 소녀 중 한 명이 열여덟 살이 되기 전에 가족 구성원이나 다른 사람들에게 성폭행을 당한다는 것이었다. 남자아이들의 경우 그 수치가 약간 낮았지만 그래도 다섯 명 중 한 명이나 해당되었다.

프로이트조차도 이런 가혹한 사실, 일상적으로 벌어지는 근친상간 행위를 믿기 어려워했다. 그는 초기에 어린 시절에 당한 성적 학대가 무의식에 남아 성인이 된 후 히스테리를 일으킨다는 이론을 세웠지만, 환자들에게서 어린 시절의 성적 학대에 관한 진술을 너무 빈번하게 듣는 바람에 오히려 그 진실성에 의심을 품고 환자들이 그런 이야기들을 꾸며 낸다고 생각하게 되었다. 그는 환자들의 이야기에 질겁하여 동료들의 멸시를 각오하고 자신의 이론을 철회하기까지 했다. 그리고 히스테리에 대한 환자들의 잘못된 기억과 청소년들의 성적 환상에 그 책임을 전가했다. 이러한 프로이트의 입장 변화는 심리학자들에게 근친상간의 희생자들을 외면하기 위한 변명으로 간주되었다.

내가 물었다.

"얼마나 오랫동안 아버지가 그랬나요?"

"열다섯 살이 될 때까지요."

"왜 누군가에게 말하거나 아버지를 밀어내지 않았어요?"

"아버지를 기쁘게 해 주고 싶었어요."

그는 이 말이 얼마나 미친 소리로 들릴지 알고 있다고 했다.

"알아요. 이해하기 힘들 테지요. 하지만 학대받는 사람들은 자신을 가해하는 사람들과 기이한 관계를 맺어요. 그건 우리들만 아는 비밀스러운 세계죠. 학대받는 아이들은 저항하지 않는 게 살 길이라는 걸 본능적으로 알아요. 어쨌든 그들은 멈추지 않으니까요. 하지만 협력하면…… 그들의 연인이 되는 거죠."

아리엘은 고등학교를 졸업하고 기적적으로 이스라엘을 벗어났다. 그는 런던으로 이주한 후 영화학 학위를 받고 다큐멘터리 영화를 찍기 시작했다. 집으로부터 멀리 떨어진 후에야 그는 학대의 기억을 거의 묻을 수 있었다. 그리고 그 어두운 역사는 스스로가 만들어 낸 상상의 산물이라고 자신을 납득시켰다.

나는 학대받은 사람들 대부분이 어떻게 자신의 기억을 치유할 수 있는지 이해할 수 없다고 아리엘에게 솔직히 말했다. 어떻게 그토록 심한 정신적 상처를 겪었으면서도 그것을 의식하지 않고 제대로 살아갈 수 있는 것일까? 프로이트의 동료인 산도르 페렌치는 전시 상황이나 치명적인 사고, 성적 학대처럼 스스로 제어할 수 없는 종류의 스트레스는 정신적 상처를 점층적으로 퍼뜨린다고 말한다. 마치 총알이 몸을 관통할 때 물결이 점점 커지듯 말이다.

"이런 경험은 우리의 내면 한 구석을 죽인다. 다른 부분이 정신적 상처에서 살아남는다 해도, 그 기억의 틈에서 정신적 상처가 깨어나곤 한다."

80년대 초반, 비밀스러운 과거를 떨치지 못한 채 뉴욕에 도착한 아리엘은 그 정신적 틈을 채우기로 결심했다. 행복한 삶으로의 길을 가로막고 서 있는 수치심, 기만당한 어린 시절, 감정 없이 행해지는 무분별한 성행위, 그로 인한 성적 혼란에서 자신을 구해 내기 위해서였다.

지금은 근친상간이라는 개념이 오프라 윈프리의 고백 덕에 '세상에서 발생하곤 하는 일'로 여겨지게 되었지만, 아리엘이 고백할 당시는 근친상간이라는 말 자체가 납득되기 어려운 시절이었다. 아리엘의 이야기를 믿어 줄 만한 사람은 없었다. 그는 마침내 용기를 쥐어짜 정신과 의사에게 자신의 이야기를 털어 놓았다. 그러나 아리엘은 의사의 반응에 오싹해졌다.

"나는 한 시간 동안 온 마음을 쏟아 냈는데 그 의사가 뭐라고 말했는지 아세요?"

"물어보기가 겁나는데요."

"그가 내 어깨에 팔을 두르고 말하더군요. 그것은 모두 나의 희망 사항이었다고."

아리엘이 싱긋 웃었다.

"그 순간 깨달았어요. 이건 내 스스로 해결해야 할 일이라는 걸."

수련을 하는 주술사처럼 아리엘은 자신의 본능과 다짐 외에 아무것도 지니지 않고 어두운 기억의 숲속으로 들어갔다. 악마를 마주하기로 결심한 그는 과거를 파헤치고 그 괴물 같은 감정을 세상 밖으로 끌어내기 위해 예술을 수단으로 삼았다. 여전히 자신 안에 있는 상처받은 아이, 말하고 싶었지만 목소리가 없었던 그 아이를 예술 작품으로 승화시키면서 아리엘은 자신의 무의식 속에 살아 있는 고통스런 지난날들, 그 지옥에서 그림을 그리며 한 계절을 보냈다. 그의 방은 내장이 다 튀어나온 지옥도 같은 프랜시스 베이컨의 작품을 연상시키는 그림들로 가득 찼다.

아리엘은 어둠의 숲을 지나면서 점차 자신의 길을 발견했다. 그리고 영혼의 살인자에게서 벗어나 여전히 자신들의 미로를 지나고 있는 수백 명의 근친상간 희생자들을 돕게 될 치료법을 들고 세상으로 나왔다.

"내가 돌봤던 희생자들은 모두 적어도 두 가지 모습을 지니고 있었어요. 한 가지는 엄청나게 지적이고 기능적이죠. 또 다른 한 가지는 불구가 된 채 말문을 닫은 아이의 모습이지요. 그 아이들은 재능과 자주성, 유대감, 창조적인 힘을 간직하고 있어요. 스스로는 잘 느낄 수 없지만."

"어떻게 하면 희생자들에게서 그 아이를 끄집어낼 수 있죠?"

"기억은 몸 안에 머물러 있어요."

아리엘은 수많은 환자들을 대상으로 수십 년간 이야기 치료를 시행했지만, 이미 했던 이야기를 반복하는 것으로 정신적 상처의 근본적인 부분까지 가닿지는 못했다고 설명했다.

"많은 정신과 의사들이 이성적인 대화를 선호해요. 하지만 환자의 안에 있는 아이는 무슨 일이 일어났었는지 말로 표현할 수가 없어요. 누군가가 아이에게 다가가 아이가 정해 놓은 암호를 풀고 무의식 속으로 들어가야 해요. 아이가 고통스러워 비명을 지를 때까지요. 아픈 상처를 견디기 위해 상처를 봉인하고 거짓으로 살아온 아이에게 자신이 아프다는 걸 깨닫게 해 줘야 하죠. 진실과 가면의 간극은 엄청난 존재적 고통을 가져오기 때문이에요."

아리엘은 재앙을 겪은 사람들 대부분이 그렇듯 근친상간의 희생자들 역시 '초월적인 능력'을 갖고 있다고 말한다.

"희생자들은 탐구자가 될 수밖에 없어요. 우리는 어떤 것에서든 자신을 보살펴 줄 것을 찾아내죠. 아무리 작은 것이라도 말이에요. 사막의 선인장처럼."

누구에게도 위로받지 못한 소년이었을 때 자신 역시 그랬다고 아리엘은 덧붙였다.

"어렸을 때 나는 자연이 혹한에 시달리면서도 어떻게 그것을 극복하고 깨어나는지에 주목했죠."

아리엘이 갈릴리에서의 어린 시절에 대해 말했다.

"꽃봉오리가 맺히고, 활짝 피어나고, 향긋한 냄새로 세상을 가득 채웠죠. 아버지를 떠나고 나서 어느 날 오후 산책을 할 때였어요. 머리카락이 땀에 젖어 있었는데 산에서 산들바람이 불어와 얼굴에 와 닿았어요. 갑자기, 아무것도 바뀐 것이 없는데, 나는 다시 행복해졌어요."

"조금 더 자세히 설명해 주시겠어요?"

아리엘이 말했다.

"그 산들바람은 내가 혼자가 아니라고 말해 줬어요. 마치 누군가가, 내 이마를 쓰다듬어주며 내게 말을 걸고 있는 듯했죠."

잠시 침묵이 우리를 감쌌다. 아리엘은 그때의 기억 속으로 빠져든 듯했다.

"정신적 상처를 겪은 사람들은 자기만의 우주의 중심이 되죠. 이 때문에 그들은 꼼짝없이 갇힌 채로 절망에 빠져 살아요. 자신 밖의 세상을 대면해야만 자신의 고통뿐인 이야기가 결과적으로는 그렇게 대단한 일이 아니라는 걸 깨닫게 되요. 우리가 더 큰 우주의 일부분이라는 걸, 더 큰 유기체의 일환이라는 걸 깨닫게 되면 편안함을 느낄 수 있게 되죠."

이런 초월적인 깨달음은 우리가 상처에 나가떨어지지 않고 그것을 돌볼 수 있도록 해 준다.

"진실을 알지 못한 채로 삶을 완성할 수 있는 사람은 없어요. 스스로 느끼지 못하는 상처를 치유할 수는 없어요. 당신이 가장 수치스러워하고 있는 것이 무엇이든, 당신을 모욕하는 것이 무엇이든지 간에요. 상처를 올바로 치유하기 위해서는 자신의 상처를 정확히 알아야 하죠."

희생자가 반드시 가해자를 맞닥뜨려야 한다는 의미가 아니다. 아리엘 역시 아버지와 그 문제를 매듭짓지 않았다. 아버지가 죽은 후에도 그는 늙은 어머니에게 무슨 일이 있었는지 끝내 말하지 않았다. 그렇지만 아리엘은 그 일을 용서하는 법을 찾길 멈추지 않았다.

"어떻게 그런 일을 용서할 수가 있죠?"

나는 이렇게 묻지 않을 수가 없었다. 이에 대해 아리엘은 용서는 '내 마음의 일'이며, 자신에게 주는 은총이지 가해자들과는 상관이 없다고 말했다. 나는 죽지 않기 위해 나치 장교들 앞에서 춤을 췄던 발레리나 에바 아이거를 떠올렸다. 그녀는 회고록에서 자신이 과거의 포획자들을 용서하기까지 어떻게 40년이라는 시간을 보냈는지 이야기했다.

"용서하기 위해서 우리는 강해져야 해요. 용서란 잘못을 묵과하거나 면제해 주는 것이 아니에요. 용서는 정의와 아무 관계가 없어요. 용서란 과거에 의해 제약받았던 자신을 해방시키기 위한 이기적인 행위일 뿐이에요."

인터뷰가 끝나자 아리엘 조던은 나를 자신의 최근 작품들이 있는 옆방으로 안내했다. 그곳에는 과거 학대받는 모습을 표현한 그림들을 대신해 에콰도르, 인도, 폴리네시아 등 세계 각지의 주술사와 치료사 들의 사진이 놓여 있었다. 그들은 모두 지옥을 경험한 뒤 강력한 치유자로 거듭났다. 아리엘은 이 주술사들이 자신과 비슷한 영혼을 가지고 있다고 생각한다. 아리엘처럼 그들 역시 어둡고 깊은 미로 속에서 자신을 잡아먹으려는 미노타우르스를 죽였다.

"어둠은 우리에게 비밀을 알려 주죠."

우리는 그리스 신화 속의 괴물이 천사이기도 하다는 것을 쉽게 잊는다. 아리아드네의 미궁에 등장하는 미노타우로스의 원래 이름은 아스테리온, 즉 '별'이다. 다시 말해 어제의 적은 그들이 숨기고 있던 얼굴이 드러난 후에는 우리의 앞길을 밝히는 횃불이 될 수 있다. 아리엘은 환자들을 돌보면서 이런 전환을 자주 목격했다. 마치 그들은 다시 태어난 듯 잃어버린 순수함을 되찾곤 했다. 아리엘은 환자들이 자신의 상처를 더 깊이 들여다볼 수 있게 돕고, 아스테리온은 그들이 세상 속으로 되돌아오도록 이끈다. 그들의 마음속에서 세상에 대한 신뢰가 천천히 솟아오르고, 뉴욕의 보도블록을 뚫고 나오는 작은 풀잎처럼 삶은 다시 시작된다.

고통스러운 기억은
완전해지기 위해 필요한 조각

'트라우마(trauma)'라는 말은 독일어로 '꿈(dream)'이라는 단어에서
유래되었다. 되풀이되는 꿈처럼 트라우마는 머릿속에서 떠나지 않
고 형태를 바꿔 가며 유령처럼 현재에 들러붙어 있다. 은유적 표현
이 아니라 실제로 우리는 과거를 자신의 몸 안에 '있었던 그대로' 간
직한다. 생물학적으로도 기억은 아미노 펩티드 사슬의 형태로 세포
에 각인되어 있다. 문자 그대로 우리라는 개체는 삶의 경험들을 축
적하는 저장고인 것이다. 근친상간의 희생자들처럼 그 경험에 대한
기억을 인지하지 못한다 해도 기억은 우리 몸 안에 축적되어 있다.
즉, 몸이 기억하는 것이다.

이는 '종결'이란 단어가 잘못 해석되는 이유이기도 하다. 종결짓
는다는 것이 정확히 무슨 뜻인가? 위기는 언젠가는 끝날지 모르지
만 기억은 열린 채로 남는다. 최악의 시간이 지나간 후에도 상실의
잔여물은 남고, 슬픈 사랑의 그림자는 끝없이 추억을 되새긴다. 기
억의 파편이 마음속에 그대로 머물러 있기 때문이다. 내 어머니는
12년 전에 돌아가셨지만 어머니에 대한 내 기억이 생생하게 살아 있
듯이 말이다. 삶의 고저와 상관없이 기억은 표면 아래에 머물며 나
와 함께한다. 그리고는 기억 속에서 여전히 어린아이인 채로 남아

있는 나를 시시때때로 상처입힌다.

그렇다면 과연 우리는 그 기억들을 지우고 싶어 하는가? 그 기억 없이 우리가 스스로를 잘 안다고 말할 수 있을까? 고통스러운 기억마저도 우리가 완전해지기 위해 필요한 조각이 아닐까? 그것이 우리를 그려내는 독특한 자화상일 수도 있지 않을까?

종결과 연속성이 분리되는 곳에 마음과 영혼의 갈림길이 있다. 마음은 깔끔하게 종결짓고 싶어 하며, 문을 잠그고, 촘촘히 봉합한다. 과거의 얼룩을 남기지 않고 새롭게 시작하고 싶어 한다. 하지만 영혼은 텁수룩함, 기억, 혼돈 속에서 자라난다. 어린 시절 학교에서 밀가루와 물로 반죽해 만든 엉성하고 구멍 뚫린 입체 지도처럼 영혼은 지형과 질감, 잔해들을 요구하며, 생생하고, 텁수룩하며, 살아 있는 생명체들로 가득하다. 이에 비하면 마음은 항공사진으로 찍은 흑백 조감도 같다. 이성적인 마음은 기억을 잘라내고 도망치려 하지만 우리의 영혼은 그와 다른 방향을 추구한다. 사랑이 떠난 뒤에도 사랑이 있던 곳에 머물며, 이성적인 이유가 사라진 후에도 오랫동안 성스러운 기억의 파수꾼이 되어 열린 채로 남아 있다.

1973년 10월 19일 아침 황량한 아타카마 사막의 외딴 소도시 칼라마에 칠레의 독재자 아우구스토 피노체트에게 충성하는 다섯 명의 군인들이 몰려왔다. 정부의 지원 아래 활동하는 '죽음의 특공대'들은 이미 칠레 전역에 걸쳐 포악함과 잔인함으로 악명이 높았다.

퓨마 헬리콥터를 타고 온 죽음의 특공대들이 집집마다 돌아다니기 시작했다. 그리고 무고한 남성들을 집에서 끌어내 군용트럭에 태웠다. 남편, 아버지, 형제, 아들이 수갑을 찬 채로 끌려가는 동안 여인들은 공포에 휩싸여 그저 바라만 보고 있었다. 여인들은 수송차

량이 떠나려 하자 그제서야 정신을 차리고 다급히 트럭 옆을 두드렸다.

죄 없고 결백한 시민들을 '실종'시키는 전략은 새로운 정권을 유지하기 위한 저속한 전략 중 하나였다. 여인들은 정부 당국에 항의했지만 철저히 무시당했다. 이후 끌려간 스물아홉 명의 칠레 남성들을 다시 보거나 그들의 소식을 들은 사람은 아무도 없었다. 살인자는 끝까지 밝혀지지 않았으며, 장례를 치를 유해마저도 가족들의 품으로 돌아오지 못했다.

칼라마의 여인들은 비탄에 빠지고 격분하여 남편과 아들을 직접 찾아 나서기로 했다. 그녀들은 곡괭이와 삽, 주방도구로 무장하고 사랑하는 이의 유해를 찾기 위해 정규 수색대를 조직하여 수십 년간 달의 계곡 속으로 들어갔다. 소문, 직관, 희망을 좇아 헤매는 그녀들에게 수없는 좌절이 뒤따랐다. 아타카마로 되돌아온 그녀들은 남편의 뼛조각 하나라도, 치아 한 쪽이라도 찾으려 애썼다. 해답을 얻지 않고서는 살 수가 없었기 때문이다.

"실종된 남자들이 살았는지 죽었는지 아무도 몰랐어. 살해당했을 가능성이 크긴 했지만."

바베이도스 해변가를 걸어 내려가면서 파울라 알렌은 이렇게 말했다. 파울라는 다큐멘터리 사진작가로 30년 동안 '여인들의 보이지 않는 이야기들'을 찾아 세계 각지를 돌아다녔다. 그녀는 약 20년간 혼자서 일하며 저지 시티의 매춘부가 된 노숙자부터 쿠바의 동성애자들 그리고 벨파스트의 이동식 주택에 살고 있는 아일랜드 집시 아가씨들을 찾아다녔다. 그녀는 1990년대 초부터 나의 가까운 친구였다.

남자들이 실종되고 16년이 지난 1989년의 크리스마스였다. 타는 듯이 강렬한 태양이 질 무렵 파울라는 칼라마의 여인들과 함께 카메라와 삽을 들고 달의 계곡 속으로 들어갔다. 무엇을 찾게 될지 두려움에 싸인 채로.

"바람이 몹시 불었지. 사막답게 햇빛은 부드러우면서도 강렬했어. 여인들 대부분이 꽃무늬 드레스를 입고 있었어. 바람에 날리던 그네들의 드레스 자락과 얼굴에 서려 있던 투지가 기억나. 전에는 그렇게 생생한 투지를 본 적도, 그 투지가 행동으로 나타나는 모습도 본 적이 없었지. 여인들은 체포되어 죽을 수도 있었지만 침묵을 지키지 않았어. 자신의 사랑을 포기하지 않은 거지."

나는 파울라가 가져온 사진을 본 적이 있었다. 지친 여인들이 막대기와 삽, 어깨에 걸린 바구니를 힘겹게 끌며 오지탐험가처럼 자신의 데사파레시도스(일부 중남미의 군부 독재 체제 하에서 불법으로 납치되어 자취를 감춘 사람들 - 옮긴이)를 찾아 하얀 벌판 속으로 나아가고 있었다. 칼라마 여인들의 역경은 영웅적이었으나 나로서는 이해할 수가 없었다. 유해, 즉 신체적 유물을 확인하고자 하는 그들의 집착은 제아무리 그곳에서 벗어나려는 시도라고 해도 쉽게 공감하기 어려웠다. 이 생각이 영혼이 아닌 마음의 소리였다는 것을 지금은 알고 있지만.

파울라가 인터뷰한 미망인들 중 비키라는 여성은 이렇게 말했다.

"몸이 없다면 아무것도 분명하지 않아요. 진실을 알게 되면 고통을 견디기가 훨씬 쉬워질 거라고 생각했죠."

또 다른 미망인은 파울라에게 '어머니에게 자식을 대신할 수 있는 것은 아무것도 없다'는 것을 상기시켜 주었다.

"어디에서나 마누엘의 목소리가 들려요. 거리를 걸어 다니는 남자들이 모두 아들처럼 보이죠."

또 다른 사람이 이에 동의했다.

"항상 무언가를 찾아야만 할 것 같은 생각에 사로잡혀 있지요."

미망인 중 가장 나이가 많은 레오 부인이 이 모든 말들에 쐐기를 박았다.

"그들이 우리를 산 채로 묻었지."

칼리마의 여인들은 사라진 연인을 기리고 거기에서 의미를 찾는 것이 아니라 스스로의 생을 위해 자신들의 빼앗긴 일부분을 찾아, 잃어버린 과거의 층위를 찾아, 광활한 벌판 어딘가에서 잃어버린 것들을 찾아 사막을 파헤치고 다니는 듯했다. 그 잔해들을 찾지 못하고서는 그들은 비통해할 수도 없었고, 그 감정을 느끼지 못하고서는 온전하게 자신의 삶을 살아 낼 수도 없었다.

이성적인 시각에서 여인들의 역경은 일견 터무니없어 보일지도 모른다. 그러나 영혼의 관점에서 그녀들의 행동은 일리가 있다. 영혼은 잃어버린 것을 찾으려 한다. 영혼의 눈에는 우리의 모든 조각들, 부서져 세상 어딘가를 떠돌고 있는 삶의 조각들이 모두 소중하다.

나의 이런 생각에 파울라 역시 동의를 표한다.

"그들 역시 어떤 종류의 완전함을 찾고 있었지. 내가 따라다니는 모든 여자들이 똑같아."

"그래서 너는 그걸 '보이지 않은 이야기'라고 말하는 거야?"

파울라는 질문의 의도를 이해하지 못한 듯했다. 나는 다시 물었다.

"자신의 모습이 스스로에게 보이지 않기 때문에?"

파울라가 내 말을 정정했다.

"그들의 모습은 세상의 시각에서는 보이지 않아. 한편으로는 그들 스스로에게도 보이지 않는 부분이 있지만."

칼라마 여인들의 이야기는 탁상공론격인 대중심리학 이론이 아니다. 그들의 수색은 말 그대로 현실이고, 피투성이이고, 뼈와 먼지와의 사투이다. 그들은 비유를 위해 땅을 파고 있었던 것이 아니다.

수색을 시작하고 거의 20년이 지난 1990년, 정부가 여인들이 수백 번 지나쳤던 바로 그 길에서 실종된 남자들의 유해를 절반 정도 찾아냈다. 파울라는 장례식에 갈 수 없었지만 다른 여인들에게서 그날에 대한 이야기를 들을 수 있었다. 슬프지만 반가웠던 두개골더미, 뼛조각들, 때로는 옷 한 자락 외에는 아무것도 남아 있는 것이 없는 남자들이 마침내 땅 속으로 들어갔다. 그러나 후에도 여인들은 강한 결속력으로 똘똘 뭉쳐 아직 시신을 찾지 못한 여인들을 도와 계속 그 길을 걸어가고 있다. 여인들은 새로운 힘을 내고, 서로에게 새로운 가족이 되었다.

빅토리아 사베드라는 이렇게 말했다.

"우리는 정말로 진하고 깊은 친밀함을 나누고 있죠. 그게 우리의 삶을 채워 줘요."

힐다 무뇨스가 이 말에 동의했다.

"우리들은 같은 고통으로 뭉쳐진 가족이에요."

또 다른 여인이 덧붙여 말했다.

"우리는 여전히 나머지 사람들을 찾아내는 꿈을 꿔요. 수색은 아직 끝나지 않았어요."

거대한 무덤 근처에는 실종된 모든 사람들을 추모하는 묘비 하나가 세워져 있다. 비석에는 이런 글귀가 새겨져 있다.

"그들이 어디 있는지 알 수 없지만 그들은 고요한 안식 속에서 태양을 벗삼고 있을 것이다."

〈희망의 춤〉이라는 영화에서 칼라마의 여인들은 죽음의 특공대가 찾아왔던 그날의 비극을 기억하며 공중으로 꽃을 날리고, 수백 송이의 붉은 카네이션으로 모래를 뒤덮으며 함께 사막으로 걸어 들어간다. 여인들은 기억으로부터 도망치지 않았다. 그들은 기억을 마음속에 묻는 것처럼 삶 또한 발아래 묻을 수 있겠지만, 영혼은 그 덮개를 벗길 때만이 살아날 수 있다고 말하는 듯하다.

여인들이 찾아 헤매는 뼛조각과 같이 우리의 뇌리를 떠나지 않는 무서운 부분들, 부서진 조각, 실패, 사라진 자아, 연인, 비밀, 석화된 꿈, 이 모두는 우리가 누구인지를 말해 준다. 때로 이 사실을 상기하는 게 힘겨울 수도 있지만, 잊는 것보다는 늘 낫다.

트라우마처럼 묻혀 버린 기억은 찾아내야만 한다. 드러난 기억은 마음을 통해 영혼에게 말을 건다. 영혼은 잃어버린 것을 소중히 여기는 데서 활짝 피어난다. 그 아래 숨겨진 층위가 더 이상 보이지 않고, 과거의 침전물이 우리 안에서 하나의 형태를 이룰 때, 우리가 사랑했던 것들은 완전한 아름다움을 획득하게 된다.

덜 방어하고 더 사랑한다면

자신의 불완전함을 드러내는 것을 두려워하지 마라.
삶의 그림자들을 회피하지 마라. 자아를 보호하고,
타인의 존중을 받기 위해 썼던 허술한 가면을 유지하느라 애쓰지 마라.
대신 가면을 벗어 내려놓고, 온전히 드러난 자신을 사랑으로 감싸 안아라.
그러고 나면 삶의 고통을 완전한 기쁨으로 받아들이고,
자신이 지니고 있던 본연의 힘을 누릴 수 있게 된다.

상처는 사랑의 길 위에 서 있다는 증표

완전해지기 위해서는 마음의 고통을 받아들여야 한다. 아픔을 겪지 않고서는 사랑할 수 없고, 갑옷을 부수지 않으면 누군가에게 가까이 다가설 수도 없다. 영적으로 가장 벌거벗은, 가장 투명한 사람들은 가장 완전한 시야를 지닌 사람이기도 하다.

예지자 무함마드는 이렇게 말했다.

"마음의 상처를 내보여라. 그 상처는 그가 사랑의 길 위에 서 있음을 알려 주는 증표이다."

성경에서는 완전해지길 원한다면 자신의 열정을 불태울 수 있도록 스스로에게 허용해 주고, 자기 자신을 낱낱이 벗겨 내라고 한다. 삶의 그림자들을 회피하는 것은 결국 마음을 피상적으로 만들기 때문이다.

테네시 윌리엄스의 연극 〈오르페우스의 추락〉에는 평생 공중을 날다가 죽기 위해 단 한 번 땅에 내려앉는 새, 언제나 하늘을 날아오르고, 더럽혀지지 않으며, 그림자도 없는 신화 속의 하얀 새가 등장한다. 이 새는 그런 받아들임의 반대편에 위치한다. 고통을 피하고자 하는 소망이야 누구나 갖고 있는 것이겠지만 그런 회피는 장기적으로 삶을 무미건조하고 좁게 만든다. 극도의 자기방어는 당장 날아오는 총알을 피할 수 있게 할는지 모른다. 하지만 그렇게 하다가는 외딴 요새 안에서 점점 위축되어 가는 자신의 모습을 발견하게 될 것이다. 사랑하지도 않고, 상처받지도 않고, 메말라 있는 마음에 갑옷을 입히는 것은 절반짜리 안전이다.

안전해 보이는 삶은 겉으로 보기에 매력적일 수 있다. 그러고 있는 동안 열정과 기쁨, 사랑과 그것에 수반되는 고통을 통해 만들어지게 될 실재는 태어나기도 전에 죽어 버린다. 하지만 세상 모든 연인들, 예술가들이 알고 있듯 사랑의 기쁨에는 동전의 양면처럼 고통이 수반된다. 자신의 가공되지 않은 열정적인 삶을 자랑스러워했던 시인 라이너 마리아 릴케는 이렇게 말했다.

"이 미스터리가 끔찍하다는 것은 사실이다. 그래서 사람들은 항상 그것들을 멀리한다. 하지만 고통의 가면을 쓰지 않은 달콤하고 영예로운 것이 대체 어디에 있단 말인가? 삶의 고통을 완전한 기쁨으로 받아들일 수 없다면 이루 말할 수 없이 풍요로운 자기 존재가 지닌 본연의 힘을 누릴 수 없다. 그저 그 가장자리에서 서성일 뿐이다. 그리고 심판의 날 살아 있지도, 죽어 있지도 않을 것이다."

그러나 우리의 허영은 그런 치욕과 상처를 받아들이지 않고, 그러는 동안 마음은 슬그머니 가면을 준비한다. 우리의 자아는 존경받고, 칭찬을 듣고, 자신의 허술한 가면을 보호하기 위해 진실과 일정한 거리를 유지하려 한다. 그러나 영혼은 진실을 요구하고, 본질에 접촉하려 한다. 이런 모순을 지닌 존재인 인간으로서 우리는 경험이 변환될 수 있고, 재앙 속에서 살아남은 사람들에게 그 고통이 결과적으로 가치 있는 생존 시스템을 갖추게 될 전환점이 된다는 사실을 이해할 필요가 있다.

우리 본연의 인간성은 숨길 수 없으며, 우리는 가면을 벗어 내려 놓음으로써 다시 태어날 수 있게 된다. 그리고 그에 맞서 싸우는 것이 힘들었던 만큼 우리는 마침내 드러난 본모습에 감사해하게 된다. 감추고 싶은 마음이 줄어들수록 방어의 필요성 역시 줄어든다. 자신의 불완전함을 드러내기를 두려워하지 않고 온전히 드러난 자신을 사랑으로 감싸 안을 수 있게 된다.

사람들 앞에서 가면을 벗는 용기에 대해서라면 지금은 세상을 떠났지만 내 친구 루시 그릴리보다 더 용감하고, 상처에 대한 회복력이 강한 사람을 본 적이 없다. 그녀는 회고록《서른 개의 슬픈 내 얼굴》을 통해 수천 독자의 심금을 울렸다. 그녀는 아홉 살 때 뼈에 생기는 악성 종양 중 하나인 유잉육종으로 수술을 받고 나서 턱의 절반을 잃었다. 그녀는 어린 시절을 암 투병과 손상된 얼굴과 싸우며 보냈고, 수술 이후 30여 년간 흔들리지 않고 꿋꿋이 살았다. 그녀는 책과 수많은 대화를 통해 수년간 암이 자신의 자긍심에 미친 영향과 그것이 가르쳐준 엄격한 교훈에 대해 이야기했다.

루시는 2002년 약물과다복용으로 세상을 떠났고, 그 비극은 이후 〈뉴욕 매거진〉의 표제가 되면서 세상에 알려졌다. 그러나 루시가 2년 동안 헤로인을 끊지 못하고 상습 복용했다고 해서 사람들을 일깨우고 격려하고자 했던 그녀의 열정을 폄하할 수는 없다.

사람들은 루시가 스무 살이 되기 전에 죽을 거라고 말했다. 하지만 루시는 그 두 배에 가까운 시간을 살면서 멋진 책을 쓰고, 다채로운 삶을 살았다. 학생들에게 작문을 가르치고, 암 환자들에게 조언을 해 주고, 나를 포함한 많은 사람들에게 좋은 친구가 되어 주었다. 이탈리아의 화학자 프리모 레비는 자살을 함으로써 홀로코스트의 생존자로서의 영광에 상처를 입혔지만, 루시가 성취한 것들은 그 슬픈 결말로 인해 빛을 잃지 않았다.

루시는 더블린에서 태어나 네 살 때 미국으로 왔다. 루시는 알코올중독에 걸린 아일랜드계 가정에서 태어나 그 내력을 물려받았다. 그러나 그녀는 끊임없이 중독 치료를 받으며 자신의 삶을 더 나은 것으로 만들려는 노력을 멈추지 않았다. 그녀는 비극적인 결함이 자신의 삶을 망치게 놓아두지 않았다.

루시는 부서진 중국 인형 같았다. 그녀의 상처는 오른쪽 귀에서부터 짧아진 턱까지 이어져 있었고 얼굴은 산산이 부서진 도자기 조각을 붙여 놓은 것 같았다. 그렇게 루시의 얼굴 반쪽은 반대쪽의 사랑스러운 얼굴과는 멀어졌다. 루시는 자신의 얼굴을 증오했고 흉측하게 여겼다. 어떤 각도에서는 차마 스스로도 쳐다보기 힘들어 할 정도였다. 하지만 루시는 텔레비전 토크쇼에 나가고, 대중 앞에서 강연을 하고, 그중에서 가장 어려운, 좋은 남편감을 찾는 일을 멈추지 않았다. 좋은 남자를 찾는 루시의 탐색은 본능적인 동시에 끈질겼다.

나와 루시는 한 달에 두세 번쯤 우리가 좋아하는 카페에 앉아 연애와 생존에 대해 느끼는 강박증을 토로하고 서로 위로하곤 했다. 루시는 주로 관계에 있어서 절망을 느꼈다.

"내가 못생겼다고 생각해?"

루시는 부끄러운 듯이 온전한 쪽의 얼굴을 내보이며 내게 끊임없이 물었다. 그러고는 미소를 짓고 윙크를 했다. 그녀는 커다란 터틀넥 스웨터, 몸에 딱 달라붙는 청바지에 무릎 높이의 섹시한 가죽 부츠를 신고 있었다. 재앙이 없었더라면 그녀는 못 말리는 말괄량이가 되어 있을지도 모르겠다.

"못생기지 않았어. 하지만 믿을 수 없을 정도로 자만심이 강하지."

이 표현에 루시가 내 뺨을 톡 치고는 술을 주문했다. 루시는 자신의 외모가 특별하다는 것을 알고 있었다. 금발에 아름다운 아일랜드계의 파란 눈, 복숭아빛 피부, 섹시한 다리, 유연하고 매력적인 몸매까지. 하지만 그런 정보는 사람들에게 받아들여지지 않았다. 루시는 어린 시절 학교에서 '짐승 소녀'라는 무자비한 놀림을 받았다. 공에 얼굴을 맞고 급히 병원으로 실려 간 날 의사는 루시의 아래턱뼈에서 악성 종양 네 개를 발견했고, 수술실에서 그녀의 턱은 반으로 갈라졌다. 그 후 상급반으로 되돌아왔을 때 루시의 학교 생활은 마치 고통이란 무엇인가를 그녀에게 가르치는 것 같다고 생각될 정도였다. 육체적 고통은 차치하고 루시는 사람들이 '평범하다'는 것이 얼마나 운이 좋은지 깨닫지 못하며 사는 걸 이해할 수 없었다.《텔레비전에서 보이는 것처럼》에서 루시는 암에 걸린 후 첫 번째로 맞은 할로윈 축제에 대해 썼다.

"나는 찌든 플라스틱 냄새로 가득한 가면 뒤에서 숨을 쉬며 생각했다. 이게 정상이라고. 원래 세상은 기쁘고 활기찬 것인데 나는 내 얼굴 때문에 그곳에서 멀어진 것이라고. 사람들이 서로 친밀하게 지내며 즐거워하는 세상에서 나만 소외된 것은 내가 쓰고 있는 이 가면 때문이라고 생각했다. 사람들은 왜 알지 못하는 것일까? 세상에는 단지 조롱거리가 되지 않는 것만을, 누구도 자신을 사랑하는 이가 없다는 두려움에서 벗어나기만을 바라는 사람도 있다는 걸."

자기연민은 있을 수 없었다. 루시의 어머니는 그녀가 울지 못하게 했다. 잔인하게 들리겠지만 그리고 실제로 잔인하지만 루시는 어머니의 그런 완고함이 어느 정도 자신을 도왔다고 믿는다. 어린 시절의 정신적 외상은 종종 사람을 엄청나게 기능적이고 이성적으로 만든다. 이들은 다른 사람에 대한 책임감은 엄청나게 높지만 자기 자신에 대한 감정에는 무디다. 이런 불균형은 근본적으로 문제가 있지만 사회에서 무언가를 성취해 나가는 데는 보통 사람들보다 유리하게 작용하기도 한다.

루시는 별 일 아니라는 투로 담담하게 말했다.

"감사하게도 나는 내게 일어난 일에 대해 처음부터 억울해하지 않았어. '왜 하필 나일까?' 하고 절대 묻지 않았지. 오히려 애초부터 '왜 내가 아니어야 하지?'라고 묻는 게 당연했지."

루시는 말을 이었다.

"스스로를 비하하는 감정이 나르시시즘의 변형된 형태라는 걸 깨닫는 데는 일종의 감성지능이 필요하지. 에고를 확립하는 데 자신의 고통을 핑계 삼는 건 아주 쉬워. '아, 난 너무 가여워!' 하는 식이지."

음식을 흘릴 것이 걱정돼 공공장소에서는 먹고 마시는 것조차 어려워했던 그녀는 자기연민이라는 감정에 엄격했다.

"냉철해져야 할 부분이지. 바깥 세상에 도사리고 있는 고통들 중에는 더욱 끔찍한 것들이 많아. 사람들은 흔히 어떤 일을 극복하기 위해 자신이 얼마나 강해져야 하는지, 얼마나 커져야 하는지를 생각하지. 하지만 오히려 자신이 얼마나 작은지, 자신이 겪는 문제가 정말 별 것 아니라는 걸 인정하는 데 더 많은 용기가 필요해. 그걸 죄책감이나 우울함이 아니라 연민으로 감싸 안으려면 말이야."

이 말은 근친상간의 희생자 아리엘 조던을 떠올리게 했다.

루시가 말했다.

"고통받는다는 게 어떤 건지 난 잘 알아."

루시는 화학요법이 오늘날보다 많이 뒤처져 있고, 그것이 치료가 아니라 '죽음의 끝에 이르도록 환자들을 독살하는' 것이었던 1970년대에 암에 걸린다는 것이 무엇을 의미하는지 설명했다. 착실한 가톨릭 신자였던 소녀 루시는 처음에는 자신의 고통이 성스러운 고통이라고 신성화시키기 위해 애썼다. 열 살짜리 소녀는 가혹한 치료 후에 성스러운 정화를 구하는 기도를 했다.

언젠가 루시가 말했다.

"병원의 화장실 변기에 앉아서 두 개의 낙서를 읽고 또 읽었어. 하나는 '신은 가까이에 있다'였고, 다른 하나는 '지금 여기에 있으라'였어. 그 낙서를 곱씹어 보면서 내가 겪는 이 고통이 과연 신의 선물인지, 과연 우리에게 힘을 주는 게 뭘지 생각하게 됐지."

루시는 이후 고통받는다는 것에 대한 전문가가 되었다. 그녀는 암과의 싸움에 있어서는 단연 챔피언이었다. 그녀는 세상일이 모두 그렇듯 고통에도 역시 감춰진 얼굴이 있다는 걸 깨달았다.

"시련의 한가운데 있다는 건 생의 다른 가능성을 볼 수 있게 된다는 걸 의미하기도 해."

루시가 큰 수술 전의 마지막 검사를 마치고 난 후 우리는 자동차를 타고 코네티컷으로 향했다. 루시는 이번에야말로 의사가 턱을 바로잡아 줄 거라고, 기다렸던 얼굴을 만들어 줄 거라고, 얼굴 양쪽의 대칭을 이뤄줄 거라고 기대했다. 한껏 들뜬 그녀는 하루라도 빨리 수술을 받고 싶어 했지만 먼저 시골에서 요양을 해야 했다. 루시가 차 안에서 자신이 배운 것들에 대해 말하는 동안 코스콥의 초원지대가 창밖으로 스쳐 지나갔다.

"나는 모든 일을 보이는 것과 달리 생각하려고 노력해 왔어."

루시가 이 이야기를 한 것은 수술을 받은 다음 해였다.

"먼저 기쁨에 대해서부터 시작했지. 사람들은 기쁨이 인생에서 획득해야 할 대상, 드물게 찾아오는 것이라고 생각하곤 해."

루시가 담배에 불을 붙였다.

"하지만 내가 배운 건 기쁨은 단지 '고통이 없는 상태'라는 거야. 육체적인 차원의 일일 수도 있고, 정신적으로 자학을 멈추는 차원에서 일어나기도 하지."

"그렇게 놀랄 만한 것도 아닌데?"

루시가 덧붙여 설명했다.

"그걸 체험하기 위해 난 오랫동안 고통에 시달려야 했어. 고통에 시달리면서 나는 언제 고통이 조금 가라앉는지를 깨달았고, 그 순간 마음 깊숙한 곳에서부터 강한 희열이 올라온다는 걸 알게 됐지. 처음에는 이렇게 정기적으로 강하고 깊은 희열을 느끼는 게 흔치 않은 일이라는 걸 몰랐어. 고통은 언제나 정말 잠깐씩 수그러들었으니까 말이야. 그런데 말야, 고문이 왜 효과적인 줄 아니? 고문하는 사람들은 죄수들의 고통이 잠시 수그러드는, 그 잠깐의 희열을 느낄 틈을 주지 않기 때문이야."

루시가 나를 바라보며 말했다.

"난 살면서 강한 희열을 느끼는 순간을 종종 겪었어. 하지만 그건 내 상태가 조금 나아졌다는 걸 느끼는 데서 오는 기쁨이었지 내 밖에서 어떤 것을 얻었기 때문이 아니었어. 기쁨은 이미 그곳에 있었던 거야. 그 순간을 위해서는 단지 고통이 조금 줄어들기만 하면 됐어. 그러면 그곳에 기쁨이 있었지. 정말 깊고, 기적적이었어."

루시의 외적인 결함은 사람들을 끌어당겼다. 특히 그녀의 이야기를 들은 사람들은 그녀에게 더욱 매료되었다. 사람들은 객석을 꽉 채우고 앉아 그녀가 자신의 상처를 당당히 드러내는 모습에 존경과 애정을 표했다.

루시가 바꾸고 싶어 했던 것은 사람들을 고무시킨 바로 그 상처였다. 안으로 움츠러든 사람들을 세상으로 이끌어 내고, 자신의 결점을 더 이상 두려워하지 않도록 가르친 그 약점이었다.

언젠가 루시가 말했다.

"열려 있는 마음, 솔직함, 약함, 드러내기는 모든 것의 열쇠야. 괴로움의 깊이를 마주보기 위해서는 무엇보다도 스스로에게 솔직해져야 해. 아니면 우울증을 겪게 될 뿐이지."

루시는 우울증을 "더 큰 고통을 일으키는 회피"라고 표현했다. 칼 융은 "노이로제는 마땅히 겪어야 할 고통을 회피한 결과이다."라고 말했다. 루시는 더 이상 그렇게 하지 않는다.

"사람들은 어떤 상황에 완전히 몰입해 감정을 쏟아 버리는 걸 꺼려해. 대신 감정을 계속 붙잡고 있지. 불안정하고 궁지에 몰린 극단적인 감정들을 계속 붙잡고 있는 거야. 그게 우울증이 사람들을 무력하게 만드는 방법이야. 하지만 마음을 닫지 말고 감정들을 그저 느끼게끔 자신을 내버려 두면 그 감정들은 더 뜨겁게 타오르고, 더 빨리 지나가 버려."

"그게 그렇게 쉬운 거였군."

"쉽다고? 나는 진짜 삶에 대해 말하고 있는 거야. 9·11 사태 이후 봤듯이 사람들은 누군가를 고통스럽게 만드는 것으로 자신의 고통을 가볍게 하려고 해. 무엇을 어떻게 해야 할지도 모르고, 요동치고 있는 감정을 어떻게 느껴야 하는지도 모르기 때문이지. 그런 사람들에게는 비통해하기보다 보복을 실행하는 게 훨씬 편안하게 느껴지지."

고통을 견디고, 그럼에도 눈을 반짝이며 열정을 불태울 수 있는 루시의 능력은 그야말로 초능력이 아닐 수 없다. 루시는 창 꼭대기에서 떨어져도 땅에 사뿐히 착지할 수 있는 고양이 같았다. 상황이 최악으로 치닫는 때에도 루시는 절제와 품위를 잃지 않았다. 오랫동안 기다려 왔던 수술이 루시의 얼굴을 정상으로 되돌려 놓는 데 실패했지만, 그녀는 자신의 열정을 끌어모았다. 루시의 얼굴은 알아볼 수 없을 정도로 부어올랐고, 이식된 살이 아직 정착되지 않아 부풀어 오른 채 튜브처럼 목에 둘러져 있었다. 자리에서 일어나지도 못할 정도로 극심한 고통을 겪으면서도 루시는 꺼지지 않은 유머감각을 보여 주었다. 내가 침대 위에 올라가 루시의 옆에 눕자 루시는 의자에 앉아 있는 친구 앤 팻체트와 함께 내 손을 잡았다. 그녀는 자신의 끔찍한 모습을 웃어넘기려 애썼다.

"새로 나온 화장품, 헬륨."

루시가 부풀어 오른 얼굴을 좌우로 돌려가며 아이처럼 까르륵 웃었다. 그리고 이토록 든든한 친구들이 있으니 자신은 정말 운 좋은 사람이라고 말했다. 이제부터 그녀는 혼자일 테지만. 분명히 그리고 영원히.

"난 운 좋은 여자 아니었나?"

온통 시퍼렇게 멍이 들어 눈도 깜빡이지 못하는 루시가 자신의 괴상한 목을 가리키며 훌쩍이는 척했다. 앤의 표정이 침울해졌다.

"정말이야, 너희들을 사랑해."

루시가 말했다.

"이런, 닥쳐."

앤이 말했다. 앤은 루시의 유머를 이해하고 있었다.

"나쁜 년."

루시가 말했다.

"못된 년."

앤이 말했다.

둘은 함께 한껏 웃었다.

석 달 후 루시가 죽었다. 그녀는 죽던 날 밤 내 자동응답기에 메시지를 남겼다. 좋은 친구가 되어 주어 고마웠다고 그리고 얼마나 너를 사랑했는지 모른다고. 나는 그것이 루시의 목소리를 들을 수 있는 마지막 순간이리라고는 생각지 못했다. 루시는 수술 후 기력을 되찾았고, 다시 데이트를 시작했으며, 사람들이 기다려 왔던 자신의 소설을 끈기 있게 써 내려갔다. 심지어 의과대학 진학을 고려하기도 했다.

이별을 고하는 메시지를 받기 며칠 전에 우리는 좋아하는 카페에서 커피를 마시며 웃었다. 루시는 연애가 얼마나 어려운지, 왜 남자들은 강한 여자들 앞에서 강박적으로 불안해하는지, 어째서 문명화된 이 세상에서 치과 시술 다음으로 무서운 것이 데이트가 되었는지 이야기했다. 그날 오후 루시는 괜찮아 보였다. 이따금씩 예전보다 더 좋아 보이기도 했다. 그녀의 눈은 유독 맑고 파랬다. 무엇이 오고 있는지 그녀는 알고 있었던 것일까? 아니면 그녀의 죽음은 우연이었을까? 나는 그 대답을 결코 알 수 없을 것이다. 그리고 이에 대한 생각을 멈추지도 못할 것이다. 이 사랑의 파편은 사라지지 않을 것이다.

우리들이 수다를 떨던 카페의 탁자를 지나칠 때 나는 그곳에 있는 유령들을 본다. 루시는 여전히 그곳에 앉아 자신이 남자를 찾을 수 있을 것 같으냐고 내게 묻는다. 나는 루시에게 다시 대답한다. 그래, 찾을 수 있을 거야. 네가 피터 팬 찾는 걸 멈추면 말이야. 루시가 웃으며 투덜거리는 동안 나는 그녀의 얼굴을 바라본다. 루시는 음료수한 잔을 더 주문한다. 그러고는 언제나처럼 몸을 앞으로 쭉 빼고 기분 좋은 말투로 사랑에 대해 토론할 준비를 한다.

루시의 결정은 또 한 번 나를 놀라게 했다.

본질을 품고 있지 않다면
삶은 그저 낭비일 뿐

플라톤에서 키에르케고르, 구르지예프에 이르기까지 철학자들은 영혼에 이르기 위해서는 자기환멸에 대한 일련의 진보적 과정을 거쳐야 한다고 말했다. 진화하고 싶다면 거울을 깨뜨려야 한다. 나이듦, 깨어남 그리고 소멸하는 것들에 대한 아름다움을 느끼기 위해, 영혼의 숨통을 트여 주기 위해서는 가면을 깨뜨려야 한다. 루시는 더욱 아름다운 얼굴을 원하기는 했지만 무의식적으로 이런 교훈을 알고 있었다. 우리의 허영은 더욱 아름다워지기 위해서라면 고통도 감내하게 만든다. 외모에 열광하고 젊음에 집착하는 세상에서 누구도 그 조류에서 탈락되는 걸 원치 않는다.

나르시시즘을 찬양하는 문화에서 인간의 정신은 점차 수면 아래로 사라져 찾기 어려운 것이 된다. 작가 토마스 무어는 이렇게 말했다.

"20세기의 가장 큰 병폐, 개인과 사회에 영향을 미치는 모든 문제는 바로 '영혼의 상실'에서 온다."

물속을 헤엄치는 물고기가 물을 보지 못하듯이 우리 역시 이 사회에 만연한 나르시시즘에 흠뻑 젖어, 자신이 환상에 불과한 자기이해에 도취되어 있다는 사실을 깨닫지 못한다. 한 학자는 어린아이가 거울 속에 비친 모습이 자신이라는 걸 깨달을 때부터 나르시시즘이 생겨난다고 말하기도 했다. 그걸 깨닫는 순간 우리는 에덴동산에서 추방되며, 순수함은 끝을 맺는다. 영혼의 시선으로 자신을 바라보는 대신 타인의 시선 속에 비친 자신을 바라본다. 심리학자들은 주변 사람들로부터 소외감을 느끼고 그로 인해 타인이 만들어 놓은 '자기 모습'에 집착하기 시작하면 잘못된 정체성이 형성되고, 그로 인해 내부에서 문제가 일어난다고 한다. 나이가 들수록 이런 집착은 육체적 노화에 대한 공포를 악화시키고, 피터 팬 신드롬이라고 여겨지는 외모의 변화를 통해 죽음을 부정하는 자기파괴적인 행위를 하게 만든다.

칼 융 연구의 선구자, 여든네 살의 제임스 힐만은 수십 년 동안 영혼을 찬미하고 과도한 나르시시즘에 대해 경고해 왔다.

"영화 〈장미 문신〉을 찍을 때 사람들이 더 어려 보이게 분장하는 게 어떠냐고 하니까 안나 마냐니가 뭐라고 했는지 아나?"

힐만과 나는 트라이베카 식당에서 커피를 마시고 있었다. 그는 한 이탈리아 배우에 대한 이야기를 꺼냈다.

"주름 한 줄도 없애지 말아요! 나는 그 한 줄을 위해 모든 대가를 치렀어요!"

원형심리학의 대부인 힐만은 《영혼의 암호》를 포함해 수십 권의 책을 통해 이런 자기도취적인 문화가 자신의 약점에 집중하게 해 자기계발에 대한 강박을 부추기고, 만성적인 기행(奇行), 거친 개성, 선하지 못한 행동, 특히 자신에게 결핍된 부분으로 객관적 지표는 없는 신체적 특성을 복합적인 인간 존재에 반드시 필요한 것으로 여기게 하고, 그 특성에 자신을 끼워 맞추어야 한다고 생각하게 만든다고 말한다.

힐만은 실제 나이보다 훨씬 어려 보인다. 그을린 피부에 놀랍도록 건강한 그는 리바이스 청바지를 입고 비행사 안경을 쓰고 있었다. 힐만이 내게 말했다.

"오래된 벽, 오래된 찻잔, 오래된 나무를 볼 때 우리는 그 '오래됨'에 경의를 표하지. 세월을 따라 더해진 아름다움과 그것들이 가지고 있는 추억에 대해서 말이야. 물건들은 시간이 지날수록 그 가치가 커지는데 우리는 사람에 대해서는 그와 같은 존경을 표하지 않아."

그가 옳다.

"그렇지만 자네를 다른 사람들과 다르게 하는 자네만의 개성은 오직 시간의 흐름에 따라서만 형성되지. 이것이 자네가 '누구'인지를 설명하는 가장 흥미로운 부분이 되는 것이네. 그런 변화들이 인간의 '개성'을 형성하지."

그는 '개성(character)'이라는 단어가 그리스 어의 '아로 새겨진, 자른, 조각된'이라는 의미에서 나왔다는 걸 상기시켰다. 여기에 나는 다소 지나가는 말처럼 대답했다.

"누가 시간의 흐름을 새기고 싶어 할까요? 우리는 시간을 속이고 젊어 보이기를 원하는데요."

힐만이 말한다.

"그렇지만 인간의 삶에는 시간으로 측정할 수 없는 위대한 것이 있다네. 깊어지고 단련된 개인의 통찰력, 세상을 받아들이는 각자의 방식, 아름다움에 대한 폭넓어진 감각 같은 것들이지."

오래 사는 것 자체는 힐만에게 그다지 흥미로운 개념이 아니다. 장수의 가치는 나이가 들면서 무엇을 얻었느냐로 결정된다.

"장수하는 것 자체는 무엇을 앞서거나 뒤쫓는 것과는 거의 관계가 없네."

"나이 든 사람들은 꽤 이기적이기도 하지요."

힐만이 거울에 비친 모습에 대한 인간의 집착을 언급했다.

"살아 있고자 하는 집착은 늙은이들의 영웅적 행동으로 나타나기도 하지. 이상한 것들을 이겨 내고, 콜레스테롤 수치를 낮추고, 통계적 표본보다 오래 사는 것으로 말이야. 하지만 삶은 세 방향으로 움직인다네."

"세 방향이요?"

"뒤로, 앞으로 그리고 밖으로."

"죄송해요, 이해가 잘 안 돼요."

"목숨이 아니라 인생의 장수야. 기억을 통해서 과거의 삶을 확장하는 거지."

힐만의 말에 나는 사랑했던 사람들을 찾아 메마른 사막을 헤매 다니던 칼라마의 여인들을 떠올렸다.

"그리고 다음의 세대를 통해 삶을 연장시킬 수도 있지. 성경에서 말한 것처럼 손자와 증손자뿐 아니라 후대의 일곱 번째 세대도 포함되지. 이것이 우리의 삶을 미래로 확장해 주지. 마지막으로 삶을 외부로 확장하는 건 우리가 살고 있는 사회에 책임감을 가진다는 걸 의미해."

다시 말해서 거울이 우리에게 무엇을 말하든 우리의 삶은 결코 개인의 일만이 아니라는 것이다. 끊임없는 젊음의 신화를 양성하며 계획된 노후화를 지향하는 우리 문화의 속성은 영혼으로부터 얻는 지혜를 왜곡한다.

"삶의 각 단계는 그 자체로 의미를 가지고 있어. 늙을 때까지 살아남는다는 특별함은 젊어지는 것과 아무런 관계가 없지. 고대 로마에서 남성은 예순 살이 되어서야 '노인의 토가' 혹은 '연장자의 토가'를 입을 수 있었지. 하지만 우리 문화는 속도를 너무 중시해. 사람들은 느림에 대한 인내심이 없어."

나는 그의 말에 수긍했다.

"사람들은 느려지면 볼 장 다 봤다고 생각해요."

"하지만 느림은 또 다른 종류의 모험이야. 자네가 늙어서 혼자 욕조 밖으로 나올 수 있을지 없을지는 알지 못할 일이지. 그러나 그 안에는 모험이 있지. 생각해 보면 산을 오르는 것과 똑같은 도전과 성취가 있어. 무엇인가를 붙잡고 발의 움직임을 살피지. 완전한 모험이 축소된 형태로 바로 거기 있는 거야. 그것이 느림의 모험이야."

힐만은 또한 그것이 사랑에 대한 모험이라는 것을 알게 되었다고 했다. 그는 우리의 개성이 느리게 성숙되는 만큼 잔잔한 사랑도 일시적인 성욕보다 더 건강하고 오래 지속된다고 믿는다. 요리를 할 때도 작은 불꽃들이 화염보다 더 낫다.

"세상에 대한 특별한 사랑은 아름다움에 대한 이해를 깊어지게 해. 비참한 삶을 살았던 사람들은 자신들이 나이를 먹었다는 사실에 감사해하지. 그들은 단지 지금 이곳에 있다는 이유로, 그 모든 것들을 겪어 냈다는 이유만으로 삶에 감동해. 놀라운 모습이지"

나는 나 역시 종종 그럴 때가 있다고 힐만에게 말했다.

"관계는 풍요로워질 수 있어. 충만한 사람들은 젊은 시절의 경험들을 되찾으려고 노력하지 않지. 노인들의 사랑에는 더 많은 포용력이 있어. 상대방을 존중하고, 그들이 지닌 약점을 받아들이지."

"거울은 더 이상 결정권자가 아닌 거로군요."

힐만이 강조했다.

"나이가 들수록 배우자가 지닌 이상한 부분을 인정할 줄 알게 돼. 그리고 깨닫지. 우리가 여기에, 여전히 함께 있다는 것이 얼마나 기적적인 일인지."

그는 창밖으로 허드슨 거리의 지나가는 차들을 바라보았다.

"그리고 서로에게 좀 더 관심을 갖는다네. 어떤 약을 먹고 있는지, 심장 상태가 어떤지가 아니라 서로가 무슨 책을 읽고 어떤 꿈을 꾸는지, 어떤 추억들이 되살아나는지, 마음속에 어떤 독특한 생각을 떠올리고 있는지를 말이야. 이런 건 그 전에는 고려하지 않는 것들이지. 즉, 서로의 영혼에 더 관심을 갖게 되는 거야. 정말 재미있는 부분이 아닐 수 없지."

"저는 피상적인 사람들만 외모를 믿지 않는다고 생각했어요."

내가 오스카 와일드의 말을 인용하며 농담을 던졌다.

"결국 우리가 내포하는 본질 때문에 우리는 어떤 것을 중요하게 여기게 된다고 융은 말했지."

힐만이 칼 융의 말을 인용하며 입을 열었다.

"만일 우리가 본질을 품고 있지 않다면 삶은 그저 낭비일 뿐이야."

힐만이 빙그레 미소를 지으며 의자에 앉았다.

"그것 밖에서 어디 한번 꿈틀거려 보게나."

사람이 만든 시간과 영혼이 만든 시간

시간은 잔인한 여신이다. 우리는 찻숟가락으로 자신의 삶을 측정하고, 삶의 더께 위에 쌓여 가는 시계 초침 소리에 화들짝 놀라곤 한다. 우리는 존재를 10억 분의 1로 나누고 그 하나하나를 꼭꼭 채우려 고군분투한다. 마치 진짜 돈을 쓰는 것처럼 여가에 소모되는 시간을 아까워하며 시간을 비축한다. 규격화된 세상을 부랴부랴 살아가면서 자신이 시간에 억압받고 괴롭힘당하는 역사의 첫 번째 문명인이라는 사실을 잊는다. 저 높은 곳에 있는 신은 천체의 시간을 관리하며 우리의 모든 움직임을 초 단위로 측정하는 듯 보이지만, 정작 우리가 주의를 기울이지 않는 시간에 대해서는 어떤 경고의 신호도 보내지 않는다.

철학자들은 몇 세기 동안 세상에는 두 가지 종류의 시간, 즉 사람이 만든 시간과 영혼이 만든 시간이 있다고 주장해 왔다. 그리고 만일 우리가 온전한 정신으로 남아 있길 원한다면 그 두 가지를 기억하는 것이 지극히 중요하다고 말했다. '흐르는 현재'는 모래시계적 시간을 의미하며, 우리의 신경을 곤두서게 하고 머리를 희게 하며 나무의 나이테를 만들어 내는 끈질긴 메트로놈의 역할을 한다. 반면 '영원한 현재'는 영원의 눈으로 보는 시간을 의미한다. 위대한 책을 읽는 동안, 예술 작품을 만드는 동안, 섹스를 하는 동안, 기도를 하며 영적인 고난을 겪는 동안 우리는 자연적으로 타고난 시간감각으로 그 순간을 감지하지 않는다. 그 순간 영원한 현재는 시간을 멈추고, 일상성과 위대한 침묵의 순간을 분리시켜 우리를 정신적 장막 속으로 떨어뜨리는 듯 보인다.

스트레스로 지친 사람들이 이 말을 듣는다면 비현실적이라고 코웃음칠지도 모르지만, 우리는 실제로 '영원한 현재'를 겪을 때 평소보다 '더 깨어 있는' 상태로 존재한다. 시간을 붙잡고 있는 동안 우리는 자신이 할 수 있는 것보다 더 명확히 보고, 더 효율적으로 움직일 수 있다. 시계 소리에 맞춰 움직임으로써 모든 상황을 통제하고 생산력을 높일 수 있다는 청교도적인 믿음은 오히려 정반대이다. '영원한 현재'의 순간이 뒷받침되지 않고 그저 '흐르는 현재'에 맞추어 사는 일은 오히려 인간의 생산성에 혼란을 야기한다.

에베레스트 산을 최초로 등정한 팀의 일원이었던 한 등반가는 영혼의 시간을 발견함으로써 자신의 인생이 어떻게 바뀌었는지 상세하게 묘사했다. 그는 정상에서 되돌아오던 중 눈앞에 펼쳐진 거대한 광경을 만끽하려고 잠시 멈춰 섰다. 그리고 다시 돌아서려는 순간, 눈 속에 묻혀 있는 작고 파란 꽃을 보았다.

"어떻게 설명해야 할지 모르겠어요. 모든 것이 동시에 열리고, 흘러갔어요. 묘한 기운이 느껴졌지요. 그리고 나는 완벽하게 평온한 상태에 놓였습니다. 그곳에서 얼마나 오래 서 있었는지는 모르겠어요. 몇 분, 어쩌면 몇 시간이었을 수도 있겠죠. 시간이 그 순간에 녹아 있었어요. 그리고 산에서 내려오자 삶이 달라졌어요."

그런 파란 꽃을 발견하는 순간은 누구의 삶에서 언제든 일어난다.

그렇지만 단 몇 사람만이 그 순간에 주의를 기울이고 멈춰 선다. 마음의 일상성이 습관이라는 궤도에서 벗어나기 위해서는 '충격' 혹은 '절정 경험'이 필요하다. 이런 일이 일어나면 우리는 끝이 없는 어떤 차원 속에 떨어진 자신을 발견하게 될 것이다. 온갖 문제들이 마치 스크린에 투영된 영상처럼 작고, 멀리 떨어진 듯 보인다. 예술가, 탐구자, 연인, 모험가, 여행을 좋아하는 람 다스 같은 사람들은 모두 알고 있다. 평온해진 마음이 우리에게 선사하는 그 멋지고도 광활한 순간의 자유를.

그러나 우리는 영원한 현재와 그것이 주는 자유를 두려워하곤 한다. 우리는 소중한 삶을 위해 끊임없이 시계를 바라본다. 습관적인 일상에서 어떤 방식으로든 튕겨 나오기 전까지는 영원한 현재가 존재한다는 사실조차 의심한다. 그렇지만 그 순간을 잠시라도 경험하고 나면 우리는 삶을 다르게 보기 시작한다. 두 얼굴을 가진 야누스처럼 유형과 무형의 세계 양쪽을 동시에 바라보며 세상을 입체적으로 감지하게 된다. 마치 장막 사이로 멈춰진 시간을 살짝 훔쳐보듯 현실은 가끔 반투명한 모습으로 나타난다.

인도네시아의 안다만 해에 살고 있는 유목 부족 모켄은 우리가 알고 있는 시간에 전혀 얽매이지 않고 살아간다. 모켄 족은 원시적인 배 위에 살면서 일 년의 여덟 달은 섬에서 섬으로 이동한다. 그들은 현대 문명의 손길이 가장 덜 미친 부족 중 하나로, 바다 위에서 태어나고 바다 위에서 산다. 그리고 바다 위에서 죽는다. 그들은 대양의 기분을 그 어떤 해양생물학자보다 더 잘 이해한다. 끊임없이 섬에서 섬으로 이동하는 그들은 걷기 전에 수영하는 법부터 배운다. 흡사 수륙양용 양서류를 보는 듯하다. 모켄 족 사람들은 물속에서 우리들보다 두 배나 더 또렷하게 볼 수 있고, 심장 박동수를 자동적으로 낮춰 두 배나 더 오래 잠수한다. 썰물 때는 해삼과 장어를 잡고, 물이 차오르면 갑각류를 잡기 위해 바다에 뛰어든다. 그들은 억압된 시간의 세계에서는 꿈같기만 한 낙원에서의 삶을 즐긴다.

'흐르는 현재'라는 우리들의 일상적인 시간감각은 그들에게 존재하지 않는다. 만일 당신이 모켄 사람에게 나이를 묻는다면, 그는 대답하기 곤란해할 것이다. 그들에게는 '언제', '근심', '원하다'를 표현하는 단어들이 없기 때문이다. 모켄 마을에서 살던 당신이 어느날 갑자기 사라졌다가 20년 만에 나타난다면, 주민들은 마치 어제 만났던 사람처럼 당신을 반길 것이다. 그들에게는 '안녕' 혹은 '잘 가'라는 단어도 없다. 그들의 일상은 '영원한 현재'의 상태로 존재한다. 이것은 그들이 환경과 일치하며 존재하도록 한다. 우리로서는 상상하기 힘든 일이다. 그들은 시간을 따라 삶을 뒤로 혹은 앞으로 확장하지 않는다. 갈망, 계획, 서두름, 회상은 그들의 일상을 오히려 혼란스럽게 한다.

이런 이유에서 2003년 쓰나미로 인해 인도네시아의 인구 30만 명이 목숨을 잃었을 때도 모켄 족에서는 유일하게 단 한 사람의 사상자도 나오지 않았다는 사실은 전혀 놀랍지 않다. 이는 재앙의 첫 번째 징조가 나타났을 때 해변에서 그물을 고치고 있던 어부 사타 카달레웨이 덕분이었다.

일 년에 아홉 달은 이곳에서 엉덩이를 비비며 난리법석을 떨던 매미가 별안간 조용해졌다. 예순일곱 살의 지혜로운 카달레웨이는 평생 이런 일은 본 적이 없었다. 조수가 비정상적으로 멀리 물러나자 돌고래는 더 깊은 물 쪽으로 헤엄쳐 갔고, 가축들은 높은 언덕으로 우르르 몰려갔다. 카탈레웨이는 모켄 사람들에게 경고했다.

"룸비!"

신화 속의 인간을 먹는 거대한 파도가 그들에게 몰려들고 있다는 말이었다. 부족민들은 노인을 따라 서둘러 산으로 올라가 목숨을 건졌다. 이 원시의 어부가 시계 대신 세상을 지켜보고 있던 덕분이었다.

어느 상쾌한 가을 오후 나는 에크하르트 톨레와 이야기를 나누기 위해 뉴욕의 라인벡에 갔다. 독일 출신의 영적 지도자인 그는 자신의 책《지금 이 순간을 살아라》를 통해서 시간에 집착하는 머릿속에 갇힌 수백만 독자들에게 '영원한 현재'의 개념에 대해 말했다.

"그 마음, 우리가 통제하고 있다고 믿는 마음은 현재라는 순간을 끊임없이 과거와 미래라는 장막으로 덧칠한다……. 지금과 뗄 수 없는 존재의 잠재력을 끌어내는 생명력과 무한함은 시간에 의해 가려지고, 우리의 진정한 본성은 마음에 의해 모호해진다."

나는 이 구절이 마음에 든다. 여기에 대해 에크하르트는 다음과 같은 결론을 내렸다.

"집단과 개인의 마음속에 축적된 시간은 과거에서부터 축적된 엄청난 양의 고통을 붙잡고 있다."

에크하르트가 자신의 집 현관에서 나를 기다리고 있었다. 땅속 요정처럼 수염을 기른 이 작은 남자는《호빗》의 등장인물을 연상시켰다. 그는 네루의 모습이 그려진 셔츠와 알프스풍의 조끼를 입고 있었다. 그가 내민 손은 깃털만큼이나 가벼웠다. 우리는 그가 일주일 동안의 침묵수련을 이끌 때 거처로 사용하는 어둑한 오두막에 앉았다. 에크하르트가 차를 따라 주며 기분 좋게 이야기를 꺼낸다.

"인간의 역사는 정신이상의 역사라고 말할 수 있죠. 집단적 광기의 표출 같은 거요."

두 시간 동안의 운전으로 내가 피곤해 보였는지 그가 한동안 나를 쳐다보았다. 어째서 인간의 역사가 정신이상의 역사인 걸까?

"사람들은 모두 크든 작든 그 병의 뿌리를 가지고 있어요. 하지만 상황을 이해하기 위해서 우리는 인간의 마음이 어떻게 움직이는지 살펴봐야 해요."

그가 차를 한 모금 마셨다.

"우리의 마음은 사물과 사람을 이해하고 설명할 표시와 개념을 찾아요. 그 표시와 개념이 마음을 흐릿하게 만들고 본질을 깨닫지 못하게 하죠. 여기에 대해 예수님이 말씀하신 게 있죠. '그들이 무엇을 하는지 그들은 모른다.'"

"그렇군요."

하지만 이것이 시간과 무슨 상관인가? 에크하르트는 내 의문에 대해 다른 방향에서 접근을 시도했다.

"마음은 근본적으로 생존 기계라고 할 수 있어요. 가장 원초적인 의미에서 말이죠."

에크하르트는 이전의 책에서 이렇게 쓴 바 있다.

"틀에 박힌 마음은 싸움, 방어, 정보 저장, 분석에 능숙하다. 하지만 이는 전혀 창조적이지 않다. 예술가들은 모두 그들이 의식하든 그렇지 않든 무심의 상태, 내면의 고요에서부터 무언가를 창조해 낸다."

나는 등반가가 에베레스트 산에서 파란 꽃을 발견한 순간을 떠올렸다.

"과학자들도 정신적으로 고요할 때 창조적 발상이 떠오른다는 걸 인정해요. 마음을 조용히 가라앉힐 때 우리는 '현재'의 순간에 온전히 존재할 수 있죠. 지금 당장, 바로 이 순간에."

그가 창밖으로 잔디밭에서 풀을 뜯고 있는 다람쥐를 바라보았다.

"우리가 양보하고, 받아들이고, 삶에 열려 있을 때, 의식의 새로운 차원이 열려요. 만일 어떤 행동을 할 수 있거나 해야 하는 순간이 오면, 우리의 행동은 만물과 함께 나란히 놓여 창조적 지능의 지원을 받게 될 거예요. 그렇게 되면 주변의 환경과 사람들이 기꺼이 돕고 협조하죠. 이는 우연히 일어나요. 만일 어떤 행동도 취할 수 없는 상태라면 우리는 평온 속에서 그냥 쉬면 되요. 놓아 버림으로써 오는 내면의 정적 속에서 말이에요. 신의 품 안에서 쉬는 거죠."

"그렇지 않으면요?"

"저항을 받게 돼요. 내면은 위축되고 껍질은 단단해져요. 우리는 자신을 현실로부터 차단시키죠. 그리고 어떤 행동을 취하든 저항만 더 불러일으키게 될 거예요."

나 역시 그런 일을 자주 겪곤 했다.

"문이 닫히고 나면 햇빛은 들어올 수 없어요. 우주는 우리 곁에 머무르지 않고, 삶은 도움이 되지 못하죠."

시간에 맞춰 치과에 가려면 손목시계가 필요하듯 일상을 살아가는 데는 '흐르는 현재'가 필요하다. 그러나 삶은 치과의사와의 약속보다 훨씬 중요하다. '영원한 현재'와 친구가 되지 않는다면 우리는 큰 그림으로부터 분리될 것이라고 그는 가르친다.

"그것은 마음을 통해서가 아니에요. 지구상의 삶, 우리의 몸이 창조되었고 지속적으로 존재하고 있다는 걸 기적으로 여기는 '인식'을 통해서예요."

그는 자신의 책에서 이렇게 말하고 있다.

"우리 안에는 분명히 마음보다 훨씬 위대한 지능이 일하고 있다. 어떻게 지름 1인치의 1,000분의 1밖에 되지 않는 세포 하나가, 그 DNA 안에 600쪽짜리 책 1,000권에 달하는 정보를 보유하고 있을 수 있겠는가? 그 지능에 다시 연결되면 마음은 가장 훌륭한 도구가 된다. 그렇게 되고 나면 마음은 그 자신보다 훨씬 위대한 일을 수행한다."

에크하르트가 말했다.

"마음이 기능하도록 해야 해요. 하지만 그 기능이 우리의 삶을 어디로 이끌고 가느냐의 문제가 남죠. 그곳은 역기능, 고통 그리고 슬픔이 시작되는 곳이기도 해요."

흐르는 현재의 속박과 영혼의 시간의 무한함 사이에서 균형을 잡을 때 우리는 과거와 미래로부터 자유로워질 수 있다. 그리고 우리의 마음이 끊임없이 앞뒤의 시간으로 이동하며 얼마나 눈앞의 것들을 놓치고 있는지, 얼마나 많은 불행들을 만들어 내는지 깨달을 수 있다. 이 습관은 자동차의 사이드미러를 응시하는 동시에 도로 위의 교통신호를 확인하면서 운전하는 일과 비슷하다. 그것으로 우리가 얻게 되는 것은 급브레이크가 잘 작동하고 있다는 사실을 깨닫는 것이 아니라 자동차 사고와 고무 타는 냄새뿐이다. 위기를 겪고 있는 동안에는 그런 시간의 왜곡이 더욱 위험하다고 에크하르트는 말한다.

"무언가를 상실하면 우리는 거기에 저항하거나 포기하죠. 억울해하고 격분하는 사람도 있고, 삶에 연민하고 현명해지고 삶을 사랑하게 되는 사람도 있어요. 고통의 크기는 현재에 대해 얼마나 저항하느냐에 달려 있어요. 이미 존재하는 것과 싸우는 일보다 더 헛되고 정신 나간 짓이 뭐가 있을까요? 그것은 우리가 지금 이 순간이자 항상 지금일 뿐인 삶 자체와 겨루고 있다는 것을 의미해요. 삶에 '네'라고 말하도록 해요. 그리고 상황에 맞서지 말고, 상황이 당신을 위해 어떻게 움직이는지 지켜봐요."

묵상자들을 명상실로 부르는 종소리가 들렸다. 나는 내가 30분이 넘도록 시계를 보지 않았다는 것을 깨달았다.

"시간을 지키려는 마음에 붙잡혀 있는 건 삶을 산다기보다 생각하고 있다는 거예요. 사람들과 관계를 맺는 게 아니라 사람들에 대한 자신의 생각과 관계를 맺는 거죠."

나는 그 말이 시간에 대한 접근 방법이 다른 사람들에 대한 우리의 생각에 영향을 미친다는 의미냐고 물었다.

"그래요. 또 다른 존재에게 마음의 꼬리표를 다는 그 순간 우리는 더 이상 진실하게 그 사람과 관계를 맺을 수 없어요."

"무슨 말인지 알겠어요."

"우리가 다른 사람들 그리고 우리와 다르다고 여기는 무리에 대해 더 많은 마음의 꼬리표를 가질수록, 우리는 살아 있다는 사실과 그 사람들의 현실로부터 멀어져요. 그러면 폭력적인 행동을 할 가능성이 생겨나죠."

다시 말해 다른 사람들 혹은 자신에 대한 마음의 눈을 가리게 되면 우리는 그 대상을 분명히 보지 못하게 된다. 나는 이 이야기를 2007년 8월 15일에 쓰고 있다. 하지만 이 숫자들이 습한 뉴욕의 오후와 무슨 상관이 있겠는가. 햇빛이 내 창가를 덥히고, 늦은 여름 하늘을 비가 씻어 내리는 것과 시간은 아무런 상관이 없다. 영혼의 눈에도 지금은 8월인가? 오늘은 단지 오늘일 뿐인가?

에크하르트는 저녁 수련을 하기 전에 잠시 쉬어야 한다며 양해를 구하고 일어섰다. 집으로 돌아오는 9번 도로를 찾는 동안 나는 최면을 거는 듯한 그의 강연 테이프 하나를 들었다. 그리고 포킵시를 지날 때 바로 내 뒤에서 울리는 요란한 경적 소리에 깜짝 놀라 퍼뜩 정신을 차렸다. 그리고 내가 시속 90킬로미터 구간에서 50킬로미터로 어슬렁거리고 있었다는 것을 깨달았다. 이것은 진전의 신호일까? 에크하르트의 다정한 목소리가 테이프에서 흘러나왔다.

"인간의 삶이 없는, 식물과 동물만이 살고 있는 지구를 상상해 보십시오. 아직도 그곳에 과거와 미래가 있습니까? 아직도 우리가 어떤 의미 있는 방식으로 시간에 대해 말할 수 있습니까? 지금 몇 시예요? 참나무나 독수리는 그와 같은 질문에 어리둥절해할 것입니다. 몇 시냐고요? 그들은 되물을 거예요. 그리고 말할 겁니다. 글쎄요, 지금은 그저 지금이죠. 시간은 지금이에요. 그것 말고 뭐가 있죠?"

삶은 어렵고 고통스럽다
그러면서 아름답다

✍

'흐르는 현재'에 대한 집착은 우리를 구속하지만, 시간의 외투라 할 수 있는 '역사'는 우리의 문제를 쉽게 하고, 힘든 시기에 영혼을 위로하는 데 도움이 된다. 우리는 누군가가 자신보다 더 지독한 문제를 겪으며 살아왔다는 것을 알게 되면, 시련 속에서도 위안과 용기를 얻는다. 어린 시절 우리가 가난하다는 데 불평을 늘어놓으면 어머니는 이렇게 말씀하시곤 했다.

"다리가 없는 소년을 보기 전까지 나는 신발이 없다며 울었지."

그때의 나는 다리가 없는 사람을 실제로 만나 보지는 못했지만 그런 연상은 어쨌든 도움이 됐다. 어머니는 그만 불평하라고 하셨다. 너희들이 겪은 건 아무것도 아니라고. 우리가 당연히 살고 있는 이 자유로운 국가에서 살기 위해 너희 할머니는 소시지 속을 채우는 일을 하며 폴란드를 벗어났다고 말씀하셨다.

9·11 사태 이후 미국인들은 자기연민을 덜어내는 데 이와 비슷한 방법을 사용했다. 누군가는 일견 냉혹한 사람으로 비춰질 수도 있는 위험을 감수하며 이런 집단학살이 역사적으로 9월의 그날 아침에만 일어난 것이 아님을 일깨우기도 했다. 그런 말은 비극적인 사건이 우리를 하나로 묶어 준다는 사실을 기억하는 데 도움이 된다. 자신

들에게로 향하는 주목은 흡수하고, 고통받는 다른 존재들로부터는 눈을 돌린다.

자신에게 특혜를 주는 것은 끔찍한 덫이다. 상처를 치유하려고 할 때는 더욱 그렇다. 근친상간의 희생자 아리엘 조던이 밝힌 것처럼 상처를 외면하고 자신만의 잔인한 우주 한가운데에 머무르는 것은 그 안에 갇히게 되는 확실한 길이다.

어떤 종류의 관련성은 우리를 자유롭게 한다. 역사적 규모로 일어난 비극적인 사건에 대해서는 오직 역사만이 피해의식을 누그러뜨리고 특별하다는 자만심을 표출시킬 힘을 가지고 있다. 역사가 도리스 컨스 굿윈은 9·11 사태의 후유증에 대해 이렇게 말했다.

"역사는 위대한 평등주의자예요. 우리는 역사를 통해 살아남죠. '그들이 해냈다면 우리도 할 수 있어'라고 말하면서 말이에요."

"사람들은 나쁜 것들에 대해선 종종 잊곤 하잖아요."

도리스가 내 말을 가로막았다.

"들어봐요. 우리는 과거의 전쟁을 볼 때 승리에만 초점을 맞추는 경향이 있어요. 제2차 세계대전에서는 잘 빠져나왔죠. 하지만 전쟁이 시작됐을 때는 우리가 독일군의 무기에 대항할 수 있을지조차 불확실했어요. 1940년의 독일군은 지구상에서 가장 강력한 군대였고, 우리의 병력은 세계에서 열여덟 번째였으니까요. 진주만 습격 당시 우리는 그들보다 훨씬 덜 준비되어 있었고 상황이 호전되기 전까지 여러 달 동안 패배를 거듭했어요."

"필요가 발명을 만들어 냈군요."

도리스가 내 말에 맞장구를 쳤다.

"언제나 그렇죠. 9·11 사태는 아직도 미국인들을 동요시키고 있어요. 하지만 지금 우리들이 런던대공습을 기억한다면 훨씬 도움이 될 거에요. 런던 사람들은 57일 동안 끊임없는 폭음에 시달리고 2만 3천 명의 사람들이 죽어 나가는 걸 봤죠. 모든 게 불확실했어요. 하지만 히틀러는 그들의 의지를 깨지 못했어요. 런던 시민들은 스스로 자신들의 의지가 깨지지 않았음을 증명했어요."

내가 응수했다.

"우리는 그 반대의 경우였지만요."

도리스가 내게 한 가지 사실을 상기시켰다.

"그래요, 처칠은 웨스트엔드의 극장들을 열어 놓으라고 고집했죠. 공습경보가 울리면 해제경보가 울릴 때까지 런던 시민들은 방독면을 쓰고 노래를 불렀어요. 지하철역은 도서관과 함께 피난처가 되었고, 상점 주인들은 깨진 가게 창문에 팻말을 걸어 놓고 영업을 했어요. '평소보다 더 열려 있음.' 삶은 계속되었어요!"

도리스가 말을 이었다.

"처칠이 말했죠. '만일 대영 제국과 우리의 연방이 앞으로 천 년 동안 존속한다고 해도 사람들은 지금 이 순간이 그들에게 가장 좋은 시간이었다고 말할 겁니다.' 사람에게는 스스로를 지켜 낼 힘이 있고, 실제로 어떤 상황이든 견뎌 낸 적이 있다는 사실을 알면 자기도 할 수 있다는 희망을 갖게 돼요."

내가 말을 덧붙였다.

"하지만 우리가 가지고 있던 안전에 대한 망상이 깨졌죠."

"그것도 사실이에요. 하지만 우리는 그 일에 어떻게 대응했나요? 사람들은 투쟁정신을 가지고 적에 대항하기 위해 한데 모였죠. 우리는 테러리스트가 우리를 파괴하고 승리하게 내버려 두지 않았죠. 두려움이 사라져서가 아니에요. 단지 깨지지 않으려는 열정이 두려움을 넘어섰던 거죠. 한 집단의 일부가 된다는 건 혼자서는 가질 수 없는 용기를 줘요. 그래서 그런 시기에는 거창하게 국기를 휘두르고, 진정한 미국인이라는 감정적 호소가 그토록 중요한 거죠."

나는 국기를 휘날리는 것은 다소 무서운 일로 보인다고 말했다. 도리스는 여기에 대해 설명했다.

"국가는 보통 추상적인 개념으로 자리하죠. 그렇지만 국가적 위기가 닥치면 사람들은 이 나라에 산다는 것이, 국민이라는 것이 무얼 의미하는지 마음속에서부터 느끼죠. 자신보다 더 큰 무엇의 일부가 된다는 것은 사람들에게 힘에 대한 각별한 감정을 안겨 줘요. 제2차 세계대전 때 사람들은 거의 모두 뭔가 도움이 될 만한 일을 하는 데 열심이었어요. 승리의 정원을 가꾸고, 강아지 장난감을 보내고, 알루미늄을 모았죠. 이 때문에 사람들은 전쟁에 대해 긍정적으로 추억할 수 있게 되죠. 9·11 사태를 견뎌 낸 경험 역시 미국인들에게 중요한 변화를 일으켰어요."

도리스는 인정한다.

"최근 분위기에 대한 말만은 아니에요. 베트남 전쟁이 끝나고 나서 몇십 년 동안 미국인들은 점점 개인적이고 사적인 대상을 중심으로 행동하게 되었죠. 그 불행은 사람이 지닌 다른 면을 일깨웠고, 미래의 지도자들에게 더 깊은 대중의식을 불어넣게 하는 의무를 지웠어요."

"당신 말이 맞기를 바라요."

"그렇지만 그 시기를 겪는 동안 사람들은 자신이 확장되었다는 걸 알게 되죠."

칠레의 소설가 이사벨 아옌데는 미국 마틴 주에 있는 그녀의 집 테라스에 앉아 역사는 피해의식과 자만심 둘 모두를 위한 최고의 해독제라는 점에 동의했다. 이사벨은 나와의 전화 통화에서 이렇게 말했다.

"우리는 그동안 삶은 안전하며, 행복 추구권을 포함해 인간이 지닌 권리는 신성하다는 걸 믿는 특혜를 누려왔어요. 하지만 미국 바깥 대부분의 세상에서는 사람들이 천 년 동안 불확실한 세계에서 살아왔지요. 나는 라틴 아메리카에서 가장 오래된 민주주의 국가 중 하나였던 칠레에 살았었죠. 우리는 쿠데타 같은 일이 일어나리라고는 생각해 본 적이 없어요. 그런 일은 바나나 공화국(미국 등의 외국 자본의 통제를 받으며 정치적으로 불안한 작은 나라 – 옮긴이)에서나 일어나는 일이었으니까! 하지만 쿠데타는 실제로 일어났고, 17년 동안이나 군부 독재가 계속되었죠."

피노체트의 쿠데타는 1973년 9월 11일 우연하게 일어났다.

이사벨의 목소리에 분노가 묻어났다.

"그것은 CIA가 조장한 쿠데타였어요. 민주주의에 대한 테러!"

나는 퓨마 헬리콥터를 타고 온 죽음의 특공대를 떠올렸다.

"하지만 무엇보다 놀라운 건 하루가 지나고 나면 적응하는 법을 배운다는 거죠."

"어떻게요?"

"그래도 계속 살아가는 거죠. 그냥 삶은 계속되고 있으니까요. 이런 현상은 큰 정신적 외상을 남길 만한 상황에서 살아남은 사람들에게도 나타나요. 예를 들면 내 딸은 세상을 떠났지요."

이사벨의 외동딸 파울라 프라이스는 1992년 스물일곱의 나이에

포르피린증으로 세상을 떠났다. 이사벨은 이제 막 예순다섯 살이 되었다.

"그런 일을 겪으면 처음에는 더 이상 살 수 없을 거라고 생각하죠. 너무 고통스러우니까요. 그러다가 나도 모르는 사이에 삶을 받아들이기 시작해요. 어느 날 아침 일어났을 때 문득 초콜릿이 먹고 싶어져요. 혹은 숲속을 산책하거나 와인을 한 병 따고 싶어지기도 하고요. 제 발로 스스로 물러 나오는 거죠."

"자기가 그렇게 할 수 있을 때요, 그렇죠?"

"우리에겐 선택의 여지가 없어요. 난폭한 자들이 당신을 바닥에 때려눕히게 놔두면 안 돼요! 나는 수천 번 무릎을 꿇었지만 언제나 다시 일어났어요. 이게 우리가 아이들에게 이야기해 줘야 하는 단 한 가지예요. 바닥에 쓰러졌을 때 일어나야 해요. 인생은 늘 고통스러운 거예요. 예외는 없죠. 비탄과 어둠은 삶의 일부분이에요."

"우리는 그걸 9·11 사태에서 배웠죠."

"미국인들이란!"

이사벨이 웃으며 말한다.

"20년 전에 이 나라에 왔을 때 나는 한 변호사와 사랑에 빠졌어요. 길을 가다 바나나 껍질에 미끄러져 넘어지면 시청을 상대로 고소할 사람이었죠. 믿을 수가 없었어요! 사고가 사건이 된다는 것을. 당신이 미끄러져 넘어진다면 그건 당신 잘못이에요."

"맥도널드가 자기 살을 찌운다며 고소하는 사람들에게 그 얘길 좀 해 주세요."

이사벨이 외친다.

"행복이나 안전에 대한 보장은 어디에도 없어요! 불가능해요! 삶은 어렵고, 고통스럽죠. 그러면서도 아름답죠. 하지만 우리는 자기가 속한 사회가 언제나 행복하고 즐겁기를 바라죠. 미국인들은 늘 다른 나라의 전쟁에 개입하고 있으면서 자기들은 안전한 국경 안에서, 1세기 이상 전쟁을 겪지 않은 사회에서 사는 응석받이들이었죠. 미국은 전 세계 독재국가의 상당수를 지원해요. 탈레반을 만들게 조장하는 것도 미국이죠."

"당신 말이 사실일 수도 있죠. 하지만 이제 와서 뭘 어떻게 할 수 있겠어요?"

"세계의 시민이 되는 것으로 다르게 살 수 있어요. 미국인들은 더 이상 정신적 공동체를 향한 문이 될 수 없어요. 세상에 불평등과 빈곤이 이토록 만연해 있는 한 우리가 계속 안전할 수 있을 거라 자신할 수도 없죠. 이 지구상에 8억 명이 넘는 사람들이 굶주리고 있어요. 부의 분배는 완전히 불공평하고요. 이것은 증오와 폭력의 조건이 되죠. 이런 문제들을 해결하지 않고 어떻게 안전할 거라고 생각할 수 있죠?"

이사벨이 흥분을 가라앉히고 핵심을 짚어 냈다.

"테러가 있던 그 시점에 나는 칠레에서 어떤 사실을 알게 되었어요. 우리에겐 부정적인 것에 초점을 맞추려는 경향이 있다는 거였죠. 그게 뉴스거리가 되기 때문이에요. 테러리스트, 고문하는 사람, 범죄를 저지르는 사람 들이 없다면 아마 선을 행하고 타인을 돕기 위해 생명의 위협을 무릅쓰는 사람 천 명이 뉴스에 나올 거예요."

이사벨이 말을 이었다.

"우리는 그 점을 잊고 살아요. 하지만 내 말이 틀렸다면 인간은 아직도 구석기 시대에 살고 있을 걸요. 왜 인류가 진화했겠어요? 나쁜 사람들보다는 좋은 사람들이 더 많기 때문이에요. 나쁜 사람들이 더 시끄럽긴 하지만."

재앙이 일어난 후 보내는 시간은 우리의 마음을 전환시킨다. 이사벨도 여기에 동의한다.

"우리는 함께할 수 있어요. 변화를 일으키고 명상을 시작해야 할 때예요. 고난은 성장의 기회를 마련해 주고, 평화를 이루고 깨어날 수 있게 해 주죠. 그것을 기회로 삼아 영혼을 새롭게 해야 해요."

"그렇게 하지 않으면 영원히 바닥에 있게 되는 건가요?"

"맞아요."

이사벨 아옌데가 대답한다.

"그리고 바닥에서의 삶은 끔찍하죠."

엘리 비젤은 홀로코스트에서 살아남은 후 작가이자 인권운동가로 활동하며 노벨 평화상을 수상했다. 그는 지난 50여 년간 인류가 그런 재앙을 반복하지 않도록 과거를 기억할 것을 촉구하며, 망각이 가장 큰 인류의 적이라고 경고해 왔다. 독재자들은 무지를 먹이로 삼기 때문이다. 기억은 때로 무거운 짐이지만 우리가 지혜를 위해 지불해야 할 대가이기도 하다.

나는 보스턴 대학에 있는 비젤과 전화 인터뷰를 했다.

"그것은 우리가 인간으로서 결정하고 선택해야 할 문제에요. 알고자 하고, 계속 앎을 추구해 나가야 진정으로 살아남을 수 있죠. 비록 그 과정에서 상처를 입게 될지라도요."

이 숨은 실력자가 한때 죽음의 수용소에 있던 열여섯 살짜리 헝가리 소년이었다는 것을 상상하기란 어렵다.

"전도서에는 여기에 대한 골치 아픈 구절이 하나 있죠. 더 많이 알수록 더 많은 고통을 겪게 된다는 거예요. 하지만 우리는 인간이기 때문에 그럴 수밖에 없어요. 그렇지 않으면 삶의 주체가 아니라 객체가 될 테니까요."

그는 잠시 말을 멈추고 숨을 골랐다.

"물론 우리는 창밖으로 자신을 내던지는 사람들, 고아들, 미망인들의 모습을 보면 상처받아요. 하지만 우리가 본 것으로부터 빠져나갈 방법은 없어요."

"그러면 알고 있는 것들을 어떻게 감당하며 살 수 있을까요?"

"우리가 모른다는 것은 어떻게 감당할 수 있죠?"

그는 마치 이것이 유일하게 옳은 질문인 듯 말했다.

"우리는 지금 더 많은 책임을 지고 있어요."

"더 많은 두려움도요."

"그렇지만 두려움은 삶의 자연스러운 요소예요. 어린아이가 불을 무서워하는 건 좋은 일이죠. 두려움은 지나칠 때만 해가 돼요. 용기는 우리가 알고 있는 것들을 어떻게 처리할지 판단할 때 중요한 역할을 하지요. 용기란 가능함 속에서 불가능한 일을 하는 것을 의미해요."

나는 잠시 이 말의 의미를 이해하는 데 애를 먹었다.

"우리는 9·11 사태로 인간을 숭고하게 만드는 게 무엇인가에 대해 많은 것을 배웠어요. 사람들이 도움을 필요로 할 때 우리는 그들 곁에 있어야 해요. 사람들이 고통받을 때 그들과 함께 우리 역시 고통받고 있다는 사실을 알려 주어야 하죠."

내가 물었다.

"불행한 일에서 좋은 면을 발견하는 건가요?"

"선이 공포에서 비롯된다고는 말하지 않겠어요. 그건 공포에 대한 과분한 찬사니까요. 하지만 공포가 막아선다 해도 결국 선이 승리하죠."

"그것 자체로 놀랍네요."

비젤이 강조했다.

"마지막으로, 우리는 희망을 가져야 해요."

"아우슈비츠에 있었을 때 희망을 갖고 계셨나요?"

"알베르 카뮈가 그랬죠. 희망이 없을 때에도 우리는 희망을 만들어 내야 한다고."

비극의 상자 밑바닥에 놓인 깃털

1994년 1월부터 1996년 4월까지 나는 처음으로 우울증을 앓았다. 겉보기에 건강했지만 T세포가 손상되었고, 공허함에 시달렸다. 치료는 거의 효과가 없었다. 매달 받는 정기검진 중 어느 날 의사가 내게 예방 치료를 바로 시작하지 않으면 기회감염(면역 기능이 저하된 사람에게 심각한 감염증을 일으키는 질환 – 옮긴이)이 올 것이라고 말했다.

나는 그 병의 증상이 어떤지 알고 있었다. 그래서 죽어 가고 있는 몸을 위해 내가 할 수 있는 일을 시작했다. 부질없고, 효과가 증명된 적이 없다는 걸 알면서도 의사가 제안한 비싼 치료법에 동의했다. 그리고 하룻밤 사이에 전혀 다른 사람이 되었다. 아스피린 한 알조차 복용하지 않던 내가 하루에 독한 약 열다섯 알을 삼키는 사람이, 죽음의 병동에서 일주일에 두 번씩 정맥주사로 비타민 C를 맞고, 담요를 두르고 죽어 가는 사람들에게 둘러싸인 채 시간을 보내는 사람이 되었다. 그 유령 같은 공간에서 보낸 시간은 지금까지의 내 인생 중 가장 끔찍했다.

매일이 시련이었다. 아주 조금 움직이는 데도 초인적인 힘이 필요했다. 매 순간 침울한 절망의 종소리와 악마의 비웃음소리가 나아질 거라는 기대를 조롱하며 내 곁을 맴돌았다. 나중에는 온몸이 마비된 것 같은 느낌이 들어 아파트를 나서는 일도 힘들어졌다. 이때 나는 비행기 사고의 생존자가 추락 직전 마지막 순간에 대해 묘사한 것을 떠올렸다. 비행기가 처음 고장을 일으켰을 때 승객들은 경악하고, 울부짖고, 걷잡을 수 없는 혼란에 빠졌다. 그러나 그들은 곧 진정을 찾고 기도를 시작했다. 처음 보는 사람과 손을 맞잡고 비행기가 지면을 향해 추락하는 동안 눈물을 흘렸다. 그는 마지막 순간에는 이런 움직임마저 멈췄다고 말했다. 승객들은 극한의 두려움에 휩싸여 그 자리에 얼어붙은 채 소리 내어 울 수조차 없었다. 이것이 정확히 그때의 내가 느끼고 있던 감정이었다. 나는 마치 돌진하는 차 안에 갇혀 얼어붙고 질식한 채 낭떠러지 아래로 굴러 떨어지는 듯했다.

전 생애를 통틀어 처음으로 나는 제 기능을 할 수가 없었다. 의사에게 도움을 요청했으나 그가 내린 처방은 내가 울지 못하도록 하는 것이 유일한 효능인 항우울증 알약이었다. 나는 그 약을 쓰레기통에 던져 버렸다. 그리고 그 의사와의 진료를 끝내고 죽음의 병동에 다시는 가지 않았다. 통증만을 줄이는 무의미한 처방과 진통제를 거부하면서부터 어떤 이유에서인지 나의 영혼은 조금 생기가 돌았다. 곧 부서질 수 있다 해도 진실한 희망이 한 줄기 비쳐 우울함이 조금씩 떨쳐지기 시작했다. 나는 새로운 의사를 찾고 더 나은 치료법이 나올 때까지 평범한 삶의 방식을 따를 만큼 회복되었다.

그 길은 한 번 지나오면 결코 잊을 수 없다. '우울증'은 그저 단어의 의미 그것만으로 존재하지 않는다. 우울증은 내면의 부재, 존재에 대한 영혼의 부정이다. 작가 앤드류 솔로몬이 자신의 우울증에 대한 지도책 《한낮의 악마》에서 묘사한 것처럼 그것은 '사랑의 결함'이다.

앤드류의 지옥으로의 추락은 뚜렷한 원인 없이 서서히 시작되었다. 앤드류는 부유한 환경에서 사랑받으며 자랐고, 예일 대학과 캠브리지 대학에서 공부했으며, 작가로서의 화려한 경력을 보장받았다. 주위에는 항상 친구가 들끓었고 외모 또한 완벽했다. 그러나 그는 우리가 만난 자리에서 이렇게 말했다.

"비참함을 느끼는 데 환경은 아무런 영향을 미치지 않았어요."

앤드류는 옥스퍼드 셔츠와 헤링본 재킷을 입고 있었다. 그는 무척이나 쾌활하고 부드러운 성격에, 거의 시대착오적이라 할 만큼 다정다감했다. 미국의 소설가 이디스 와튼이 묘사한 가든파티에서나 만날 법한 멋진 남자였다. 머리는 조금 벗겨져 있었지만, 한 기자의 묘사처럼 끝없는 바다를 바라보고 있는 듯한 파란 눈이 멋지게 빛났다. 앤드류와 나는 이웃에 살고 있었고, 동네의 한 카페에서 대화를 나누었다.

"아주 천천히 시작되었어요. 어머니가 돌아가셨을 무렵부터."

어머니 캐롤린 솔로몬은 자궁암으로 생명을 잃어 가고 있었다. 어머니는 예순네 번째 생일을 맞이하고 몇 주 후 약간의 차와 빵을 먹고 나서 자신의 몸 상태에 대해 이미 알고 있던 남편과 두 아들을 침대 곁으로 불렀다. 그러고는 마흔 알의 수면제를 삼켜 가족이 보는 앞에서 숨을 거뒀다.

어머니는 막내아들에게 "네가 갖고 있는 것을 즐겨라."라는 유언을 남겼다. 그 충고는 앤드류가 우울증을 극복한 후 삶의 지침이 되었다. 우울한 증상이 병으로 진전된 것은 그가 첫 소설을 출간하고 저자 낭송회를 시작한 때였다. 불길한 제목의 소설《돌로 만들어진

배》는 어머니와 아들에 관한 강렬하고 감성적인 이야기였다.

"겪어 보지 않은 사람들은 상상하기 힘들 거예요. 저는 언제나 견딜 수 없이 무서웠어요. 감정적으로 혼란스러웠고, 겁에 잔뜩 질려 있었죠. 마치 무언가가 금방이라도 폭발할 것 같았어요."

"뭐가 그토록 무서웠는데요?"

"발을 헛디뎌 넘어질 것만 같은데, 그걸 멈출 수 없는 순간 같은 거예요. 제 얼굴을 향해 달려드는 땅을 볼 때 순식간에 스치는 두려움이오."

나는 그런 기분을 잘 안다고 대답해 주었다.

"매 순간 그 두려움을 느꼈어요. 깨어 있는 것, 살아 있는 것만으로도 몹시 고통스러웠죠. 어떻게 해야 할지 알 수가 없더군요. 사람들은 말했어요. '아, 그러다 말 거야. 넌 곧 이겨 낼 거야.' 그러면 전 생각했어요. '아니, 난 이것을 5분도 더 견딜 수 없어. 하루라도 더는 안 돼.'"

그에게 정신과 의사는 전혀 도움이 되지 않았다.

"무슨 일이 일어나고 있는지도 알아내지 못하는 무능한 사람이 나를 분석하고 있었어요."

그 기억은 아직도 앤드류를 화나게 한다.

"의사는 제가 마약에 손대지 않은 게 매우 용감하고 영웅적인 일이라고 말하더군요. 하지만 진실은 만일 6개월 일찍 치료를 시작했더라면 그 상태에 결코 도달하지 않았으리라는 거죠."

1994년 여름 앤드류는 침실을 나설 수도 없을 만큼 밑바닥으로 침몰했다.

"하루는 일어날 수가 없었어요. 사실 침대를 벗어나기가 너무 두려웠죠. 눈을 뜨고도 몇 시간 동안이나 어떻게 양말을 신어야 할지 걱정하면서 가만히 누워 있었죠. 전화벨이 울릴 때까지 일곱 시간 동안 전화기만 바라보았죠. 그리고 마침내 누군가가 전화를 걸어 주었어요. 저는 '몸이 정말 안 좋아요. 좀 도와주세요.'라고 말했죠."

앤드류는 이 숨 막히는 어두움을 나무에 들러붙어 숙주가 죽을 때까지 양기를 빨아먹으며 기생하는 덩굴포도에 비유했다. 그는 이 상태를 《한낮의 악마》에서 이렇게 묘사했다.

"나를 짓이기는 강하고 치명적인 힘에 나는 바닥까지 완전히 고갈되었다. 그 덩굴손은 내 마음을, 용기를, 내면을 산산조각 내고 뼈를 부러뜨려 나를 무력하게 만들었다. 그것은 자신이 먹고살 것이 더 이상 남아 있지 않을 때까지 내 모든 것을 빼앗아갔다."

그러나 그에게는 그가 살인마와 싸워 물리칠 수 있게 도와줄 사랑하는 사람들이 있었다. 친구들이 번갈아가며 그를 보살폈다. 애정 표현이 서툴렀던 아버지는 다 큰 아들을 위해 음식을 잘게 잘라주기도 했다. 앤드류는 조금씩 나아졌다. 그는 정신과 의사와의 무의미한 만남을 그만두고, 약물 요법으로 기분을 안정시켜 줄 정신약리학자를 찾아갔다. 2010년 무렵 그는 잠시 활기를 되찾고 살아 있다는 감각을 느낄 수 있었다. 그때의 순간을 생각하며 그는 미소를 지었다.

"아버지와 함께 창밖을 내다보고 있을 때였어요. 구름으로 가득찬 회색 하늘 사이로 태양이 눈부시게 빛났지요. 이런 장면이 아주 흔한 거라는 건 알고 있었지만, 그 당시의 내게 놀랍도록 적절한 순간이었죠. 기분이 한결 좋아졌어요. 한 5분 정도, 다시 그런 기분을 느낄 수 있을까 싶은 환희를 느꼈죠."

앤드류는 더 이상 유대교를 따르지 않고 불가지론자가 되었다. 때문에 그는 자신의 회복 과정을 초자연적인 단어로 과장하지 않기 위해 조심했다. 그러면서도 자신이 겪었던 공포에 특별한 영적 혜택이 주어졌음을 인정했다. 그는 에밀리 디킨슨의 구절을 빌어 표현했다.

"그것은 내 비극의 상자 밑바닥에 놓인 깃털 달린 어떤 것이었어요. 심각한 우울증은 생사의 문제이기도 해요. 그 일이 있기 전까지 전 스스로가 매우 강한 사람이라고 생각했죠. 강제수용소에서 노역을 하면서도 노래를 흥얼거릴 수 있는 몇 안 되는 죄수 중 하나일 거라고 말이에요."

이런 영웅적인 자아상을 언급하며 지금의 앤드류가 키득거린다.

"무너져 내린 나를 생각하는 걸 그만둬야 했죠. 그리고 나 자신이라고 생각했던 '나'를 다시 고찰하는 데 몰입했죠. 내가 내 배의 선장이 되고, 내 삶의 주인이 되겠다는 거창한 생각은 창밖으로 완전히 내던졌죠. 전 이제 조금 더 견디고, 훨씬 덜 판단해요. 유연성이 생긴 거예요. 그리고 전에는 받아들이지 않았던 나 자신의 약한 부분을 인정하죠. 그 전까지 전 늘 제가 바윗덩어리라고 생각했었거든요."

앤드류가 웃었다.

"스스로 내 마음에 상처를 주고 있었던 셈이죠. 아니면 그 비슷한 바보 같은 짓이거나."

용기란 무엇이며 용기 있는 사람이 된다는 것은 무엇을 의미하는가에 대한 생각을 완벽히 전환하고 나서야 그는 이런 재치 있는 정의를 내릴 수 있었다.

"용감한 사람에 대해 제가 좋아하는 두 가지 구분법이 있죠. 용감한 사람이란 두려움을 느끼지 않기 때문에 최전선에 뛰어드는 사람일까요? 아니면 완전히 겁에 질렸지만 무언가를 시도하는 사람, 첫 번째 사람만큼은 아니어도 두려움의 무게에 맞서는 사람일까요?"

내가 대답했다.

"첫 번째 사람은 그저 성미가 급한 것일지도 몰라요."

"저는 예전보다 겁이 더 많아졌어요. 그렇지만 과거의 그 두려움으로 자신을 몰아가는 데는 더 엄격해졌죠. 다 내가 다른 사람에게 얼마나 많은 부분을 의지하며 사는지를 깨닫고 난 후의 일이었어요."

앤드류가 조금 더 분명히 설명했다.

"그렇지만 어떤 사람에게 의지할 것인가에 대해서는 무척 조심스럽게 판단해요. 왜냐하면 전 이제 제가 상처받기 쉬운 사람이란 걸 알고 있으니까요. 우리 모두에게 있는, 깊숙한 곳에 자리한 연약함을 저 또한 갖고 있다는 걸 인정하는 거죠."

앤드류는 자신의 말이 지나치게 감상적이거나 혹은 말장난처럼 여겨질까 주의하면서 조심스럽게 자신의 말에 무게를 실었다.

"깊은 고통을 겪어 본 사람들에게만 주어지는 더 없는 행복이 있어요."

그의 말에 나는 루시 그리얼리를 떠올렸다.

"그 말이 무슨 뜻인가요?"

"삶이 큰 문제없이 평범하게 흘러갈 때 황홀한 기쁨을 느낄 수 있다는 거죠. 제가 그토록 우울하고 좌절해 본 적이 없었더라면 결코 느낄 수 없었을 즐거움이죠."

앤드류는 넌지시 영혼과 유사한 '자기만의 본질'을 발견했음을 암

시했다.

"7년 전 지옥이 느닷없이 저를 찾아온 그날까지 결코 상상할 수도 없던 제 일부분이죠. 정말 값진 발견이에요."

불가리아의 정신분석학자 줄리아 크리스테바는 회고록을 통해 어둠을 뚫고 나온 자신의 이야기를 풀어냈다.

"나는 우울증에 지대한 철학적 광명을 빚졌다. 슬픔이나 비애에서 창출된 정화는 인류가 남기는 큰 승리의 흔적은 아니다. 그러나 명민하고, 세상에 맞서며, 창조적인 인류의 자취이다."

인터뷰를 끝내고 나서 앤드류와 나는 집까지 나란히 걸었다. 그러면서 우리는 시인 엠마 라자루스가 살던 집을 지나갔다. 그녀의 가장 유명한 시는 자유의 여신상에 새겨져 있다.

"가난하고 지친 사람들을 내게 주오……"

그러나 어디에서나 볼 수 있는 이 메시지는 방랑, 부활, 자유를 향한 여정이라는 주제에 있어서 이 영리한 남자에게는 의미가 없다. 그는 자신의 책에서 이렇게 쓰고 있다.

"우리와 같은 생존자들은 외딴 길에 발을 내디뎌 세상 앞에 설 수 있는, 약해지는 마음을 다잡는 데 유용한 지식을 전해야 한다. 용기를 가지고 그리고 지혜가 아닐지라도 무엇이 아름다운지를 분별할 줄 아는 결단력을 가지고 앞으로 나아가야 한다. 도스토옙스키는 '결국 아름다움이 세상을 구원할 것이다'라고 말했다. 슬픈 믿음에서 빠져나오는 순간은 언제나 기적적이고, 넋을 잃을 만큼 아름답다. 그것만으로도 절망으로의 항해는 가치가 있다."

나머지는 삶이 알아서 할 것이다

✍

유대교의 지식인 한 사람이 하와이의 한 부족민들과 함께 생활을 했다. 몇 개월 후 부족의 추장이 자신들에게는 숭배하는 고래가 있으며, 이제 손님을 고래에게 소개할 준비가 되었다고 알려왔다. 부족민들은 고래를 어머니라고 불렀고 고래는 부족민들의 부름에 응답하고, 섬의 비밀 장소에서 그들과 함께 놀았다.

나는 그 유대 인의 속마음이 어땠을지 상상이 가고도 남는다. 안녕하세요! 오 감사해요, 하지만 괜찮아요. 우리 민족은 이교도의 지역에서 사냥을 하거나 작살과 관련된 위험한 일을 하지는 않아요. 유대 인은 추장이 완전히 미쳤다고 생각했을 것이다. 그러나 추장은 부족민들의 존경을 받는 사람이었고, 그는 제안을 고려해 보는 척했다. 한편으로는 궁금하기도 했다. 부름에 반응하는 고래라니? 매사에 전전긍긍하던 그의 삶에서는 그 어떤 것도 부름에 응답한 적이 없었다. 유대 인이 추장에게 말했다. 그것으로 대화가 끝나기를 바라면서.

"전 수영을 못해요."

"걱정할 필요 없어요."

추장이 그를 안심시켰다.

"바위를 붙잡고 있으면 돼요. 그럼 나머지는 어머니가 알아서 할 테니까."

유대 인의 몸이 떨리기 시작했다. 그는 모든 것을, 그중에서도 죽음을 두려워하고, 열정을 압박붕대로 꽁꽁 묶어 놓고 살아 왔다. 그런 자신의 틀을 깨고 자유로워지기 위해 하와이에 온 것이었다. 그는 고래를 만나기로 결심했다.

고래를 만나기로 한 날 그는 추장의 가족과 함께 배를 타고 검은 화산암으로 둘러싸인 작고 한적한 만으로 나갔다. 수영복으로 갈아 입고 겁에 질린 채 원숭이처럼 바위에 매달려 물속으로 들어가는 손님의 모습에 부족민들이 재미있어 하며 큰 소리로 웃었다. 잠시 후 추장 가족은 천천히 그리고 일제히 기도문을 읊기 시작했다. 유대 인이 떨면서 자신의 운명을 기다리는 동안 그들의 목소리가 물 위로 퍼져 나갔다.

잠시 후 놀라운 일이 일어났다. 500미터 정도 밖에서 그가 본 중에 가장 크고 검은 고래가 조용히 수면 위로 떠올랐다. 그는 겁에 질려 바다 밖으로 뛰쳐나올 뻔했다. 그러나 그는 격렬히 저항하는 이성의 목소리를 누르고 그 자리에 가만히 있었다. 그 순간 그가 느끼는 모든 것들이 그때까지는 있을 수 없는 일이라 믿었던 것들에 대해 반박했다. 유대 인은 고래가 자신의 공포를 눈치채고 사랑이라고밖에 표현할 수 없는, 크고 따뜻하게 자신을 품어 안는 파도를 밀어 보내고 있는 것을 느꼈다. 그를 진정시켜 준 것은 강하고 거대한, 인간의 것이 아닌 따뜻함이었다. 그는 고래가 자신의 공포를 느낄 수 있을 뿐만 아니라 (불가능해 보이기는 했지만) 그가 수영을 할 수 없다는 사실까지 알고 있음을 확신했다. 그가 할 일은 물속에 머물러 그 따뜻함을 느끼고, 그 온기를 믿고, 믿음을 유지하는 것뿐이라고 고래는 말하고 있는 듯했다.

고래가 마치 자신을 소개하듯 숨구멍으로 작은 물줄기를 뿜으며 그에게 천천히 헤엄쳐 오기 시작했다. 거대한 동물이 다가오는 동안 유대 인은 어쩔 줄 몰라 하며 꼼짝 않고 있었다. 그러자 추장이 말했다.

"어머니를 만져요."

그가 떨리는 손을 뻗어 고래의 매끄럽고 새까만 피부를 만졌다. 그의 손이 닿자 고래는 몸을 기울여 그가 자신의 몸을 쓰다듬을 수 있도록 해 주었다. 유대 인은 전혀 두렵지 않았다. 경이로움이 공포를 태워 없앴다. 그는 뒤에서 조용히 노래하고 있는 추장 가족과 함께 몇 분간 그렇게 있었다. 잠시 후 고래가 미끄러지듯 사라졌다. 그 순간 그는 바위를 붙잡고 있던 손을 놓고 물속으로 헤엄쳐 들어갔다. 그리고 자신이 물에 떠 있음에 경이로워했다.

왜 전에는 이것을 의심했을까. 자신의 몸 그리고 밀려오는 물을 마치 처음인 양 느끼면서 그는 자문했다. 그 후 세상은 달라졌다. 공포가 있던 자리에는 경외심이 들어왔다. '아마도'가 있던 곳에 확신에 찬 긍정이 있었다. 조심스러움과 의심이 살던 그곳에 용기가 자리를 잡았다. 회의 대신 믿음이, 돌처럼 가라앉을 것이라는 두려움이 수영에 대한 갈망으로 바뀌었다.

유대 인은 그 어머니 고래를 다시는 볼 수 없었다. 그렇지만 세상은 이후 더 밝아졌다. 마음의 뒷문을 통해 그는 걸어 나왔다. 그리고 더 이상 무엇이 가능하고 불가능한지 가늠하지 않았다. 세상의 어떤 것도 그의 손길 너머에 있는 것 같지 않았다.

어머니가 돌아가시기 하루 전 우리는 어머니의 침실에서 함께 시간을 보내고 있었다. 어머니의 머리는 내 무릎 위에 놓여 있었고, 벽시계는 째깍거렸다. 갑자기 어머니가 눈을 뜨고 나를 향해 눈을 깜박였다. 눈동자는 모르핀으로 흐릿했다.

"네? 뭐라고 하셨어요?"

내가 물었다. 어머니가 다시 눈을 깜박였다. 그러고는 며칠 만에 꿈꾸듯 한마디를 웅얼거렸다.

"더 쉽단다."

어머니가 말을 이었다.

"네가 놓아 주면 더 쉬워진단다."

어머니는 그 누구보다도 완고하고 고약한 사람이었다. 자기반성이라고는 없는 거친 싸움꾼과 같았다. 때문에 나는 어머니의 이 말에 놀라지 않을 수 없었다. 나는 어머니에게서 병과는 무관하게, 무엇이라 말할 수 없는 미묘한 변화를 느꼈다. 어머니는 덜 고통스러워하고, 좀 더 평화로워 보였다. 꽉 쥔 손을 느슨하게 해 주는 무엇인가가 어머니의 안에서 생겨나고 있었다. 나는 언젠가 나의 때가 왔을 때 이 순간을 반드시 기억하기로 마음먹었다.

성 아우구스티누스는 우리가 "자신이 애정을 지니고 있는 대상에 대해서만 알고 있다."라고 말했다. 그리고 무엇인가를 진실로 안다는 것은 그것이 결국 자신의 소유가 아님을 아는 일이라고 했다. 우리는 결국 이 호텔의 손님일 뿐이다. 떠날 때는 재떨이를 남겨 두어야 하는.

그럼에도 우리는 삶에 집착하고, 삶이 점층적으로 증가해 나간다고 생각한다. 그리고 삶에서 이렇듯 새로운 층이 생성되고 증가해 우리의 정체성을 더욱 견고하게 만들고, 우리가 지상에 발붙이고 살아갈 수 있게 만들어 준다고 믿는다. 하지만 진실이 그 반대에 더 가깝다면 어떻겠는가? 우리가 걸러져 날아가고, 시간에 의해 마모되고, 결국 사라지는 존재라면 어떨까? 우리가 겸손해지고, 세상을 손쉽게 살기 위해 잔인해지지 않고, 덜 후회하지만 더 꿈꾸고, 덜 방어하지만 더 사랑한다면 어떨까?

갓 태어난 아기들도 머지않아 곧 이 사실을 배운다. 살아남고 싶다면 처음에는 무언가를 붙잡아야 한다. 고아원에서 자원봉사 활동을 하는 한 사람은 "보살핌의 손길을 빼앗긴 유아들은 잠들기 위해 자신을 끊임없이 흔든다."라고 말했다.

"아이들은 침대 위에서 팔로 자신의 몸을 감싸고 앉아 있어요. 그저 흔들고 또 흔들면서."

두 종류의 고아가 있다. 진짜 고아와 마음의 고아이다. 마음의 고아들은 어렸을 때 죽어 버린 마음속에 갇힌 채 자신의 삶도 그처럼 멈추길 바란다. 살아오면서 누군가가 자신을 사랑해 주지 않는다면 그냥 죽어 버리겠다고 말하는 사람들을 본 적이 있을 것이다. 어머니의 따뜻한 품을 느끼지 못하고 자란 아이는 자신이 이전에 갈망했던 그 무엇으로 회귀한다.

버크셔 산에서 어느 눈 오는 날 나는 불교적 가르침을 전파하는 스승 조셉 골드슈타인에게 사랑과 목 조르기에 대한 이야기를 듣고 있었다. 우리는 통찰명상협회 근처에 있는 그의 집에 있었다. 통찰명상협회는 30여 년 전 조셉과 미국인 동료 잭 콘필드, 새론 살츠버그가 공동으로 설립한 협회로, 불교와 그것에 기반을 둔 명상 수행법을 가르치고 있다.

조셉이 커다란 발을 앞에 놓인 책상 위에 올렸다.

"우리는 집착하는 것과 보살피는 것을 같은 것으로 생각하지요."

껑충한 키를 한 예순 살의 조셉은 독신이지만 복잡한 인간사를 초월한 수도자 같은 사람은 아니다. 그는 고통과 집착, 감정 소모에 대한 여러 조언을 하고 있지만 그 역시 사랑에 상처받은 사람일지도 모를 일이다.

"우리는 사랑과 집착이 동일하다고 보죠. 하지만 그것들의 힘을 자세히 살펴보면 실제로 그 둘이 얼마나 다른지를 알게 돼요. 큰 사랑을 느낄 때면 우리는 활짝 열려 있는 마음을 느껴요. 집착은 에너지를 주지 않아요. 집착하면 내면이 미묘하게 위축되고, '제발 날 떠나지 말아요' 같은 매달리는 마음이 생겨나죠."

그는 이로 인한 고통을 상처가 남기는 것들에 비유했다.

"하지만 우리는 인간인 걸요. 집착하지 않을 수 없죠."

그러나 조셉은 상처에 대해 애써 냉랭함을 유지하려 들거나 혹은 깨달음의 가면을 쓴 무관심을 가장하는 일이 대안이 될 수는 없다고 말한다. 대안은 헌신 외에는 없다.

"집착은 모든 것들이 똑같이 머물러 있기를 바라요. 특히 우리와 관련된 것들이 그러길 원하죠. 하지만 사람이든 현실이든 변하기 마련이고, 때문에 이런 바람은 불운한 일이 아닐 수 없죠. 하지만 헌신은 상황이 우리에게 행복함을 느끼게 해 주는 데 늘 같은 상태를 유지해야 한다고는 말하지 않아요. 대신 변화가 일어나는 동안 우리가 스스로에게 사랑으로 깃들게 되리라고 말해 주죠."

"깃든다고요?"

내 질문에 조셉이 대답했다.

"그러지 않으면 우리는 단지 더 많은 고통을 만들어 낼 뿐이에요. 집착과 헌신은 달라요."

그러고 나서 그는 말을 멈추었다. 방이 조용해졌다. 넥타이를 조이는 대신 그것을 잘라내고, 무언가를 끌어모으면서 살기보다 포기하면서 사는 건 어떤 느낌일까? 조셉은 수도승같은 삶을 살기 전에는 지적인 유대 인이었다. 그는 자신에게 영감을 줄 대상, 경외심을 가질 만한 무엇인가를 찾아 멀고 넓은 추구의 길을 헤매 다녔다. 그리고 결국 수평선 위로 진리의 배가 나타났을 때 그는 자신이 붙들고 있던 바윗덩어리를 놓았다. 그리고 부처의 매끄러운 등을 만지고, 사제(불교의 근본 교리인 고집멸도의 숭고한 진실-옮긴이)는 그의 연인이 되었다. 고독은 그에게 젊음을 남겼다. 조셉이 사랑하는 고요를 깨며 내가 한마디를 내뱉었다. 바보같이.

"불완전한 우리의 삶."

그가 다시 미소를 지었다.

조셉이 지시하는 투로 W. H. 오든의 말을 인용했다.

"당신의 비뚤어진 이웃을 당신의 비뚤어진 마음으로 사랑하라."

내가 응수했다.

"당신이 할 수 있는 최선을 다하라."

어머니는 마지막 순간에 우리를 사랑하셨다. 그 순간 바닷가재 같이 견고한 껍데기가 어머니에게서 떨어져 나갔다. 어머니는 예전과 다르게 우리가 어머니의 몸을 어루만져도 불편해하지 않았다. 나는 오랫동안 누워 있느라 머리칼이 눌린 어머니의 작은 머리를 내 무릎 위로 끌어안았다. 그리고 가만히 쓰다듬었다. 내가 평생 관심을 갈구했던 이 여인을 이제 놓을 수 있을 만큼 나는 겸허해졌다. 상처가 남긴 흔적은 어디에도 없었다.

"내가 죽어 가고 있는 거니?"

어머니는 돌아가시기 하루 전에 내게 이렇게 물으셨다. 어머니는 욕조에 기대 하수구에 담뱃재를 털어 내며 생의 마지막 담배를 피우고 있었다. 여동생 벨이 말했다.

"상태가 나빠 보여요."

어머니는 겁을 먹었다기보다 어리둥절해 보였다. 그러고는 말했다.

"그렇게 나쁘지는 않아."

새로운 삶은 날마다 시작된다

백 살의 나이로 세상을 떠나기 몇 년 전 그를 처음 만났을 때 시인 스탠리 쿠니츠는 생명력이 어떻게 작용하는가를 보여 주는 살아 있는 표본이었다. 삶에 대한 열망으로 가득하고 해가 갈수록 더 강렬해져만 가는 뛰어난 정신력의 소유자였다. 우리가 만났을 때 스탠리는 이렇게 말했다.

"나는 90대의 노인으로 일어나지 않소. 시인으로 일어나지! 닳는 것은 몸일 뿐, 상상력은 그 전만큼이나 강렬하고 눈부시게 남아 있다오."

스탠리가 뉴욕에 위치한 자신의 아파트에서 문을 열어 주었다. 밝은 눈을 반짝거리며 손을 흔드는 그는 파란색 테니스화와 허름한 트위드 재킷을 입고 있었다.

"어서 와요, 어서 와. 환영해요!"

60도 정도 등이 굽은 스탠리가 나를 긴 복도로 안내하면서 노래를 한다. 복도에는 그의 친구 프란츠 클라인과 로버트 마더웰의 유화 작품, 부인인 화가 엘리스 애셔의 초상화, 무수한 책들 그리고 과거 최고의 시인이었던 사람에게 걸맞은 청동 흉상이 늘어서 있었다.

우리는 넓고 햇빛이 잘 드는 방에서 마주 앉았다. 엘리스와 비서가 옆방에 마련된 사무실에서 줄기차게 걸려오는 전화를 처리하고 있다.

"오랫동안 세상에 살아 있다는 이유로 내야 하는 벌금이 있지요. 하지만 난 그 벌금을 내는 게 행복하다오."

스탠리가 미소를 짓고 깊이 숨을 들이쉬었다. 커다란 의자에 파묻혀 턱을 괴고 있는 그는 무척 왜소해 보였다. 셈 족의 특징이 잘 드러나는 얼굴이었다. 유대 인 노동자 계급 출신임에도 스탠리는 한 단어씩 조심스럽게 뱉어내는 보스턴 상류층의 우아한 어투를 가지고 있었다. 그가 창밖을 내다보면서 말했다.

"삶의 모든 것은 재발견의 대상이죠. 그게 내 철학이에요. 상상력은 삶을 새롭게 창조하는 열쇠죠."

스탠리가 시선을 내게로 돌렸다.

"사람은 변화하는 존재예요. 10년 후의 나는 지금의 나와 같지 않아요. 지혜는 우리의 욕망과 능력뿐만 아니라 한계에 직면할 때 생겨나죠."

스탠리가 가장 사랑하는 시 중 하나인 〈삶의 지층들(The Layers)〉은 그의 이런 지혜를 표현하는 결정체이다.

수많은 삶을 걸어 왔다
그중 어떤 것은 나의 삶
궤도를 벗어나지 않기 위한
나의 싸움에서
존재의 법칙이 찾아와 깃들지만
나는 예전의 내가 아니다.

여행을 계속할 힘을

모으기 전에

내가 보아야만 할 때 뒤돌아보니

보이는 것은

수평선을 향해

멀어지는 이정표

그리고 버려진 뒤뜰에서

서서히 타오르는 불길

쓰레기를 뒤지는 천사들 위로

무거운 날갯짓을 한다

오, 나는 진실한 사랑으로

나 자신을 부족으로 만들었다

그리고 나의 부족은 뿔뿔이 흩어졌다!

이 심장은 어떻게

상실의 축제와 화해할 것인가

몰아치는 바람 속

길가에 쓰러진 내 친구들의

격정의 먼지가

쓰라리게 나의 얼굴을 할퀸다

그러나 나는 돌아선다, 돌아선다

조금은 기뻐서 어쩔 줄 모르며

내가 가야 하는 곳이 어디든

가고자 하는 온전한 나의 의지로

길 위의 모든 돌이 내겐 소중하다

나의 까만 밤

달마저 숨어

잔해 사이로 방랑할 때

비구름에 덮인 목소리가

내게 알려 주었다

"쓰레기더미가 아닌

층들 속에서 살라."

그것을 이해하기에

나는 기술이 부족하지만

다음 장에 의심은 없다

변신에 대한 나의 책은

이미 쓰여 있다

나의 변화는 아직 끝나지 않았다

'상실의 축제' 한가운데 존재하는 역동성, 폐허 속에서의 변신, 변화 과정에서의 자기창조, 더 이상 과거의 자신으로 남아 있게 두지 않는 위험한 지식과의 공존, 이 시처럼 궤도를 벗어나지 않기 위한 싸움에서 들려오는 진정하고도 변하지 않는 가슴 속 목소리, 그 '깃들어 있는 어떤 법칙.'

이것들을 위해 스탠리는 풍화의 시간, 변화 그리고 생명의 비약을 잃지 않는 비애에 대한 전략을 보여 주었다. 호기심은 이 욕구를 자극한다. 행운이 미소를 짓고 있든 아니든, 우리의 삶이 우리가 원했던 대로 틀을 갖췄든 아니든, 미래가 외견상으로 항해가 가능하든 아니든, 우리는 자신의 예측 불가능한 모습, 아직 모든 것이 드러나지 않은 변화의 결과에 대해 강한 호기심을 품고 살아간다. 호기심은 이런 생명력의 원천으로 향하는 수단이자 창조적인 사람으로 남을 수 있는 용기이다. 아우성치는 내면의 악마에게 넘겨줄 규칙이아니다. 체념을 뛰어넘어 부활을 선택하고, 현재의 상황을 뛰어넘어성실함을 발휘하는 일은 매일의 삶을 진화하게 한다.

우리는 존재의 고동치는 맥박을 느끼기 위해 상황의 핵심을 꿰뚫고자 한다. 이는 특히 어려운 시기일수록 강렬하다. 9·11 테러 이후오든의 〈1939년 9월 1일〉과 같은 시에 국가적인 집착이 발생한 것은 우연이 아니다. 시는 우리를 생명력의 원천으로 이어 주고, 문화와 시간의 경계에 다리를 놓아주는 생존자들의 언어이다. 위기의 시간에 우리는 단순한 것들을 갈망한다. 가장 단순하고 진실한 것들만이 우리를 건너편으로 옮겨 줄 수 있다.

'무엇이 기관차를 움직이게 하는가?'

스탠리는 그의 80번째 생일 날 아내에게 주는 시에 이렇게 썼다.

"희망, 희망, 희망이다."

오늘의 스탠리가 있기까지 그가 걸어온 길은 파멸의 우회로로 표시되었다. 그가 태어나기 전 그의 아버지는 고향 매사추세츠 우스터의 주 광장에서 음독자살했다. 병약한 아들과 아내가 걸어가야 할일은 생각지도 않은 채 말이다. 1924년 스탠리는 하버드 대학을 졸업하면서 대학에서 채용 제안을 받을 만큼 뛰어난 연구 성과를 이뤘다. 그러나 채용 제안은 결국 "앵글로 색슨 학생들이 유대 인에게 가르침을 받는 것에 분개할지도 모른다."라는 이유로 갑자기 철회되었다. 그 후 스탠리는 헬렌 피어스라는 시인과 사랑에 빠져 결혼했고, 새신부와 함께 100에이커에 달하는 코네티컷의 농장으로 이주했다.

4월의 어느 날 헬렌은 흔적도 없이 농장에서 사라졌다. 그 어떤 예고도 없었다. 오늘날까지도 스탠리는 그날 무슨 일이 있었는지 알지 못한다.

스탠리의 〈시험하는 나무〉 한 구절은 이런 깨달음이 표현되어 있는 듯하다.

"마음은 부서지고 또 부서진다. 그렇게 부서짐으로써 산다."

부서지고 다시 만들어지는 것을 기꺼이 받아들이는 그의 태도, 그런 파괴가 자연스럽고 유익하다는 신념은 그를 끊임없는 자기 재창조의 삶으로 이끌었다. 형언할 수 없는 비애의 시간을 겪으며 스탠리는 깨달음을 얻었다.

"내가 창조하는 게 무엇이든 그것은 삶의 소재들로 만들어진다. 삶을 자신이 창조하고자 열망하는 대상의 '적'이라고 생각해서는 안 된다."

스탠리가 후원하는 재능 있는 시인 마리아 호우 역시 큰 상실을 겪을 때 이 멘토에게서 지혜의 묘약을 받았다.

"오빠는 죽어 가고 있을 때 스탠리에게 갔어요. 그리고 마치 무엇인가가 자기를 입 속에 넣고 씹어 먹고 있는 것 같다고 말했죠. 스탠리가 말하더군요. '그럴 거야, 하지만 이 상황이 끝났을 때 자네가 누구인지 알기 위해서는 견뎌 내야만 해.'"

첫 번째 부인이 사라지고 난 후 스탠리의 성공 가도에는 제동이 걸렸다. 스탠리는 생에서 가장 어두운 곳으로 밀쳐져 거의 10년에 가까운 시간을 보냈다. 그러던 중 1936년의 어느 날 시인 시어도어 로스케가 스탠리를 찾아 왔다. 그는 상업적으로 실패한 스탠리의 최근작을 복사한 종이 한 장과 교직 제안서를 손에 쥐고 있었다.

"로스케 씨가 나를 어떻게 찾아냈는지 알 길이 없어요. 하지만 나는 그 순간을 영원히 기억할 거예요. 그는 내가 다시 살 수 있도록 했지요."

로스케는 이렇게 썼다.

"어두울 때 눈은 비로소 보기 시작한다."

그때 이후 스탠리는 미국 최고의 시인이 됐을 뿐 아니라 수십 권의 시집을 출판하고 미국의 주요한 문학상을 모두 수상했다. 영감이 거의 떠오르지 않은 가장 혹독한 시기에도 그랬다.

"제게 있어 시는 숨 쉬는 것과 같아요."

스탠리는 떠오르는 시상을 새 신부와의 만남에 비유하길 좋아한다.

"사람은 예술에서 떠날 수 없어요. 어느 누구도 숨 쉬는 것을 포기할 수 없듯이 말이에요. 내 시 중에는 농담이지만 이런 문구가 있어요. '아마도 그것은 내가 늙어가는 것을 연습할 때일 것이다.'"

스탠리가 내 등 뒤에 걸린 아내의 대담한 유화 한 점으로 눈을 돌렸다. 가슴 위에 얹힌 까칠한 턱수염이 마치 새의 가슴털 같았다. 잠시 그가 생각에 잠겼다. 그가 무슨 생각을 하고 있는지는 알 수 없다. 스탠리가 갑자기 대화로 돌아왔다.

"키츠의 편지 중 한 통에는 그가 가장 가치 있게 여기는 데 대한 멋진 글귀가 있어요. '심장의 사랑이 가진 성스러움'을 언급한 구절이죠."

스탠리가 말을 이었다.

"그 부분을 처음 읽었을 때가 기억나요. 나는 그 문장의 성스러움이 내게 영원히 의미 있으리라는 것을, 내 삶의 초석이 되리라는 것을 깨달았어요. 그리고 실제로 그렇게 되었답니다."

스탠리는 삶의 재창조에서 중요한 것은 상실을 극복하는 데서 더 나아가 더욱 본질적인 자신이 되는 것이라고 말한다.

"내가 알고 지낸 예술가들은 모두 그저 살아 있는 육체가 아닌 진정한 자신이 되기 위해 필요한 것을 거의 처음부터 알고 있었죠. 그들은 그것으로 인해 위대해질 수 있었어요."

"그건 모든 사람들에게 해당되는 것 아닐까요?"

"맞아요, 그럴 거라 생각해요."

"백 살 가까이 산다는 건 어떤 느낌인가요?"

그 질문에 스탠리는 매우 의기양양하게 대답했다.

"내 자신을 찾은 느낌이 들어요."

또 다른 인터뷰에서 그는 이 부분에 대해 더 자세히 설명했다.

"내 운명을 소유한 느낌이에요. 운명의 희생자가 아닌 거죠. 예를 들어 이 아름다운 날을 봐요."

그가 햇빛을 받는 나무를 보고 미소를 지었다.

"최근 몇 년 동안 너무 많은 것들을 겪었어요. 하지만 내가 무력하다고는 전혀 느끼지 않아요. 다른 차원의 감각이 있죠. 다른 차원의 존재 상태, 그것은 우리의 것이기도 하고 아니기도 해요."

"세상은 더 위험한 곳이 되었나요?"

내 물음에 스탠리가 대답했다.

"사람들은 때로 미래를 두려워하죠. 어떤 사람은 신성함, 아름다움, 진실에 대한 탐구의 상실을 두려워해요. 또 어떤 사람은 영적인 것보다 실용적인 것을 지향하는 현대 사회의 역동성을 두려워하고요. 하지만 나는 그곳에도 예지자와 시인의 위대한 전통을 이어갈 사람이 있을 거라고 생각해요. 존재의 가치와 삶의 중요성에 대해 나와 같이 느끼는 사람들이 있다고, 언제나 이 지구상에 존재할 거라고 굳게 믿고 있어요. 그것이 내게 희망을 줘요."

스탠리를 마지막으로 본 것은 우리가 첫 번째 인터뷰를 한 때부터 2년 뒤였다. 그는 우리가 처음 이야기를 나눴던 거실에서 그랬던 것처럼 의식의 안과 밖을 표류하면서, 불편하다기보다는 조금 멍한 모습으로 병원 침대에 비스듬히 기대 누워 있었다. 그는 이제 대화하는 것도 쉽지 않았다. 그러나 내 말에 귀를 기울이고, 미소를 짓고, 어깨를 으쓱였다. 나는 여전히 이곳에 존재한다는 사실 그 자체에 대한 그의 기쁨을 감지할 수 있었다. 우리가 떠나려고 일어서자 스탠리는 내 손을 오랫동안 꼭 쥐었다.

나는 병실을 나오며 테이블 위에 놓여 있는 스탠리의 시집을 보았다. 그 시집에 담긴 〈순환〉의 마지막 연은 그 시를 처음 읽은 순간부터 내 안에 계속 남아 있다.

나를 위한 새로운 삶의 시작을
나는 내일까지 기다릴 수 없다
새로운 삶은 날마다 시작되니까
새로운 삶은 날마다 시작되니까

당신이 삼키고 있는 것이 파도이기를

누구에게나 시련이 있고 슬픔이 있다. 어떤 이는 자신의 머리와 등을 다독여 달라며 사연을 토로하고, 어떤 이는 말로 되새기는 것조차 힘겨워 홀로 짊어지고 간다. 이 책의 인물들은 그 무게를 오롯이 혼자 감내하면서 한편으로는 밖으로 털어낸다. 그리고 말한다. 그 고통이 없었다면 오늘의 자신은 없었다고, 진정한 삶에 다가설 수 없었다고.

이는 듣기에 역설적일 뿐 아니라 힘겹기까지 하다. 무지한 삶이어도 좋으니 선한 이들을 담금질하기보다는 악한 이들을 단숨에 응징해 달라고 신께 애원하고 싶어진다. 그러나 이 책 속의 인물들은 말한다. 자신들 또한 시련을 원했던 것은 아니었으나 그것을 있는 그대로 받아들이고 정면으로 마주했을 때, 삶의 또 다른 의미를 발견하게 되었다고 말이다. 실제로 그들이 고통을 지나가며 다다른 곳에는 경외라는 말 이외의 적절한 단어를 대입할 수가 없다.

저자 마크 마토우세크는 내로라하는 유수 대중매체의 기자, 편집장으로 화려한 경력을 쌓아가고 있었다. 그러던 어느 날 갑자기 자신의 삶을 되돌아보게 되었으며 삶과 죽음의 의미를 찾아 구도의 길을 떠났다. 그 이후 회고록 《깨달음(Sex Death Enlightenment)》, 《남겨진 소년(A Boy He Left Behind)》집필에 이어 이 책《상처와 마주하라》를 세상에 내놓게 된다. 10년에 달했던 구도의 여정을 통해 그는 고통이 삶을 나락으로 떨어뜨리는 악이 아니라 연금술의 도구라는 것을 깨달았으며, 실제 그 과정을 거쳐 온 수많은 사람들의 일화를 모아 우리에게 선물한다.

그들 앞에서 "내 삶은 어째서 이토록 불운할까?"라는 말은 차마 입에 올릴 수조차 없다. 두 눈을 질끈 감아 버리고 싶은 시련 앞에서도 그들은 주저앉지 않았고, 받아들였으며, 그 고통을 발판삼아 앞으로 나아갔다. 저 멀리.

저자는 시련을 겪으라고 채근하는 것이 아니다. 다만 목적지도 모르고 시계초침과 경주하듯 질주하는 현대인들에게 시련을 이겨낸 이들이 힘겹게 발견한 삶의 진정성, 본질을 나눠 주고 싶어 한다. 시련이 주어진다 해도 그 전에는 알지 못했던 소중한 것들을 그 시련이 남긴 상처 안에서 얻게 될 것이라는 따뜻한 주문 하나를 건넨다.

Utram bibis? Aquam an undam?
당신은 무엇을 삼키고 있는가? 물인가 파도인가?

우리가 삼키고 있는 지금의 시간들이 언젠가는 대양을 이룰 파도이기를 바라며 글을 마친다.

이솔내